Das Buch

»Ich erwarte das Phantom, den Liebhaber, von dem ich träume – ihn, der alle Frauen verfolgt, der hinter jedem Mann auftaucht, den Finger hebt und den Kopf schüttelt: ›Nicht dieser, er ist es nicht‹ ...« Wie unter einer Glasglocke lebt die junge Anaïs Nin im Paris der dreißiger Jahre: auf der Seine, in einem Hausboot, nur durch eine schmale Planke verbunden mit der übrigen Welt. An berühmten Freunden fehlt es ihr nicht: Henry Miller, Lawrence Durell, Antonin Artaud – in diesen Erzählungen sind sie alle präsent, kaum verschlüsselt. Und doch sind diese poetischen Studien ganz von Innenwelten und Erforschung der Seelen bestimmt. »Bewußtsein schmerzt. Beziehungen schmerzen. Das Leben schmerzt. Aber fließen, dahintreiben, in Träumen leben schmerzt nicht«, heißt es am Ende der Erzählung ›Die Stimme‹, in der Anaïs Nin den Psychoanalytiker Otto Rank porträtiert hat.

Die Autorin

Anaïs Nin wurde am 21. Februar 1903 in Paris als Tochter eines spanischen Komponisten und einer französisch-dänischen Sängerin geboren. Von Jugend an stand sie im künstlerischen und literarischen Leben. Sie arbeitete zeitweilig als Malermodell und Mannequin. Zu ihrem Freundeskreis gehörten u.a. Henry Miller, Antonin Artaud und Otto Rank. Der Einfluß der Psychoanalyse kommt in all ihren Werken zum Ausdruck. Seit 1940 lebte Anaïs Nin in den USA, sie starb am 14. Januar 1977 in Los Angeles.

Anaïs Nin:
Unter einer Glasglocke
Erzählungen

Deutsch von Manfred Ohl und Hans Sartorius
Herausgegeben und mit einem Nachwort
von Gunther Stuhlmann

Deutscher
Taschenbuch
Verlag

dtv

Von Anaïs Nin
sind im Deutschen Taschenbuch Verlag erschienen:
Die Tagebücher der Anaïs Nin. 1931–1934 (759)
Die Tagebücher der Anaïs Nin. 1934–1939 (858)
Die Tagebücher der Anaïs Nin. 1939–1944 (981)
Die Tagebücher der Anaïs Nin. 1944–1947 (10569)
Ein Spion im Haus der Liebe (10174)
Haus des Inzests (10757)
Labyrinth des Minotaurus (10927)
Leitern ins Feuer (10986)

Ungekürzte Ausgabe
1. Auflage Juni 1989
Deutscher Taschenbuch Verlag GmbH & Co. KG,
München

ISBN 3-596-25145-1
Umschlaggestaltung: Celestino Piatti
Gesamtherstellung: C. H. Beck'sche Buchdruckerei,
Nördlingen
Printed in Germany · ISBN 3-423-11076-7
1 2 3 4 5 6 · 94 93 92 91 90 89

Inhalt

Unter einer Glasglocke

Hausboot

Der Strom der Menge wollte mich mit sich davontragen. Das grüne Licht der Ampeln an den Kreuzungen befahl mir, die Straße zu überqueren, der Polizist forderte mich durch sein Lächeln freundlich dazu auf, zwischen den silberglänzenden Markierungsnägeln zu gehen. Selbst das Herbstlaub widersetzte sich nicht dem Strom der Menge. Aber ich löste mich von ihr wie ein Blatt, das zu Boden fällt, bog ab und stand an den Treppenstufen, die zum Kai hinunterführten. Unten glitt der Fluß ruhig dahin, ganz anders als der Strom, aus dem ich mich gerade gelöst hatte, einem Strom der Dissonanzen, die mißtönend aneinanderstießen, getrieben von Hunger und Begierden.

Ich rannte die Treppe hinunter auf das Ufer zu, und die Geräusche der Stadt verebbten, je näher ich dem Wasser kam, das Laub wurde vom Luftzug, den mein Rock hervorrief, in die Ecken der Stufen gewirbelt. Am Fuß der Treppe lagen die gestrandeten Matrosen, die der Strom der Straße angeschwemmt hatte: die Clochards, die aus dem Leben der Menge herausgefallen waren, die sich weigerten, ihm zu gehorchen. Ebenso wie ich waren sie an einem bestimmten Punkt ihres Lebens aus der Bahn geworfen worden und lagen nun hier gestrandet unter den Bäumen, schlafend und trinkend. Zeit, Besitz, Arbeit und Sklaverei hatten sie hinter sich gelassen. Sie lebten und schliefen im Gegenrhythmus zur Welt. Wohnung und Kleidung waren ihnen unwichtig. Sie saßen jeder für sich da, aber keiner als einzelner, denn sie schienen Brüder zu sein: Die Zeit und das Leben unter freiem Himmel hatten die Unterschiede ihrer Kleidung verwischt, der Wein und die Luft hatten allen die Haut gegerbt, der verkrustete Schmutz, die aufgeschwollenen Nasen, die ewig tränenden Augen verliehen ihnen das gleiche Aussehen. Sie hatten es abgelehnt, der Prozession der Straßen zu folgen, und suchten den Fluß, der sie einlullte. Wein und Wasser. Tag für Tag wiederholten sie am Ufer des Flusses ihr Ritual des Verzichts. Der Wein und der Fluß als Mittel gegen die Ohnmacht der Auflehnung, der Wein und der

Fluß als Mittel gegen die schneidende Fessel der Einsamkeit, der Wein und das Wasser, die alles im Rhythmus verwischten Schweigens davonspülen.

Sie warfen die Zeitungen in den Fluß, und dies war ihr Gebet: getragen zu werden, emporgehoben zu werden, niederzusinken, ohne den bitteren Schmerz zu empfinden, der im Körper des Menschen wohnt, sondern nur das sanfte Pulsieren des Blutes zu spüren, keine Erschütterungen, keine Gewalt, kein Erwachen.

Während die Clochards schliefen, gaben sich die Angler wie in Trance den Anschein, Fische zu fangen, und standen stundenlang hypnotisiert am Ufer. Der Fluß sprach durch die Bambusruten der Angeln mit ihnen, die seine Schwingungen auf sie übertrugen. Hunger und Zeit waren vergessen, der unaufhörliche Walzer von Lichtern und Schatten ließ alle Erinnerungen und Schrecken versinken. Angler und Clochards schliefen, erfüllt vom Glitzern des Flusses, wie in einer Narkose, die nur das Schlagen des Pulses zuließ, waren ihrer Erinnerungen enthoben wie beim Tanzen.

Das Hausboot war am Fuß der Treppe vertäut. Breit und schwer auf seinem Kiel liegend, überzogen mit den Flecken von Licht und Schatten, gebadet in den Spiegelungen des Lichts, hob und senkte es sich hin und wieder unter einem tiefen Atemzug des Flusses. Das Wasser umspülte gemächlich seine Flanken, Moos wogte dicht unterhalb der Wasserlinie an seinem Rumpf, zerfloß wie das Haar einer Najade und schmiegte sich dann wieder in seidiger Anhänglichkeit an das Holz. Die Fensterläden gehorchten launischen Windstößen und schlugen folgsam auf und zu, die dicken Pfähle, die verhinderten, daß das Boot an die Ufermauern stieß, knirschten wie Knochen unter der Anstrengung. Ein Zittern wie der Fieberschauer in einem Traum durchlief das Hausboot, das schlafend auf dem Fluß lag. Die Lichter und Schatten verhielten in ihrem Tanz. Das Boot senkte seine Nase tiefer in das Wasser und zerrte an seinen Ketten. Ein Augenblick der Angst: Alles geriet wieder in Zorn, wie an Land, doch nein, der Wassertraum dauerte an, alles war unverändert. Der Alp konnte wieder auftauchen, aber der Fluß wußte um das Geheimnis seiner Dauer. Eine Welle des Zorns –

doch nur die Oberfläche geriet in Bewegung; der tief unten fließende Traum blieb unberührt.

Die Geräusche der Stadt versanken endgültig hinter mir, als ich über den Bootssteg ging. Beim Hervorholen des Schlüssels wurde ich nervös: Wenn er in den Fluß fiele, der Schlüssel für die kleine Tür zu meinem Leben im Unendlichen? Oder wenn sich das Hausboot von seinen Verankerungen reißen und davonschwimmen würde? Es hatte dies bereits einmal getan und seine Kette am Bug zerrissen; die Clochards hatten geholfen, es wieder an seinen Platz zurückzuziehen.

Sobald ich im Inneren des Hausbootes war, vergaß ich den Namen des Flusses und der Stadt. Umgeben von den alten hölzernen Wänden und unter den schweren Balken, hätte ich ebensogut auf einem norwegischen Segelschiff sein können, das in den Fjorden kreuzte, in der Kabine eines holländischen Handelsschiffes, das seinen Weg nach Bali suchte, oder auf einem Juteboot auf dem Brahmaputra. Bei Nacht waren die Lichter am Ufer die Lichter von Konstantinopel oder am Ufer der Newa, und die riesigen Glocken, die die Stunden schlugen, waren die Glocken Vinetas. Jedesmal, wenn ich den Schlüssel ins Schloß steckte, hörte ich das Klatschen der Leinen, das Lichten des Ankers, überkam mich das Fieber der Abreise. War ich erst einmal im Inneren des Hausbootes, begannen all die Reisen. Selbst in der Nacht war das Boot mit geschlossenen Fensterläden, ohne rauchenden Schornstein, schlafend und verschwiegen, von dem geheimnisvollen Zauber umgeben, gleich davonzusegeln.

Am Abend schloß ich die Fenster zum Ufer. Als ich mich hinausbeugte, konnte ich vorbeigehende dunkle Schatten erkennen: Männer mit hochgestellten Kragen, die ihre Mützen tief über die Augen gezogen hatten, Frauen mit weiten, langen Röcken, Marktfrauen, die hinter den Bäumen bei den Clochards lagen. Die Straßenlaternen hoch oben warfen kein Licht auf die Bäume und Sträucher entlang der hohen Mauer. Als das Fenster knarrte, teilten sich die Schatten, die eines zu sein schienen, rasch in zwei, um dann in der Stille von neuem zu verschmelzen.

In diesem Augenblick glitt ein vollbeladenes Kohlenschiff vorüber, rollende Wellen hinter sich lassend, die all die Hausboote emporhoben. Die Bilder an den Wänden schaukelten, das Fischernetz, das wie das riesige Netz einer Spinne unter der Decke hing, geriet ins Schwingen und wiegte sanft eine Muschel und einen Seestern, die in seinen Maschen gefangen waren.

Auf dem Tisch lag ein Revolver. Auf dem Wasser konnte mir nichts geschehen, aber dennoch hatte jemand einen Revolver dort hingelegt, im Glauben, ich könnte ihn brauchen. Ich betrachtete ihn, als erinnere er mich an ein Verbrechen, das ich begangen hatte, sah ihn mit einem nicht unterdrückbaren Lächeln an, das manchmal angesichts großer Katastrophen, die das Fassungsvermögen übersteigen, auf die Lippen von Menschen tritt; einem Lächeln, das gelegentlich auf den Gesichtern von Frauen liegt, wenn sie sagen, sie bedauerten das Leid, das sie verursacht hätten. Es ist das Lächeln der Natur, die gelassen und stolz ihr angestammtes Recht zum Töten behauptet, das Lächeln, das die Tiere des Dschungels niemals zeigen, das aber beim Menschen enthüllt, wenn wieder das Tier von seinem Wesen Besitz ergreift und seine Gegenwart von neuem geltend macht. Dieses Lächeln trat auf mein Gesicht, als ich den Revolver in die Hand nahm und mit ihm durch das Fenster auf den Fluß zielte. Aber ich verabscheue das Töten so sehr, daß ich mich selbst dabei unwohl fühlte, ins Wasser zu schießen, aus Furcht, ich könnte die Unbekannte aus der Seine von neuem töten – jene Frau, die sich vor Jahren hier ertränkt hatte und die so schön gewesen war, daß man in der *Morgue* ihre Totenmaske abnahm. Der Schuß löste sich schneller, als ich erwartet hatte, der Fluß verschluckte den Knall, niemand bemerkte ihn, weder auf der Brücke noch am Ufer. Wie leicht konnte hier ein Verbrechen begangen werden . . .

Ein alter Mann spielte fieberhaft auf einer Violine, aber sie gab keinen Laut von sich. Er war taub. Seinem Instrument entströmte keine Musik, aber seinen zitternden Gesten entrannen winzige, wehmütige Klagelaute.

Oben an der Treppe plauderten zwei Polizisten mit den Prostituierten.

Nachdem die Fenster zum Ufer verschlossen waren,

wirkte das Hausboot unbewohnt. Die Fenster auf der Flußseite blieben geöffnet. Der sterbende Atem des Sommers strömte in mein Schlafzimmer, in den Raum der Schatten, in die Wohnung der Nacht. Schwere Balken über mir trugen die niedrige Decke, an der Wand stand ein wuchtiges, hölzernes Sideboard. Eine indische Lampe warf kohlrabenschwarze Muster auf Wände und Decke – ein persisches Ornament von Kaktusblüten, Spitzenfächern, Palmblättern, einer lamaistischen *Vajrymandala*-Blüte, Minaretten und Gittern.

(Wenn ich mich niederlege, um zu träumen, dann ist der Traum nicht nur eine Staubblume wie die Wüstenrose, die aus dem Sand geboren und von einem Windstoß zerstört wird; wenn ich mich niederlege, um zu träumen, dann pflanze ich das Samenkorn des Wunderbaren und seine Erfüllung.)

Wie ein Fächer öffnete sich das Kopfteil des Bettes hinter mir, ein Pfauenrad aus dunklem Holz und Kupfer, wie Schwingen eines großen, goldenen Vogels, der auf dem Fluß treibt. Das Boot konnte sinken, aber nicht dieses breite, schwere Bett, das durch die Nächte reist, die sich über die tiefsten Abgründe des Verlangens breiten. Wenn ich mich darauf niederlegte, fühlte ich die Wellen der Gefühle, die mich trugen, die nie vergehenden Wellen der Gefühle unter meinen Füßen. Ich vergrub mich in dem Bett, um mich wie ein Fächer auszubreiten und in einem Gewölbe von Liebkosungen dahinzufließen, das mit einem Moosteppich ausgelegt ist.

Die Räucherstäbchen verströmten ihren Duft in Spiralen, die Kerzen brannten im sanft vibrierenden Flackern der Ängstlichkeit. Sie zu beobachten, war wie das Lauschen auf den Herzschlag des Geliebten: voll Furcht, die goldenen Hammerschläge könnten verstummen. Die Kerzen besiegten nicht die Dunkelheit, aber sie führten ein beunruhigendes Duell mit der Nacht.

Ich hörte ein Geräusch auf dem Fluß, doch als ich mich aus dem Fenster beugte, lag er wieder still. Dann hörte ich das Klatschen von Ruderschlägen, sanft, sanft näherten sie sich vom Ufer her. Ein Boot stieß gegen die Barke, und Ketten klirrten.

Ich erwarte das Phantom, den Liebhaber, von dem ich

träume – ihn, der alle Frauen verfolgt, der hinter jedem Mann auftaucht, den Finger hebt und den Kopf schüttelt: »Nicht dieser, er ist es nicht«, der mich immer wieder daran hindert, zu lieben.

Das Hausboot mußte während der Nacht gereist sein, Atmosphäre und Szenerie hatten sich verändert. Angstschreie einer Frau beschleunigten mein Erwachen, Schreie, die von erstickendem Keuchen unterbrochen wurden. Ich rannte an Deck und sah, wie sich die Frau, die zu ertrinken drohte, an der Ankerkette festklammerte. Ihr Schreien wurde schriller, als sie sich der Rettung näher sah, ihr Hunger nach Leben wurde unbändiger. Unterstützt von einem der betrunkenen Clochards, zog ich die Kette herauf, an der sich die Frau festklammerte. Sie schluckte, spuckte und würgte. Der betrunkene Clochard erteilte imaginären Matrosen Befehle, wies sie an, was sie für die beinahe Ertrunkene tun sollten. Über die Frau gebeugt, fiel er fast auf sie, was ihre Lebensgeister weckte; es gelang ihr, aufzustehen und in das Innere des Bootes zu gehen, wo wir ihre Kleider wechselten.

Das Hausboot fuhr durch eine dissonante Atmosphäre. Schlamm trübte die Oberfläche des Flusses, ein Korkenschwarm umringte das Boot. Mit Besen und Stangen stießen wir sie davon, sie schienen in die Strömung zu gelangen und davonzutreiben, aber nur, um das Boot wie von einem Magneten angezogen sehr bald von neuem zu umrunden.

Die Clochards säuberten sich am Brunnen. Nackt bis zur Hüfte, wuschen sie ihre Gesichter, ihre Oberkörper und schließlich ihre Hemden, kämmten sich, wozu sie die Kämme im Fluß anfeuchteten. Diese Männer am Brunnen wußten, was in der Welt geschah. Wenn sie mich an Deck sahen, übermittelten sie mir die Neuigkeiten des Tages: den drohenden Krieg, die Hoffnung auf Revolution. Ich lauschte ihrer Beschreibung der Welt von morgen, ein Nordlicht, und alle Menschen aus den Gefängnissen befreit.

Der älteste von allen Clochards, der nichts über das Morgen wußte, lag im Gefängnis seiner Trunkenheit, ohne Fluchtmöglichkeit. Wenn er wie ein Faß vollgelaufen war, gaben seine Beine unter ihm nach, und er konnte nur noch fallen. Wenn er von den Flügeln des Alkohols emporgehoben wurde und für den Flug bereit war, fielen die Schwingen in einem Anfall von Übelkeit von ihm ab. Diese Laufplanke von Trunkenheit führte ins Nichts.

An diesem Ort der Angst stritten sich am selben Tag drei Männer am Flußufer. Der eine trug den Sack eines Lumpensammlers über seiner Schulter, der zweite war auffallend elegant gekleidet, und der dritte war ein Bettler mit einem Holzbein. Sie stritten sich erregt. Der Elegante gab den beiden Geld. Dabei fiel eine Zehn-Franc-Münze zu Boden. Der Bettler stellte sein Holzbein darauf und rührte sich nicht von der Stelle. Er ließ sich von den beiden nicht einschüchtern, und sie wagten es nicht, das Holzbein wegzustoßen. Solange sie stritten, blieb er unbewegt stehen. Erst nachdem die beiden anderen gegangen waren, bückte er sich und hob das Geldstück auf.

Der Straßenkehrer fegte die abgefallenen Blätter in den Fluß. Der Regen tropfte in meinen rissigen Briefkasten, und als ich die Briefe an mich öffnete, schien es, als hätten meine Freunde geweint, während sie mir schrieben.

Ein Kind saß am Rande des Wassers und ließ seine dünnen Beine baumeln. Es blieb da zwei oder drei Stunden lang, dann begann es zu weinen. Der Straßenkehrer erkundigte sich nach dem Grund. Die Mutter hatte dem Kind befohlen, dort zu warten, bis sie zurückkäme. Sie hatte ihm ein Stück trockenes Brot gegeben. Der Junge trug einen kleinen schwarzen Schulkittel. Der Straßenkehrer holte seinen Kamm hervor, tauchte ihn ins Wasser, kämmte das Haar des Kindes und wusch sein Gesicht. Ich erbot mich, den Jungen auf das Hausboot zu nehmen. Der Straßenkehrer sagte: »Sie kommt nicht zurück. So machen sie's immer. Wieder einer fürs Waisenhaus.«

Als das Kind das Wort »Waisenhaus« hörte, rannte es so schnell davon, daß dem Straßenkehrer keine Zeit blieb, seinen Besen fallen zu lassen, um es festzuhalten. Er zuckte mit den Schultern: »Früher oder später erwischen sie ihn doch. Mir ging's genauso.«

Eine Reise der Verzweiflung.

Der Fluß hatte einen Alptraum. Sein gewaltiger Walrücken bewegte sich ruhelos. Er war um seinen täglichen Selbstmörder betrogen worden. Mehr Frauen als Männer fütterten den Fluß – im Winter wollten mehr sterben als im Sommer.

Die schmarotzenden Korken folgten jeder Bewegung der Wellen, aber sie lösten sich nicht vom Boot, sondern hafteten hartnäckig wie Quecksilber an ihm. Wenn es regnete, tropfte das Wasser durch das obere Zimmer und fiel auf mein Bett, auf meine Bücher und auf meinen schwarzen Teppich.

Mitten in der Nacht erwachte ich mit nassen Haaren. Ich glaubte, ich sei auf dem Grund der Seine, das Boot, das Bett seien während der Nacht lautlos gesunken.

Die Dinge wirkten im Wasser nicht sehr verändert. Ich sah sie wie durch einen Vorhang kalter, salzloser Tränen, ohne Schmerz zu empfinden. Ich war nicht gänzlich abgeschnitten, aber in einer so tiefen Region, daß alle Dinge in glitzernder Stille verschmolzen. Ich ruhte in solcher Tiefe, daß ich die Musik des Spinetts im Innern der Schnecke hörte, die ihre Fühler wie Sprachrohre trägt und auf dem Rücken eines Harfenfisches reist.

In dieser Stille und weißen Kommunion vollzogen sich die Verflechtungen der Pflanzen, ihre Verwandlungen in Fleisch und in Planeten. Die Türme wurden von Schwertfischen durchbohrt, der Zitronenmond kreiste an einem Himmel aus Lava, an den Zweigen hingen durstige Augen wie Beeren. Winzige Vögel sangen kleine Lieder außer dem sanften Gesang der Metamorphose, und wenn sie ihre Schnäbel öffneten, zerfielen die spinnwebverhangenen Fenster aus buntem Glas in schweflige Schlangen und Bänder.

Das Licht fiel durch modrige Gräben, keine Wimpern konnten sich vor ihm verschließen, keine Tränen konnten es verwischen, keine Augenlider konnten es verhängen, kein Schlaf konnte es auflösen, kein Vergessen konnte einen aus diesem Ort erlösen, wo es weder Nacht noch Tag gab. Fisch, Pflanze, Frau – alle waren wach, hatten ihre Augen für immer geöffnet, verschmolzen in einer Vereinigung, einer Ekstase ohne Ende.

Ich hörte auf, in der Gegenwart zu atmen, die Luft, die mich umgab, in die ledernen Urnen meiner Lunge einzusaugen. Ich atmete aus in die Unendlichkeit, hauchte den Dunst eines Dreivierteltton-Atems aus, eine leichte Pyramide aus Herzschlägen.

Dieses Atmen ohne den Druck des Windes und wie die windlose Zartheit der Luft auf chinesischen Bildern, die einen pfeilschnellen schwarzen Vogel trägt, eine Wolke ohne Atem, die einen Zweig nach unten drückt, eilte der weißen Hysterie des Poeten und der rotschäumenden Hysterie der Frau voraus.

Als das Einatmen winziger Teilchen, Staubkörnchen, Rostmikroben, all der Asche vergangener Tode ein Ende hatte, atmete ich die Luft des Ungeborenen, spürte ich meinen Körper wie einen seidenen Schal, der jenseits der blauen Zonen der Nerven ruht.

Der Körper gelangte wieder zur Ruhe der Minerale, seine Pflanzensäfte, die Augen, wurden wieder zu Edelsteinen, nur dazu geschaffen, zu glänzen, und nicht, um Tränen zu vergießen.

Schlaf.

Keine Notwendigkeit, die Flamme meines Lebens in meinem Handteller zu behüten, diese Flamme, die so bleich ist wie der Heilige Geist, der in vielen Sprachen spricht, zu denen niemand Zugang hat.

Der Traum wird sie behüten. Keine Notwendigkeit, die Augen offen zu lassen. Jetzt sind die Augen Edelsteine, das Haar ein Fächer aus Spitzen. Schlaf liegt über mir.

Das Fleisch der Wurzeln, die Milch der Kakteen, die Quecksilbertropfen der Silberbuchen in meinen Adern. Ich schlafe mit den Füßen auf Moosteppichen, mit den Armen in die Watte der Wolken gebettet.

Der Schlaf von hundert Jahren hat alles zum Silbergesicht der Ekstase erstarren lassen.

Während der Nacht verließ das Hausboot die Landschaft der Verzweiflung. Sonnenlicht fiel auf die hölzernen Balken, die Reflexionen des Lichts auf dem Wasser tanzten auf ihnen. Als ich meine Augen öffnete, sah ich, wie das Licht mich umspielte, und mir war, als blickte ich durch Löcher im Himmel in ein Reich, das der Sonne sehr viel näher war.

Wohin war das Hausboot während der Nacht gefahren? Die Insel der Seligen mußte nahe sein. Ich lehnte mich aus dem Fenster. Das Mooskleid des Hausbootes war grüner geworden, von reineren Wassern gewaschen. Die Korken waren verschwunden, der Geruch von saurem Wein verflogen. Die kleinen Wellen glitten in großer Eile vorüber. Das Wasser war so klar, daß ich die Wurzeln der trägen Algen sehen konnte, die nahe am Ufer wuchsen.

An diesem Tag landete ich auf der Insel der Seligen.

Ich konnte jetzt das Muschelhalsband anlegen und voll Stolz auf mein Geheimnis durch die Stadt gehen.

Als ich zum Hausboot zurückkehrte, die Arme gefüllt mit Kerzen, Wein, Tinte, Briefpapier und Nägeln für die zerbrochenen Fensterläden, hielt mich der Polizist oben an der Treppe an: »Wird am Kai ein Fest gefeiert?«

»Ein Fest? Nein.«

Als ich die Stufen hinuntereilte, verstand ich: Am Ufer wurde wirklich ein Fest gefeiert! Der Polizist hatte es meinem Gesicht abgelesen. Eine Feier der tanzenden Lichter. Das Konfetti der Sonnenflecken, die Schlangenlinien der Wasserströmung, die Musik des tauben Geigenspielers. Es war die Insel der Seligen, die ich am Morgen erreicht hatte. Der Fluß und ich, vereinigt in einem langen, sich dahinziehenden, endlosen Traum, der Fluß mit seinen tiefen, geheimen Strömungen, seinem verborgenen Sog dunklen Treibens, der Fluß und ich frohlockten über das Gebären nächtlicher Geheimnisse des Lebens auf dem Grund des Flusses.

Die große Glocke von Vineta schlug zwölfmal zum Fest. Boote glitten langsam in der Sonne vorüber wie festliche Kaleschen, glänzend poliertes Messing warf Bouquets aus Lichtstrahlen. Blaue, weiße und rosa Wäsche war zum Trocknen aufgehängt und wehte wie festliche Fahnen, Kinder spielten mit Katzen und Hunden, Frauen hielten voll Ernst und Würde das Ruder. Alles war in Wasser und Licht gebadet, mit der Geschwindigkeit eines Traums dahingleitend.

Doch als ich am Fuß der Treppe anlangte, nahm das Fest ein abruptes Ende. Drei Männer mähten mit langen Sensen die Algen. Ich schrie sie an, aber sie arbeiteten unbeirrt weiter, stießen die Algen ins tiefere Wasser, damit die Strömung sie davontrug. Die Männer lachten über meinen Zorn. Einer sagte: »Es sind nicht Ihre Pflanzen. Eine Anordnung des städtischen Reinigungsamtes. Gehen sie dorthin und beschweren Sie sich.«

Und mit noch schnelleren Bewegungen mähten sie alle Algen ab und fütterten die Strömung mit dem grünen Teppich.

Und so verließ das Boot die Insel der Seligen.

Eines Morgens fand ich im Briefkasten die Anweisung der Flußpolizei, mit dem Boot weiterzufahren. Der König von England wurde zu einem Besuch erwartet, ihm könnte der Anblick der Hausboote mißfallen, der Wäsche, die an Deck aufgehängt war, der rostigen Schornsteine und Wassertanks, der Laufplanken, die wie Zähne aus dem Ufer ragten, und der anderen Blüten, die Armut und Trägheit getrieben hatten. Uns allen wurde befohlen, ein großes Stück seineaufwärts zu fahren, doch wußte keiner wie weit, denn die Anweisung war in der Sprache von Bürokraten abgefaßt.

Einer meiner Nachbarn, ein einäugiger Fahrradfahrer, kam zu mir, um über die Vertreibung zu diskutieren, sich dabei auf Gesetze berufend, die nicht dazu erlassen waren, den Hausbooten ein Recht einzuräumen, im Herzen von Paris zu liegen und Moos anzusetzen. Der dicke Maler, der auf der anderen Seite des Flusses lebte, immer ein offenes Hemd trug und schwitzte, eilte herüber, um die Angelegenheit zu besprechen und um vorzuschlagen, daß wir uns aus Protest nicht von der Stelle bewegen sollten. Was konnte geschehen? Da es keine Gesetze gab, die unser Bleiben verboten, konnte die Polizei schlimmstenfalls mit einem Schlepper kommen und uns alle in einer langen Reihe wie Gefangene davonziehen. Das war das Schlimmste, was uns widerfahren konnte. Der einäugige Radfahrer kapitulierte vor dieser drohenden Aussicht. Er sagte, sein Hausboot sei nicht stabil genug, die Belastung zu überstehen, zwischen anderen, größeren und schwereren Booten abgeschleppt zu werden. Er hatte von einem kleinen Hausboot gehört, das auf einer solchen Reise in zwei Stücke gerissen worden war. Seiner Meinung nach würde auch mein Boot die Belastung nicht überstehen.

Am nächsten Tag wurde das Boot des einäugigen Mannes von einem Freund abgeschleppt, dem einer der Ausflugsdampfer gehörte. Er verließ uns im Morgengrauen, wie ein Dieb, aus Angst vor dem gemeinsamen Abgeschlepptwerden. Dann fuhr der dicke Maler davon: unter großer Anstrengung und sehr langsam, denn sein Boot war das schwerste von allen. Er besaß ein Klavier und riesige Leinwände, die schwerer als Kohlen waren. Sein Schiff hinterließ wie ein fehlender Zahn eine riesige Lücke in der Ansammlung der Boote. Die Angler freuten sich über den freigewordenen Platz und strömten dorthin zum Fischen. Sie hatten uns davongewünscht, und ich glaube, es waren ihre Gebete, die erhört wurden, und nicht die unseren, denn bald darauf wurden die Briefe der Polizei nachdrücklicher.

Ich war schließlich als einzige zurückgeblieben, da ich noch immer hoffte, man würde mir gestatten zu bleiben. Jeden Morgen suchte ich den Polizeichef auf. Ich glaubte unbeirrt, man würde für mich eine Ausnahme machen, meinetwegen Gesetze und Bestimmungen außer Kraft setzen. Ich weiß nicht, warum ich das erwartete, aber ich hatte so etwas schon öfter erlebt. Der Polizeichef war äußerst zuvorkommend. Er erlaubte mir, stundenlang in seinem Büro zu sitzen, und gab mir Broschüren, um mir die Zeit zu vertreiben. Ich wurde mit der Geschichte der Seine vertraut, kannte die Anzahl der gesunkenen Boote, der Ausflugsdampfer, die kollidiert waren, der Selbstmörder, die die Wasserschutzpolizei retten konnte. Aber das Gesetz blieb unerbittlich, und der Chef der Polizei gab mir vertraulich den Rat, mein Hausboot zu einer Werft in der Nähe von Paris zu bringen, wo einige Reparaturen durchgeführt werden konnten, während ich auf die Erlaubnis zur Rückkehr wartete. So vereinbarte ich mit einem Schlepper, daß er mich gegen Mittag abholen sollte.

Die Annäherung des Schleppers an das Hausboot ähnelte einer Brautwerbung und geschah mit großer Vorsicht und dickem Kork als Prellschutz. Der Schlepperkapitän kannte die Zerbrechlichkeit dieser ausgedienten Kähne, die zu Hausbooten umgebaut worden waren. Seine Frau kochte das Mittagessen, während das Anlegemanöver durchgeführt wurde. Die Matrosen lösten die Seile, einer heizte das Feuer. Nachdem der Schleppdampfer und das Hausboot wie Zwillinge miteinander verbunden waren, zog der Kapitän die Laufplanke an Bord, entkorkte eine Flasche Rotwein, nahm einen großen Schluck und gab Befehl zur Abfahrt.

Nun glitten wir dahin. Ich lief auf dem Hausboot umher und genoß in vollen Zügen die fremdartigste Empfindung, die ich je hatte: diese Reise auf einem Fluß, umgeben von meiner Habe – meinen Büchern, meinen Tagebüchern, meinen Möbeln, meinen Bildern und meinen Kleidern im Wandschrank. Ich lehnte mich aus jedem der kleinen Fenster, um die Landschaft zu betrachten. Ich lag auf dem Bett. Es war ein Traum. Es war ein Traum, dieses Dasein einer Wasserschnecke, dieses Reisen mit dem eigenen Haus auf dem Rücken.

Eine Wasserschnecke glitt durch die vertraute Stadt. Nur im Traum konnte ich so sanft dahingleiten, den eigenen leisen Herzschlag im Einklang mit dem tuckernden Herzschlag des Schleppers, wobei Paris sich entfaltete, öffnete unter den schönen Bewegungen der Wellen.

Der Schlepper kippte seine Schornsteine, um unter der ersten Brücke hindurchfahren zu können. Die Frau des Kapitäns brachte das Mittagessen an Deck. Dann bemerkte ich mit Schrecken, daß das Hausboot Wasser nahm. Es sickerte bereits durch den Fußboden. Ich begann zu pumpen, doch konnte ich des eindringenden Wassers nicht Herr werden. So füllte ich Eimer, Töpfe und Schüsseln, aber das Wasser war noch immer schneller. Deshalb rief ich den Kapitän. Er lachte und sagte: »Dann werden wir ein bißchen langsamer fahren müssen.« Und das tat er.

Der Traum ging weiter. Wir fuhren unter einer zweiten Brücke hindurch, und der Schlepper verbeugte sich erneut wie zu einer Begrüßung, passierten all die Häuser, in denen ich gelebt hatte. Aus so vielen dieser Fenster hatte ich voll Neid und Trauer auf den strömenden Fluß und die vorbeifahrenden Boote geblickt. Heute war ich frei und reiste mit meinem Bett und meinen Büchern. Ich träumte und trieb auf dem Fluß dahin, zwar Wasser mit Eimern schöpfend, doch war dies ein Traum, und ich war frei.

Es begann zu regnen. Ich roch das Essen des Kapitäns und holte mir eine Banane. Der Kapitän rief: »Kommen Sie an Deck und sagen Sie, wo wir anhalten sollen.«

Ich saß unter einem Regenschirm an Deck, aß die Banane und verfolgte den Verlauf der Reise. Wir waren außerhalb der Stadt auf einem Abschnitt der Seine, wo die Bewohner von Paris schwimmen und rudern. Wir fuhren über den *Bois de Boulogne* hinaus durch die exklusive Gegend, in der nur den kleinen Yachten gestattet war zu ankern, passierten eine weitere Brücke und erreichten ein Industriegebiet. Ausrangierte Kähne lagen am Ufer. Die Bootswerft bestand aus einem alten Kahn, den vor sich hinrostende Bootsskelette umgaben, Holzstapel, rostige Anker und durchlöcherte Wassertanks.

Ein Kahn lag kieloben, seine Fenster hingen halb herausgerissen an den Seiten herunter.

Wir wurden längsseits gezogen und angewiesen, am Wachkahn festzumachen, damit der alte Mann und die Frau mein Boot bewachen konnten, bis der Besitzer der Werft kam und darüber befand, welche Reparaturen durchgeführt werden sollten.

Meine Arche Noah war sicher gelandet, aber ich fühlte mich, als hätte ich ein altes Pferd zum Schlachthof gebracht.

Der alte Mann und die Frau, die Wärter dieses Friedhofs, hatten ihre Kabine in eine Conciergeloge verwandelt, um sich an den Glanz ihrer vergangenen Bürgerlichkeit zu erinnern: eine Petroleumlampe, ein Kachelofen, kunstvoll gearbeitete Buffets, Spitzendecken auf den Lehnen der Sessel, Fransen und Quasten an den Vorhängen, eine Schweizer Uhr, viele Fotografien, Nippes – alles Zeugnisse ihres verflossenen Lebens in der Welt.

Ab und zu kam die Polizei, um zu überprüfen, ob das Dach repariert worden sei. Tatsächlich drang immer stärker Regen ins Innere, je mehr Blech und Holz auf das Dach genagelt wurden. Er fiel auf meine Kleider und tropfte auf meine Schuhe und auf meine Bücher. Der Polizist wurde aufgefordert, sich davon zu überzeugen, denn mein langer Aufenthalt erschien ihm verdächtig.

Inzwischen war der König von England wieder abgereist, aber es gab kein Gesetz, das unsere Rückkehr erlaubte. Der einäugige Mann unternahm einen mutigen Versuch, zurückzukehren, wurde aber bereits am nächsten Tag wieder vertrieben. Der dicke Maler kehrte an seinen Platz vor dem *Gare d'Orsay* zurück – sein Bruder war Abgeordneter.

So gelangte das Hausboot ins Exil.

Die Maus

Die Maus und ich lebten auf einem Hausboot, das in der Nähe von *Notre Dame* ankerte, wo die Seine sich wie verschlungene Adern um das Inselherz von Paris legt.

Die Maus war eine kleine Frau mit dünnen Beinen, großen Brüsten und ängstlichen Augen. Bei der Arbeit auf dem Hausboot bewegte sie sich scheu, war manchmal still, sang dann wieder ein paar Töne eines Liedes, sieben winzige Töne eines bretonischen Volksliedes, auf die stets das Klappern von Töpfen und Pfannen folgte. Sie sang immer nur den Anfang des Liedes und nie sein Ende, als hätte sie es der harten Welt entrissen, als würde sie etwas ängstigen, eine Furcht vor Bestrafung oder Gefahr. Sie bewohnte die kleinste Kabine des Hausbootes. Das Bett nahm den ganzen Raum ein und ließ nur eine Ecke für einen kleinen Nachttisch und einen Haken für ihre Alltagskleider frei: ihre mausfarbenen Hausschuhe, ihren mausfarbenen Rock, ihren mausfarbenen Pullover. Ihre Sonntagskleider verwahrte sie in Seidenpapier eingewickelt in einer Schachtel unter dem Bett. Auch ein neuer Hut und ein kleines Stückchen Mausepelz wurden dort, in Seidenpapier gehüllt, aufbewahrt. Auf dem Nachttisch stand eine Fotografie ihres zukünftigen Ehemanns in Uniform.

Am meisten fürchtete sie sich davor, in der Dunkelheit zum Brunnen gehen zu müssen. Das Hausboot ankerte in der Nähe einer Brücke, der Brunnen war unter der Brükke. Dort wuschen sich die Clochards, dort schliefen sie nachts oder saßen im Kreis beieinander, unterhielten sich und rauchten. Tagsüber holte die Maus das Wasser in einem Eimer, und die Clochards halfen ihr für ein Stückchen Käse, für etwas übriggebliebenen Wein oder für ein Stück Seife beim Wassertragen. Sie lachte und unterhielt sich mit ihnen, doch sobald es dunkel wurde, bekam sie vor ihnen Angst.

Die Maus tauchte aus ihrer kleinen Kabine auf. Sie trug ihr Mausekostüm: den mausgrauen Pullover, den mausgrauen Rock, eine Schürze und ihre weichen, grauen

Hausschuhe. Sie huschte ständig umher, als sei sie bedroht. Wenn man sei beim Essen überraschte, senkte sie ihren Blick und versuchte den Teller zu verdecken, wenn man sie dabei beobachtete, wie sie aus ihrer Kabine kam, verbarg sie sogleich alles, was sie trug, als habe sie es gestohlen. Keinerlei Freundlichkeit konnte in der Maus die Schranke der Angst durchbrechen, die selbst an der Haut ihrer dünnen Beine zu haften schien. Sie hielt ihre Schultern wie unter einer zu schweren Last gebeugt, und jedes Geräusch klang wie Alarm in ihren Ohren.

Ich versuchte ihre Angst zu zerstreuen, indem ich mit ihr über ihr Zuhause, über ihre Familie und über die Stellungen sprach, in denen sie früher gearbeitet hatte. Die Maus antwortete ausweichend, als würde sie von einem Detektiv verhört. Jedes Zeichen von Freundlichkeit war ihr verdächtig und beunruhigte sie. Wenn ihr ein Teller kaputtging, jammerte sie: »Madame werden es mir vom Lohn abziehen.« Wenn ich ihr darauf versicherte, daß das nicht meine Absicht sei, da ein solches Mißgeschick auch mir passieren könne, war sie still.

Eines Tages erhielt die Maus einen Brief, über den sie weinte. Ich fragte sie nach dem Grund dafür, und sie sagte: »Meine Mutter will sich von meinem gesparten Geld etwas leihen. Ich spare, um heiraten zu können. Mir werden die Zinsen verlorengehen.« Ich bot an, ihr die Summe zu leihen, die Maus nahm sie, aber wirkte verwirrt.

Wenn sich die Maus allein auf dem Hausboot glaubte, war sie glücklich. Sie sang den winzigen Anfang ihres Liedes, das sie nie beendete. Manchmal nähte sie für sich selbst, für ihre Hochzeit, anstatt Strümpfe zu stopfen.

Die erste »Tragödie« wurde durch Eier ausgelöst. Die Maus aß stets das gleiche wie ich und wurde nicht wie ein französisches Dienstmädchen behandelt. Die Maus war glücklich, alles essen zu dürfen. Eines Tages hatte ich jedoch zufällig nicht viel Geld bei mir und sagte daher zu ihr: »Kaufen Sie heute nur ein paar Eier, wir werden ein Omelette essen.« Die Maus stand fassungslos vor mir, in ihren Augen spiegelte sich Entsetzen, und sie bewegte sich nicht von der Stelle. Sie wurde ganz blaß und begann zu weinen. Ich legte eine Hand auf ihre Schultern und fragte nach dem Grund.

»Oh, Madame«, klagte die Maus, »ich wußte, es würde nicht so weitergehen. Jeden Tag hatten wir Fleisch, und ich war so glücklich. Ich glaubte, endlich eine gute Stellung gefunden zu haben, und jetzt ist es bei Ihnen wie bei allen anderen. Eier. Ich kann Eier nicht mehr essen.« – »Wenn Sie keine Eier mögen, dann kaufen Sie doch etwas anderes. Mir ist es gleich. Ich dachte nur deshalb an Eier, weil ich heute knapp bei Kasse bin.«

»Es ist nicht so, daß ich überhaupt keine Eier mag. Zu Hause auf dem Bauernhof habe ich sie gern gemocht, wir haben dort oft Eier gegessen. Aber als ich nach Paris kam, in meine erste Stellung, war die Madame so knauserig, Sie können sich nicht vorstellen, wie sehr. Sie hielt alles in Schränken verschlossen, wog die Vorräte und zählte die Zuckerstücke, die ich aß. Sie schimpfte unablässig mit mir, weil ich ihrer Meinung nach zuviel aß. Für sie mußte ich täglich Fleisch kaufen, für mich jedoch immer Eier: Eier zum Mittagessen, Eier zum Abendessen, jeden Tag Eier, bis ich todkrank davon wurde. Und heute, als Sie das zu mir sagten ... Ich dachte, es würde alles wieder von vorn anfangen.«

»Mittlerweile müßten Sie doch gemerkt haben, daß ich nicht möchte, daß Sie hier unglücklich sind.«

»Ich bin nicht unglücklich, Madame, ich bin sehr glücklich hier, nur glaube ich nicht an das Glück. Ich fürchtete die ganze Zeit, es sei irgendein Haken daran, zum Beispiel, daß Sie mich nur einen Monat lang beschäftigen und mich dann kurz vor den Sommerferien wieder entlassen würden, um das Gehalt für diese Zeit zu sparen; ich würde dann in Paris auf der Straße sitzen und keine Stellung finden. Oder ich stellte mir vor, daß Sie mich vor Weihnachten davonschicken würden, um mir nichts schenken zu müssen, denn das habe ich alles schon erlebt. Ich war einmal in einem Haushalt, in dem ich nie Ausgang bekam. An den Abenden mußte ich auf das Kind aufpassen, und an den Sonntagen, wenn alle anderen weggingen, mußte ich das Haus hüten.« Sie hielt inne. Das war alles, was sie für viele Wochen sprach. Sie erwähnte die Eier nie wieder und schien etwas weniger furchtsam zu sein, doch huschte und eilte sie wie zuvor und aß noch immer so, als schämte sie sich, beim Essen ertappt zu werden. Wieder und wieder konnte ich in der Maus die Schranke der Angst nicht durchbrechen, selbst dann nicht, als ich ihr die Hälfte meines Lotterieloses schenkte, selbst dann nicht, als ich ihr einen Rahmen für die Fotografie ihres künftigen Ehemannes kaufte, selbst dann nicht, als ich ihr Briefpapier schenkte, nachdem ich sie dabei ertappt hatte, wie sie meines stehlen wollte.

Eines Tages verließ ich das Hausboot für eine Woche, und die Maus blieb allein zurück, um es zu bewachen. Nach meiner Rückkehr gelang es mir noch seltener, ihr in die Augen zu blicken, und ich schaffte es auch nicht, sie zum Lachen zu bringen. Eine Frau, die mit ihrem Liebhaber am Ufer entlangging, hatte ihren Hut verloren. Er fiel in den Fluß. Sie klopfte an unsere Tür und fragte die Maus, ob sie das Hausboot betreten dürfe, um zu versuchen, ihn mit einem Besen herauszufischen. Er trieb auf der anderen Seite des Bootes. Jeder versuchte, durch das Fenster nach ihm zu fischen; durch das Gewicht des Besens und den Sog der Strömung fiel die Maus beinahe aus dem Fenster. Alle lachten, selbst die Maus, doch dann erschrak sie darüber, sich lachen zu hören, und eilte an ihre Arbeit.

Ein Monat verging. Eines Tages mahlte die Maus Kaffee in der Küche, und ich hörte sie dabei stöhnen. Ich ging nachsehen und fand die Maus sehr bleich auf dem Stuhl sitzen, sich vor Leibschmerzen krümmend. Ich half ihr in ihre Kabine. Die Maus sagte, es sei nur eine Magenverstimmung, aber die Schmerzen wurden schlimmer. Eine Stunde lang stöhnte sie, dann bat sie mich schließlich, einen Arzt zu holen, den sie kannte und der in der Nähe wohnte. Die Frau des Arztes öffnete mir die Tür. Ihr Mann hatte die Maus schon früher behandelt, aber nicht mehr, seit sie auf dem Hausboot lebte. Dieser Umstand machte es dem Arzt unmöglich zu kommen, denn er war ein *grand blessé de guerre,* und wegen seines Holzbeines konnte man von ihm nicht erwarten, über eine schwankende Laufplanke auf ein tanzendes Hausboot zu gehen. Das sei unmöglich, wiederholte die Frau, aber ich bat sie inständig und erklärte ihr, daß der Steg sicher sei; er habe an einer Seite ein Geländer, und das Hausboot schwanke nur, wenn ein Kahn vorbeifahre. Es läge in der Nähe der

Treppe und sei leicht zu betreten. Der Fluß sei an diesem Tag sehr ruhig, und ein Unfall nicht zu befürchten. Die Frau des Arztes war nun beinahe überzeugt davon und gab mir eine halbe Zusage: Ihr Mann würde in einer Stunde kommen.

Wir beobachteten durch das Fenster, wie er hinkend näherkam und zögernd vor der Laufplanke stehenblieb. Ich ging hinüber, um ihm zu demonstrieren, wie sicher der Steg sei, und er hinkte auf das Boot, wobei er langsam wiederholte: »Ich bin ein *grand blessé de guerre.* Ich kann keine Leute behandeln, die auf einem Hausboot leben.« Aber er fiel nicht in den Fluß. Er betrat die kleine Kabine.

Die Maus war nun gezwungen, genaue Erklärungen zu geben. Sie fürchtete, schwanger zu sein, hatte ein Mittel versucht, von dem ihre Schwester erzählt hatte: reinen Ammoniak, und litt jetzt unter entsetzlichen Schmerzen. Der Arzt schüttelte den Kopf. Die Maus mußte sich entkleiden. Es war merkwürdig, die kleine Maus zu sehen, wie sie mit dünnen, angewinkelten Beinen dalag.

Ich fragte sie, warum sie mir nichts gesagt hatte.

»Ich fürchtete, Madame würden mich hinauswerfen.«

»Im Gegenteil, ich hätte Ihnen geholfen.«

Die Maus stöhnte. Der Arzt sagte: »Sie haben eine böse Infektion riskiert. Wenn es jetzt nicht herauskommt, müssen Sie ins Krankenhaus.«

»Oh, nein, das ist unmöglich. Meine Schwester wird das erfahren, wütend auf mich sein und alles meiner Mutter erzählen.«

»Vielleicht kommt es ja von allein heraus. Das ist alles, was ich tun kann. Ich kann mich nicht auf solche Dinge einlassen. In meinem Beruf muß man vorsichtig sein, und ich muß auch an mich selbst denken. Bringen Sie mir Wasser und ein Handtuch.«

Er wusch sich sorgfältig die Hände und sprach die ganze Zeit davon, daß er nicht zurückkommen könne. Es sei nur zu hoffen, daß sie keine Infektion bekäme. Die Maus krümmte sich in einer Ecke ihres Bettes und sah ängstlich auf den Arzt, der alle Verantwortung von seinen Händen wusch. Der *grand blessé de guerre* behandelte die Maus nicht als Menschen. Alles an ihm ließ klar und deutlich erkennen, was er dachte: ›Du bist nur ein Dienstmädchen, eben nur ein kleines Dienstmädchen, und wie alle Dienstmädchen kommst du in Schwierigkeiten, und das ist deine eigene Schuld.‹ Dann sagte er laut: »Ihr Dienstmädchen macht uns Ärzten immer nur Schwierigkeiten.«

Nachdem er seine Hände abgetrocknet hatte, hinkte er mit einem endgültigen »Auf Wiedersehen« über die Laufplanke, und ich ging zurück in die Kabine und setzte mich an das Bett der Maus.

»Sie hätten mich ins Vertrauen ziehen sollen, ich hätte Ihnen geholfen. Bleiben Sie ruhig liegen, ich werde für Sie sorgen.«

»Schicken Sie mich nicht ins Krankenhaus, sonst wird meine Mutter alles erfahren. Es ist nur passiert, weil Sie weg waren und ich nachts allein auf dem Boot solche Angst hatte. Ich fürchtete mich vor den Männern unter der Brücke, und deshalb ließ ich meinen Freund hier übernachten – es ist nur geschehen, weil ich mich fürchtete.«

So war es der Maus passiert, einfach aus Angst. Sie rannte in die Falle und wurde gefangen. Das war die Liebe, wie die Maus sie kennengelernt hatte: ein Augenblick von Angst in der Dunkelheit.

»Um Ihnen die Wahrheit zu sagen, Madame, es lohnt nicht. Ich kann überhaupt nichts daran finden. Nur um hinterher all die Schwierigkeiten zu haben, nur um hinterher in der Falle zu sitzen ...? Wozu das alles? Es ist nichts Außergewöhnliches daran.«

»Bleiben Sie ruhig liegen, ich werde nach einiger Zeit wiederkommen und messen, ob Sie Fieber haben.«

Ein paar Stunden später rief mich die Maus: »Es ist passiert, Madame, es ist passiert.«

Aber die Maus hatte Fieber, und es stieg. Sie hatte eine Infektion, und kein Arzt fand sich dazu bereit, auf das Hausboot zu kommen. Sobald sie erfuhren, worum es sich handelte, weigerten sie sich zu kommen, und schon gar nicht wegen eines Dienstmädchens – das kam viel zu häufig vor. »Sie müssen lernen, nicht in solche Schwierigkeiten zu kommen«, sagten sie.

Ich versprach der Maus, mit ihrer Schwester zu reden und einen Grund für ihre Abwesenheit zu erfinden, wenn sie zustimmen würde, sich ins Krankenhaus bringen zu lassen. Sie willigte ein, und ich bot an, ihr Köfferchen zu packen. Bei dem Wort »Koffer« wurde die Maus sehr blaß, lag wie erstarrt auf ihrem Bett und wirkte ängstlicher als je zuvor. Aber ich zog den Koffer hervor und legte ihn neben sie.

»Sagen Sie mir, wo Ihre Kleider sind. Sie brauchen Seife, eine Zahnbürste, ein Handtuch und ...«

»Madame ...«, die Maus zögerte, öffnete dann den kleinen Nachttisch neben sich und reichte mir all die Dinge, von denen ich geglaubt hatte, sie im letzten Monat verloren zu haben: meine Seife, meine Zahnbürste, mein Handtuch, eines meiner Taschentücher und eine Puderquaste von mir. Es war so viel, daß ich lächeln mußte. Aus der Schublade tauchte sogar eines meiner Nachthemden auf, doch ich tat so, als würde ich es nicht erkennen. Die Wangen der Maus glühten vor Fieber. Sie packte sorgfältig ihr kleines Köfferchen, dachte sogar an Briefpapier für ihren Freund und an ihr Strickzeug. Schließlich bat sie mich, nach einem Buch zu suchen, das sie mitnehmen wollte. Es war ein Lesebuch für Kinder. Die ersten zehn Seiten hatte die Maus völlig zerlesen: die Geschichten vom Lamm, der Kuh und dem Pferd. Seit vielen Jahren mußte sie diese Seiten immer wieder gelesen haben, denn sie waren so abgenutzt und grau wie ihre Hausschuhe. Ich sagte der Maus, daß ich ihr neue Hausschuhe kaufen würde. Sofort griff sie nach ihrer Geldbörse, die unter der Matratze versteckt war.

»Mein Gott, hat Ihnen noch nie jemand etwas geschenkt?«

»Nein, Madame.«

»Wenn ich arm und krank im Bett läge, würden Sie mir nicht auch ein Paar Hausschuhe schenken, wenn ich sie nötig hätte?«

Diese Vorstellung entsetzte die Maus mehr als alles andere, eine solche Umkehrung konnte sie sich beim besten Willen nicht vorstellen.

»Das ist etwas anderes«, antwortete sie.

Als man die Maus vom Hausboot trug, sah sie sehr klein aus. Sie bestand darauf, einen Hut aufzusetzen, ihren Sonntagshut, der aus seinem mit Seidenpapier ausgeschlagenen Grab hervorgeholt wurde. Auch wollte sie den winzigen Pelzkragen in der Farbe ihrer mausgrauen Augen umlegen.

Im Krankenhaus weigerte man sich, sie aufzunehmen, ihr zu helfen.

Welcher Arzt habe sie behandelt? Keiner. Ob sie verheiratet sei? Nein. Wer habe die Abtreibung vorgenommen? Sie selbst. Man bezweifelte das und gab uns den Rat, es in einem anderen Krankenhaus zu versuchen. Die Maus verlor Blut, und das Fieber verzehrte sie. Ich brachte sie in ein anderes Krankenhaus, wo man sie auf eine Bank setzte. Die Maus klammerte sich an ihr Handköfferchen. Man traktierte sie erneut mit Fragen: Aus welchem Ort sie stamme? Wo sie zuerst gearbeitet habe? Die Maus antwortete demütig. Und danach? Sie konnte sich nicht mehr an die Adresse erinnern, was die Befragung für zehn Minuten zum Stillstand brachte. Und davor? Die Maus antwortete wieder. Sie hielt eine Hand auf ihren Leib gepreßt.

»Diese Frau verliert Blut«, protestierte ich, »sind denn alle diese Fragen jetzt notwendig?«

Gut, wenn sie sich nicht an die dritte Adresse erinnere, dann vielleicht daran, wo sie danach gearbeitet hätte? Und wie lange? Es waren immer zwei Jahre. »Warum?« fragte der Mann hinter dem Schreibtisch, als sei es überraschend und verdächtig, daß sie nicht länger in einer Stellung geblieben war. Man behandelte sie, als sei sie eine Angeklagte.

»Haben *Sie* vielleicht die Abtreibung vorgenommen?« fragte der Mann und wandte sich mir zu.

Die Frau, die auf der Bank Blut verlor, bedeutete ihnen nichts, sie sahen nicht die kleinen, runden, feuchten Augen, das winzige, abgetragene Pelzkrägelchen um ihren Hals und ihre Panik, nicht den nagelneuen Sonntagshut und den zerschlissenen Handkoffer, dessen Griff aus einer Schnur bestand, nicht die speckige Geldbörse und die Briefe des Soldaten, die zwischen den Seiten eines Kinderlesebuchs lagen, sie sahen auch die Schwangerschaft nicht, zu der es aus Furcht vor der Dunkelheit gekommen war. Ein Bild der Panik: eine Maus, die in die Falle geraten ist.

Unter einer Glasglocke

Es war ein herrschaftliches Haus, dem das Flair der vielen Menschen anhaftete, die darin gelebt hatten. Es verströmte das schwere Parfüm reichen Lebens, das die Möbel durchdrungen hatte, und in den Falten der Vorhänge verbargen sich Geheimnisse und Seufzer. Aber es war auch ein Haus, das im Begriff stand zu entschwinden. Das Ende einer labyrinthischen Treppe, die zum Portal führte, verlor sich zwischen Pflanzen in großen Kübeln; Türmchen entschwanden in den überhängenden Zweigen alter Bäume. Die Glastüren und Fenster öffneten sich ohne jedes Geräusch, die Fußböden glänzten so intensiv, daß sie durchsichtig zu sein schienen, die Decken waren weiß gepudert, die Damastvorhänge steif wie die Gewänder von Mumien. Die Butler wußten um die Zerbrechlichkeit, bewegten sich beinahe unsichtbar und scheinbar ohne etwas zu berühren. Was sie mit der tänzerischen Leichtigkeit eines Menuetts hin- und hertrugen, ruhte auf Silbertabletts und wurde ebenso graziös entgegengenommen. Holz, Seiden und Farben besaßen die Zerbrechlichkeit getrockneter Blumen. Die geschwungenen Stuhlbeine waren von anmutiger Selbstsicherheit wie die Beine der Vorfahren in ihren weißen Strümpfen. Die Spitzendecken auf den Sessellehnen waren gestärkt und sahen wie Papier aus, die Papierblumen waren bemalt und wirkten wie Spitze. Die weißen Rosen der Spiegelrahmen waren aus Seemuscheln. Von der Decke hing ein riesiger Lüster, Bündel blauer Eiskristalle warfen Tränentropfen aus blauem, gläsernem Licht auf goldene Möbel.

Die Schäferinnen, die Engel, die Götter und Göttinnen aus Porzellan auf dem Kaminsims – sie alle schienen von einem geheimen Zauber mitten in ihrer Bewegung gebannt und vom weißen Staub des Schlafes in den Traum versetzt worden zu sein, wie die geheimen Zaubereien der Natur, die Wassertropfen in dunkle Höhlen einschließt und sie in Stalaktitenfackeln, Kerzenleuchter und Kapuzengestalten verwandelt. Solche Zartheit der Formen kann nur in Leere entstehen, in tiefem Schweigen und völliger Bewegungslosigkeit. Hier gab es keine Gewalt, keine Tränen, kein großes Leid, kein Geschrei, keine Zerstörung und keine Anarchie. Das geheimnisvolle Schweigen, die verstummten Qualen, die durch großen Reichtum entstanden waren, schufen eine Verschwörung der Stille, um diese blütenhafte Zerbrechlichkeit in Kristall, Holz und Damast zu bewahren. Die Geigen waren stumm, die Hände trugen Handschuhe; wohin man auch trat, lagen Teppiche ausgebreitet, und die Gärten dämpften wie Watte die Geräusche der Welt.

Das Licht der blauen Eiskristalle warf eine Patina über alle Dinge und verwandelte sie in Bouquets künstlicher Blumen, die unter einer Glasglocke stehen. Die Glasglocke wölbte sich über Blumen, über Stühle, über den gesamten Raum, über die prachtvollen Betten, die Statuen, die Diener, über alle Menschen, die in dem Haus lebten. Die Glasglocke wölbte sich über das gesamte Haus.

Tag für Tag arbeiteten Stille, Frieden und Sanftheit in wachsender Zartheit an den Kristallüstern, den Möbeln, den Statuetten und Spitzen und schützten sie dann unter Glas. Unter der riesigen Glasglocke wirkten die Farben unerreichbar, waren die Formen von ausgeprägter Schönheit, so schön, daß sie unwiederholbar zu sein schienen. Jeder Gegenstand besaß die Transparenz und die Zerbrechlichkeit von Stalaktiten, die in Schweigen und Abgeschiedenheit entstehen und die zerbrechen, wenn man die Höhlen öffnet und der Atem der Menschen sie trifft.

Jeanne saß mit ihren beiden Brüdern in dem Raum, den sie seit ihrer Kindheit bewohnten. Sie saßen vor einem abgeschirmten Kamin in drei Kinderstühlen.

Ihr Gesicht wirkte wie eine Blume ohne Stiel, und sie neigte ihren Kopf müde zur Seite, während sie unaufhörlich vor sich hinsprach: »Jean, Paul und ich ... Außerhalb unserer Verbindung existiert nichts. Meine eigenen Kinder bedeuten mir nicht so viel wie meine Brüder. Ich widme mich meinen Kindern nur, weil ich mein Wort gegeben habe, weil ich es ihnen schulde, aber was ich für meine Brüder tue, ist mir immer eine große Freude. Wir können nicht ohne einander leben. Bin ich krank, werden sie krank, sind sie krank, werde ich krank. Alle Freuden und Ängste verdreifachen sich. Ihre Meinung von mir und meine Meinung von ihnen ist unser einziger Maßstab, der uns eine Art heroischen Lebens abfordert. Wenn ich jemals zu Jean sagen würde: ›Du hast etwas Unbedeutendes getan‹, dann würde er sich töten. Wir drei gehören in das Mittelalter. In uns lebt der Drang nach Heldentum, doch in der heutigen Zeit ist für derartige Gefühle kein Platz. Das ist unsere Tragödie. Einst wollte ich eine Heilige sein, es schien die einzige Vollkommenheit zu sein, die ich noch erreichen konnte, denn nichts ist stärker in mir als die Sehnsucht nach Reinheit und Größe. Ich lebe nicht auf der Erde, auch meine Brüder nicht. Wir sind gestorben. Wir erreichten in unserer Liebe solche Höhen, daß uns danach verlangte, gemeinsam mit den Geliebten zu sterben, und so starben wir. Wir leben in einer anderen Welt, und es ist eine Farce, ein Anachronismus, daß wir Körper haben, wir wurden überhaupt nicht geboren. Wir haben kein gewöhnliches, sinnliches Leben und keine Verbindung mit der Realität. Meine Heirat war eine Farce, die Ehen meiner Brüder bedeutungslos. Als meine Kinder geboren wurden, habe ich nicht gelitten. Die Geburten waren schwierig. Ich lehnte eine Narkose ab. Die Geburten amüsierten mich. Ich wollte mich dabei beobachten, wie ich Kinder in die Welt entließ. Ich strengte mich sehr an. Natürlich empfand ich Schmerz, aber ich litt nicht wie ein menschliches Wesen. Ich empfand den Schmerz losgelöst von mir, als widerführe er nicht meinem Körper. Ich besitze keinen Körper, sondern mich umgibt eine Hülle, die anderen vortäuscht, daß ich am Leben sei. Meine Brüder und ich hassen es, uns anzusehen. Wir lieben es, lange Gespräche miteinander zu führen, von Zimmer zu Zimmer, bei geöffneten Türen, aber ohne uns zu sehen. Wir verabscheuen es, uns zu begegnen und in der dummen, gewöhnlichen Art von Menschen zu küssen, diese große Farce menschlicher Gesten und Regungen aufrechtzuerhalten, da wir tot sind. Und der endgültige Tod wäre wünschenswert. Alles, was wir zusammen tun, ist eine Freude. Ich kann es nicht ertragen, ihre Körper zu sehen, zu bemerken, wie sie alt werden. Einmal schrieb ich Briefe, während sie Karten spielten. Ich sah sie an und dachte, es ist ein Verbrechen, daß wir leben, das Leben ist ein Trugbild. In Wirklichkeit ist alles vor langer Zeit zu Ende gegangen, wir haben bereits gelebt, sind weit entfernt von Ehemännern, Ehefrauen und Kindern. Ich habe mich sehr darum bemüht, andere zu lieben, und bis zu einem gewissen Punkt gelingt es mir, aber nicht weiter, dann beginne ich sie zu hassen. Keiner von uns besitzt menschliches Mitgefühl. Jean versteht nicht, warum seine Frau manchmal weint. Wir lachen über sie. Sie ist klein und menschlich. Sie weint, und wir verachten sie deshalb. Wir weinen niemals. Das einzige, was ich manchmal empfinde, ist Angst, fürchterliche Angst, die mich unversehens wie ein Anfall von Wahnsinn überfällt. Manchmal werde ich auf der Straße taub. Ich sehe Autos vorbeifahren und höre sie nicht. Dann wieder scheine ich blind zu werden, und alles um mich herum verschleiert sich. Aber das geschieht nur, wenn ich alleine bin. In meiner Einsamkeit fürchte ich verrückt zu werden. Manchmal sage ich zu meinem Mann: ›Weißt du, ich befinde mich auf der höchsten Stufe der Erkenntnis.‹ Er antwortet: ›Wie hochmütig du bist!‹ Aber es ist nicht Hochmut, sondern eine Stufe der Erkenntnis, die man erreicht, wenn man gestorben ist. Manchmal, wenn er in seiner Zeitung liest, sage ich zu ihm: ›Möchtest du nicht auch gern ein Erzengel sein, wie ich es bin?‹ Er antwortet mir: ›Du bist ein Kind.‹ Meine Brüder sagen so etwas nie, wir können uns gegenseitig erzählen, wie es ist, ein Erzengel zu sein. Wenn sich unsere Stimmung wieder verändert, sagen meine Brüder: ›Wir wollen uns neuen Exerzitien zuwenden.‹ Ich bin eine Nachfahrin der Johanna von Orléans, aber ich habe keine Aufgabe zu erfüllen, habe nichts zu retten. Wir schlafen noch immer in den Betten, in denen wir als Kinder schliefen. Meine Mutter war die wahre Königin von Frankreich. Sie wurde von allen großen Männern ihrer Zeit geliebt, sie herrschte über sie. Sie sorgte nie für uns wie eine Mutter, sondern lebte nur auf den Höhepunkten großer Leidenschaften. Liebe war für sie nicht von Dauer, Liebe war für sie Leidenschaft. Als die Zeit der Leidenschaften vorüber war und ihre Schönheit zerfiel, nahm sie Drogen. Sie lag den ganzen Tag lang in ihrem Bett unter dem Baldachin und murmelte mit brennenden Augen abgerissene Sätze. Sie hielt die Fenster verschlossen und lebte bei Kerzenlicht. Ihre Augen waren weit geöffnet, aber außer ihren Träumen sah sie nichts mehr. Sie ließ ein Diner für fünfundzwanzig Gäste vorbereiten, aber sie vergaß es und nahm eine größere Dosis ihrer Drogen. Als ich nach Hause kam, liefen der Koch und die Wirtschafterin durch die Gänge und riefen: ›Madame ist wegen Napoleon außer sich. Was sollen wir mit zwei Dutzend Hummern und den Kilos und Kilos an Früchten anfangen? Was sollen wir nur tun? Madame sagt: ‚Bonjour Napoleon, ich muß eine Rede halten und weiß nicht, was ich sagen soll.'‹ Ich habe das Leben falsch begonnen.«

Ein georgischer Prinz verliebte sich in Jeanne, und auch sie versuchte, ihn zu lieben, doch sie klagte darüber, daß er nur alltägliche Worte zu ihr spreche und daher nie die Zauberformel finden könne, die ihr Wesen öffnen würde. Am Weihnachtsmorgen gingen sie aus. Sie hatte sich Lametta um den Hals gelegt, und auf ihrem kleinen Finger saß einer der gläsernen Vögel. Sie nahm ein Taxi, um den Prinzen zu besuchen. Als der Taxifahrer sie sah, weigerte er sich, für die Fahrt Geld zu nehmen. Er war Russe. Vielleicht erinnerte er sich an die persischen Bilder von Frauen, die einen Vogel auf ihrem Finger tragen. Er nahm von Jeanne kein Geld. Vielleicht erriet er, daß sie den Prinzen besuchen wollte. Jeanne legte das Lametta um den Hals des Taxifahrers, setzte den Vogel auf den Taxameter, lächelte und sagte: »Bitte fahren Sie mich nach Hause!«

An diesem Abend schickte ich Jeanne das erste persische Bild, auf dem die Königin von *Bijabur* auf einem weißen Zelter mit schwarzen Samtschabracken reitet. Es wurde ihr beim Frühstück auf einem Silbertablett gebracht. Sie glaubte, der Prinz habe es geschickt, und wieder nahm sie ein Taxi; dieses Mal läutete sie an seiner Tür und stattete ihm einen Besuch ab.

Am nächsten Tag erhielt sie ein Bild, auf dem *Baz Bakadur* und *Rupmati* im Mondlicht reiten. Sie dachte, der Prinz könne seine Träume nicht in Worte fassen, aber sie glaubte, er könne träumen. Sie stattete ihm einen zweiten Besuch ab.

Ich schickte ihr ein Bild von *Radha,* die auf *Krischna,*

ihren Geliebten, wartet. An diesem Abend dinierten sie zusammen, und nach der Sitte seines Landes warfen sie nach dem Essen das Geschirr aus dem Fenster.

Am vierten Tag schickte ich ihr die Botschaft eines Liebenden in einem persischen Garten voller Federblüten. Am fünften Tag schickte ich ihr den Prinzen und die Prinzessin, die durch ein Gebirge reiten, während ihnen ein Diener mit einer Fackel den Weg leuchtet.

Noch ehe meine Sammlung persischer Bilder erschöpft war, hatte Jeanne entdeckt, daß Prinz Mahreb überhaupt nicht träumen konnte, und ihr Gesicht wurde wieder teilnahmslos wie eine Pflanze ohne Wurzeln.

Eines Nachmittags schlief Paul im Garten ein, und als die Sonne unterging, warf sie die Konturen seines Gesichts als Schatten auf die Rückenlehne des Stuhls. Jeanne trat hinzu und küßte den Schatten. Unter Schatten fühlte sie sich wohl.

Das riesige Haus stand hinter ihnen und blickte mit seinen tausend Augen auf sie herab.

Jeanne ging in das Haus und betrat den Spiegelsaal: Spiegeldecken, Spiegelböden, Spiegelfenster, die sich auf Spiegelfenster öffneten. Die Luft war aus Gelatine. Um ihr Haar lag eine Safran-Aureole, und ihre Haut war eine Seemuschel, eine Eierschale. Ein wächsernes Mondlicht umfloß ihre Schultern. Die Frau, gefangen in der Stille der Spiegel, nur umflutet von gelierten Farben.

Auf ihrer Brust wuchsen Blumen aus Staub, kein Wind erhob sich von der Erde, um sie zu verwehen, Blumen aus Staub, ruhig schwebend. Um ihre Taille trug sie eine Krinoline ohne Spitzen- oder Satinüberwurf, eine runde Krinoline, wie ein Vogelkäfig, an ihrem Hals eine Brosche ohne Steine, deren kleine Silberkrallen ins Leere griffen. Der Fächer in ihrer Hand war ohne Spitzen und ohne Federn, geöffnet und nackt wie Zweige im Winter. Sie hauchte auf den Spiegel. Der Tau ihres Atems verschwand auf dem Spiegel, der nichts bewahrte. Sie schloß ihre Augen wieder und wieder: ein Tunnel sich schließender Augen. Unzählige schweflige Profile, umgeben von Ringen aus Licht, berührten sich, das Lächeln unzähliger Frauen. Vier Frauen, die auf vier Frauen zugehen, die auf vier Frauen zugehen, die verschwinden. Sie blickte in den Spiegel, bis der Tau ihrer Angst ihr Gesicht umwölkte.

Sie wollte an einem Ort sein, wo sie sich nicht sehen konnte, wollte zu einem Ort, wo nicht alles zweimal geschah. Sie ging davon und folgte den tiefen Höhlen des verschwindenden Lichts, berührte Eis und verletzte sich. Um sehen zu können, mußte sie stillstehen, und so war nichts von dem, was sie erfassen konnte, die Wahrheit: die Frau, die keuchte, tanzte, weinte – es war stets die Frau, die innehielt. Der Spiegel war immer einen Atemzug zu spät, um das Atmen einzufangen.

Schneller, immer schneller drehte sie sich, um das Gesicht ihrer Seele zu erfassen, aber selbst wenn sie sich mit der Geschwindigkeit des Traumes bewegte, sah sie das Gesicht der Schauspielerin und den winzigen Vorhang, der sich im Innern ihrer Pupille schloß. Sie wollte den Spiegel zertrümmern und eins sein. Es gab die Freude des Entschleierns, von der keine menschliche Freude sie zurückrufen konnte, es gab Freude ohne Füße, ohne Stimme, ohne Wärme, aber der Spiegel enthüllte nur den suchenden Blick. Wenn es ihr nicht gelang, die wahre Flamme des Lebens zu erkennen, konnte sie dann den Tod entdecken? Sie beugte sich näher, um die Bewegungslosigkeit, den Tod, zu erkennen, aber die Höhlen in den Pupillen der Augen verkleinern und schließen sich bei seinem Anblick. Das tote Auge kann das tote Auge im Spiegel nicht sehen. Beim Sterben sind alle Spiegel bedeckt, um die Spiegelungen zu begraben. Der Tod erlaubt niemals ein Echo, er kann niemals sichtbar gemacht werden oder den Schatten seiner Gegenwart werfen.

Sie beobachtete ihr Leid, sah die Tränen. Das Leid, das sich vor ihr enthüllte und spiegelte, war nicht mehr ihr eigenes, sondern das einer anderen; zwischen ihnen lag eine Kluft. Sie sah die Tränen, und sie gefroren und starben.

Sie rannte hinaus in den schlafwandlerischen Garten. Ihr Bruder schlief noch immer wie verzaubert. Die Glasglocke, die sie von der Welt trennte, war im Licht zu sehen. Würde Jeanne sie erkennen? Würde sie die Glasglocke zerschlagen und frei sein? Sie sah sie nicht. Sie küßte den Schatten ihres Bruders. Er erwachte. Sie sagte:

»Ich möchte etwas Warmes berühren. Rette mich vor den Spiegelungen. Der Spiegel ängstigt mich.«

Aber ihre Hand ruhte auf dem Schatten ihres Bruders, lag nicht auf seinem Körper. Dann sagte sie: »Ich fürchte, daß ich als erste von uns dreien sterben werde. Ich bin die Leichteste. Ich sah im Spiegel nicht meinen Tod, sondern das Bild meiner selbst im Grab. Ich trug eine Brosche ohne Steine und eine Krinoline, deren Seidenüberwurf völlig zerfressen war.«

Ihre Gitarre lag zu ihren Füßen. Während sie sprach, sprang eine Saite.

Der Mohikaner

Er sah aus wie ein weißer Indianer und hielt sich für den letzten Mohikaner, ein verblichener Indianer mit hohen Wangenknochen, hierher verpflanzt von verlorenen Kontinenten, bleich geworden durch lange Studien in der *Bibliothèque Nationale,* wo er esoterische Schriften studierte. Sein Gang war langsam wie der eines Schlafwandlers, der in die Vergangenheit verstrickt und unfähig ist, sich in der Gegenwart zu bewegen. Er war so sehr beladen mit Erinnerungen, daß sie ihn niederdrückten. Aus all seinen Studien, seinen Überlegungen destillierte er einzig das Gift des unabwendbaren Schicksals, sah nichts als den Wahnsinn der Welt, das Herannahen einer weltverschlingenden Katastrophe. Für den Mohikaner war alles Leben eine unbedeutende Kristallisation auf der Oberfläche eines Planeten. Deshalb erschienen ihm die Menschen ohne ihre Stofflichkeit. Er sah ihre Phosphoreszenz und sprach von der Stärke oder der Schwäche des Lichts in ihnen. Ihr Zorn waren Zungen aus rotem Wasserstoff, die aus ihnen loderten, ein Akt der Zärtlichkeit, Speichelschaum der Venus. Das Fixierende seines hypnotischen Blicks entdeckte die Dämpfe unausgesprochener Worte, unausgeführter Absichten. Er sah uns alle ohne Gravitationszentrum, nur als kosmische Lichtstrahlen, freigesetzt durch die Explosionen umherirrender Sterne.

Nachts quälte ihn die Furcht davor, was geschehen würde, wenn die Sonne explodierte. Er erwachte am Morgen mit der Erinnerung an den Stern, der vor tausenddreihundert Jahren explodiert war. Aber seine Hellseherei führte zu nichts, seine Füße waren umschlossen von Schuhen aus Blei, sein Innerstes war wie das der Erde: Felsen und Eisen, umgeschmolzen von lodernden Flammen.

Dieser fatalistische Mann, der aus den Tiefen seiner Vergangenheit mit unerträglich offenen Augen auftauchte, bot der Welt in erster Linie ein Bild legendärer Eleganz. Er übergab einem seinen Mantel mit der Sorgfalt eines Mannes, der es ablehnt, sich auch nur von dem kleinsten Stäubchen beschweren zu lassen. Dieser Mantel wurde so sorgfältig aufgehängt, daß sich keine Falte darin bilden konnte. Sein weißer Kragen war unglaublich gestärkt, seine Manschetten waren von blendendem Weiß, seine Lederhandschuhe wurden nie getragen. An seiner Kleidung entdeckte man nicht die geringsten Spuren von Benutzung. Schlafwandler machen nur wenige Bewegungen, stoßen niemals gegen Dinge, fallen auch nicht. Seine Trance trug ihn mit einer unglaublichen Sparsamkeit der Bewegungen über alle Hindernisse hinweg, und der Traum schob sich zwischen ihn und alles, was er berühren und befühlen wollte. Er selbst ging unsichtbar, unberührt, unerreichbar vorüber und hinterließ niemals die kleinste Spur seiner Realität: keinen Fleck, keine Träne, kein Zeichen von Abnutzung und kommendem Tod. Es schien eher so, als habe ihn der Tod bereits ereilt, als sei er für die Schwierigkeiten und Gewohnheiten des Lebens gestorben und mit all seinen weltlichen Gütern in seinen besten Kleidern prunkvoll begraben worden, als ginge er nur noch durch die Straßen, um uns vor dem Zerfall Europas zu warnen.

Er trug den Panzer des Aristokraten, diesen starken Panzer, der nicht nur bewirkte, daß seine Kleider makellos blieben, sondern der ihm auch verbot, sich zu beklagen, zu bitten, nachzugeben oder körperlich wie geistig zu erschlaffen. Dieser außergewöhnliche Panzer war das einzige bleibende Merkmal des Adels, das letzte Beispiel einer aufrechten und stilisierten Lebenshaltung, die aus unserer Welt verschwindet.

Auch seine Stimme kam aus großer Entfernung, wenn er über die Versteigerung seines gesamten Eigentums berichtete, über die Gier der Leute, die sich um seine Zeichnungen stritten und seine persönlichen Souvenirs verschacherten: Trophäen, Symbole, magische Geschenke, Zeichen der Liebe. Dieses Schauspiel und der Verlust all der Dinge, die er liebte, verwundeten ihn so sehr, daß er sich ausgebrannt fühlte, wie einer jener Bäume, die man manchmal im Süden sieht, die sich noch immer aufrecht halten, obwohl ihr Inneres zu Asche verbrannte. »Vielleicht«, sagte der Mohikaner, »führen alle Menschen, die versuchen, die Mysterien zu enthüllen, ein tragisches Leben; am Ende werden sie immer bestraft.«

Seine Redeweise war sphärisch. Er beschrieb ungeheure Ellipsen – bis hin zum Türkischen Bad in Algerien, wo ihn der schöne Knabe so wirkungsvoll massiert hatte, daß der Mohikaner vor ihm fliehen mußte. Dem Gesicht des Mohikaners konnte man jedoch dabei ablesen, daß er nicht geflohen war, eine spöttische Erinnerung an die gemachte Erfahrung, ähnlich dem Wunsch des Verbrechers, zum Ort seiner Tat zurückzukehren. Wenn ich in ihn gedrungen wäre, hätte er vielleicht gestanden, daß er den Knaben wiedersah, aber ich hätte niemals mehr erfahren. Doch während der Mohikaner sprach, trug sein Verhalten dazu bei, ihn sich zusammen mit dem Knaben vorzustellen: seine besondere Art dazustehen, das Körpergewicht auf ein Bein zu verlagern, seine Arme wie eine Frau schützend vor der Brust zu verschränken, die Schatten, die seine Körpermitte zu tabuisieren schienen, während gleichzeitig seine Augen die Perversität eingestanden.

Der Mohikaner sprach stets wie ein Spion, sein Bericht war voller Ungenauigkeiten, voll geheimnisvoller Erregung, was durch die momentanen Bilder seiner Erinnerung hervorgerufen wurde, die keineswegs mit dem in Verbindung standen, was er gerade sagte. Aber das schnelle, wissende »Ah!«, das er bei der leisesten Andeutung eines Abenteuers hervorstieß, war so beredt, daß man spürte: Der Mohikaner wußte alles, was es zu wissen oder zu erleben gab.

Gleichzeitig vermutete ich, daß die Ausschmückung des Vorfalls durch seine Vorstellungskraft diese Gefühle in ihm hervorrief. Jede Situation, die er berührte, blähte sich sofort auf, und die Andeutungen von Geheimnis, Schrecken und Perversität waren so unüberhörbar, daß die Begebenheit selbst darin zu ertrinken schien.

Sein Sprechen ähnelte dem Riesenrad auf dem Jahrmarkt, das kleine Gondeln voller Menschen trägt: die langsame Bewegung des Rades, die kleinen Gondeln, die am äußersten Rand hängen, und die Illusion einer weiten Rundreise, die niemals jemanden der Mitte näherbrachte. Man wurde am Rand des Rades aufgegriffen, in den Raum gewirbelt und wieder abgesetzt, ohne einen Augenblick lang das Gefühl gehabt zu haben, dem Mittelpunkt näher gewesen zu sein. Der Mohikaner trug die Menschen empor und um sich herum und hielt sie dabei immer in derselben, mathematisch genauen Entfernung. Dadurch durchbrach er alle Gesetze menschlichen Lebens, die Kollisionen und Vereinigungen verlangen.

Er lebte droben auf einem Hügel, von dem man auf Paris hinabblickte, in der Nähe der weißen *Sacré Cœur*, die der Gegend das Flair einer arabischen Insel verlieh. Er wohnte in einem ganz kleinen Hotel direkt unter dem Dach, das sich schräg über sein Bett neigte. Der Mohikaner gab dem Zimmer die Kargheit und die Ordnung einer Mönchszelle, seine Bücher band er in Cellophanpapier ein, das Löschpapier auf seinem Schreibtisch war fleckenlos weiß. An den Wänden hingen Horoskope, die mit geometrischer Exaktheit ausgeführt waren: Die Planeten durchliefen in feingezogenen blauen, roten und schwarzen Linien die »Häuser«, die Oppositionen zwischen ihnen waren mit roter Tinte gezogen, die Quadrate in Schwarz, die Konjunktionen in Blau. Mond und Sonne kollidierten zuweilen und verschmolzen in ihrem Kampf um Dominanz. Pluto, der Herrscher der Unterwelt, war erst kürzlich entdeckt worden, und der Mohikaner fürchtete ihn. Er war so sehr besorgt, daß er mir das kleine rote Buch zu lesen gab, in dem seine Bedeutung und sein Einfluß beschrieben wurden. Aber er sagte keinem von uns, wie Pluto uns direkt und individuell beeinflussen konnte, sondern murmelte lediglich abgerissene Sätze über seine großen, unheilvollen Kräfte über Dualität, Dunkelheit und Verwirrung, die er bewirkte.

Es war Pluto, der unser Sein zweiteilte und uns am dünnen Faden zwischen Wahnsinn und geistiger Gesundheit schweben ließ, aus uns Marionetten machte. Er bedeutete das Verhängnis unseres Liebens.

Stets von dem großen Verlangen nach geheimsten Offenbarungen getrieben, kämpfte ich vergeblich gegen die Verschlossenheit des Mohikaners, denn ich wollte die Büchse der Pandora öffnen. Jedesmal, wenn ich ihn besuchte, galt meine erste Frage diesem Geheimnis, und jedesmal wich er mit scheuem Blick aus und sagte: »Es ist noch zu früh, um eindeutig sagen zu können, welche Wirkung er auf uns hat.«

Der Mohikaner saß in seinem kleinen Zimmer unter dem Dach, verfolgte von dort unser Leben und machte Voraussagen. Alles, was er dazu benötigte, waren die Stunde, das Datum und der Ort der Geburt. Dann verschwand er für einige Tage in seinem Seelenlaboratorium, und wir sahen ihn erst wieder, wenn das Horoskop, wie er es ausdrückte, richtig »infundiert« war, als bereite er einen Kräutertrank für uns. Wußte er wirklich, wann Krankheit und Wahnsinn über uns kommen würden? Wußte er wirklich, wann wir lieben, uns verbinden und uns trennen würden? Der Mohikaner glaubte es zu wissen, und wenn wir uns verunsichert und verloren fühlten, wollten wir ebenfalls daran glauben.

Im Laufe der Zeit entdeckten wir, daß er über das wirkliche Eintreffen eines Ereignisses nicht mehr wußte als wir selbst. Er konnte nicht zwischen der Möglichkeit und der Erfüllung unterscheiden, zwischen Traum und Wirklichkeit. Viele Erfahrungen und Ereignisse, die er voraussagte, trafen nie in unserem Leben ein, sondern ereigneten sich nur im Traum, und viele Träume, von denen er erwartete, sie würden Phantasiegebilde bleiben, nahmen Form an und wurden Wirklichkeit.

Am meisten schmerzte ihn, daß er sein eigenes Horoskop nicht deuten konnte. Die entscheidende Aussage beruhte auf der Interpretation der Daten, und er konnte seiner Objektivität nicht trauen. Das Gefühl der Fatalität erdrückte ihn völlig.

Als der Krieg ausbrach, saß er in der *Bibliothèque Nationale* und trieb Studien über Mythologie. Nach und nach wurden die Bücher, die er las, ausgelagert, und der Mohikaner fand sich seiner Nahrung beraubt. Er studierte alles, was zurückgeblieben war: Werke über Kristallographie, Kräuter und Duftstoffe, Hexerei und Alchimie, aber bald wurden auch sie in die Keller gebracht, in Plutos Unterwelten. Dies bedeutete geistige Auszehrung, und der Mohikaner verlor an Gewicht.

Als die Deutschen kamen, wurde er wegen seiner Karten, Diagramme, Berechnungen und Vorhersagen über Hitlers Tod als zölestischer Saboteur verhaftet.

Je suis le plus malade des surréalistes

Er sah mich mit dem Blick an, mit dem Savonarola im Florenz des Mittelalters überwachte, wie seine Anhänger erotische Bücher und Bilder auf einem riesigen Scheiterhaufen religiösen Zorns verbrannten. Er hatte denselben verkniffenen, kindischen Mund des Mönchs, tiefliegende Augen eines Mannes, der in Höhlen des Abgeschiedenseins von der Welt lebt. Zwischen uns brannte ein alles verzehrendes Feuer, in seinen Augen lag des Inquisitors Verdammung aller Freuden.

»Du willst mich verbrennen. Deine Augen verdammen mich«, sagte ich.

»Du bist Beatrice Cenci. Deine Augen sind zu groß für ein menschliches Wesen.«

Er saß in der Ecke des Zimmers in einem tiefen Sessel. Sein knochiger Körper kämpfte gegen die Weichheit des Sessels. Er hielt Ausschau nach Steinen, nach Steinen, die der Magerkeit und der Härte seiner Knochen, der zu Stein gewordenen Spannung seiner Nerven entsprachen. Schweißtropfen standen auf seiner Stirn. Er wischte sie nicht ab. Er saß angespannt, und in den Pupillen seiner Augen brannten die Vision und das Bohrende eines Menschen, der jeden Augenblick von neuem Selbstmord begeht, der aber nicht gewillt ist, allein zu sterben, sondern alle anderen mit sich in den Tod hinabzieht. Er war nicht gewillt, allein zu sterben, und mit seinen Augen mordete und verdammte er alle, die nicht sterben wollten, beschuldigte die, die lächelten und sich vom Tod abwendeten.

Zu seiner Rechten war eine Tür. Er entfloh meinen Augen und lief in das Gewächshaus. Ich dachte, daß sein geheimer Schmerz ihn treiben würde, uns zu verlassen, und erwartete nicht, daß er zurückkommen würde. Als er wieder auftauchte, stand der Schaum von Veronal auf seinen Lippen, und seine Gesten waren langsamer.

»Ich eröffne ein Theater der Grausamkeit. Ich halte nichts von der Objektivität des Theaters. Das dramatische Geschehen sollte nicht auf einer Bühne stattfinden, die von den Zuschauern getrennt ist, sondern in ihrer Mitte, so nahe, daß sie das Geschehen in sich selbst spüren. Der Ort wird rund sein wie eine Arena, die Menschen sitzen nahe bei den Schauspielern. Es wird keine Dialoge geben. Gesten, Schreie, Musik. Ich will Szenen wie die alten Rituale, die die Menschen in Ekstase und Schrecken versetzen. Ich will solche Gewalt und Grausamkeit inszenieren, daß die Menschen das Blut in sich spüren. Ich will sie so sehr erregen, daß sie teilnehmen. Sie sollen schreien, weinen und mit mir empfinden, mit allen von uns, mit den Schauspielern.«

Solch eine Explosion, solch ein Zersplittern des Wesens in Ekstase und Schrecken wollte Pierre mit seinem Theater der Grausamkeit erreichen.

Und ich wollte ihm folgen. Mit der ganzen Leidenschaft meiner Augen sagte ich zu ihm, daß ich ihm bei all seinen Erfindungen und Schöpfungen folgen würde.

Niemand sonst wollte ihm folgen. Wenn er sich erhob und über seine Auffassung vom Theater redete, lachten sie, lachten, weil jedes Element des Traums, den Pierre entwarf, ungeheuerlich war, hervorgebracht aus dem Blut und dem Meer in seinem Blut, dem Wasser seines Körpers, seinem Schweiß, seinen Tränen und seiner Leidenschaft für das Absolute. Niemand außer ihm glaubte an das Absolute, wagte zu explodieren, um in Ekstase zu geraten, folgte ihm. Sie lachten nur.

Aus der kristallenen Zelle, in die mich sein Traum, seine Worte versetzt hatten, konnte ich seine winzige Gestalt sehen, die durch Anspannung und Intensität unsere Welt beherrschen wollte. Ich hörte das Gelächter nicht mehr. Wir waren zusammen im Innern der Welt seines Traums vom Theater, und seine ungeheure Vision hatte mich eingefangen und verzaubert.

Wir gingen miteinander hinaus, hinaus aus dem Saal, in dem das Gelächter ihn verwundet hatte, gingen, bis wir die äußeren Mauern der Stadt erreichten. Ein Betrunkener lag schlafend im Schmutz. Ein hungriger Hund streunte umher und begann heftig und aufgeregt in der Erde zu wühlen, bis er ein Loch gegraben hatte. Pierre blickte ihm mit angstvollem Schaudern zu. Ich sah ihn in Schweiß ausbrechen, als würde er graben. Der magere

Hund wühlte ein tiefes Loch in die Erde. Pierre beobachtete ihn und rief plötzlich: »Er soll aufhören. Er gräbt einen Tunnel. Ich werde in diesem Tunnel gefangen werden und darin ersticken. Er soll aufhören. Ich kann nicht mehr atmen.«

Ich schrie den Hund an, der davonschlich. Aber das Loch war da, und Pierre betrachtete es, als wolle es ihn verschlingen.

»Die Leute behaupten, ich sei verrückt«, murmelte er.

»Du bist nicht verrückt, Pierre. Ich sehe, was du siehst, ich fühle, was du fühlst. Du bist nicht verrückt.«

Wir wandten uns von dem Loch ab, gingen in der Dunkelheit weiter. Pierre vertiefte den langen Tunnel seiner eigenen Gedanken, den ich in der Nacht spüren konnte, und es waren Gedanken des Mißtrauens, des Mißtrauens mir gegenüber. Ich erwartete jeden Moment, Savonarola zu erleben, der mich wegen all der Dinge, die ich in meiner Suche nach dem Traum verraten hatte, verdammte. Er ging wie ein strenger Beichtvater an meiner Seite, dem ich nichts gebeichtet hatte, weil er mir nicht vergeben würde. Aber nicht Savonarola kam zum Vorschein, sondern Heliogabal.

Pierre führte mich in den Louvre, wo die Bilder und Statuen von Scheinwerfern beleuchtet wurden, und blieb vor der Statue des Heliogabal stehen.

»Siehst du die Ähnlichkeit?« fragte er mich.

In dem Gesicht aus Stein erkannte ich das von Pierre, wenn er sich aus dem Leben hinter die sinnliche, in die steinerne Welt zurückzog, wenn alles an ihm sich nach innen wendete und Stein wurde. Ich sah das Gesicht von Pierre, in dem sich nichts bewegte, außer seinen Augen. Sie bewegten sich wie ein aufgewühlter Ozean, versuchten heftig, sich ebenfalls zurückzuziehen, waren dazu aber nicht in der Lage. Noch waren sie flüssig, noch schäumten sie und rauchten, und dieser Versuch des Wassers in seinem Körper, sich gegen das Eindringen und die Kristallisierung des Steins zur Wehr zu setzen, ließ bitteren Schweiß auf seinem ganzen Körper ausbrechen.

In dem Antlitz aus Stein sah ich das Gesicht des Theaters der Grausamkeit, erkannte die Grimasse der Grausamkeit, die sich tief um den Mund eingegraben hatte, ohne die flüssigen Augen, die in Pierres Gesicht noch immer weinten. Der Mund war nicht länger ein Mund, sondern eine offene Höhle, in der große menschliche Opfer dargebracht wurden.

Pierre stand da, und seine Augen bewegten sich nicht mehr in ihren Höhlen. Auch sie waren erstarrt. Seine Stimme rollte durch die Reihen der Statuen: »Deine Sinne werden durch eine Statue erregt. In dir sind Körper und Geist auf erschreckende Weise aneinandergekettet, doch ist es der Geist, der siegen muß. Ich spüre in dir eine Welt ungeborener Gefühle, und ich will der Exorzist sein, der sie erweckt. Du bist dir aller dieser Gefühle nicht bewußt. Mit all deinen weiblichen Sinnen rufst du danach, erweckt zu werden. Du mußt verstehen, welch schmerzvolle Freude ich empfinde, dich gefunden zu haben, da du bist, was du bist. Das Schicksal hat mir mehr zugestanden, als ich je geträumt habe zu fordern. Und wie alles, was das Schicksal bringt, kam es unvermeidbar, ohne Zögern, so schön, daß es mich in Schrecken versetzt. Mein eigener Geist und mein Leben bestehen aus Erleuchtungen und Verdüsterungen, die ständig in mir ihr Spiel treiben und deshalb mich und auch alles, was ich liebe, immer umgeben. Für alle, die mich lieben, werde ich immer eine Quelle tiefen Schmerzes sein. Du hast bereits wahrgenommen, daß mich manchmal Intuitionen überkommen, flüchtige Ahnungen, aber du weißt auch, daß ich manchmal völlig blind bin. Dann entgehen mir die einfachsten Dinge, und du wirst dein gesamtes subtiles Verstehen benötigen, um diese Mischung aus Dunkelheit und Licht akzeptieren zu können.«

Da ich nicht anwortete, fügte er hinzu: »Ich liebe dein Schweigen, es ist wie meines. Du bist das einzige Wesen, in dessen Gegenwart ich mich wegen meines eigenen Schweigens nicht beunruhigt fühle. Du besitzt ein ungestümes Schweigen, man fühlt, daß es von Inhalten erfüllt ist, ein seltsam lebendiges Schweigen, wie der geöffnete Deckel eines Brunnens, aus dem man das geheimnisvolle Murmeln der Erde vernehmen kann.«

Seine Augen waren blau vor Sehnsucht und wurden vor Schmerz und Auflehnung wieder schwarz. Er war ein

Gewirr verschlungener Nerven, die ohne einen Kern der Ruhe nach allen Seiten vibrierten.

»Ich fühle, wie dein unruhiges Schweigen zu mir spricht, und möchte vor Freude weinen. Du bewohnst eine andere Sphäre. Du bist meine Ergänzung. Wenn es wahr ist, daß unsere Vorstellungen psychisch und physisch dieselben Bilder lieben, dann bist du warm, wenn ich kalt bin, bist fügsam, sehnsüchtig, während ich unnachgiebig bin. Ich bin versteinert, bin wie ein Mineral. Am meisten fürchte ich, daß ich dich in einer jener Zeiten verliere, in denen eine Hälfte in mir von der anderen losgelöst ist. Welch göttliche Freude wäre es, ein so dahinschwindendes, unfaßbares Wesen wie dich zu besitzen.«

Bruder, Bruder, wollte ich sagen, du bringst die Art der Liebe durcheinander, die wir füreinander empfinden.

»Du wirst mir nie in die Zerstörung, in den Tod folgen.«

»Ich werde dir überall hin folgen.«

»Mit dir könnte ich vielleicht aus dem Abgrund zurückkehren, in dem ich gelebt habe. Ich habe darum gekämpft, das Wirken der Seele hinter dem Leben zu entschleiern, aber ich habe nur Fehlgeburten ans Licht gebracht. Ich bin selbst ein absoluter Abgrund. Ich kann mich nur als Wesen sehen, das durch all seine Gefechte mit der Dunkelheit phosphoresziert. Ich bin es, der die Hilflosigkeit der Zunge in Beziehung zum Gedanken am deutlichsten empfunden hat. Ich bin es, der ihre Unzuverlässigkeit, ihre Winkel der Verlorenheit am besten festgehalten hat. Ich bin es, der Zustände erreicht hat, die niemand zu benennen wagt, Zustände der verdammten Seelen. Ich habe diese Mißgeburten des Geistes kennengelernt, das Bewußtsein des Versagens, das Wissen um die Zeiten, in denen der Geist in die Dunkelheit abgleitet, verloren ist. Das war das tägliche Brot meines Lebens, mein ständiges Streben nach dem Unerreichbaren.«

Bevor sich seine Augen schlossen, verdrehten sich die Augäpfel, und ich konnte nur noch das Weiße sehen. Die Lider fielen über das Weiße, und ich fragte mich, wohin seine Augen verschwunden waren. Ich fürchtete, die Augenhöhlen würden leer sein wie die der Statue des Heliogabal, wenn er sie wieder öffnete.

Er stand unveränderlich wie Marmor, edel und stolz vor

mir. Ein plötzliches Aufflammen von Freude trat in seine Augen, als ich sagte: »Ich werde dir folgen, wohin du willst. Ich liebe den Schmerz in dir. Es gibt Welten, die tiefer liegen. Jedesmal, wenn wir sinken und zerstört werden, gibt es Welten, die tiefer liegen und die wir nur durch Sterben erreichen.«

Seine Gesten waren langsam, beschwörend wie die eines Hypnotiseurs. Er berührte mich nicht, seine Hände schwebten nur über mir, über meinen Schultern, mit schwerer magnetischer Anziehungskraft, despotisch, befehlend. Ich war in Schwarz, Rot und in Stahl gehüllt, trug einen stählernen Armreif und eine stählerne Halskette, war wie eine Kriegerin gekleidet, die von Pierre nicht berührt werden durfte. Ich spürte sein Verlangen, überwältigend, voller Spannung, besitzergreifend, nahm wahr, wie seine Gegenwart überwältigender wurde, riesig und schließlich nur Eisen und weiße Flammen war.

»Alle Schönheit, die ich in der Welt verloren glaubte, lebt in dir und umgibt dich. In deiner Nähe fühle ich nicht mehr, wie mein Wesen umklammert wird und verkümmert. Die entsetzliche Erschöpfung, die mich verzehrt, ist von mir genommen. Jene Erschöpfung, die mich überkommt, wenn ich nicht bei dir bin, ist überwältigend. So muß Gott sich vor der Erschaffung der Welt gefühlt haben, als er die ganze Welt im Rohzustand, formlos, vor sich sah, die danach rief, erschaffen zu werden. Ich spüre eine Lähmung der Zunge, die versucht, Unmögliches auszusprechen, sich dabei verknotet und mich erstickt, fühle eine Erschöpfung angesichts der unzähligen Nerven, die danach trachten, eine Welt zusammenzuhalten, die auseinanderbricht. Mein Fühlen, die Leidenschaft meiner Träume, das Fieber meiner Gedanken, die Intensität meiner Halluzinationen versetzen mich in Erschöpfung, ebenso der Anblick der Leiden anderer und meiner eigenen Leiden. Ich spüre, wie mein Blut in mir tobt, fühle das Entsetzen, in den Abgrund zu fallen. Doch du und ich – wir würden immer gemeinsam fallen, und die Angst wäre von mir genommen. Wir würden in den Abgrund fallen, aber du würdest dein Leuchten bis auf den tiefsten Grund bewahren. Wir könnten miteinander fallen und wieder aufsteigen, weit in den

Raum. Meine Träume haben mich immer erschöpft, nicht die Träume, sondern die Angst, nicht mehr zurückkehren zu können. Ich muß nicht zurückkehren. Ich werde dich überall finden. Du allein kannst überall hingehen, wo auch ich hingehe, in dieselben geheimnisvollen Regionen. Auch du kennst die Sprache der Nerven und ihr Empfindungsvermögen. Du wirst immer wissen, was ich sage, selbst wenn ich es nicht weiß.«

Ich blickte auf seinen Mund, dessen Ränder schwarz von Laudanum waren. Würde ich in Tod, in Wahnsinn gezogen werden? Von Pierre berührt zu werden, bedeutete, von dem Gift verseucht zu werden, das ihn zerstörte. Mit seinen Händen hielt er meine Träume gefangen, da sie wie seine Träume waren. Beschwörend legte er seine Hände auf mich.

»Du hast nicht auf meine Berührung reagiert«, sagte er anklagend, »du bist kalt und abweisend geworden. Du bist gefährlich, ich wußte es immer. Ich ließ mich von deiner Gewandtheit täuschen, von deiner Aufnahmebereitschaft und deiner Aufmerksamkeit. Du bist die gefiederte Schlange, Schlange und Vogel in einem; du scheinst nur Geist zu sein, und doch glaubte ich, du seist warm und weich. Mit deinem Körper gleitest du dicht am Boden entlang, und dein Gefieder trägt dich gleichermaßen hoch in die Luft. Du gehst über die Erde und schwebst gleichzeitig durch die Luft. Mit diesem winzigen blauen Gefieder flatterst du durch die Luft und durch den Traum.«

»Bruder, Bruder«, sagte ich, »ich empfinde große Liebe für dich, aber berühre mich nicht. Ich darf nicht berührt werden. Du bist der Poet, du gehst durch meine Träume. Ich liebe den Schmerz und die Flamme in dir, aber berühre mich nicht.«

Sie brachten ihn in einer Zwangsjacke, und der Arzt lächelte über die komische Art, wie er auf seine gekreuzten Arme und gefesselten Beine blickte.

»Warum sind Sie so gewalttätig? Warum fürchten Sie sich davor, hierher zu kommen?«

»Sie werden mir meine Kraft nehmen. Sie haben alles vorbereitet, um mir meine Kraft zu nehmen.«

»Warum sollte ich Ihnen Ihre Kraft nehmen wollen?«

»Wegen des weißen Phönix, der alle hundert Jahre geboren wird. Der weiße Phönix ist der Freund des Guten. Und der Mann mit dem weißen Halstuch, der mich vor der Gefahr warnte, gehört dem Orden des weißen Phönix an, der alle hundert Jahre geboren wird und der ein Freund des Guten ist. Der weiße Phönix ist jetzt in mir, und die schwarzen Adler sind voller Neid, sie sind Freunde des Bösen und sind gegen mich. Sie kommen, sechs Männer in grauen Anzügen, und verfolgen mich. Manchmal sehe ich sie in einer Kutsche, wie ich sie vor langer Zeit einmal auf einem Bild gesehen habe, heute kommen sie natürlich in einem Auto. Der Präsident ist heute gestorben, sonst hätten sie mich nicht hierher gebracht.«

»Der Präsident ist heute nicht gestorben«, erwiderte der Arzt.

»Vielleicht nicht er, aber dann war es der andere, der so ist wie er.«

»Es gibt jemanden, der so ist wie er?«

»Ja, genau wie es jemanden gibt, der wie ich ist, der alles denkt, was ich denke. Es ist eine Frau, meine Verlobte, aber ich kann sie nicht finden.«

»Weiß sie, daß Sie hier sind?«

»Noch nicht.«

»Wer verfolgt Sie noch?«

»Ein Mönch, der kastriert ist und manchmal die Gestalt einer Frau annimmt.«

»Wo sehen Sie diese Gestalt?«

»Im Spiegel.«

»Was sehen Sie sonst noch im Spiegel?«

»Den Mönch, der kastriert ist und manchmal die Gestalt einer Frau annimmt.«

»Sie wissen doch, daß ich Ihnen nichts Böses will?«

»Ja, ja, aber ich weiß, daß Sie schon alles vorbereitet haben, um mir die Kraft zu nehmen, wie Abälard.«

»Warum sollte ich Ihnen Ihre Kraft nehmen wollen?«

»Weil ich meine Verlobte begehrt habe, die Frau, die so denkt wie ich.«

»Wie oft sehen Sie den weißen Phönix?«

»Er wird nur einmal in hundert Jahren geboren, daher

gibt es weit mehr schwarze Adler als weiße Phönixe. Deshalb wird das Gute immer von sechs Männern verfolgt, die graue Anzüge tragen und in einer Kutsche sitzen, wie ich es auf dem Bild gesehen habe, oder, wenn Sie das vorziehen, in einem Auto, wie es heute üblich ist.«

»Sie haben versucht, Selbstmord zu begehen?«

»Ja, weil mich niemand liebt. Ich bin gesandt, das Leben von Musset zu leben, und wie Sie wissen, mußte er viel leiden und niemand liebte ihn. Wie Sie wissen, trank er, weil ihn niemand liebte. Ich wurde gesandt, das Leben von Musset zu leben und seine Prophezeiungen auszulegen, die er in einem Café machte, bevor er gehängt wurde.«

»Er wurde gehängt?«

»Niemand weiß das, und ich kam, um seine Ehre zu retten.«

»Wie können Sie seine Ehre retten?«

»Indem ich seine Prophezeiungen auslege, die er in einem Café machte, bevor es geschlossen wurde, und die ich erhielt, als ich vor dem Spiegel stand und zum Klang des Angelusläutens ein weißes Tuch schwenkte.«

»Des Angelusläutens?«

»Ich wurde zu Mittag geboren, wenn man das Angelus läutet. Weiß ist die Farbe des weißen Phönix, und die schwarzen Adler glauben, sie seien ihm überlegen. Sie glauben, alle Macht zu besitzen, aber diese Macht ist nun in mir, und deshalb wollen Sie mir meine Kraft nehmen.«

»Sind Sie deswegen so gewalttätig geworden, als ich Sie hierher bringen ließ?«

»Nein, das war nur zum Schein. Ich wußte, daß Sie von mir erwarteten, daß ich gewalttätig würde. Sie haben es von mir erwartet, und deshalb habe ich es getan, denn ich weiß, Sie glauben, daß alles, was ich Ihnen erzähle, aus einem Kriminalroman stammt, und Sie wissen, es ist wahr, daß ich hunderttausend Romane gelesen habe.«

»Warum wollten Sie sterben?«

»Ich besitze die blaue Liebe, denn die Frau, die in jeder Hinsicht zu allen meinen Gedanken in einer Wechselbeziehung stand, liebte mich nicht, und so stürzte ich mich in Ägypten in den Nil. Ich habe viele Feinde.«

»Warum?«

»Wenn man weiß ist wie der weiße Phönix, und die anderen sind schwarz, dann hat man Feinde. Es ist immer dasselbe. Es ist der weiße Phönix, den Sie mir wegnehmen wollen.«

Der Arzt verabschiedete sich von ihm und sagte, er könne das Zimmer verlassen. Der Verrückte stand auf. Die beiden Wärter standen neben ihm. Sie wußten, daß seine Beine gefesselt waren und daß er ohne Hilfe nicht gehen konnte. Doch sie sahen ihm zu und machten keine Anstalten, ihm zu helfen. Sie ließen ihn zwei Schritte auf die Zimmertür zugehen. Der Arzt ließ ihn mit seinen gefesselten Beinen zwei Schritte machen und lächelte über Zwangsjacke und Beinfesseln. Der Verrückte vollführte zwei Schritte und stürzte. Man ließ zu, daß er fiel.

Die Stadt schlief. Sie hatte sich auf ihre rechte Seite gedreht und wurde von heftigen Alpträumen geschüttelt. Aus den Schornsteinen strömten lange Schnarchschwaden. Die Füße der Stadt ragten unter der Wolkendecke hervor, denn die Wolken konnten sie nicht völlig bedekken. Sie hatten ein Loch, aus dem weiße Federn herabschwebten. Die Stadt hatte alle Brücken wie Knöpfe geöffnet, um es sich bequem zu machen. Wo immer das Licht einer Lampe schien, kratzte sich die Stadt so lange, bis es erlosch.

Bäume, Häuser, Telegraphenmasten hatten sich auf die Seite gedreht. Der Lumpensammler ging zwischen den Wurzeln, den Kellern, den dampfenden Kanaldeckeln, den freiliegenden Rohrleitungen dahin und hielt nach diesem und jenem Ausschau, nach Überresten, Lumpen, zerbrochenen Flaschen, Papier, Blechdosen und altem Brot. Mit seinem Stock ging er in den Taschen der schlafenden Stadt ein und aus. Er lief in die Taschen auf ihrem Bauch über der Uhrkette und kam wieder heraus, kletterte in die Ärmel, in ihren staubigen Kragen, durch die Masten ihrer Haare und sammelte ausgefallene Strähnen, um Mandolinen zu reparieren. Die Fransen an den Ärmeln, die Brotkrumen, das zerbrochene Zifferblatt der Uhr, die Tabakkrümel, der Fahrschein für die Metro, die Schnur und die Briefmarke. Schweigend arbeitete er inmitten von Schmutz und Gestank.

Sein Sack füllte sich.

Langsam drehte sich die Stadt auf ihre linke Seite, aber die Augen der Häuser blieben geschlossen, die Brücken wurden nicht herabgelassen. Der Lumpensammler arbeitete schweigend und verschwendete keinen Blick auf das, was ganz war. Seine Augen suchten das Zerbrochene, das Abgetragene, das Fadenscheinige, das Zerstückelte. Ein unbeschädigter Gegenstand machte ihn traurig. Was sollte er damit anfangen? Er gehörte in ein Museum. Bitte nicht berühren. Ein zerrissenes Stück Papier aber, ein einzelner Schnürsenkel oder eine Tasse ohne Untertasse versetzten ihn in Erregung. Diese Dinge konnte man verändern, aus ihnen konnte man etwas anderes machen. Ein verbogenes Stück Rohr – herrlich! Dieser Korb ohne Henkel – herrlich! Diese Flasche ohne Stopfen – herrlich! Dieses Kästchen ohne Schlüssel – herrlich! Ein halbes Kleid – herrlich! Ein Hutband, ein Fächer, dem eine Feder fehlte – herrlich! Die Kameraplatte ohne Kamera, das einzelne Rad eines Fahrrads, die halbe Schallplatte – herrlich! Bruchstücke, unvollständige Welten, Lumpen, Abfall. Das Ende der Dinge und der Anfang ihrer Verwandlung.

Der Lumpensammler wiegte erfreut seinen Kopf: Er hatte ein Ding ohne Namen gefunden. Es glänzte. Es war rund. Es war unverständlich. Der Lumpensammler war glücklich. Er würde seine Suche beenden. Die Stadt würde zum Duft von Brot erwachen. Sein Sack war gefüllt. Sogar Flöhe waren darin, die ihre Pirouetten drehten. Der Schwanz einer toten Katze als Glücksbringer.

Sein Schatten wanderte hinter ihm her, gebeugt und doppelt so groß wie er. Der Sack auf dem Rücken des Schattens war der Höcker eines Kamels, der Bart die Schnauze. Ein Auf und Ab, der wiegende Gang des Kamels durch die Sanddünen, ein Auf und Ab. Ich saß auf dem Höcker des Kamels.

Es brachte mich an den Rand der Stadt: Keine Bäume, keine Brücke, kein Straßenpflaster, nur Erde, nackte, zerstampfte Erde, Hütten aus dem rauchgeschwärzten Holz abgerissener Häuser, zwischen ihnen Zigeunerwagen, zwischen Hütten und Wagen ein Pfad, der so schmal war, daß man nur im Gänsemarsch gehen konnte, um die Hütten Zäune, im Innern der Hütten Lumpen – Lumpen als Betten, Lumpen als Stühle, Lumpen als Tische, auf den Lumpen Männer, Frauen und Gören, in den Leibern der Frauen noch mehr Gören, Flöhe, Ellbogen, die auf einem alten Schuh liegen, ein Kopf, der auf einem ausgestopften Reh ruht, dessen Augen lose an einem Faden herabhängen.

Der Lumpensammler gibt der Frau das Ding ohne Namen. Die Frau nimmt es entgegen und betrachtet die glänzende Scheibe. Dann blickt sie dahinter. Sie hört: tick, tick, tick tick, tick, und sagt: »Es ist eine Uhr.« Der

Lumpensammler hält es an sein Ohr und stimmt zu. Es tickt wie eine Uhr. Doch da das Zifferblatt fehlt, werden sie nie die Uhrzeit erfahren. Tick, tick, tick, der Schlag der Zeit, aber keine Uhrzeit.

Das Dach der Hütte ist spitz wie ein arabisches Zelt, die Fenster sind schräg wie orientalische Augen. Auf dem Fenstersims steht ein Blumentopf mit Blüten aus Glasperlen und eisernen Stengeln, die von einem Grab gefallen waren. Die Frau gibt ihnen Wasser, und die Stengel rosten.

Die Gören sitzen in einer Pfütze und versuchen, einen alten Schuh wie ein Boot schwimmen zu lassen. Die Frau schneidet ihren Nähfaden mit einer halben Schere. Der Lumpensammler liest die Zeitung mit einer zerbrochenen Brille. Die Gören gehen mit löchrigen Eimern zur Wasserstelle. Wenn sie zurückkommen, sind die Eimer leer. Die Lumpensammler kauern um den Inhalt ihrer Säcke. Nägel fallen heraus, ein Dachziegel und ein Hinweisschild, auf dem Buchstaben fehlen.

Aus dem Zigeunerwagen hinter ihnen nähert sich ein Torso, ein Torso auf Stelzen, sein Kopf ist nach einer Seite geneigt. Wo sind seine Arme und Beine? Lagen sie unter den Lumpen oder hatte man ihn aus einem Fenster geworfen? Das Fragment eines Mannes, das man in der Morgendämmerung gefunden hat.

Durch die Ritzen der Hütte dringt das Geklimper einer Mandoline mit einer Saite.

Der Lumpensammler sieht mich mit seinem einen, tränenden Auge an. Ich ergreife einen Korb ohne Boden, die Krempe eines Hutes, das Futter eines Mantels. Ich frage mich: Bin ich ganz? Arme? Beine? Haare? Augen? Wo ist meine Fußsohle? Ich ziehe meine Schuhe aus, um zu sehen, zu fühlen. Gelächter. An meiner Sohle klebt ein blauer Lappen. Er ist zerfetzt, aber blau wie Kobaltstaub.

Es regnet. Ich ergreife das Skelett eines Regenschirms. Ich sitze auf einem Hügel aus Korken, die mit dem Geruch von Wein getränkt sind. Ein Lumpensammler geht vorüber. Er hat den Griff eines Messers in der Hand und deutet damit auf einen Pfad leerer Austernschalen. Am Ende dieses Pfades liegt mein blaues Kleid. Wie hatte ich über seinen Tod geweint! Als ich siebzehn war, hatte ich darin getanzt, so lange getanzt, bis es in Stücke fiel. Ich versuche es anzuziehen, aber es fällt an mir herunter. Ich kann es nicht tragen. Hier bin ich, und da ist das Kleid, und ich bin für immer aus dem Kleid, das ich geliebt hatte; ich tanze durch die Luft und falle auf den Boden, weil ich einen meiner Absätze verloren habe, in einer regnerischen Nacht, als ich mit meinem Geliebten einen Hügel emporstieg und ihn leidenschaftlich küßte.

»Wo sind all die anderen Dinge«, frage ich, »wo sind sie, die ich tot geglaubt habe?«

Der Lumpensammler gibt mir einen Weisheitszahn und mein langes Haar, das ich abgeschnitten hatte. Dann versinkt er in einem Haufen Lumpen, und als ich versuche, ihn hochzuziehen, halte ich eine Vogelscheuche in meinen Händen. Ihre Arme sind mit Stroh ausgestopft, und sie trägt einen Zylinder, der von einer Kugel durchbohrt ist.

Die Lumpensammler sitzen um ein Feuer, das aus zerbrochenen Fensterläden, Fensterrahmen, künstlichen Bärten, Kastanien, Pferdeschwänzen und den geweihten Palmblättern vom vergangenen Jahr entfacht ist. Der Krüppel sitzt auf dem Stumpf seines Torsos und hat seine Stelzen neben sich gelegt. Aus den umliegenden Hütten und Zigeunerwagen kommen die Frauen und die Gören. »Kann man nichts für immer wegwerfen?« frage ich.

Der Lumpensammler verzieht seinen Mund zu einem Lächeln, zum Bruchteil eines Lachens, zu einem halben Lachen, und sie beginnen alle zu singen.

Zuerst roch ich den Knoblauch, den sie wie kleine rote, chinesische Laternen überall in ihren Hütten aufhängen. Dem Knoblauchgeruch folgt ein monotoner, endloser Gesang:

Nichts geht verloren, alles ändert sich,
in der neuen Schnur die alte Schnur,
in dem neuen Sack ein alter Sack,
in der neuen Pfanne altes Blech,
in dem neuen Schuh altes Leder,
in der neuen Seide altes Haar,

in dem neuen Hut altes Stroh,
in dem neuen Mann das Kind,
und das Neue nicht neu,
das Neue nicht neu,
das Neue nicht neu ...

Die ganze Nacht lang sangen die Lumpensammler: das Neue nicht neu, das Neue nicht neu, bis ich in Schlaf fiel. Sie nahmen mich und steckten mich in einen Sack.

Das Labyrinth

Ich war elf Jahre alt, als ich das Labyrinth meines Tagebuchs betrat. Ich trug es in einem Körbchen, stieg die ausgetretenen Stufen eines Spanischen Gartens empor und gelangte in den Hinterhof eines Hauses in New York, das inmitten enger Straßen lag. Ich hielt mich unter dem Schutz dunkler, grüner Schatten an Wege, die ich bestimmt wiederfinden würde. Ich wollte sie wiederfinden, um zurückkehren zu können. Beim Gehen hatte ich den Wunsch, alle Dinge zweimal zu sehen, um meinen Weg in sie zurück wiederzufinden. Die Sträucher waren weiche, haarige Ellbogen, die meine Arme streichelten, und die Zweige Schwerter über meinem Kopf. Sie wiesen mir den Weg. Ich zählte die Windungen nicht, die Schachzüge, die wohlüberlegten Abweichungen und die zwanghaften Wiederholungen. Die Wiederholungen verhinderten, daß ich die Stunden und Schritte zählte. Die Zwänge durch das Unendliche. Ich war verloren. Ich hielt nur inne, weil die Uhr Angst anzeigte, Angst um die Rückkehr und Angst, diese Dinge nur einmal zu sehen. Ich hatte das bestimmte Gefühl, daß sich mir ihre Bedeutung nur beim zweiten Mal enthüllen würde. Wenn ich gezwungen war, unwissend und blind weiterzugehen, würde alles verloren sein. Ich war unendlich weit von meinen ersten Schritten entfernt. Ich wußte nicht genau, warum ich zurückkehren mußte, wußte nicht, daß ich mich am Ende nicht dort wiederfinden würde, von wo ich losgegangen war. Anfang und Ende waren voneinander verschieden. Weshalb sollte es bedeuten, den Anfang auszulöschen, wenn ich das Ende erreichte? Und warum sollte der Anfang bewahrt werden? Ich wußte nur durch die Angst, die mein Dasein beherrschte, die Angst um etwas, das verlorengegangen war. Die Dunkelheit vor mir war dunkler als die Dunkelheit hinter mir.

Alles vor mir und um mich herum ähnelte sich so sehr, war sich so gleich, und ich war nicht sicher, ob ich mich oft genug auf dem Weg gewendet hatte, um tatsächlich dorthin zu gelangen, von wo ich losgegangen war. Die

Wolken waren die gleichen geblieben, auch das Quaken der Frösche, das sanfte Plätschern der Brunnen und die unbewegliche, grüne Flamme der immergrünen Gewächse in ihren Töpfen. Ich lief auf einem Teppich von Seiten ohne Nummern. Warum hatte ich die Seiten nicht numeriert? Weil mir bewußt war, was ich ausgelassen hatte. Es war so vieles ausgelassen, was ich hatte hinzufügen wollen, und das Numerieren war unmöglich, denn es würde bedeuten, daß ich alles gesagt hätte. Ich stieg eine Treppe aus Wörtern empor. Die Worte wiederholten sich. Ich ging auf dem Wort Mitleid, Mitleid, Mitleid, Mitleid, Mitleid, Mitleid. Mein Fuß trat jedesmal auf das ganze Wort. Aber dann erkannte ich, daß ich nicht vorwärts kam. Wenn es dasselbe Wort war, bewegte es sich nicht, bewegten sich meine Füße nicht. Das Wort starb, und der Schmerz über den Tod dieses Wortes, über den Tod der Gefühle im Innern dieses Wortes, erfaßte mich. Die Landschaft veränderte sich nicht. Der Weg hatte keine Kreuzungen. Die Pfade waren so geheimnisvoll verbunden, daß ich nie wußte, wann ich nach rechts oder nach links gegangen war. Ich ging mit nackten Füßen über das Wort Besessenheit. Die Bäume schienen enger zusammenzurücken, und das Atmen wurde schwierig. Ich suchte den Monat, das Jahr, die Stunde, die mir hätten helfen können, zurückzukehren. Vor mir lag ein Tunnel der Dunkelheit, der mich gewaltsam vorwärtszog, während die Angst mich zurückhielt. Wie ein Fluß strömte die Rolltreppe der Worte schnell unter mir dahin. Ich lief auf meinen Rebellionen. Unter meinen Füßen explodierten Steine. Wenn ich in der Richtung der größten Bruchstücke folgte, konnte ich vielleicht zurückfinden. Und doch wußte ich die ganze Zeit über, daß ich nur weiße, gebleichte Knochen, Asche im Sand, verwestes Lächeln und Augen voller Löcher wie erkaltete Lava finden würde.

Meine Füße glitten auf angesammelten Tränen aus, wie auf dem Schlamm von Flußbänken, wie auf Steinen, die von trägen Wassern bespült werden. Ich stieß auf Wände mit weißschäumenden Felsspalten aus Felskristallen und auf weiße Schwämme geheimen Kummers im Spitzengewebe von Pflanzenskeletten. Aus Blättern, Häuten und

Fleisch waren die Säfte gesogen, Säfte und Mark waren von den Spalten getrunken worden und flossen in dem Flußbett kraftloser Wünsche zusammen.

Arme, Beine und Ohren aus Wachs hingen als Opfergaben an den Wänden, dem Hunger der Höhle übergeben, angenagelt mit demütigen Gebeten, um Schutz vor dem Dämon zu erbitten, damit er die Vorübergehenden nicht verschlingen würde.

Ich ging, gefangen in einem Spinnennetz von Phantasien, das während der Nacht gewebt worden war und dessen Fäden mich von morgens bis abends leiteten. Dieses Spinnennetz wurde von einem Nebelhorn und vom Stundenschlag der Uhren zerrissen. Ich überquerte Stege, Gräben und Laufplanken, während ich noch immer an das schwere, straff gespannte Tau eines auslaufenden Schiffes gebunden war. Ich hing zwischen Erde und Meer, zwischen Erde und Planeten, überquerte sie in Eile, voll Angst um den zurückgelassenen Schatten, um den Abdruck eines Fußes und um das Echo. Alle Taue waren leicht zu lösen, bis auf das eine, das mich an alles fesselte, was ich liebte.

Ich versank in einem Labyrinth aus Schweigen. Meine Füße waren mit Pelz bedeckt, meine Hände mit Leder und meine Beine verpackt in Ziehharmonikafalten aus Baumwolle, umwunden von seidenen Peitschenschnüren. Rentierfell lag auf meiner Brust. Stimmlosigkeit. Ich wußte, daß ich wie das Rentier nicht einmal seufzen würde, wenn man mir in diesem Moment das Messer in die Brust stoßen würde.

Traumfragmente zerplatzten auf meinem Weg durch die Gräben, fielen wie abgebrochene, gezackte Splitter toter Planeten herab, ohne den Pelz und die Watte dieses Schweigens zu durchschneiden, Wände aus Fleisch und Pelz; zum Pochen meines Herzens fielen Tropfen weißen Blutes. In dieses Schweigen wollte ich nicht weiter vordringen, aus Furcht, ich könnte meine Stimme für immer verlieren. Ich bewegte meine Lippen, um mich an die Worte zu erinnern, die ich geformt hatte, aber ich spürte, daß sie nichts mehr artikulierten. Meine Lippen bewegten sich wie die Seeanemone mit unendlicher Langsamkeit, öffneten und schlossen sich, wölbten sich unter dem äußeren Druck, um zu atmen, und hinterließen nichts anderes als ein Muster im Wasser. Oder sie bewegten sich wie die Nüstern von Tieren, die im Wind schnuppern, um zu entdecken, zu fühlen, und die kein Wort finden, die sich aber an einen Duft erinnern. Oder sie bewegten sich wie Blüten, die sich für die Nacht oder vor dem Eindringen eines Insekts schließen. Sie atmeten langsam, wie ein Fisch seine Flossen bewegt, mit der Kadenz einer sich öffnenden Blüte.

Ich bewegte mich nicht mehr auf meinen Füßen, die Höhle war nicht länger ein endloser Weg, der sich vor mir erstreckte. Es war eine hölzerne, pelzgefütterte Wiege, die schaukelte. Als ich aufhörte, entschlossen vorwärts zu gehen, meine Schritte zu zählen, als ich nicht länger die Wände um mich herum betastete mit Fingern, die sich wie Wurzeln krümmten, die Nahrung suchten, wurde der Weg im Labyrinth breiter, die Stille wurde leicht, der Pelz zerfiel, und ich gelangte in eine weiße Stadt.

Die Stadt war eine Honigwabe elfenbeinweißer Zellen, und ihre Straßen waren Besatz aus altem Hermelin. Sonnenlicht durchzog den Stein und den Mörtel mit Moschus und weißer Baumwolle. Ich ging durch friedliche Straßen, die sich wie ein Knäuel gesponnener Baumwollfäden vor mir entrollten. Serpentinen, an denen sich torlose Mauern entlangzogen, verschleierte Gesichter und verhangene Fenster auf dem Weg nach oben, die in Terrassen und Innenhöfe mündeten und sich in den Fluß ergossen. Ich hörte geheimnisvolles, sprudelndes Lachen und verborgene Stimmen, vernahm das Abendgebet, das sich wie eine Klage erhob, die sich über funkelndes Mosaik ergoß, und die Adern der Steine glitten unter meinen Füßen dahin wie die Perlenschnur zwischen den Fingern eines Mönchs. Ich ging an fensterlosen Häusern vorbei, die von blumenübersäten Terrassen gekrönt wurden, einem Vesuv aus Blüten. Und jetzt war ich im Innern der sanftgeschwungenen Kanäle eines riesigen Ohres, im Innern der Blätter kunstvoller Blüten, auf Straßen mit Windungen wie Seemuscheln. Ich war verloren in einem Punkt, die Gestalten, die an mir vorübergingen, waren in Baumwollumhänge gehüllt, ihr Atem streifte gegenseitig die

Gesichter. Der Sand der Zeit rann langsam durch ihre Finger. Sie trugen riesige, rostige Schlüssel, mit denen sie die Tore öffneten, die die Stadtviertel miteinander verbanden. Palmblätter schwankten sanft und zufrieden, die Stadt breitete sich wie ein Teppich unter beschaulichen Füßen aus. Ich erwachte vom Geräusch sich entrollenden Papiers. Meine Füße traten auf Papier. Es waren die Straßen meines eigenen Tagebuchs, gekreuzt von den Balken schwarzer Notizen. Auf ihnen wanden sich Mauern ohne Tore und Begierden ohne Erfüllung. Ich war verloren im Labyrinth meiner Bekenntnisse, verloren zwischen den verschleierten Gesichtern meiner Handlungen, die nur im Tagebuch enthüllt wurden. Ich hörte das Abendgebet, den Ruf der Einsamkeit, der jede Nacht wiederkehrt. Meine Füße traten auf die Blätter dahinwelkender, kunstvoller Blüten, Papierblüten, deren Adern Saiten waren. Riesige, verrostete Schlüssel öffneten jeden Band, und die Gestalten zogen armlos, kopflos und verstümmelt vorüber. Die weiße Öffnung der endlosen Höhle tat sich auf. An ihrem Eingang stand ein elf Jahre altes Mädchen. Es trug das Tagebuch in einem Körbchen.

Durch die Straßen meines eigenen Labyrinths

Bei meiner Ankunft in Cadiz nahm ich die kümmerlichen Palmen wahr, die ich mir genau eingeprägt hatte, als ich elf Jahre alt war und auf meinem Weg nach Amerika durch diese Stadt kam. Ich erkannte die Kathedrale wieder, die ich in allen Einzelheiten in meinem Tagebuch beschrieben hatte, sah die Stadt, in der Frauen selten ausgingen, die Stadt, von der ich sagte, ich würde nie in ihr leben, da ich Unabhängigkeit suchte. Bei meiner Ankunft in Cadiz fand ich die Palmen, die Kathedrale, aber nicht das Kind, das ich gewesen war.

Die letzten Spuren meiner Vergangenheit verloren sich in der uralten Stadt Fez, die mit ihren verschlungenen Straßen, ihrem vielfältigen Schweigen, ihren Labyrinthen und ihren verhüllten Gesichtern so sehr meinem Leben glich.

In Fez wurde mir bewußt, daß der kleine Dämon, der mich seit zwanzig Jahren verschlang, der kleine Dämon, den ich seit zwanzig Jahren bekämpfte, aufgehört hatte, mich zu verschlingen.

Ich war ausgesöhnt, als ich durch die Straßen von Fez ging, aufgesogen von einer Welt, die außerhalb von mir lag, aufgesogen von einer Vergangenheit, die nicht länger meine Vergangenheit war. Krankheiten zogen mich in ihren Bann, Krankheiten, die man sehen, berühren und benennen konnte, sichtbare Krankheiten, Lepra und Syphilis.

Ich bewegte mich unter den Arabern, sang und betete mit ihnen zu einem Gott, der den Menschen die Hinnahme des Schicksals befahl. Ich teilte ihre Resignation.

Mit ihnen kauerte ich in der Stille, verlor mich in Straßen ohne Ziele, den Straßen meiner Begierden. Ich vergaß, wohin ich ging, hockte an den erdfarbenen Mauern und hörte den Kupferschmieden zu, die Tabletts bearbeiteten. Ich beobachtete die Färber, die ihre Seide in regenbogenfarbene Bottiche tauchten.

Endlich ging ich ruhig durch die Straßen meines Labyrinths.

Stärke und Schwäche verschmolzen in den Augen der Araber durch einen Traum. Die Fehler, die ich gemacht hatte, lagen wie Abfall vor den Türen, von dem sich die Fliegen ernährten. Die Orte, die ich nicht erreicht hatte, waren vergessen, denn der Araber wandert mit nackten Füßen oder reitet auf einem Esel für alle Zeiten zwischen den Mauern von Fez, wie ich für alle Zeiten zwischen den Mauern und Festungen meines Tagebuchs dahinwandern werde. Die Mißerfolge waren Inschriften auf den Wänden, aber die Zeit hatte sie halb verwischt, und mit den Arabern lasse ich die Reste fallen, das alte Fleisch sterben, die Inschriften verwittern. Ich lasse die Zypressen allein die Totenwache an den Gräbern halten, lasse den Wahnsinn in Ketten fesseln, wie die Araber ihre Verrückten fesseln, gehe mit ihnen zum Friedhof, aber nicht, um zu weinen. Ich trage bunte Teppiche und Vogelkäfige zu einem Fest der Gespräche unter Freunden – so wenig bedeuten Krankheit oder Tod oder Morgen. Die Araber träumen, kauern und schlafen singend ein. Sie bitten und beten ohne den Schrei der Rebellion. Nachtwächter schlafen in ihrem fleckigen Burnus auf Türschwellen. Kleine Esel bluten vor Mißhandlungen. Schmerz ist nichts. Schmerz bedeutet hier nichts. Schmutz und Hunger, alles wird geträumt. Der kleine Esel – mein Tagebuch, beladen mit meiner Vergangenheit – geht mit kleinen, schwankenden Schritten zum Markt …

Der All-Sehende

Als ich an seiner Tür klingelte, konnte ich hören, wie sich der Perlenvorhang vor seinem Zimmer teilte, und ich wußte, daß er mich durch einen Spion in seiner Tür beobachten, ich ihn aber nicht sehen konnte. Durch dieses gläserne Auge betrachtet, wirkte das Treppenhaus endlos lang, und die Person, die vor der Tür stand, schien meilenweit entfernt und klein zu sein. Aber man sah sie außerordentlich deutlich, wie eine Gestalt aus der Vergangenheit, die man an Tagen der Klarsicht durch das Teleskop der Erinnerung betrachtet.

Als er in dem dunklen Gang erschien, stellte er ihn mit seinen Augen, die wie das Nordlicht strahlten, ein Schleier aus leuchtendem Chiffon, ein ebenso mächtiges und unergründliches Lichtphänomen wie das *Auge* des Universums.

Zuerst ein mildes Blau wie das Verschmelzen von Schnee und Licht, dann ein Aufleuchten, das Klarheit enthüllt, und dann eine Transparenz wie ein Dämmern, das den Blick in die Welten der Weissagungen öffnet. Sein Blick stammte aus den entferntesten Welten von Licht und Schweigen. Er durchdrang unser Äußeres, legte augenblicklich die nackte Seele bloß und hielt voller Staunen, Verwunderung und Ehrfurcht inne.

In seinen Augen lag der ruhelose Blick des Seemanns, den nichts halten kann, dessen Blick umherschweift, dahingleitet, weitertreibt, und der auf alle Menschen und Dinge mit dem Wissen um den großen Raum blickt, der sie umgibt, dem Wissen um die Distanz, die man zwischen sein Ich und seine Begierden legen kann, dem Wissen um die Monumentalität der Welt, der Gezeiten und Strömungen, die uns vorwärtstreiben.

Frauen wurden manchmal von dem Hunger in seinen Augen getäuscht. Der Hunger und die Gier, die in ihnen lagen, ließen sie glauben, er begehre sie. Sie gaben sich hin und entdeckten, daß sein Hunger unverändert blieb, die Distanz sich aber vergrößerte. Seine Augen schienen grenzenlos zu sein wie das Meer, genauso unfixierbar, unbeständig und unzähmbar.

Über den verschlingenden Blick, der trinken konnte und doch nie satt wurde, fielen sanfte Augenlider von unglaublich zarter Haut. In der Sanftheit, mit der sie sich senkten, lag Güte. Aus der Länge und Weichheit seiner blonden Wimpern sprach seidene Nachgiebigkeit, aber über den zarten Augenlidern wölbten sich grimmige Augenbrauen, die buschigen Brauen eines Wilden. Die kleine Nase war verwundbar und rein, die Stirn vergeistigt, der Mund voll und sinnlich; die Hände waren die eines Bauern, der sich seiner Kraft bewußt ist. Wie er so vor mir stand, schwankte er ständig zwischen Heftigkeit und Nachgiebigkeit, zwischen Anmaßung und plötzlichen Verdüsterungen seines gesamten Wesens. Sie veranlaßten ihn, vor bestimmten Menschen, die ihm wesensfremd waren, zu erblassen und zu verschwinden. Sein Wesen lebte aus einem unaufhörlichen Schillern. Selbst wenn sein Mund sinnlichen Hunger erkennen ließ, konnte gleichzeitig die geheime Flamme eines Traums seine Stärke verzehren.

Um der momentanen Laune eines neuen Ich gerecht zu werden, verkleidete er sich häufig. Gleichgültig, ob er die schwarze Samtschleife des Bohemien, die Mütze des Apachen, den Umhang eines Derbybesuchers, die schwarzgestreiften Hosen eines provinziellen Bourgeois, die Fliege eines zweitklassigen Schauspielers oder den roten Schal des professionellen Taschendiebs trug – man wußte immer, daß er in dieser Rolle nur ein einziges Mal erscheinen würde.

Sein Zimmer glich dem Zelt eines Forschers, ein Lager aus Fellen, die Höhle eines Zauberers. Blutrot war die vorherrschende Farbe. Felle lagen auf dem Bett, Teppiche hingen an den Wänden. In einer Ecke stand ein blaubemalter Schlitten, wie eine kleine Barke, die himmelwärts zu den Planeten segelt. Im Schlitten lag ein Rentierfell. An den Wänden hingen Rentierstiefel und -handschuhe. Die Stiefel wiesen mit ihren gebogenen Spitzen nicht nur zur Erde, sondern hinaus zu Abenteuer und Gefahren. Im Schlitten verströmte eine kleine Lampe blaues, arktisches Licht.

Eine Geige hing an der Wand.

Es war seine Geige, die an die Wand genagelt und nicht

mehr berührt worden war seit dem Tag, an dem seine Mutter zu ihm gesagt hatte: »Du hast den Preis nicht gewonnen, um den du gekämpft hast. Das hat dich verletzt. Du bist gedemütigt, aber ich bin glücklich. Jetzt wirst du aufhören, Geige zu spielen und dein Leben zu vergeuden. Du wirst ein Mann werden wie dein Vater, nicht so ein Fiedler. Ich bin sehr froh darüber, daß du den Preis nicht gewonnen hast. Du wärst nach Paris gegangen, um dich ausbilden zu lassen, und ein Nichtsnutz geworden. In unserer Familie hat es nie Musiker gegeben.«

Mit einem Satz hatte sie seine erste Leidenschaft zerstört. Er nagelte seine Geige an die Wand. Nach und nach sprangen die Saiten und hingen leblos herab.

Auf seiner Suche nach etwas, was er verloren hatte, ohne es zu kennen, wurde er ruhelos, ein Wanderer, ein Forschender, der Archäologe seiner eigenen Seele. Er suchte und wanderte, und blind hielt er Ausschau nach der Quelle der Musik, die seine Mutter getötet hatte. Er war von Ruhelosigkeit, Zeitlosigkeit, Vergeßlichkeit verfolgt. Er lebte in einem Labyrinth und war von Nebel umgeben. Er fürchtete sich, rückwärts zu blicken und den Schatten dessen zu sehen, was in ihm getötet worden war, aber er fürchtete sich auch, dort zu bleiben, wo er war, und den Schatten völlig zu verlieren. So verfolgte er ihn blind in die entferntesten Ecken der Welt. Doch immer wieder kehrte er zu der Geige an der Wand zurück, die dort gekreuzigt und verstummt hing.

Die Musik in ihm wurde nie zum Schweigen gebracht. Sie überflutete seine Wohnung und versetzte jeden Gegenstand in Schwingungen. Wohin er auch ging, wurde der Ort von Resonanzen erfüllt, wie das Innere eines Instruments. Die Harmonien seines Wesens lagen in der Schale seiner Schmerzen verborgen wie das Echo des Meeres in einer Seemuschel. Wenn er über den Verlust seiner Geige, über den Verlust der Musik sprach, konnte man das Ohr an jeden Gegenstand legen, der in seinem Zimmer war, gegen Wände, Teppiche, Kissen, und deutlich die Musik vernehmen, die seine Mutter nicht zu töten vermocht hatte.

Jedesmal, wenn er eine neue Verwandlung vorbereitete,

eine Verkleidung oder eine Reise, wurde er nicht von Vergnügen oder Neugier getrieben, sondern vom Anblick seiner gekreuzigten Geige. Der Anblick ihrer gerissenen Saiten schmerzte ihn. Deshalb entfloh er wieder in vielfältige Verwandlungen und kam mit neuen Dingen beladen zurück, als seien es Votivgaben für seine Geige. Er versammelte das gesamte Universum in seinem Zimmer: Löffel vom Berg Athos in der Form von Kelchen mit eingelegtem Silber, einen pilzförmigen Weihwasserkessel, einen Weihwasserkessel der Gifte, erotische Postkarten aus China, Skelette aus den Höhlen der Kanarischen Inseln, Bierkrüge aus München und Rosenkränze aus Lourdes, getrocknete Minze aus Indien, Wasser vom Schwarzen Meer in einer Flasche, chinesische Schriften und das Skelett eines Vogels aus Tahiti, magischen Plunder aus der Höhle des Ali Baba.

Traf man ihn im Moment der Abreise, konnte man an seiner Hast und Qual deutlich erkennen, daß er von einer Verletzung getrieben wurde, der Pein seiner zum Schweigen verurteilten Hände, die schmerzlich nach Bogen und Saiten verlangten, dem Griff des Violinbogens, der wie ein Splitter in seiner Seele eingedrungen war.

Bevor er zu sprechen begann, wirkte er wie ein sanftes Tier, empfindsam und aufnahmefähig, und sein Leiden war nicht erkennbar. Er wirkte verwundbar und makellos und schien dahinzugleiten wie ein Schiff ohne Verankerungen.

Erst wenn er sprach, bemerkte man, wie sehr seine Zwänge ihn gefangenhielten. Jeden seiner Schritte begleitete der schwere Atem der Angst, nur in Bewegung schien er besänftigt. Sobald ihm etwas Schönes begegnete, griffen seine Bauernhände danach mit der Heftigkeit eines Menschen, der nicht sicher ist, es wirklich gesehen, erlebt zu haben, und der sich der Realität des Wunderbaren versichern will. Alles, was ihm widerfuhr, wurde zerlegt, analysiert, kommentiert. Er hatte das Gefühl, daß hinter allem, was er besaß, ein teuflischer Ersatz stünde, als wisse er, daß in all den Schätzen, die ihm angeboten wurden, nicht das lag, was er wirklich begehrte.

Doch durch das Umherziehen, Fliehen und durch das Destillieren der Essenzen und Legenden (er verwandelte jede Frau in ein Wunder) erreichte er nicht die Freiheit und die Ekstase, die er suchte, sondern Pein, abgrundtiefe Pein. Nachdem er nur die Sphären des Traums leidenschaftlich durchjagt hatte und durch Gaukeleien alles in ein Wunder verwandelte, beklagte er das Fehlen von Wärme und Menschlichkeit. Je weiter er sich vom Häßlichen, vom Niedrigen, vom Animalischen entfernte, von Krankheit, die er negierte, von Armut, die er mißachtete, von seinem Körper, den er mißhandelte, von menschlichen Bindungen, denen er sich nicht unterwerfen wollte, von Schutz, den er verschmähte, desto stärker wurde seine Pein.

Der Traum verschaffte ihm keine Zufriedenheit.

Er war einsam.

Und so verliebte er sich in die Unbekannte aus der Seine, die sich vor vielen Jahren ertränkt hatte und die so schön gewesen war, daß man in der *Morgue* ihre Totenmaske nahm. Ihr Bild trug er bei sich, umgab sie mit überschwenglichen Zaubern, die sie im Unterschied zu allen anderen Frauen nicht zerstören konnte. Ihr Schweigen erlaubte seinem Erfindungsreichtum, sich zu entfalten. Nur im Tod konnte Liebe zu solcher Absolutheit heranwachsen. Einer der Liebenden muß tot sein, damit das Absolute sich entfalten kann, diese undenkbare, unerreichbare Blüte des Unendlichen. Nur im Tod gibt es weder Verrat noch Verlust. Und so schenkte Jean seine unendliche Liebe der Unbekannten aus der Seine. Seine vergeistigte, autokratische Liebe fand im Tod keinen Rivalen.

Aber er war einsam.

Umgeben von den Dingen, die er gewählt hatte, verschlossen wir uns in seinem Traum. Zunächst herrschte Zufriedenheit, wie nach Einnahme einer Droge, einhüllende und auflösende Zufriedenheit. Während er sprach, dröhnte der chinesische Gong gegen unsere Sinne, rief Bilder tibetanischer Wüsten und Zeremonien hervor. Auf dem Klavier kreuzte eine kleine afrikanische Piroge mit vier hölzernen Afrikanern, deren Silhouetten sich vor dem Licht abhoben. An den Wänden hingen Hirschgeweihe, auf denen aufgeschlagene erotische Bücher lagen, über unseren Köpfen zwei gekreuzte Jagdmesser. Fragile

Meerespflanzen blühten an unerwarteten Stellen, Seesterne klebten am Spiegel und Blattskelette an den Fensterscheiben, die übermalt waren, damit man nicht auf die Straße sehen konnte. Der Blick wurde so wieder nach innen geworfen zu stiller Betrachtung.

»Als ich nach Lappland kam«, sagte Jean und hielt eine ausgerauchte Opiumpfeife in der Hand, »fand ich das Land des Schweigens. Menschen versammelten sich, saßen im Kreis zusammen, rauchten und lächelten, aber sprachen nicht. Das Rentier hat keine Stimme, um zu klagen oder zu schreien. Ich suchte überall nach dem Geheimnis ihrer Sprache und fand es nur in den Bäumen. Die Bäume sprachen für sie. Die Bäume hatten zermarterte Arme, hagere Beine und Gesichter wie Totempfähle. Sie sprachen, klagten, seufzten und streckten flehende Arme in das Schweigen.«

Essenzen und Gerüche begannen den Raum zu erfüllen. Wir saßen auf winzigen Kinderstühlen aus Griechenland vor dem Kamin. Jean liebkoste seine leere Opiumpfeife und sagte: »Glauben Sie, Liebe läßt uns jemals unseren Zwilling finden?«

»Über der Liebe von Zwillingen«, sagte ich, »liegt ein Fluch. Liebe besteht aus Unterschiedlichkeit, aus Leiden, Getrenntsein und aus dem Kampf, diese Trennung zu überwinden. Zwei Menschen, die den Traum mehr als alles lieben, würden bald völlig verschwinden. Einer muß auf der Erde bleiben, um den anderen festzuhalten. Und aus dem Schmerz, auf der Erde, in der Wirklichkeit, festgehalten zu werden, wird unsere Liebe für den anderen bestehen.«

»Sie wissen, wie ich lebe. Ich lebe durch das, was ich wechselnde Strömungen nenne. Manchmal fürchte ich, völlig abgeschnitten zu werden. Aber welche Ängste, welche Zweifel empfinde ich, wenn ich liebe.«

»Zweifeln Sie nicht an der Liebe, sondern an der Wirklichkeit. Sie leben in einem Wahn und hoffen, durch den Körper Ihrer Liebe inkarniert zu werden. Mit Ihrer Fähigkeit zur Metamorphose können Sie sich so weit entfernen, daß Sie in der Liebe die Wärme und die Versicherung Ihrer eigenen Existenz suchen. Sie schweben zu leicht, Sie lösen sich zu leicht. Und wenn Liebe Sie für den Moment in ihren Fesseln hält, empfinden Sie Angst. Aber irgendwann werden Sie akzeptieren müssen, einen Körper zu haben, eine Realität. Sie werden akzeptieren müssen, gefesselt zu sein, werden in das Gefängnis des menschlichen Lebens eintreten müssen und das Leiden hinnehmen.«

Das Wort »Leiden« versetzte ihn in seinen üblichen Zustand der Flucht und der Abreise. Seine Augen richteten sich auf den Nordpol. Dann kehrten sie wieder zurück und ruhten auf mir. Er wußte, daß ich ihm keinen Schmerz zufügen würde.

»Beschreiben Sie nicht meine Transparenz«, sagte er, »weil Sie selbst wie ein Regenbogen sind, eine flüchtige Farbe? Sie erscheinen nur, wenn die Atmosphäre günstig ist. Sie können über das Wasser gehen. Sie sind so leicht. Andere werden Ihnen zusehen und versuchen, Ihnen zu folgen, aber sie werden ertrinken. Sie sind auch ein Spiegel – ein Spiegel, mit dem Menschen sich vollkommen sehen: das freie Ich. Ich sehe mich frei, wenn ich Sie ansehe. Sie sind der perfekte Spiegel ohne Makel, der das Bild des künftigen Ich reflektiert. Aber werde ich frei sein, bevor es zu spät ist? Ich habe das Gefühl, daß andere Menschen lose zusammengenäht sind, mit Zwischenraum zum Atmen zwischen den Stichen. Ich bin zu eng genäht. Zu viele Stiche überkreuzen sich, und ich ersticke.«

»Hier atmen wir frei.«

»Ja, denn im Labyrinth des Traums können wir unsere menschlichen Leiden nicht sehen.«

Jean stand jetzt vor dem milchigen und undurchsichtigen Fenster, das sich nicht zur Straße öffnete. Er sagte: »Ich befinde mich hinter dem Fenster eines Gefängnisses. Ich bin ein Gefangener. Es gibt immer ein Fenster, und ich stehe immer dahinter. Ich sehe hinaus und habe den Wunsch, in Länder und Orte zu entfliehen, von denen ich mir vorstelle, daß sie unbeschwert sind, ohne Mauern, ohne Begrenzungen. Sie sind eine andere Art Gefangene, sind hinter Ihren Lieben und Leidenschaften eingeschlossen. Wenn sich die Türen öffnen und Sie am Rande der Freiheit stehen, werfen Sie den fatalen Blick rückwärts und sehen den Gefangenen hinter sich, der nicht frei ist, gehen den Schritt zurück und ketten sich an diesen, während die Gefängnispforten sich wieder schließen. Sie sind der freiwillige Gefangene, der nicht *allein* das Gefängnis verläßt. Sie bereiten stets die Flucht für andere vor. Und so vergeht die Zeit.«

»Aber natürlich, Jean, wir haben den Traum, diese Droge für bevorzugte Gefangene.«

Die Reise durch das Auge

Er malte auf kleinen Leinwänden, und sein Pinselstrich war leicht wie der Faden eines Spinnennetzes, und seine Farben waren die einer Fata Morgana. Er lebte auf dem Grund des Meeres, aber auf einem Meeresgrund, der übersät war von Relikten versunkener Schiffe. Fische durchschwammen einäugige Türme, Anker und Algen wuchsen aus Schiffsrümpfen, alles, was aus dem Sack eines Lumpensammlers fallen mochte, hob und senkte sich ruhelos, von Hans in einem Schiffswrack zerstörter Stimmung begraben – verlorene Fragmente unwiederbringlich entschwundener Welten. Das Grün, das die zerbrochenen Dinge umgab, war das Grün von Moder, und das Braun, das die Szenerien bedeckte, war das Braun der Stagnation.

Da er wußte, daß er durch das Auge auf die andere Seite der Welt gelangt war, malte er stets ein kleines Menschenauge in eine Ecke des Bildes, die geheime Tür seiner Flucht in die tiefen Regionen, die der Oberfläche des Auges unbekannt sind. Er hatte das Auge wie einen Spiegel durchquert und war an die Wurzeln gelangt, in den Bereich vor der Geburt und nach dem Tod. Dort fand er diese Schichten aus Licht, die Wellen gestrandeter Stimmungen, die Zellen der Unbeweglichkeit und des Schmerzes, die vom Rost der Stagnation zerfressen waren.

Über allem drohte ein ewiger Sturm, ein Sturm, von dem niemand wußte, woher er kam. Er bedrohte die totgeborenen Wunder der Schönheit im Wasser durch einen Blitzschlag, der jeden Moment auf sie niedergehen konnte. Das kleine, starre Auge in einer Ecke des Bildes war vor Schreck gelähmt. Er malte nur Welten, die kurz vor dem völligen Untergang standen, am Rand der endgültigen Katastrophe.

Zunächst, wenn der Tag begann, gelang die Reise durch das Auge ohne Mühe, und Hans glitt aus seinem Zimmer und ließ sein Elend hinter sich. Sein Körper war ruhig, als sei er betäubt, und das Auge trug ihn überall hin, schwimmend, gleitend, schmelzend, eindringend. Doch nach wenigen Stunden erstarben die Farben auf seinen Fingerspitzen, und das Auge in der Ecke des Bildes wurde erst ausdruckslos und dann völlig blind. Er wußte nie, ob sein Körper der Grund dafür war, der vor verzehrendem Hunger erwachte, oder die Kälte des Raums, die ihn umgab, ob die Mauer vor seinem Fenster, die Gefängnismauer der *Santé*, oder die Flecken an den vier Wänden, die Schlaffheit seines einzigen Anzugs, der an einem Kleiderhaken hing, die Leere seiner zerrissenen Taschen, der Staub auf den Fensterscheiben oder die Falsettstimme der Concierge ... Aber das Auge schloß sich.

Verstohlen und unschlüssig ging er dann ins Bistro. Beim Trinken konnte er vielleicht etwas von der verlorenen Wärme wiederfinden, der verlorenen Erregung, der verlorenen Ausdehnung. Sobald er trank, schmolz der Himmel, und die Wolken galoppierten, die Feuchtigkeit hörte auf, ihn zu peinigen, wurde zu einem sanften Schauer, und sein vor Hunger verkrampfter Magen beruhigte sich. Wärme, Farbe und Wohlgefühl breiteten sich in Herz und Magen aus, und er schwebte in eine unendliche Welt davon.

Es war sein Zimmer, das enger um ihn wurde, kleiner und immer kleiner, leerer, und die Einsamkeit begann ihn zu würgen. Jetzt, da das Glas voll war, war alles offen, aber wenn das Glas leer war und der Mann hinter der Theke sich weigerte, es von neuem zu füllen, dann fiel er wieder in den Abgrund: Seine Beine gaben unter ihm nach, sein Blick verschwamm, er verlor alles, die Welt schrumpfte wieder und die Einsamkeit war größer als zuvor, denn nun lachten die Leute über ihn. Man sprach über ihn. Die Frau, die ihn im Krankenhaus pflegte, erzählte jedem die intimsten, abstoßendsten Einzelheiten seiner Krankheit, und man lachte über ihn. Der Polizist wußte, daß er seine Miete seit einem Jahr nicht bezahlt hatte; er wartete nur darauf, ihn einzusperren. Hans konnte deshalb nicht geradewegs nach Hause gehen, sondern mußte sein Zimmer auf Umwegen erreichen. Der Freund, das Glas Wein, das Zuhause – alle schienen sich seinem Zugriff zu entziehen, wenn er versuchte, sie auf direktem Weg zu erreichen. Und während er im Bistro stand, wußte er, daß jemand sein Zimmer durchsuchte und versuchte, seine Bilder zu stehlen, und so rannte er schließlich nach Hause und beschimpfte die Concierge, wobei seine Augen zornig hervortraten. Sie schwor, daß niemand in seinem Zimmer gewesen sei, aber er wußte es besser, wußte, daß dieser Jemand lediglich keine Zeit gehabt hatte, die besten Bilder davonzutragen, aber daß er zurückkehren würde und daß er deshalb hierbleiben und auf den Dieb warten mußte. Er weigerte sich, zum Essen aus dem Haus zu gehen. Die Concierge machte sich seinetwegen Sorgen und brachte ihm gelegentlich einen Teller Suppe, den er aber ablehnte, weil er ihn für vergiftet hielt.

Schließlich kamen zwei fremde Männer, um Hans abzuholen. Hans wußte, aus welchem Grund sie kamen. Sie würden ihn verschleppen und so lange festhalten, bis der andere seine Bilder gestohlen hatte, dann würden sie ihn freilassen. Vor ihnen gab es keinen Schutz. Er war zu schwach, um gegen sie zu kämpfen. Er bat darum, sich ankleiden zu dürfen.

Er fragte sich, ob er ohne Schuhe gehen sollte. Er würde sie lieber für seine Rückkehr aufbewahren. Sie waren so abgetragen und würden nicht mehr lange halten. Am meisten bedauerte er, daß er die große Schlange im Zoo nicht mehr beobachten konnte. Jeden Tag war er zur Zeit der Fütterung dorthin gegangen, denn die große Schlange wurde mit lebenden Mäusen gefüttert. Es gefiel ihm, die Todesangst der Maus zu beobachten, die wußte, was sie erwartete, sobald sie in den Käfig gesetzt wurde. Ihre starre Angst, ihre Unfähigkeit, zu entfliehen, sobald die Schlange sie mit starren Augen anblickte. Die Schlange wußte, daß die Maus sich nicht wehren, sondern schrekkensstarr warten würde, und so nahm sie sich Zeit und zögerte den Zeitpunkt hinaus, zu dem sie die Maus verschlingen würde. Sie genoß die Gewißheit. Die Maus konnte sich nicht rühren, aber ihre kleinen Augen jagten tausendmal in Todesangst hin und her, während die Augen der Schlange rund blieben, starr.

Hans spürte, daß er die Maus war, und sah sein eigenes Schicksal, seine eigene Passivität jeden Tag aufs neue. Seine Augen traten hervor wie die eines ständig verängstigten Mannes.

Selbst seine Bilder auf den kleinen Leinwänden entstanden in der Gewißheit, daß sie verschlungen würden. Es gab Augenblicke, in denen er das Gefühl hatte, im Wettlauf mit einer riesigen Schlange zu stehen. Je mehr Bilder er aus seinem Innern spinnen konnte wie silberne Fäden, aus denen ein Kokon entsteht, desto länger konnte er das endgültige Ende hinauszögern.

Jetzt, da die Männer warteten, blieb er zögernd in der Mitte des Zimmers stehen und dachte: »Aber angenommen, ich sterbe? Ich kann nicht ohne Schuhe begraben werden. Ich muß meine Schuhe anziehen. Ich könnte sterben. Wenn sie mir verbieten zu malen, werde ich sterben.« Und er band sich seine Schuhe sorgfältig für seinen Tod.

Man erlaubte Hans, in seiner Zelle zu malen, die dem Zimmer so ähnlich war, in dem er gelebt hatte. Der Alkohol hatte seine Sehkraft geschwächt, man operierte ihn und rettete ein Auge. Das verlorene ersetzte man durch ein Glasauge. Und nun erkannte Hans, daß er aufgehört hatte, die Maus zu sein, und zur Schlange geworden war. Er war es, der alles beobachtete, er war es, der beginnen würde, alles zu verschlingen, denn sein Auge war nun auf die Welt gerichtet. Er konnte nicht mehr durch das Auge hin- und herreisen. Als er überall um sich herum züngelnde Flammen sah, starrte er unbewegt darauf, starrte auf die Flammen, während sie ihn umtobten. Als das Feuer in der Anstalt gelöscht war, hatte er sein Glasauge verloren. Jetzt war er nicht mehr Maus und nicht mehr Schlange.

Das Kind, das aus dem Nebel geboren wurde

Auf den Fluß zugehen, durch die Reihen spielender Kinder gehen, unter den glühenden Blicken herumlungernder Männer gehen, inmitten von Blüten aus zerfetzten Zeitungen gehen, über aufgeschlitzte Blechdosen gehen, an zerbrochenen Fenstern vorübergehen (die Steine liegen auf nackten Fußböden), durch verkohlte Toreingänge gehen (das Feuer brannte nicht lange, es hatte nicht viel Nahrung gefunden), an ärmlichen Lebensmittelgeschäften vorbeigehen, an schläfrigen Bars, vorbei an Menschen mit Bäuchen, die vor Hunger gebläht sind.

An einem kleinen Haus läuten, wo die Klingel lose an einem Draht baumelt, die Haustür schief hängt, die Angeln klagen und das Schloß keinen Schutz mehr zu bieten scheint.

Doch aus dem vorhanglosen Fenster fließt das lange Haar einer Frau, der Männer Gedichte schreiben werden, blicken die blaugrünen Augen Undines, nachdem sie geweint hat, leuchten der volle, sinnliche Mund, die lachende Stupsnase, ein Gesicht voll unverhüllter Zärtlichkeit, das ein sanftes Willkommen auf die kleine Straße hinunterwirft, ein kindliches Lächeln, das durch frühes Leid verdunkelt ist.

Im Innern ein Rascheln, um für den Ehrengast die Unordnung zu beseitigen. Es ist jemand gekommen, und bestimmte Dinge müssen verbannt werden; als die Tür geöffnet wird, ist die heimliche Unordnung beseitigt, und man darf die grüne Treppe hinaufsteigen, in ein Zimmer mit grünen Wänden, farbigen Lampen, mit Büchern auf dem Boden, Schallplatten auf dem Sofa, einem bemalten Kamin, in einen Ausbruch der Farben wie auf den Hüten aus Madagaskar.

Die Fenster zur Straße sind mit Dreiecken aus farbigem Papier beklebt, und das Zimmer könnte in einer arabischen Stadt sein.

Sarah saß auf einem niedrigen Stuhl. Sie hatte ihren grünen Pullover ausgezogen und stopfte ein Loch.

Don klimperte auf seiner Gitarre, für seinen Auftritt in einem Nightclub übend. Sein schwarzes Haar war sanft gewellt, seine dunkle Haut leuchtete in Kupfertönen. Seine Hände auf der Gitarre waren schlank und sensibel. Er fragte: »Hat Pony ihr Abendbrot gehabt?«

In diesem Augenblick kam das kleine Mädchen Pony schüchtern ins Zimmer, und man sah zuerst nur ihre kugelrunden, schwarzen Augen. Zwei Tränen waren auf ihren Wangen gefroren, Tränen, weil beide Eltern sie verlassen hatten. Doch auf halbem Weg waren die Tränen versiegt, denn sie hatte die Eltern wiedergefunden. Weiche, dunkelbraune Locken und zwei Hände, die sich trostsuchend nach der weißen Mutter und dem dunkelhäutigen Vater ausstreckten.

In Peru gibt es ein Lied von Gott dem Töpfer. Gott der Töpfer brannte Menschen. Er brannte eine Gruppe, aber er ließ sie nicht lange genug im Ofen, und als er das Blech herausnahm, waren darauf Menschen mit weißen Haaren, weißen Augen, weißen Wimpern und bleicher Haut, zu blasse Exemplare. Er legte sie zur Seite (sie entkamen nach Norwegen). Eine zweite Gruppe gelang etwas besser, aber erst die dritte war perfekt, und das waren die Indianer. Ganz gewiß gehörte auch Pony zu denen, die *à point* gebrannt worden waren.

Aus der ersten Gruppe stammte Sarahs erste Liebe, ein blonder Junge, der sie nicht genug geliebt hatte. »Die Sonne bleichte sein Haar golden.«

Jeder, der verletzt worden ist, begibt sich auf eine lange Reise.

Man reist, soweit man kann, von dem Ort weg, an dem man verletzt worden ist.

Sarah reiste weit, von goldenem zu schwarzem Haar, wie Männer in früheren Zeiten in unberührte Wälder gingen, um eine Wunde zu heilen, wie sie in fremde Länder reisten, um ein Gesicht zu vergessen.

Sie war von einem Land kalter Worte in ein Land warmer Worte gereist, von einem Land der Gleichgültigkeit in ein Land der Zärtlichkeit, von Seichtheit zu Tiefe. Sie hatte einen Hafen verlassen, wo ein junger Mann Worte sprach, die auf den Lippen seines hübschen Mundes geboren wurden, und war zu einem Ort gekommen, an dem Worte aus der Tiefe kamen, aus der auch Ponys Tränen emporstiegen, als sie sich verlassen fühlte.

Sarah hatte sich auf eine lange Reise begeben, denn sie hatte viel zu vergessen – die Worte ihrer Mutter: »Sinnlichkeit ist ein Verbrechen«, und die Worte ihres Vaters: »Der Neger ist dreckig.«

An einem Sommerabend war sie mit Don durch einen Park gegangen, nachdem sie beide an einer politischen Veranstaltung teilgenommen hatten, und als sie seine Worte hörte, vernahm sie die Sprache der Wahrheit, die Sprache der Ganzheit. Die Stimme klang reich, denn es lag alles in ihr: Blut und Seele, Herz und Wärme, Freude und Schmerz; Körper und Herz schlugen im gleichen Rhythmus. Selbst seine Höflichkeit kam von Herzen, als er die Zweige vor ihrem Gesicht zur Seite bog, als er von Liebe und Haß sprach, von reiner Liebe und reinem Haß, denn es gab entweder Liebe oder Haß, aber kein Gemisch, keine halbe Liebe und keinen halben Haß.

In jenem Park, im dichten Sommernebel, der sie einhüllte, hörte sie Dons Stimme und die Stimmen ihrer Empfindungen tief wie einen Wald.

Der Nebel isolierte sie, aber hier war eine Welt. Der Nebel verbannte sie: zwei verlorene Menschen, der eine verloren im Schmerz, von einem anderen betrogen worden zu sein, der andere verloren in Todesgefahr, in Schande und verraten von allen, weil er aus der dritten Gruppe des Töpfers stammte.

Zuerst spielten sie wie Kinder das Spiel, sich im Nebel zu verlieren und wiederzufinden. Als er sich dabei einmal zu gut versteckt hatte und sie nicht das leiseste Rascheln seiner Gegenwart zwischen den Bäumen hören konnte, wußte sie, daß sie allein war, wenn sie ihn nicht wiederfand.

Pony war das kleine Kind, das aus dem Nebel geboren wurde.

Als der Nebel sich lichtete, als es Tag wurde, wurden Steine nach ihnen geworfen, und Dons Leben war in Gefahr – durch den Vater, durch Fremde auf der Straße. Deshalb gingen sie nie zusammen aus, deshalb konnte sie Pony nicht gefahrlos durch die Straßen tragen.

Das Spiel, das im Park begonnen hatte und für immer in der Wirklichkeit fortgesetzt wurde, verwandelte sich in die tägliche Gefahr des Verlusts.

Don sagte jeden Tag: »Es ist Zeit für mich, ich muß gehen.«

Sarah sagte: »Gib mir Kleingeld für den Bus.«

Don sagte: »Ich werde dich im Restaurant treffen.«

Würde er sie sehen? Würde sie ihn finden? Würde ihm etwas zustoßen?

Sie blickten sich gegenseitig an, als stiege wieder Nebel auf, als könne einer von ihnen auf dem Weg für immer verlorengehen.

Er verließ mit seiner Gitarre das Haus. Er ging mit erhobenem Kopf, aber nicht stolz, ging gelassen und ruhig, aber doch verwundet und gebeugt.

Sie saß allein im Bus.

Der Bus fuhr an ihm vorbei.

Es war ihnen nicht erlaubt, sich zuzuwinken.

Hejda

Das Entschleiern von Frauen ist eine heikle Angelegenheit. Es geschieht nicht über Nacht. Wir fürchten uns alle vor dem, was wir finden werden.

Natürlich war Hejda im Orient geboren worden. Vor der Entschleierung lebte sie in einem riesigen Garten, der in sich eine kleine Stadt war, voller Dienstboten, unter vielen Schwestern und Brüdern, zusammen mit vielen Verwandten. Vom Dach des Hauses konnte man die Vorübergehenden sehen, Händler, Bettler, Araber auf ihrem Weg zur Moschee.

Hejda war damals ein kleines, unbändiges Mädchen, dessen größtes Vergnügen darin bestand, mit dem Finger die noch nicht gelegten Eier in den Hühnern zu ertasten und zu zerbrechen oder Frösche mit Benzin zu füllen und sie dann mit einem Zündholz anzuzünden. Sie lief im Haus ohne Höschen umher, ohne Schuhe, doch wenn sie nach draußen ging, war sie tief verschleiert, und die Konturen ihres Körpers, die schon im frühen Alter die einer voll erblühten Frau waren, ließen sich nur erahnen. Es war nicht zu erkennen, daß auf ihrem Gesicht das raubtierhafte Lächeln der Menschen mit großen Zähnen lag.

In der Schule hatte sie eine Freundin, deren größter Kummer ihre dunkle Hautfarbe war. Sie hatte die dunkelste Haut unter den vielen Schattierungen der Kinder in der arabischen Schule. Hejda zog sie eines Tages mit sich in die äußerste Ecke des Schulgartens und sagte zu ihr: »Ich kann dich weißmachen, wenn du willst. Vertraust du mir?«

»Natürlich.«

Hejda holte ein Stück Bimsstein hervor. Sehr sanft, aber ausdauernd begann sie, die Stirn des Mädchens damit zu bearbeiten. Erst als der Schmerz unerträglich wurde, hielt sie inne. Eine Woche lang fuhr sie fort, den Fleck abgeschabter Haut zu vergrößern, und im Geheimen genoß sie diese seltsame Szene der unablässigen Klagen des Mädchens über den Schmerz. Schließlich wurden sie entdeckt und beide bestraft.

Mit siebzehn verließ Hejda den Orient und legte die Schleier ab, aber das Fluidum einer verschleierten Frau haftete weiter an ihr. Selbst in den elegantesten und auffallendsten französischen Kleidern, die ihre Figur voll zur Geltung brachten, vermittelte sie noch immer den Eindruck, verschleiert zu sein. Niemand konnte mit Sicherheit behaupten, ihren Nacken, ihre Arme und Beine gesehen zu haben. Selbst ihre Abendkleider schienen alles an ihr zu verbergen. Diese Aura des Geheimnisvollen, die an arabische Frauen erinnerte, die eingehüllt in viele Meter weiße Baumwolle durch die Straßen gehen, die wie Seide um eine Spule gewickelt ist, war zum größten Teil auf ihre Unfähigkeit zurückzuführen, sich zu artikulieren. Ihr Sprechen enthüllte und öffnete keine Türen, war labyrinthisch. Sie bediente sich lediglich der Worte, die notwendig waren, um jemanden in den Eingang zu locken. Sobald man aber auf den unbeendeten Satz zuging, stieß man auf eine Sackgasse, eine Kurve, eine Barriere. Sie zog sich hinter halbe Eingeständnisse, halbe Versprechen und Anspielungen zurück.

Das Verhüllen des Körpers, das auch ein Verhüllen des Geistes war, bildete eine unüberwindliche Schranke, über die sich nur die Augen mit ihrer Ausstrahlung und Intensität hinwegsetzten. Hejda erschien als eine Mischung aus Eleganz, Kosmetik und Aufputz. Allein die Augen sandten Signale und Botschaften aus, durchbohrten die europäischen Kleider, mit der stechenden Brillanz, die es nur im Orient gibt. Um zu diesen Augen zu gelangen, muß der Mann den dicken Wall weißer Baumwolle durchdringen.

Die Korridore, die zu Hejda führten, waren so gewunden und verschlungen wie die Gassen orientalischer Städte, in denen sich verfolgte Frauen verirren, aber auf dem Weg durch alle diese sich verlierenden und windenden Straßen hörten die Augen nicht auf, Fremden Signale zu senden, wie Gefangene, die aus Fenstern winken.

Der Wunsch zu sprechen war da, nach Jahrhunderten der Gefangenschaft und Unterdrückung, der Wunsch, in der Abgeschlossenheit überfallen und befreit zu werden. Im Gegensatz zu den dicht geschlossenen Falten der Kleider, den vielen Verteidigungswällen aus Seide um den Hals, sprachen die Augen Einladungen aus.

Ihre Sprache war verschleiert. Ihr war es nicht möglich zu sagen: »Seht auf Hejda, die voller Ideen steckt!« Und so legte sie statt dessen Karten und sagte wie die Frauen im Harem die Zukunft voraus, oder sie aß wie ein kleines Mädchen Süßigkeiten, ein Mädchen, das durch Einwikkeln in weiße Baumwolle nie Frau geworden war, wie die Füße chinesischer Frauen durch Bandagen kleingehalten werden. Alles, was sie sagen konnte, war: »Heute nacht hatte ich einen Traum.« (Denn im Orient erzählt jeder am Morgen beim Frühstück zu der ersten Tasse schwarzen Kaffees seine Träume.) Wenn sie ein Problem hatte, öffnete sie wahllos ein Buch, tippte mit ihren Fingern auf einen Satz und richtete ihre Entscheidungen nach diesem Satz aus. Oder sie kochte ein Gericht, das so farbig war wie ein orientalischer Marktplatz. Ihr Verlangen, wahrgenommen zu werden, drückte sich wie im Orient üblich immer durch etwas Auffallendes aus: einen ungewöhnlichen Edelstein, ein Flitterplättchen, das auf ihrer Stirn zwischen den Augen klebte (das dritte Auge der Orientalin ist ein Juwel, als habe das verborgene Leben, das so lange vor der Öffentlichkeit geheimgehalten worden war, das Feuer kostbarer Steine angenommen).

Niemand verstand die Botschaften: Seht Hejda, die Frau aus dem Orient, die eine Frau von morgen sein will. Kleidung und Schmuck lenkten alle ab, wie ein Wandschmuck von der Wand ablenkt. Sie wurde immer wieder in den Harem zurückgeworfen – auf ein Kissen.

Sie war mit all ihren unsichtbaren Schleiern nach Paris gekommen. Beim Lachen öffnete sie kaum ihren Mund, denn ihre Zähne wirkten in dem kleinen, runden Gesicht ungewöhnlich groß. Sie verbarg ihre Unersättlichkeit und ihren Appetit. Ihre Stimme klang klein, auch sie war klein geblieben, wie die Chinesen die Füße der Frauen kleinhalten, klein und infantil. Ihre Gesten waren zögernd und reserviert. Der Schleier bestand nicht in ihrer Furchtsamkeit, in ihren Ängsten, in ihrer Art, sich zu kleiden, den Hals zu bedecken und ihre üppigen Brüste zu schnüren. Der Schleier zeigte sich in ihrer Liebe zu Blumen (das war ein Merkmal ihrer Rasse), besonders zu kleinen Rosen und unschuldigen, geschlechtslosen Blumen, in aufwendigen Ritualen der Höflichkeit (auch sie traditionsbedingt), aber vor allem in ihrer ausweichenden Art zu sprechen.

Sie wollte Malerin werden und besuchte die *Académie Julien.* Sie malte minutiös auf kleinen Leinwänden mit den Farben des Orients, einem mädchenhaften Orient voll kleiner Blumen, Ornamente, Konfetti und Bonbonfarben. Sie malte in den bunten Farben der kleinen Läden, in denen glitzernde Rosen und Schmetterlinge aus Spitzenpapier verkauft werden.

In der Malklasse gab es einen dunklen, schweigsamen und scheuen Rumänen. Er hatte dekadente aristokratische Hände, lächelte nie, sprach nie. Wer sich ihm näherte, spürte seine hilflose Furchtsamkeit, und jeder zog sich wieder zurück und wahrte Distanz.

Die beiden Furchtsamen beobachteten sich gegenseitig, die beiden Schweigenden, die zwei in sich zurückgezogenen Menschen. Beide waren orientalische Interieurs, ohne Fenster zur äußeren Welt, und alles Grün wuchs im inneren Patio und alle Fenster öffneten sich zur Innenseite des Hauses.

In der Malklasse herrschte eine gewisse gallische Ausgelassenheit. Die Atmosphäre war sinnlich, warm und fröhlich, doch die beiden blieben in ihrem inneren Patio und lauschten den singenden Vögeln, dem Plätschern der Fontänen. Er denkt: »Wie geheimnisvoll sie ist.« Und sie denkt: »Wie geheimnisvoll er ist.«

Beim Weggehen beobachtet er eines Tages, wie sie mit einem kleinen, silbernen Pfau ihre schwarzen Augenränder nachzieht. Geschickt nimmt sie den Kopf des Vogels ab, und hervor kommt ein kleiner Pinsel, mit dem sie schwarze Linien um ihre orientalischen Augen zieht.

Dieses Bild verwirrt, bezaubert ihn. Der Maler ist gefangen, aufgewühlt. Erinnerungen an persische Legenden beherrschen von jetzt ab seine Vorstellungen von ihr.

Sie heiraten und beziehen eine winzige Wohnung, deren einziges Fenster auf einen Garten geht.

Sie heiraten, weil sie den Wunsch haben, sich zusammen zu verstecken. In den dunkeln Grotten ihres Flüsterns, ihrer Vertraulichkeit und ihrer Ängste errichten sie nun eine kunstvolle Welt aus Stalaktiten, die von Luft und Licht abgeschlossen ist. Er weiht sie in seine ästhetischen Grundsätze ein. Sie lieben sich im Dunkeln, und am Tag verschönern sie ihre Wohnung und verfeinern sie.

Unter Molnars Händen wird sie umgeformt, neu modelliert und stilisiert. Er kann ihren Körper nicht anders formen, aber er kritisiert ihre Fülle. Ihre Brüste liebt er nicht, sie darf sie niemals zeigen, sie überwältigen ihn. Er gesteht ihr, daß er sie ohne diese Brüste mehr lieben würde. Sie zieht sich in sich selbst zurück, und in ihr wächst der Zweifel an ihren weiblichen Werten. Mit seiner Kritik hat er sie unterworfen und ihr den Zweifel eingeflößt, der sie von anderen Männern fernhalten wird. Er hat ihre Weiblichkeit entwertet, und Hejda ist jetzt unterdrückt, gehemmt und sogar beschämt über ihre Gewöhnlichkeit und Fülle. Es ist die Herrschaft ästhetischer Werte: Stilisierung, Verfeinerung, Kunst und Künstlichkeit. Damit hat er seine Herrschaft etabliert. Jede Rundung ihres Körpers bietet ihm einen Anlaß, ihre Natur zu unterdrücken. Mit seiner Kälte zügelt er sehr bald ihr Ungestüm. Er glättet ihre Sprache, ihre Manieren und ihre Impulse. Er verringert und engt ihre Gastfreundschaft, ihren Wunsch nach Ausdehnung und ihre Freundlichkeit ein.

Es ist ihre zweite Verschleierung, der ästhetische Schleier von Kunst und gesellschaftlicher Tugend. Er entwirft ihre Kleider, formt sie, soweit er kann, zu den stilisierten Figuren seiner Bilder. Seine Frauen sind transparent, sind durchsichtig und ruhen in Hängematten zwischen Himmel und Erde. Hejda kann diesen Zustand nicht erreichen, aber sie kann zu einer Odaliske werden. Sie kann mehr silberne Pfauen um sich versammeln, mehr poetische Dinge, die für sie sprechen.

Ihre kleinen Leinwände wirken kindlich neben seinen. Langsam vertieft sie sich mehr in seine Bilder als in ihre eigenen. Die Blumen und Gärten verschwinden.

Er malt eine Welt der Bühnenbilder, aus denen die Natur völlig ausgeschlossen ist: statische Schiffe, gefrorene Bäume, kristallene Schönheiten und die Skelette von Vergnügen und Farben. Er geht daran, aus Hejda ein Objekt für seine Bilder zu machen. Ihre Natur wird durch diese Abstraktion ihrer selbst immer mehr kastriert. Ihre üppigen Brüste werden dichter verschleiert. In seinen Bildern gibt es keine Bewegung, keine Natur und ganz sicher nicht die Hejda, die es genoß, ohne Unterwäsche umherzugehen und frische Kräuter und Gemüse aus dem Garten zu essen.

Ihre Brüste sind die einzigen Eindringlinge in ihr stilisiertes Leben. Ohne sie könnte Hejda der Zwilling sein, den er sich wünscht, und sie könnten die seltene Ehe seiner femininen und ihrer maskulinen Eigenschaften vollziehen, denn es ist bereits klargeworden, daß er sich gerne beschützen läßt, daß sie gerne beschützt und größere Stärke besitzt, sich der Welt der Realitäten zu stellen. Sie hat mehr Kraft, Bilder zu verkaufen, Galerien für seine Arbeiten zu interessieren, und auch mehr Mut. Im Umgang mit der Welt übernimmt sie die aktive Rolle. Molnar kann allein niemals seinen Lebensunterhalt verdienen. Hejda kann es. Molnar kann keine Anweisungen geben (nur ihr), doch sie kann es. Molnar kann nichts ausführen, realisieren und konkretisieren wie sie, denn bei der Ausführung und im Handeln kennt sie keine Furcht.

Molnar ist es, der malt und zeichnet, und Hejda ist es, die hinausgeht und seine Arbeiten verkauft.

Molnar wird immer mehr heikel, verwundbarer, und Hejda wird stärker. Er steht hinter der Szene, und sie steht nun im Vordergrund.

Er läßt es zu, daß ihre Liebe ihn umfließt, stärkt und nährt. Er erobert sich seine Führerrolle in der Dunkelheit zurück, aber nicht durch sinnliche Fülle, im Gegenteil, durch strenge Ökonomie des Genusses. Oft wird ihr Hunger nicht gestillt. Keinen Augenblick lang hegt sie den Verdacht, daß es sich dabei um etwas anderes als um Ökonomie handelt. Sie glaubt, hinter dieser ästhetischen Reserve läge großer Überfluß. In ihren körperlichen Vereinigungen gibt es keine Freude und keinen Genuß. Sie sind wie das Zusammenrollen im Mutterleib.

Ihr Zusammenleben bleibt steif und fensterlos, zwar nach innen gerichtet, aber die Pflanzen und Fontänen des Patio sind alle künstlich, ephemerisch und unbeweglich, ein Bühnenbild für ein Drama, das nie stattfindet. Es gibt Kolonnaden, Friese, Hintergründe und Plüschvorhänge, doch ein Drama findet nicht statt, keine Entwicklung, keine Funken. Die Frauen auf seinen Bildern liegen, schweben im Raum.

Hejda fühlt sich unterdrückt. Sie weiß nicht warum, hat nie etwas anderes als Unterdrückung gekannt, nie das kleine Universum, das vom Mann begrenzt wird, verlassen. Und doch erweitert sich etwas in ihr. Durch den Kampf mit der Realität wird eine neue Hejda geboren. Sie will Molnars Schwäche beschützen. In der Welt draußen fühlt sie sich stärker. Aber wenn sie nach Hause zurückkommt, spürt sie, daß sie in die Unterwerfung, in Molnars Proportionen zurücksinken muß. Er verlangt, daß sie ihr nach außen gerichtetes Leben aufgibt, Molnars ganzes Wesen ist totale Verneinung und Ablehnung der Welt, des gesellschaftlichen Lebens, anderer Menschen, des Erfolgs, der Entwicklung, der Bewegung, der Neugier, des Abenteuers und des Unbekannten schlechthin.

Was verteidigt er, was schützt er? Keine verzehrende Passion für einen Menschen, aber vielleicht ein geheimes Verzehren. Er erlaubt keine Zärtlichkeit und keine Aufforderung zur Liebe. Es ist ein Nein zu ihrem Hunger, ein Nein zu ihrer Zärtlichkeit und ein Nein zu dem Fließen des Lebens. Nur in Angst und Verborgenheit waren sie sich nahe, aber nicht mehr im Fließen und in der Entwicklung. Molnar ist jetzt erstarrt und fixiert, in ihm gibt es kein Gefühl, das ihn vorwärtstreibt. Wenn sie versucht, ihn vorwärtszutreiben, seine unerschütterliche Stagnation durch ihren Elan zu ersetzen, kann er ihren Antrieb nur zerbrechen.

»Deine Ambitionen sind vulgär.«

(Darauf weiß sie keine Antwort: Meine Ambitionen sind lediglich der Ausgleich deiner Unfähigkeit.)

Ein Teil von ihr möchte sich ausdehnen, ein Teil ihres Wesens möchte mit Molnar zusammenbleiben. Dieser Konflikt zerreißt sie. Das Zerren und Ziehen läßt sie krank werden.

Hejda fällt.

Hejda ist krank.

Sie kann nicht vorwärts, denn Molnar bleibt unbeweglich, und sie kann sich nicht von ihm losreißen.

Er will nicht vorwärts. Sein Wesen stagniert und ist erfüllt von Gift. Jeden Tag verabreicht er ihr dieses Gift von neuem. Sie hat seine Bilder in die reale Welt gebracht, um sie zu verkaufen, und dabei ist sie mit dieser Welt in Verbindung getreten, dabei hat sie entdeckt, daß sie größer und freier ist.

Nun läßt er nicht mehr zu, daß sie die Bilder verkauft. Er hört sogar auf zu malen. Armut stellt sich ein.

Vielleicht wird Molnar sich wandeln und sie beschützen. Es ist der Traum jeder mütterlichen Liebe: Ich habe ihn mit meiner Stärke erfüllt, habe seine Malerei genährt, meine Bilder sind in seine Bilder geflossen, ich bin gebrochen und schwach, vielleicht ist er jetzt stark.

Aber es ist nicht so. Molnar beobachtet ihren Fall. Er läßt sie fallen, läßt die Armut um sich greifen, beobachtet untätig den Verkauf ihrer Kunstwerke und die Gänge zum Pfandleiher. Er läßt Hejda ohne Fürsorge. Seine Passivität und Untätigkeit verzehren das ganze Haus.

Es ist, als sei Hejda der Leim gewesen, der das Mobiliar zusammenhielt. Jetzt fällt es auseinander. Es ist, als sei sie das Reinigungsmittel gewesen, und jetzt werden die Vorhänge grau. Das Holz im Kamin raucht und brennt nicht mehr: War sie auch das Feuer im Herd? Weil sie krank ist, rosten alle Gegenstände. Das Essen verdirbt. Selbst die künstlichen Blumen welken. Die Farben vertrocknen auf der Palette. War sie das Wasser und auch die Seife? War sie die Quelle, die Sauberkeit der Fenster und der Fußböden? Die Gläubiger fallen ein wie Heuschrecken. War sie der Fetisch des Hauses, der sie fernhielt? War sie der Sauerstoff? War sie das Salz, das jetzt dem Brot fehlt? War sie die zarte Feder, die das Spinnennetz des Verfalls zerriß? War sie die Silberpolitur?

Müde, darauf zu warten, daß es Hejda bessergeht, verläßt Molnar das Haus – allein.

Hejda und Molnar leben jetzt getrennt. Sie ist frei. Andere Menschen helfen ihr, die Bindungen zu lösen, in die ihre Persönlichkeit zuerst durch die Familie und dann durch den Ehemann eingebunden war. Jemand verliebt sich in ihre üppigen Brüste und beseitigt das Tabu, das Molnar über sie verhängt hatte. Hejda kauft sich eine durchsichtige Bluse, die alles enthüllt, was sie zu zeigen hat.

Als ein Knopf abspringt, näht sie ihn nicht wieder an. Sie schweigt auch nicht länger.

Sie spricht von ihrer Kindheit. Dieselbe Geschichte, die sie früher mit einem verschämten Kichern erzählt hatte: daß sie als Kind keine Unterwäsche getragen habe, als wolle sie sagen: ›Wie primitiv ich früher war‹, wurde jetzt mit dem bedeutungsvollen Blick einer Stripteasetänzerin zum Besten gegeben, mit der leichten Arroganz eines *agent provocateur* für Männer (denn nun verlegte ihr Exhibitionismus die Möglichkeit von der Vergangenheit in die Gegenwart).

Hejda trennt sich von den kleinen Leinwänden und kauft sehr große. Sie malt größere Rosen, größere Gänseblümchen, größere Lauben, größere bonbonfarbene Wolken und größere Schaummeere. Doch im selben Maß, in dem die Leinwände größer werden, ohne daß ihre Inhalte bedeutsamer werden, plustert Hejda sich auf, ohne sich weiterzuentwickeln. Sie ist nur scheinbar größer. Ihre Stimme wird lauter, ihre Sprache, befreit von Molnars dekadenter Stilisierung, wird ungeschliffener. Ihre Kleider werden kürzer, ihre Blusen offenherziger. An ihrem kleinen Körper ist mehr Fleisch zu sehen, aber Molnar ist nicht da, um ihr ein Korsett anzulegen. Auf ihrem Tisch steht mehr Essen. Sie verbirgt nicht mehr ihre Zähne. Sie ist stolz auf ihren Appetit. Die Freiheit hat sie bis zum Rand mit dem Vertrauen erfüllt, daß alles, was einst geheim und gefesselt war, jetzt von großem Wert ist. Jede Einzelheit ihrer Kindheit, jede Prophezeiung einer Kartenlegerin und jeder Traum nehmen an Bedeutung zu.

Hejdas Statur kann den Druck ihrer Ambitionen nicht ertragen. Es scheint, als habe sich die Kompression zur Inflation gewandelt. Sie ist geistig und körperlich aufgeblasen. Wer es wagt, sie an ein Gefühl für Proportionen zu erinnern, daran, daß es in der Welt vielleicht noch andere Maler von Bedeutung gibt und andere Frauen von Wert, wird zum Verräter, der augenblicklich verbannt werden muß. Über ihn ergießen sich Ströme von Beschimpfungen, die den Tiraden orientalischer Zigeunerinnen gleichen, denen man eine milde Gabe versagt hat: Flüche und Verwünschungen.

Sie verspürt weder Verlangen nach ihren Liebhabern noch bringt sie Liebe für sie auf. Stolz sagt sie: Auf mich fliegen die Männer!

Ihrer Malerei mangelt es an Kreativität: Ich werde Molnar zeigen, daß ich die bessere Malerin bin!

Ihre Freundschaften mit Frauen sind eine einzige, lange Rivalität unter der Oberfläche: Sie will sich durch auffallende Kleidung oder durch auffallendes Benehmen hervortun. Sie begibt sich in einen harten, intensiven Konkurrenzkampf. Wenn alles versagt, schreckt sie selbst davor nicht zurück, ihr Kleid zu heben und an ihren Strumpfbändern zu nesteln.

Wo sind die Schleier und die labyrinthischen Fluchtwege?

Sie ist wieder in den Garten ihrer Kindheit zurückgekehrt, zurückgekehrt zur ursprünglichen, unverfälschten Hejda: ein Kind der Natur, der Üppigkeit, Süßigkeit, der Kissen und der erotischen Literatur.

Und wieder springen die Frösche in panischer Angst vor ihr davon.

Geburt

»Das Kind«, sagte der Arzt, »ist tot.«

Ich lag auf einem Tisch. Es war kein Platz, um meine Beine auszustrecken, ich mußte sie angewinkelt halten. Zwei Schwestern beugten sich über mich. Vor mir stand der Arzt, der das Gesicht einer Frau hatte und dessen Augen vor Verärgerung und Besorgnis hervorquollen. Zwei Stunden lang hatte ich mich mit aller Kraft bemüht. Das Kind in mir war sechs Monate alt, und doch war es zu groß für mich. Ich war erschöpft, meine Venen schwollen von den Anstrengungen an. Ich hatte mit meinem ganzen Sein gepreßt, hatte gepreßt, als wünschte ich, dieses Kind aus meinem Körper hinaus und in eine andere Welt zu stoßen.

»Pressen Sie! Pressen Sie mit all Ihrer Kraft!«

Preßte ich mit all meiner Kraft? Wirklich mit all meiner Kraft?

Nein! Ein Teil von mir wollte das Kind nicht hinauspressen.

Der Arzt wußte das. Darum war er verärgert, rätselhaft wütend. Er wußte es. Ein Teil in mir blieb passiv, wollte niemanden hinauspressen, auch nicht dieses tote Fragment meiner selbst, hinaus in die Kälte, hinaus aus mir. Alles in mir, das sich entschieden hatte, zu halten, zu wiegen, zu umarmen, zu lieben, alles in mir, das trug, bewahrte und beschützte, alles in mir, das die ganze Welt in leidenschaftlicher Zärtlichkeit gefangenhielt, wollte das Kind nicht hinauspressen, obwohl es in mir gestorben war. Obwohl es mein Leben bedrohte, konnte ich das Fragment eines Lebens nicht wie einen Teil der Vergangenheit herausbrechen, herausreißen, heraustrennen, aufgeben, mich öffnen, erweitern und nachgeben. Etwas in mir rebellierte dagegen, das Kind, oder was immer es war, hinauszupressen, hinaus in die Kälte, um von fremden Händen ergriffen zu werden, an fremden Orten begraben zu werden, verloren zu sein, verloren, verloren … Der Arzt, er wußte es. Wenige Stunden zuvor bewunderte er mich noch, half er mir. Jetzt war er zornig. Und ich war dunkelrot vor Wut auf den Teil in mir, der sich weigerte, zu pressen, zu trennen und zu verlieren.

»Pressen Sie! Pressen Sie! Pressen Sie mit all Ihrer Kraft!«

Ich preßte voll Zorn, voll Verzweiflung, voll Raserei, mit dem Gefühl, beim Pressen sterben zu müssen, preßte, als fühlte ich den Tod herannahen. Ich meinte, alles herauszupressen, meine Seele und all das Blut, das sie umgab, und die Gefühle, die mein Herz strangulierten. Ich glaubte, daß mein Körper sich öffnen und Rauch aufsteigen und ich das letzte Schneiden des Todes spüren würde. Die Krankenschwestern beugten sich über mich und unterhielten sich, während ich ausruhte. Dann preßte ich wieder, bis ich meine Knochen knacken hörte, bis meine Venen schwollen. Ich kniff meine Augen so fest zu, daß ich Blitze sah und purpurfarbene Wellen. In meinen Ohren tobte ein Dröhnen, ein Trommeln, als würde das Trommelfell platzen. Ich biß so fest auf meine Lippen, daß sie bluteten. Meine Beine schienen unglaublich schwer zu werden, wie Marmorsäulen, wie riesige Marmorsäulen, die meinen Körper zermalmten. Ich bat jemanden, sie zu halten. Die Schwester legte ihr Knie auf meinen Bauch und rief: »Pressen! Pressen! Pressen!« Ihre Schweißtropfen fielen auf mich herab.

Der Arzt schritt ärgerlich auf und ab, wütend und ungeduldig.

»Sollen wir die ganze Nacht hier verbringen? Es dauert jetzt schon drei Stunden ...«

Der Kopf war zu sehen, aber ich war ohnmächtig geworden. Alles war blau und dann schwarz. Die Instrumente glitzerten vor meinen Augen, in meinen Ohren wurden Messer geschliffen. Eis und Schweigen. Dann hörte ich Stimmen. Zunächst sprachen sie zu schnell, um etwas zu verstehen. Ein Vorhang teilte sich, die Stimmen überschlugen sich, strömten schnell wie ein Wasserfall, glitzerten und schnitten in meine Ohren. Der Tisch rollte sanft, rollte. Die Frauen lagen in der Luft. Köpfe. Köpfe hingen dort, wo die riesigen weißen Lampen aufgehängt waren. Der Arzt ging noch immer auf und ab. Die Lampen bewegten sich, die Köpfe kamen näher, ganz nahe, und die Worte wurden langsamer.

Sie lachten. Eine Schwester sagte: »Als ich mein erstes Kind bekam, wurde ich in Stücke gerissen. Ich mußte zusammengenäht werden, dann bekam ich wieder eins, mußte zusammengenäht werden, bekam noch eins ...«

Die andere Schwester erzählte: »Meine glitten wie ein Brief durch einen Briefkastenschlitz. Aber dann kam die Nachgeburt nicht raus ... kam die Nachgeburt nicht raus ... raus ... raus ...«

Warum wiederholten sie sich ständig, drehten sich die Lampen, waren die Schritte des Arztes so schnell, so schnell?

»Sie kann nicht mehr pressen. Im sechsten Monat hilft die Natur nicht nach. Sie muß noch eine neue Spritze bekommen.«

Ich fühlte den Einstich der Nadel. Die Lampen standen still. Das Eis und das Blau, die mich umgaben, drangen in meine Venen. Mein Herz schlug wild. Die Schwestern unterhielten sich weiter: »Das Baby von Frau L. in der letzten Woche ... Wer hätte gedacht, daß sie zu eng sein würde, eine große Frau wie sie, eine große Frau wie sie, eine große Frau wie sie ...« Die Worte drehten sich wie auf einer Schallplatte. Sie redeten, redeten, redeten ...

Bitte halten Sie meine Beine! Bitte halten Sie meine Beine! Bitte halten Sie meine Beine! BITTE HALTEN SIE MEINE BEINE! Ich bin wieder soweit. Beim Zurückwerfen meines Kopfes kann ich die Uhr sehen. Ich habe stundenlang gekämpft. Es wäre besser, zu sterben. Warum bin ich am Leben und kämpfe so verzweifelt? Ich konnte mich nicht daran erinnern, warum ich noch leben wollte. Ich konnte mich an nichts erinnern. Alles war Blut und Schmerzen. Ich muß pressen. Ich muß pressen. Das ist ein schwarzer, unbeweglicher Punkt in der Ewigkeit, am Ende eines langen, dunkeln Tunnels. Ich muß pressen. Eine Stimme sagt: »Pressen! Pressen! Pressen!« Ein Knie liegt auf meinem Bauch, und der Marmor meiner Beine zermalmt mich, und der Kopf ist so groß, und ich muß pressen.

Presse ich oder sterbe ich? Das Licht dort oben, das riesige, runde, blendend weiße Licht, trinkt mich. Es trinkt mich langsam, atmet mich in den Raum. Wenn ich nicht meine Augen schließe, wird es mich ganz und gar auftrinken. Ich versickere nach oben, in langen, eisigen Fäden, ich bin zu leicht, und doch ist auch im Innern ein Feuer. Die Nerven sind verzerrt. In diesem langen Tunnel, der mich einsaugt, gibt es kein Ausruhen. Presse ich mich aus dem Tunnel? Wird das Kind aus mir herausgepreßt? Trinkt mich das Licht? Sterbe ich? Das Eis in den Venen, das Knacken der Knochen, dieses Pressen in Dunkelheit, mit einem Lichtstreif in den Augen wie die Schneide eines Messers. Das Gefühl eines Messers, das ins Fleisch schneidet. Irgendwo zerreißt das Fleisch, als habe es eine Flamme durchgebrannt. Mein Fleisch zerreißt irgendwo, und Blut fließt. Ich presse in der Dunkelheit, in völliger Dunkelheit. Ich presse, bis sich meine Augen öffnen und ich den Arzt sehe, der ein langes Instrument hält, das er in mich hineinstößt. Der Schmerz läßt mich aufschreien, das langgezogene Heulen eines Tieres. »Das wird sie dazu bringen, zu pressen«, sagt er zu der Schwester. Aber es bewirkt nichts. Es lähmt mich vor Schmerzen. Er will es noch einmal tun. Wütend richte ich mich auf und schreie ihn an: »Wagen Sie das nicht noch einmal! Wagen Sie es nicht!«

Das Feuer meines Zorns wärmt mich, Eis und Schmerzen schmelzen in der Wut. Mein Instinkt sagt mir, daß es unnötig war, was er getan hat, und daß er es getan hat, weil er in Rage ist, weil die Zeiger der Uhr sich drehen, die Morgendämmerung hereinbricht, das Kind nicht herauskommt, meine Kräfte nachlassen und die Injektion die Wehen nicht auslöst.

Ich sehe zu dem Arzt hin, der erregt auf- und abgeht oder sich hinunterbeugt und den Kopf betrachtet, der kaum sichtbar ist. Er wirkt verwirrt, als stünde er vor einem Naturgeheimnis, verwirrt von diesem Kampf. Er will mit seinen Instrumenten eingreifen, während ich mit der Natur kämpfe, mit mir, mit meinem Kind, mit der Bedeutung, die ich allem verliehen habe, mit meinem Verlangen, zu geben und zu halten, zu behalten und zu verlieren, zu leben und zu sterben. Kein Instrument kann mir helfen. Seine Augen blicken zornig. Am liebsten würde er ein Messer nehmen. Er muß zusehen und warten.

Die ganze Zeit über versuche ich, mich daran zu erinnern, weshalb ich leben möchte. Ich bin nur Schmerz und habe keine Erinnerung. Die Lampe hat aufgehört, mich zu trinken. Ich bin zu erschöpft, um mich zum Licht zu drehen oder meinen Kopf zu wenden und auf die Uhr zu sehen. In meinem Körper brennen Feuer, ich werde gemartert, das Fleisch ist Schmerz. Das Kind ist kein Kind, sondern ein Dämon, der mich würgt. Der Dämon liegt träge am Tor meines Schoßes, blockiert das Leben, und ich kann mich nicht von ihm befreien.

Die Schwestern beginnen sich wieder zu unterhalten. Ich sage: »Lassen Sie mich allein.« Ich lege meine beiden Hände auf meinen Bauch und trommle ganz behutsam mit den Fingerspitzen, trommle, trommle, trommle, trommle, trommle, in Kreisen auf meinem Bauch, ganz behutsam, mit offenen Augen, erfüllt von gelassener Ruhe. Der Arzt nähert sich, und auf seinem Gesicht zeigt sich Erstaunen. Die Schwestern schweigen. Trommeln, trommeln, trommeln, trommeln, trommeln, trommeln, in behutsamen Kreisen, in behutsamen, ruhigen Kreisen. Trommeln wie Eingeborene. Das Mysterium. Die Augen sind offen, die Nerven beginnen zu vibrieren ... eine geheimnisvolle Erregung. Ich höre das Ticken der Uhr ... unerbittlich, losgelöst. Die kleinen Nerven erwachen, bewegen sich. Aber meine Hände sind so müde, so müde, sie werden herabfallen. Mein Schoß bewegt, erweitert sich. Trommeln, trommeln, trommeln, trommeln, trommeln. Ich bin bereit! Die Schwester preßt ihr Knie auf meinen Bauch. In meine Augen tritt Blut. Ein Tunnel. Ich presse meine Kraft in diesen Tunnel hinein, beiße auf meine Lippen und presse. Feuer. Fleisch zerreißt. Keine Luft. Aus dem Tunnel hinaus! Mein ganzes Blut fließt hinaus. Pressen! Pressen! Pressen! Es kommt! Es kommt! Es kommt! Ich fühle das Schlüpfrige, die plötzliche Befreiung; die Last ist weg. Dunkelheit. Ich höre Stimmen. Ich öffne meine Augen. Ich höre sie sagen: »Es war ein kleines Mädchen. Besser, wir zeigen es ihr nicht.« All meine Kraft kehrt zurück. Ich richte mich auf. Der Arzt ruft:

»Nicht aufrichten!«

»Zeigen Sie mir das Kind!«

»Zeigen Sie es nicht«, sagt die Schwester, »es ist nicht

gut für sie.« Die Schwester versucht, mich wieder zum Liegen zu bringen. Mein Herz schlägt so laut, daß ich kaum hören kann, wie ich wiederhole: »Zeigen Sie es mir.« Der Arzt hält es hoch. Es ist dunkel und klein, wie ein winziger Mann, aber es ist ein kleines Mädchen. Es hat lange Wimpern über seinen geschlossenen Augen und ist vollkommen entwickelt: Das Fruchtwasser läßt es glitzern.

Eiszeit

Stella saß in dem kleinen dunkeln Raum und betrachtete auf der Leinwand die Schauspielerin Stella. Ihr »Double« agierte im hellen Scheinwerferlicht, und sie erkannte sich nicht wieder. Beinahe haßte sie die andere. Sie empfand nur Empörung und Abscheu. Diese Gestalt hatte nichts mit ihr zu tun. Stella lehnte sie ab. Dieses Geschöpf war ein Werk der Künstlichkeit, der Bleuchtung und der Dekorationen.

Der empfundene Schock ließ sich nicht durch den deutlichen Unterschied zwischen dem betont glanzlosen Ich des Alltags und der strahlenden Gestalt auf der Leinwand erklären. Es lag nicht nur an den großen, unergründlichen Augen und den langen Wimpern, die sie wie orientalische Filigrane umspielten und ihr inneres Leuchten intensivierten; der Schock entstand in erster Linie durch den heftigen Kontrast zwischen dem Bild, das sie von sich hatte, und dem auf die Leinwand projizierten Ich, das sie nicht wiedererkannte. Vor ihrem inneren Spiegel erschien stets eine Kind-Frau – so klein sah sie sich selbst. Sie glaubte auch, das Gift der Melancholie und der Unzufriedenheit, das sie in sich trug, färbe das äußere Bild ihrer Erscheinung, müsse einen grauen oder braunen Ton hervorrufen (Farben, die sie bevorzugte, die Farben grober Bußgewänder). Sie litt unter lähmenden Ängsten: der Angst vor Liebe und der Angst, daß Menschen ihr zu nahe kommen (Nähe schafft Wunden) und sie überwältigen könnten – sie verursachten Spannungen und Lampenfieber angesichts der Liebe ... Zum Beispiel der erste Kuß, dieser erste Kuß, der sie davontragen, schmelzen lassen, sie in das einzige Paradies auf Erden versetzen sollte ... Sie hatte sich so sehr vor diesem ersten Kuß gefürchtet, daß sich vor lauter Panik und Nervosität im Augenblick des Wunders in ihrem zarten, wohlgeformten Leib ein dunkles Grollen vernehmen ließ. Es klang, als sei ein längst erloschener Vulkan zu neuem Leben erwacht.

Die Gestalt auf der Leinwand dagegen ließ keine Spuren oder Schatten von Traurigkeit erkennen. Sie war unbeschwert und agierte mit einem unerschöpflichen Reichtum an Gesten und Bewegungen, die dem Blühen und der Fülle der Natur glichen. Die Gestalt bewegte sich mit größter Leichtigkeit, im Umgang mit anderen Menschen war sie unbeschwert und ließ sich von ihren Gefühlen leiten. Sie öffnete ihre Augen, und alle Wunder der Liebe, ihre Schattierungen, Nuancen und ganze Vielfalt, entströmten ihnen wie zu einem Fest. Der Körper tanzte den Tanz der Empfänglichkeit und der Erwiderung. Das Haar fiel in leichten Locken herab und vibrierte, als besäße es lebendige, atmende Poren, Lebensströme und Vitalität. Die Bewegungen des Körpers folgten den Gesten der Hände wie ein Orchester dem zerbrechlichen Taktstock seines Dirigenten, der den Auftakt zu einer Symphonie gibt.

Dies war nicht das graugesichtige Mädchen, das von zu Hause weglief, um Schauspielerin zu werden, war nicht das Kind, das Hunger, Einschränkungen und Hindernisse kannte, das Kind, das sich noch nicht hingegeben hatte, wie sie sich auf der Leinwand hingab ...

Die Reaktion des Publikums versetzte ihr den zweiten Schock.

Die Menschen liebten sie.

Sie saßen neben ihr, aber sie nahmen sie nicht wahr, weil sie wie gebannt die Frau auf der Leinwand liebten.

Denn diese gab ihnen, was man meist nur dem Geliebten schenkt: eine Stimme, in der Liebe und Begehren schwangen, Lippen, auf denen ein Lächeln offener Zärtlichkeit lag. Sie durften Zeugen sein, wie sich ein Mensch im Augenblick höchster Gefühle, Zärtlichkeit und Leidenschaft offenbarte, wie er sich verträumt und ausgelassen seinen Gedanken überließ und dem Geliebten hingab. Solche Gefühle werden nur in Momenten der Liebe und Intimität enthüllt.

Die Zuschauer nahmen diese Schätze entgegen: ein zärtlicher Blick, ein einzigartiger Klang und eine einmalige Stimme, eine vertraute Geste, die uns verzaubert und zu dem geliebten Menschen hinzieht. Diese Offenheit, an der sie teilhatten, war die wunderbare Offenheit und Enthüllung, die allein die Liebe kennt. Ein Strom der Liebe begann zwischen den Zuschauern und der Frau auf der Leinwand zu fließen, ein Strom der Dankbarkeit ... Der einsetzende Sturm der Begeisterung suchte und fand sie wie ein Scheinwerfer. Dort stand sie, kleiner, weniger strahlend, weniger offen, bescheidener und wie ein blasses Bild der anderen. Aber die Begeisterung umflutete sie, und nun erkannte man sie. Die Zuschauer umringten und berührten Stella, baten sie um Autogramme, und sie senkte ihren Blick, ließ den Kopf hängen und konnte die Verehrung nicht annehmen. Die Frau auf der Leinwand war für sie eine Fremde. Stella erkannte keine Ähnlichkeiten, sah nur den heftigen Kontrast, der ihre Überzeugung verstärkte, daß die Gestalt auf der Leinwand unwirklich, künstlich und kunstvoll war, eine Betrügerin, eine Heuchlerin. Die Frau auf der Leinwand bewegte sich sicher, getragen von ihrer Geschichte, geführt von der Handlung, die man ihr geliehen hatte. Aber Stella, Stella selbst sah sich immer wieder von inneren Widerständen gehemmt.

Die Gestalt der Leinwand, auf die sie spontan eifersüchtig reagierte, zeigte allen eine freie Stella, und niemand bemerkte ihre Schatten und ihre Dämonen: Zweifel und Furcht. Und Stella empfand Eifersucht. Ihre Eifersucht richtete sich nicht nur auf eine schönere, sondern auch auf eine freiere Frau. Sie staunte über die eigenen Bewegungen, ihre Ausgeglichenheit und Leichtigkeit, war verwundert über das leidenschaftliche Geben, das ihren Augen wie eine unermeßliche Flut entströmte und alle Menschen in einem Akt der Osmose zum Schmelzen brachte. Dieser Frau schrieben die Männer Briefe, in diese Frau verliebten sie sich, diese Frau umwarben sie.

Sie beteten das Gesicht auf der Leinwand an, das transparente Gesicht aus Wachs, dem sie das Bild ihrer Phantasie aufdrücken konnten.

Sanft schimmernde Augen blickten sie durch einen Schleier aus Tau und Nebel an; es traf sie kein metallener Blick aus kristallenen Augen. Ihre Lippen umspielte ein zögerndes, flüchtiges und unfaßbares Lächeln, das jeden aufforderte, sie zu umwerben – und nicht ein offenes Lachen. Es umgab sie eine Aura des Ungeformten, das darauf wartete, geformt zu werden, des Flüchtigen, das darauf wartete, gefangen zu werden, des Ausweichenden, das darauf wartete, katalysiert zu werden. Eine bebende Stimme, die jegliche Schattierungen in sich trug, sich in einem Flüstern verlor, die den Eindruck erweckte, zu fliehen, hinter jeder Straßenecke zu verschwinden, aber nur in der Hoffnung, gefangen zu werden, ließ alle Konturen verschwimmen. Sie besaß die gewisse Eigenschaft, die dazu aufforderte, sie zu prägen und zu formen, diesen Inbegriff von Weiblichkeit, auf die Männer all ihre geheimen Sehnsüchte richten. Sie wartete auf Befruchtung, verlockte, gefiel, verführte und bezauberte durch ihre scheinbare Unvollkommenheit, durch ihre verschleierten Geheimnisse und durch ihre vollendete Schönheit.

Es war die Stella der Leinwand mit ihrem transparenten Wachsgesicht, die sich veränderte und die veränderbar war, die versprach, jedes Begehren zu erfüllen, sich formen zu lassen, zu antworten und, wenn nötig, sich neu zu schaffen . . ., damit der Traum des Mannes wie ein scharfes Instrument den richtigen Augenblick erkennen konnte, um ihr sein geheimstes Bild aufzuprägen . . .

Das wandlungsfähige Bild Stellas nahm bereitwillig alle Wünsche entgegen, jedes Begehren und alle Vorstellungen, die auf sie projiziert wurden.

Sie erstand ein sehr großes und sehr breites, weißes Satinbett, das Bett eines Filmstars.

Dies war nicht das winzige Bett ihrer Kindheit. Damals bekam sie kein größeres, weil ihr Vater behauptete, daß sie ein Kobold sei und immer klein bleiben würde.

Dieses Bett erinnerte auch nicht an das schmale, harte, in dem sie als junges Mädchen in den Jahren der Armut geschlafen hatte, als sie noch keine berühmte Filmschauspielerin war.

Sie erwarb das Bett, das sie sich erträumt und in eine prächtige Umgebung gestellt hatte. Es war das Bett, in das sich ihr Leinwand-Ich häufig hatte legen müssen. Es war ein breites, luxuriöses Bett, das ihrem Wesen überhaupt nicht entsprach. In ihren Träumen hatte dieses Bett in einem Zimmer mit vielen Spiegeln gestanden. Dort gab es riesige Parfumflacons, einen Schrank voller Hüte, reihenweise Schuhe, einen weißen Teppich, den ganzen

Reichtum einer berühmten Filmschauspielerin. Sie hatte geträumt, wovon so viele Frauen träumen. Nun besaß sie all dies und lebte umgeben von diesen Dingen, aber sie schienen ihr nicht zu gehören. Sie glaubte, nicht die Persönlichkeit und Sicherheit zu besitzen, die diese Umgebung verlangte. Das große Bett ... sie schlief darin, als gehöre es in einen Film. Unruhig. Und erst als sie ihren Körper überlistete, dem Luxus, dem Satin und der Größe entfliehen zu können, schlief sie gut: Sie zog die Decke über den Kopf.

Wenn sie sich die Decke über den Kopf zog, lag sie wieder im kleinen Bett ihrer Kindheit, im schmalen Bett des kleinen Mädchens, das sich fürchtete.

Wie in den Träumen aller Frauen vom Kleiderschrank einer Schauspielerin, lagen ihre Hüte ordentlich auf der Ablage, aber sie wurden niemals hervorgeholt. Sie erforderten soviel Mut. Wer diese Hüte trug, mußte seine Rolle mit größter Vollendung spielen. Deshalb griff sie jedesmal, wenn sie vor der Sammlung modisch-verspielter Hüte stand und ihre Schätze betrachtete, wieder nach der kleinen Kappe, der unauffälligen Kappe von Pagen und Chorknaben.

Überwältigten sie Zweifel, wenn ihre kleine Hand zögerte, die arroganten Federn auch nur zu streicheln oder die herausfordernd nach oben gebogenen Krempen auch nur zu berühren? Überwältigten sie Zweifel angesichts des königlichen Samts, der verwirrenden Schleier, der auffälligen Schleifen, des siegesgewissen Putzes und Schmucks? War es Zweifel, der sie schließlich nach der winzigen Kappe des Priesters, des Chorknaben und des Gelehrten greifen ließ?

Ließen Zweifel sie nur einen scheuen Blick auf die Schuhe werfen, weil sie von Mut sprachen, weil sie dafür geschaffen zu sein schienen, auf berauschenden und gefährlichen Pfaden dahinzugehen? Diese Schuhe zeugten von Sicherheit und kühnem Forschen, schienen für neue Situationen, neue Schritte und neue Plätze geschaffen zu sein, glänzten und schimmerten in Erwartung von Abwechslung, Veränderung und Abenteuern. Doch Stella verwarf sie jeden Tag von neuem, und die Schuhe blieben wie Museumsstücke in den Regalen. Sie griff nach den vertrauten, leicht abgetragenen Schuhen, die ihren Füßen keine zu große Rolle aufzwangen. Sie zu tragen, bedeutete kein allzu großes Unterfangen. Mit ihnen konnte sie auf vertrauten Wegen gehen, zu Menschen, die sie gut kannte, und zu Orten, wo keine Überraschungen auf sie warteten ...

Einmal spielte Stella auf der Bühne eine Liebesszene, der ein Schneesturm vorausging, bei dem eine der künstlichen Flocken auf ihrem kleinen, zarten Nasenflügel liegenblieb. Während dieser leidenschaftlichen Szene erlebte man eine Frau, zart wie eine Schneeflocke, deren Stimme und Körper unter den Händen zu zerfließen schienen, in einem Traum der Osmose, dem Traum jedes Liebenden, ein Wesen zu finden, das mit dem eigenen verschmilzt, sich auflöst, nachgibt, sich vereinigt und sich unauflöslich verbindet. Während dieser ganzen Szene blieb die künstliche Schneeflocke auf Stellas Nasenflügel liegen, reflektierte das Licht und signalisierte freundlich-humorvoll das Unpassende, das Unangebrachte. Die Schneeflocke verlieh der Szene eine rührende Unvollkommenheit. Sie vereinigte alle Gefühle der Zuschauer, die sich auf die unendlich bewegende Absurdität einer verirrten Schneeflocke richteten.

Hätte Stella dies geahnt, wäre sie zusammengebrochen. Der kleinste Fehler, nicht größer als eine Schneeflocke, der zu Herzen ging, wie nur kleine Schwächen zu Herzen gehen können, führte zu Stellas Selbstverurteilung und lastete mit dem erdrückenden Gewicht jeder Art von Perfektionismus auf ihrer Seele.

Manchmal begegneten sich die Frauen der Leinwand und die des Alltags und verschmolzen miteinander – Momente, in denen sich Stellas Lebenslust voll entfaltete und einen Höhepunkt erreichte. Sie betrachtete diese seltenen Augenblicke als Gipfel, die im täglichen Leben unerreichbar blieben und auf denen man nicht ständig verweilen konnte.

Doch nicht die Höhe und nicht die verfeinerte Intensität ließen diese Momente so schnell vorübergehen – sie starben, weil sie ohne Echo blieben. Menschen können solche Augenblicke nicht gemeinsam empfinden oder erleben. Es sind Höhepunkte, die man allein empfindet. Für Stella war die Einsamkeit unerträglich.

Wann immer sie einen Schritt vorwärtsging, fiel sie in einen Abgrund.

Sie erinnerte sich an einen Tag herrlicher Freiheit, den sie mit Bruno am Meer verbracht hatte. Bruno war spät eingeschlafen, und sie stand früh auf, um schwimmen zu gehen. Sie glaubte, in einem Meer von Gefühlen zu baden, denn durch Bruno war sie nicht länger von dem großen, fließenden Strom der Gefühle getrennt, sondern trieb in seinem Rhythmus dahin. Ihre Gefühle verwandelten sich in eine grenzenlose Woge symphonischer Freude. Sie erlebte die wundervolle Empfindung, Teil einer größeren Welt zu sein und sich in ihr zu bewegen, weil sie im Einklang mit einem anderen Menschen stand. Sie erlebte diese Freude so intensiv, daß sie Bruno begeistert und überglücklich entgegenlief, als sie ihn kommen sah, und ihm wie eine Tänzerin in die Arme sprang. Erschrocken über ihre Leidenschaft und aus Angst, sie könne ihn umwerfen, erstarrte er instinktiv. Stella hatte den Eindruck, eine Statue zu umarmen. Ihr Körper blieb unverletzt, aber ihre Gefühle erlitten unendlich schmerzende Wunden.

Bruno hatte Stella nie auf der Leinwand gesehen. Er lernte sie auf einem pompösen Empfang kennen, bei dem sie sich zwischen den anderen Frauen wie eine Tänzerin unter Fußgängern bewegte. Ihre Lebendigkeit erregte sein Interesse. Ihre Stimme vibrierte und bebte, Fältchen zeigten sich an ihrer Nase, wenn sie lächelte, ihre Lippen zitterten; sie sprach in einem Tonfall, der jedem Satz etwas Zögerndes verlieh, als sei sie gerade dabei, eine erstaunliche Enthüllung zu machen, und ihre Hände schienen in der Luft zu schweben.

Er sah sie vor sich, aber er sah nicht Stella, sondern seine Traumvorstellung von ihr. Er verliebte sich Hals über Kopf in eine Frau, die weder Furcht noch Zweifel kannte. Und er, den sonst die Realität gefangenhielt, konnte sich mit ihr zum ersten Mal emporschwingen. Er sah ihren Höhenflug, aber er ahnte nicht, daß ein Wesen wie sie von Furcht gelähmt werden und erstarren, zurückweichen, sich zurückziehen und negieren konnte. In äußerster Angst würde sie sich auch umwenden und alles zerstören.

Für Stella stand diese Liebe von Anfang an unter dem Zeichen des Zweifels, für Bruno unter dem Sternbild des Vertrauens.

Vor dem Hintergrund des Reichtums und in einer Umgebung von solcher Eleganz, daß Stella einen ihrer Museumshüte tragen mußte – den mit der königlichen Feder –, begegneten sie sich zum ersten Mal. Sie kamen aus zwei verschiedenen Welten: Stella verzehrt vor Hunger nach Liebe, Bruno von der Leere seines Lebens.

Als Stella inmitten der anderen Frauen erschien, erkannte Bruno plötzlich, daß er zum ersten Mal eine lebendige und beseelte Frau erblickte. Er fühlte sich von ihrem Sog gepackt und davongetragen. Ihre Lebendigkeit wirkte ansteckend. Ohne Zögern unterwarf er sich ihrem Rhythmus.

Gleichzeitig fühlte er sich verwundet. Ihre Augen waren bis zu einem Teil seines Wesens durchgedrungen, den noch keine Augen wahrgenommen hatten. Der verletzliche Bruno war gefangen. Von diesem Augen-Blick an blieben seine Stimmungen und Gefühle fixiert und mit denen Stellas verwoben. Bereits als sie sich zum ersten Mal ansahen, stand für ihn fest, daß alles, was sie sagte, ihn verletzen würde, daß sie ihn aber sofort wieder heilen konnte, indem sie sich ihm ein wenig näherte. Die Wunde heilte durch den Duft ihrer Haare oder durch eine leichte Berührung ihrer Hand.

Sogleich stellte sich eine deutliche Empfindung von Distanz ein. Bruno hatte bislang nicht gewußt, daß sie zwischen Männern und Frauen bestehen konnte. Der leichteste Widerspruch (und sie liebte Widersprüche) entfernte sie ihm, und er litt darunter. Dieses Leiden konnte nur durch ihre Gegenwart gelindert werden, stellte sich aber sofort wieder ein, wenn sie sich trennten.

Bruno entdeckte, daß er nicht vollkommen und auch nicht eigenständig war.

Doch Stella versprach ihm weder Vollkommenheit noch Nähe. Sie besaß das wechselhafte Wesen eines

Traums. Sie gehorchte ihren Impulsen. Zwischen ihnen entstand keine Ehe, sondern ein Wechselspiel, bei dem niemals etwas feststand. Es gab keine irdischen Spannungen, die kartographiert, aufgezeichnet und gemessen werden konnten.

Sie konnte sich ihm überlassen und völlig hingeben, aber beim geringsten Anzeichen von Lethargie oder Vernachlässigung zog sie sich völlig zurück, und er mußte von neuem um sie werben. Sie konnte jeden Tag gewonnen und wieder verloren werden. Die Gründe für Stellas Höhenflüge, für ihre Fluchten und Abschiede blieben Bruno dunkel und unverständlich.

Eines Abends, nachdem sie sich viele Tage nicht gesehen hatten, erhielt sie ein Telegramm, in dem er ankündigte, daß er eine ganze Nacht bei ihr bleiben würde. Stella erschien diese Nacht so lang, so wunderbar und so tief wie ein ganzes Leben. Tagelang malte sie sich jede Einzelheit aus, erdachte immer neue Situationen, gestaltete und durchlebte die Nacht in allen Details. Dies würde ihre Hochzeit sein.

Als sie sich trafen, spiegelte sich in ihren Augen große Erwartung. Da bemerkte sie, daß er ohne Reisetasche gekommen war. Sie fragte nicht nach dem Grund. Die fehlende Tasche traf sie wie der Verrat an ihrer Liebe. Ihr Wesen verschloß sich unter einer ihm unerklärlichen Qual. (Die Angst vor der Möglichkeit eines Bruchs, einer Trennung ließ das geringste Anzeichen eines Bruchs, ließ die kürzeste Trennung wie eine Vorahnung der endgültigen Trennung erscheinen.)

Er kämpfte die ganze Zeit darum, ihr Sicherheit zu geben, sie zurückzugewinnen, ihr Vertrauen zu erneuern, aber Stella leistete Widerstand. Sie sah in den Anforderungen der Wirklichkeit etwas, das zugunsten der Liebe rigoros unterdrückt werden mußte. Unterwerfung unter die Realität war in ihren Augen ein Fehlen an Liebe.

Die Realität war für sie der Drache, der von dem Geliebten jedesmal neu erschlagen werden mußte. Für ihr eigenes Verbrechen gegen die Liebe, die sie mit dem Gift des Zweifels zerstörte, war sie blind.

Vor ihr lag jedoch ein noch größeres Hindernis.

Bei ihrem ersten Zusammentreffen versanken alle Bereiche des Lebens im Traum ihrer Begegnung, einem Traum, der beide isolierte, als seien sie in einem Kokon aus Seide und Gefühl eingesponnen. Der Traum vermittelte ihnen die Illusion, jeder sei der Mittelpunkt im Leben des anderen.

Um ihrer Liebe willen vernachlässigte Stella ihre Dreharbeiten, setzte sich über jedes Hindernis hinweg. Leichten Herzens brach sie Verträge, verschwand ohne Vorankündigung, und kein Verlangen nach Ruhm konnte den Verlauf ihrer Liebe behindern. Die Bereitwilligkeit, äußerliche Errungenschaften oder Erfolge zu opfern, war typisch weiblich, aber sie erwartete von Bruno dasselbe. Er gehörte jedoch zu den Menschen, die im Ozean der Liebe nur schwimmen können, wenn die Verankerungen nicht gelockert werden, die für ihn Ehe und Kinder bedeuteten. Für ihn konnte ein Heim nur das würdevolle Haus der Beständigkeit und Kontinuität sein. Er hatte es um seine Stellung in der Welt gebaut, es ruhte auf den Fundamenten des Friedens und Vertrauens, auf dem Lächeln seiner Frau, das für ihn zum Lächeln seiner Mutter geworden war: ein Gebäude, das die anderen Seiten seines Wesens errichtet hatten: sein Bedürfnis nach einem Hafen, nach Kindern, die ihn an seine Brüder erinnerten, und nach einer Frau, die ihm die Mutter ersetzte. Für einen nächtlichen Traum konnte er nicht alles, was er in seinem Tagleben geschaffen und erworben hatte, über Bord werfen. Stella verkörperte den nächtlichen Traum, das Unbeständige, das Flüchtige, das erst in der Nacht zurückkehrt.

Sie, die Heimatlose, konnte nicht achten, was er achtete. Er fühlte sich frei von Schuld, wenn er das Etablierte achtete. Er bezahlte, was seine Ehre verlangte, und dann war er frei: frei, sie anzubeten, frei, sie zu träumen. Stella konnte sich damit nicht zufriedengeben. Sie konnte sich auch nicht mit der schlichten Feststellung abfinden, daß er seinem Heim das Fundament nicht entreißen, daß er sich nicht von Frau und Kindern trennen konnte, die er beschützen mußte. Er konnte nur in Frieden lieben und leben, wenn er das Versprechen, das er gegeben hatte, einlöste.

Stella wollte nicht die Rolle seiner Frau übernehmen

oder ihren Platz einnehmen. Tief in ihrem Innern wußte sie, daß sie für diese Rolle ungeeignet war und zu dieser Seite seines Wesens nicht paßte. Ihr ging es nur darum: Sie konnte ihn nicht mit der anderen Frau teilen, denn sie fühlte, daß in diesem Teil von Brunos Wesen, in den sie nicht vordringen wollte, die tödliche Gefahr für ihre Beziehung lag. Für sie lauerte hinter jeder Tür, in jedem unbesiegten Teil seines Wesens der verborgene Feind, die Saat des Todes und die mögliche Zerstörung ihrer Beziehung. Nur absoluter Besitz beruhigte ihre Furcht.

Er lebte mit seinem Gewissen in Frieden und fürchtete keine Bestrafung für die Freuden, die sie ihm schenkte. Diese Einstellung lag in seinem Wesen begründet. Er glaubte, nicht zerstört oder von seinem Platz verdrängt zu werden, da er nichts zerstört oder von seinem Platz verdrängt hatte. Deshalb konnte er dem Traum Vertrauen und Freude schenken. Stellas Ängste und Befürchtungen blieben ihm unerklärlich, er sah keinen Feind, der in seinem friedlichen Haus darauf wartete, sie zu überfallen.

Wenn ein Telephongespräch oder ein dringendes Problem ihn von ihrer Seite riß, glaubte sie sich im Stich gelassen und ans Ende der Liebe gelangt. Wenn ihre gemeinsame Zeit verkürzt wurde, sah sie darin ein Nachlassen der Liebe. Sie fühlte, daß er, vor eine Entscheidung gestellt, Frau und Kinder ihr vorziehen würde. Bruno blieben diese Zeichen ihres Fatalismus verborgen.

Ihr Hotelzimmer war für ihn das Symbol der Freiheit ihrer Liebe, ein Symbol für Reisen, Entdeckungen, für das Unbekannte und die Ruhelosigkeit, die sie gemeinsam teilen konnten, ein Symbol für Überraschungen, für die wunderbare, uneingeschränkte, ungestaltete, unbehauste Freiheit von der Welt, geschaffen von zwei Menschen in einem Hotelzimmer. Ihre Liebe lag außerhalb des Bekannten und Vertrauten, entstand nur aus Intensität und Gegenwart, besaß die große, erhabene Schönheit des Wechselhaften, Veränderlichen, des Gefährlichen und Ungesicherten ...

Würde Stella diese Welt zerstören, die nur der Klang einer Stimme erschuf und die durch ihr zeitweiliges Dahinschwingen noch kostbarer wurde? Würde sie das Privileg zerstören, frei von Ballast weiter in das All und in das Wunderbare vorzudringen? Würde sie diese einzigartige Welt zerstören, die nur den unbestimmbaren Gesetzen eines Traums gehorchte, in der dunkle Abgründe lagen, in der Veränderungen, Fließen und Launenhaftigkeit herrschten?

Bruno klammerte sich verzweifelt an die Schönheit, an die Kostbarkeit dieses Zustands, eines reinen Zustands, weil er eine Essenz war. Er sah ihn weniger vom Tod bedroht als seine erste Liebe, die der Routine des Alltags zum Opfer gefallen war. (Denn von einem bestimmten Augenblick an war das Gesicht seiner Frau nicht mehr das Gesicht seines Traums. Es wurde zum Gesicht seiner Mutter. In dem Moment, in dem der Traum starb, verwandelte sich sein Zuhause in das irdische und traumlose Haus seiner Kindheit, und seine Kinder wurden die Spielgefährten seiner Jugend.)

Als er Stella dies erklärte, erkannte sie die Wahrheit seiner Worte und blieb dennoch das Opfer eines stärkeren Dämons. Der Dämon des Zweifels beherrschte sie, der blindlings sichtbare Beweise verlangte, Beweise der Liebe in der realen Welt, die mit tödlicher Sicherheit den Traum zerstörten, denn die Leidenschaft ist meist instinktiv weise genug, die Prüfungen des täglichen Lebens zu meiden, die nur die Liebe verstehen kann. Stellas Ängste forderten verzweifelt eine Rückversicherung. Wenn er ihretwegen alles aufgäbe, bedeutete dies für sie, daß er ihrem gemeinsamen Traum seine ganze Liebe schenkte, während für ihn alles aufzugeben bedeutete, Stella ein schwächeres Ich zu schenken (denn seine Leidenschaft war die Liebe zum geträumten Ich und nicht zum Alltags-Ich).

Das Hotelzimmer war ein starker Beweis für die Kraft des Traums, aber Stella verlangte Beweise seiner Realität, und indem sie dies tat, legte sie seine Unvollständigkeit bloß und beschleunigte damit das Ende des Traums (die Büchse der Pandora).

»Stella!« rief er, wenn er das Zimmer betrat, und umfing sie dabei mit seiner leidenschaftlichen Stimme.

»Stella!« wiederholte er, um ihr zu zeigen, wie sehr sie sein Wesen erfüllte und ihn überflutete. Er wollte das Zimmer mit dem Namen erfüllen, der ihn erfüllte.

Er sprach ihren Namen so aus, als kröne er sie zur Favoritin. Er machte jedes Beisammensein zu einem abgerundeten, vollständigen Erlebnis, das von der Leidenschaft eines großen Hungers erfüllt war. Da er sie nie beim Erwachen sah, ihr nie dabei half, sich den Kokon der Nacht abzustreifen, nie ihre erste Begegnung mit dem Licht des Tages, ihre erste Mahlzeit teilte, nie das erste Anzeichen ihrer Stimmungen für den Tag erlebte, ihre ersten Pläne und Absichten, fühlte er sich um so mehr gedrängt, sie im Augenblick des Höhepunkts zu erleben und mit ihr zusammen den Gipfel zu erreichen. Die verlorenen und verpaßten Augenblicke des Zusammenlebens, die verlorenen und verpaßten Gesten gaben dem Freudenfeuer, das nur die kennen, deren Leben kurz ist, verzweifelte Nahrung.

Da all das, was außerhalb des Umkreises ihrer Liebe lag, abgeschnitten und versunken war, wurde das Hotelzimmer zu einer Insel, zu einem Gedicht und zum Paradies. Das Wunder der Intensivierung.

Doch Stella bat stumm bei jedem Atemzug des Zweifels und der Angst: »Laß uns zusammenleben« (als könne ein gewöhnliches Leben Sicherheit bieten!). Mit jedem Zeichen des Vertrauens antwortete er stumm: »Laß uns zusammen träumen!«

Jeden Tag kam er mit neuen Augen, die nicht durch Gewöhnung getrübt waren, zu ihr, mit neuen Augen für die Frau, die er nie lange genug sah, neuen, intensiv tiefblickenden Augen, die sie jedesmal wie einen neuen, unbekannten Menschen vollständig umfingen.

Da er nicht miterlebte, wie sie sich ihrer gemeinsamen Insel näherte, wie sie sich dafür kleidete, sich dafür ausruhte, wie sie den Ansturm und die Ansprüche anderer Menschen abwehrte, um zu ihm zu gelangen, schien ihre Gegenwart eine Erscheinung zu sein. Er mußte sie immer wieder besitzen, denn Erscheinungen neigen dazu, zu verschwinden, wie sie auftauchen – auf unbekannten Wegen und in unbekannten Ländern.

Zwischen ihnen stand das Wissen um die fehlende Dimension und um die Notwendigkeit, das verlorene Terrain zurückzugewinnen. Wie Detektive des Gefühls mußten sie die verlorenen Fragmente ihres Ichs, die als separate Teile gelebt hatten, aufspüren. In einer großen Anstrengung mußten sie sie wieder zu einem Ganzen zusammenfügen.

Die Härchen an seinen Handgelenken schimmerten golden.

Ihre Haare waren dunkel und glatt, seine gelockt, so daß es manchmal schien, als sei sie von Brunos Haaren umhüllt, als trage sein Begehren die Züge weiblicher Anschmiegsamkeit und Hingabe, während ihr Begehren direkt und fordernd war.

Er war es, der sie umschlang und sie einhüllte wie sein gelocktes Haar, das sich um ihr glattes legte. In ihrer Depression und ihrem Chaos empfand sie dies als wohltuend. Voll Verwunderung berührte sie seine Handgelenke, wie um sich seiner Gegenwart zu versichern. Die fröhliche Farbe seiner Haare entzückte sie, die Sanftheit seiner Bewegungen war das Vorspiel zu ihrer Harmonie und ihrem gemeinsamen Rhythmus. Sie näherten sich im Gleichklang und wie vorausbestimmt. Ihre Fähigkeit, seine Stimmungen zu erkennen, und seine Fähigkeit, ihre Stimmungen zu erkennen, synchronisierten ihre Bewegungen wie in einem Tanz. An Tagen, an denen sie sich klein und schwach fühlte, wurde er größer, um sie aufzunehmen und zu beschützen. Seine Arme und sein Körper schienen dann eine Festung zu sein. Es gab aber auch Tage, an denen er ihrer Stärke bedurfte, Tage, an denen ihre Münder Fieber und Hunger übermittelten, Tage, an denen die Leidenschaft die Hingabe des ganzen Körpers forderte, Tage, an denen die Zärtlichkeiten zur Droge wurden, zu einer Symphonie oder zu kleinen, heimlichen Duetten und Duellen oder zu dichten Schleiern, die sie nicht völlig zerreißen konnten. Es gab Geheimnisse, Widerstände, Rasereien und immer wieder ein Verschmelzen, von dem sie scheinbar nie zu ihrer Unabhängigkeit zurückkehren konnten.

Immer wieder vermischten sich ihre Haare, die sie später im Bad zärtlich voneinander löste. Sie legte seine Locken wie Kalenderzeichen ihrer Liebe vor sich hin, wie niemals welkende Blüten ihrer Zärtlichkeiten.

In Brunos Gegenwart war sie glücklich, schmolz unter

seinen Augen und unter seiner Stimme, fühlte sich im Schatten seiner Größe geborgen und in seine Aufmerksamkeit gehüllt. Doch wenn er gegangen war, so völlig gegangen, daß ihr nicht erlaubt war, ihm zu schreiben oder ihn anzurufen, und sie keine Möglichkeit hatte, ihn zu erreichen, ihn zu berühren, ihn zurückzurufen, dann überfiel sie von neuem der Zorn über die Schranken, über die Grenzen und über die verbotenen Regionen. Es genügte ihr nicht, seine Leidenschaft entflammt zu haben, sein geheimer Traum und seine geheime Passion zu sein. Um der Liebe willen mußte sie absolut alles erobern und zerstören, aber sie wußte nicht, daß sie in diesem Moment zum Feind der Liebe, zu ihrem Henker wurde.

Einmal, als er gerade gehen wollte, fragte sie ihn: »Kannst du nicht die ganze Nacht bleiben?« Traurig schüttelte er seinen Kopf, und seine Augen blickten nicht länger fröhlich, sondern trübe. Die Bestimmtheit, mit der er ihrer Meinung nach die Rechte seiner Frau verteidigte, während er in Wirklichkeit nur das Gleichgewicht seiner gewissenhaften Seele bewahren wollte, erschien ihr als Makel seiner Liebe.

Wenn Stella bemerkte, daß sich einem ihrer Wünsche ein Hindernis entgegenstellte, wie etwa dem Wunsch, Bruno möge die Nacht mit ihr verbringen, während ihm dies völlig unmöglich war, dann wurde dieses Hindernis, ohne Rücksicht auf seine Berechtigung, zum Symbol eines Kampfes, den sie unter allen Umständen gewinnen mußte, oder sie glaubte sich vernichtet.

Sie hielt sich nicht damit auf, nach den Gründen der Ablehnung zu fragen, ihre Berechtigung in Betracht zu ziehen oder die Ansprüche zu bedenken, die andere vielleicht zu Recht geltend machen konnten. Seine Ablehnung bedeutete für sie eine Niederlage im Ringen um einen Beweis seiner Liebe. Die Beseitigung des Hindernisses wurde zu einer Sache von Leben und Tod. Stella maß daran Erfolg oder Niederlage, Aufgabe oder Verrat, Triumph oder Macht.

Die geringfügige, bedeutungslose Ablehnung, die nichts mit ihr zu tun hatte, die in keiner Beziehung zu ihr stand, wurde zum Symbol ihres Gefühls der Zurückweisung. Stellas Bemühungen, die Entscheidung rückgängig zu machen, wurden zum Symbol ihrer Rettung. Wenn es ihr gelang, Brunos Willen zu beugen und seine Entscheidung zu beeinflussen, bedeutete es, daß Bruno sie liebte, wenn es mißlang, liebte er sie nicht. Die Probe besaß so wenig Gewicht wie das Auszupfen von Blütenblättern, ein Spiel, das abergläubische Liebende zu Rate ziehen, ihr Schicksal damit dem Zufall anvertrauend. Ohne nach dem Grund der Ablehnung zu fragen, wurde Stella plötzlich blind für die Gefühle aller anderen, blind, wie es nur kranke Menschen werden können. Dieses rein persönliche Drama einer Ablehnung, die sie nicht akzeptieren konnte, isolierte sie von Bruno, sie konnte die Ablehnung nur als persönliche Beleidigung sehen. Eine Liebe, die nicht alle Hindernisse überwinden konnte (wie in den Mythen und Legenden romantischer Zeiten), war für sie keine Liebe.

(Die kleine Gunst, um die sie bat, nahm die Größenordnung eines Brandopfers an, die Mystiker früherer Zeiten als Glaubensbeweis forderten.)

Sie hatte sich in eine Übertreibung hineingesteigert, wie man dies nur von sehr gefühlsbestimmten Menschen kennt. Die kleinste Geste wurde zum absoluten Beweis von Liebe oder Haß. Sie verlangte von dem ihr Ergebenen die völlige Kapitulation. Beim geringsten Nachgeben sah sie sich in ihrer Verteidigung gegen die eindringende Flut der Zweifel bestärkt. Die Zweifel verzehrten sie schneller, als äußerliche Beweise der Zuneigung es verhindern konnten. Darum war die Liebe, die Stella entgegengebracht wurde, keine freie, sondern glich einer Liebe, die Votivgaben anhäufen mußte, wie die Naturvölker sie ihren eifersüchtigen Göttern darbieten. Jeder Tag verlangte die Erneuerung von Kerzen, Speisen und kostbaren Geschenken, von Räucherwerk, Opfern und, wenn notwendig (und für einen Neurotiker sind sie immer notwendig), auch von Menschenopfern. Jeder Mensch, der in ihren Bann geriet, wurde nicht zum Liebenden, sondern zum Tag- und Nachtpfleger dieser Krankheit, dieses unersättlichen Sehnens, dieses gierigen Verschlingens menschlichen Glücks.

»Wirst du die ganze Nacht hierbleiben?«

Diese wenigen Worte zeugten von einer stummen, unausgesprochenen Verzweiflung, in ihnen lag der ungehörte, unbemerkte, nicht registrierte Schrei der Einsamkeit, der in Menschen aufsteigt. Es handelte sich nicht um eine Einsamkeit, die mit einer Nacht gestillt werden konnte, mit tausend Nächten, mit einem ganzen Leben oder mit einer Ehe. Es war eine Einsamkeit, die kein Mensch beenden konnte. Sie entsprang Stellas Distanz zu anderen Menschen. Sie spürte die Entfernung von anderen Menschen und glaubte, nur der Geliebte könne ihr ein Ende bereiten.

Zweifel und Angst, die ihre Frage begleiteten, ließen Stella außerhalb stehen, wie einen unbarmherzigen Gott urzeitlicher Rituale, der die Anhäufung von Beweisen der Anbetung, der das gläubige Opfer von Speisen, Blut und sogar das Leben von Menschen verlangt. Und trotzdem blieb ihr Zweifel bestehen, denn diese Opfer waren Äußerlichkeiten, die nichts bewiesen. Sie vermochten Stella das Vertrauen nicht zurückzugeben.

Das Wort durchdrang Stellas Wesen, als habe jemand zum ersten Mal den Namen ihres Feindes genannt, der ihr bis dahin unbekannt war.

Zweifel. Sie drehte dieses Wort auf den Flächen ihrer träumenden Hände wie eine kleine Hieroglyphe, die man nach allen Seiten hin auslegen kann.

Aus den schmalen Gängen unbestimmter Empfindungen drangen kaum wahrnehmbare Zeichen der Unruhe.

Sie packte in großer Eile, zerdrückte den Hut mit der Feder, zerbrach seine Geschenke.

Sie fuhr schnell in ihrem großen, zu großen, in ihrem Filmstarauto, sie fuhr schnell, fuhr zu schnell fort von ihrer Pein, die Straße verschwamm vor ihren Augen im Wasser, sie setzte die Scheibenwischer in Gang, aber es war nicht Regen, der die Scheiben beschlug.

In ihrer Filmstarwohnung führte zu ihrem Schlafzimmer eine kleine Wendeltreppe, wie man sie in Leuchttürmen findet. Das Schlafzimmer hatte ein großes Fenster aus Glasbausteinen, die nachts wie Quarz in einer Höhle leuchteten. Das Fenster war das Prisma, das ihre Gedanken wieder in die Abgeschlossenheit zurückwarf, in die Mauern des Ich.

Es war das Fenster in der Einzelzelle des Neurotikers. Eines Abends, nachdem Bruno geschrieben hatte, er würde sie an diesem Abend anrufen (er war wieder einmal verbannt worden und hatte wieder einmal versucht, sie zurückzuerobern), würde sie anrufen, weil er glaubte, daß seine Stimme erreichen würde, was seinem Brief nicht gelang, spielte sie ein langes Konzert auf ihrem Grammophon, denn sie wußte, daß er in den nächsten Minuten anrufen würde. Sie stieg die kleine Treppe nach oben und setzte sich auf eine der Stufen.

Kaum hatte die Platte sich zu drehen begonnen, klingelte herrisch das Telephon.

Stella erlaubte der Musik, ihren Gegenzauber zu entfalten. Gegen die mechanische Forderung des Telephons schraubte sich die Musik wie ein mystischer Wolkenkratzer empor und triumphierte. Das Telephon wurde zum Schweigen gebracht.

Doch dies war nur die erste Runde. Sie stieg eine Stufe höher und saß unter dem Quarzfenster, darüber nachsinnend, ob die Musik ihr bei der Flucht vor der Wärme von Brunos Stimme helfen würde.

In dem Konzert hörte sie eine Parallele zu dem Konflikt, der sie beunruhigte. Auch in der Musik standen die femininen und die maskulinen Elemente in einer Wechselbeziehung: die Posaune mit ihren Behauptungen, die Flöte mit ihren verschlungenen Modulationen. In dem offenkundigen Widerstreit klang die Posaune in Stellas Ohren – vielleicht wegen ihrer gegenwärtigen Stimmung – herausfordernd, beinahe grotesk. In dieser Stimmung erschien ihr das männliche Instrument als eine Karikatur!

Und die Flöte – sie wurde so leicht das Opfer, wurde so leicht überwältigt, triumphierte aber schließlich doch, denn sie hinterließ ein Echo. Lange nachdem die Posaune zu Wort gekommen war, spielte die Flöte noch immer ihre schelmischen, beharrlichen Tremolos.

Erneut klingelte das Telephon. Stella setzte sich ein Stufe höher. Sie brauchte die Treppe, das Fenster, das Konzert als Hilfen, um eine unzugängliche Region zu erreichen, wo das Telephon klingeln mochte wie ein beliebiges mechanisches Instrument, ohne in ihr einen Widerhall hervorzurufen. Wenn das Klingeln des Telephons auch nur das kleinste Vibrieren ihrer Nerven verursachen würde (wie es Brunos Stimme gelang), war sie verloren. Es war ihr Glück, daß die Posaune eine Karikatur der Männlichkeit, eine aufgeblasene Posaune war, die das Klingeln des Telephons erstickte. So lächelte sie eines ihrer rätselhaften Lächeln, listig und verschlagen, über die männliche Anmaßung. Es war ihr Glück, daß die Flöte auf ihren zarten Modulationen beharrte und daß sich die beiden Instrumente nicht ein einziges Mal während des gesamten Konzerts vereinigten, sondern in ununterbrochenem Streit miteinander blieben.

Das Telephon klingelte von neuem mit toter, mechanischer Beharrlichkeit und ohne Charme, doch die Musik warb mit einer Subtilität und emotionalen Kraft, mit der Bruno unmöglich rivalisieren konnte. Nur die Musik war in der Lage, diese Stufen der Abgeschiedenheit zu erklimmen, ihre Füße zu umbranden wie die stürmischen Wellen des Meeres, sich zu brechen und aufzuschäumen, ohne die Macht zu besitzen, sie in ein Leben mit Bruno und in den Sog des Leidens zurückzuziehen.

Sie lag in der Dunkelheit ihres weißen Satinschlafzimmers. Die Spiegel verströmten Strahlenkränze aus falschem Mondlicht, die Reihen der Parfumflacons gaukelten hängende Gärten vor.

Matratze, Decke, Bettuch besaßen dieselbe Leichtigkeit wie Stella. Sie waren aus unsichtbaren Fäden gewebt, die ein einfältiger König einst verpfändete; sie bestanden aus Luft oder aus den üblichen schweren Stoffen, die sie mit ihren ätherischen Händen berührt hatte. (Es gab so viele Augenblicke, in denen Stellas Realität in Frage gestellt war: Einmal, als sie aus ihrem riesigen Auto stieg, lag auf dem großen Ledersitz ein solch winziges Notizbuch, wie es eine Frau niemals benutzen konnte. Es war das Notizbuch eines Zwergs. Oder wenn sie das Auto mit zwei Fingern steuerte. Es gibt eine Leichtigkeit, die anderen Rassen eigen ist, den geborenen Ballettänzern.)

Wer Stella berührte, behielt die Empfindung von Daunen und Knochenlosigkeit in Erinnerung, als habe er eine zarte Angorakatze gestreichelt.

Jetzt lag sie in der Dunkelheit, und weder das weiche

Zimmer noch sein leuchtendes Weiß konnten den Schmerz vertreiben, den sie empfand.

Ein Wort drängte an die Oberfläche ihres Wesens. Es hatte den ganzen Tag über versucht, die gestaltlose, rudimentäre Anhäufung der Ereignisse ihres Lebens wie ein Pfeil zu durchbohren, die geologischen Schichtungen ihrer Erfahrung, die aufbewahrten Gesichter, Szenen, Worte und Träume. Ein Wort drängte durch all diese Qual an die Oberfläche. Es schien ihr, als versuche sie, den Namen ihres größten Feindes auszusprechen. Aber sie kämpfte mit der Angst, die uns erfaßt, wenn wir diesen Feind benennen sollen, denn gleichzeitig mit dem Namen des Feindes kristallisierte sich in ihr ein Gefühl der Hilflosigkeit ihm gegenüber! Warum ihn benennen, wenn man ihn nicht zerstören und sich befreien konnte? Dieses Gefühl, das stärker war als das Verlangen, das Gesicht des Feindes zu sehen, ließ das hartnäckige Wort beinahe wieder in Vergessenheit sinken.

Stella flüsterte in der Dunkelheit das Wort, und durch ihren Akzent verstärkte sich die Grausamkeit seines Klanges:

Ma-soch-ismus.

Soch! Och! Es war das »Och«, das herausfiel, nicht das »Ma« oder das »Ismus«, sondern das »Och«, das wie ein primitiver Schmerzensschrei klang. »Bin ich, bin ich, bin ich, bin ich, bin ich«, flüsterte Stella, »eine Masochistin?« Sie wußte nichts über das Wort, kannte nur seine allgemeine Bedeutung: Wunsch nach Schmerz. Sie konnte im Durchdringen der wirren Muster ihres Lebens nicht weitermachen und die Quelle des Leidens entdecken, konnte den Anfang des Musters nicht alleine aufdecken und dadurch Macht über diesen Feind gewinnen. Die Nacht konnte sie der Freiheit nicht einen Schritt näherbringen ...

Wenige Stunden später sah sie auf der Leinwand die Geschichte von Atlantis, zur Musik von Strawinsky.

Zu Beginn eine Szene wie ein Bild von Paul Klee, vibrierend und feucht, zart und voller Schwingungen. Das Blau, das Grün, das Violett vermischten sich zu Farbtönen, die ihrer Stimmung entsprachen. Sie verschmolzen miteinander, und es war schwierig, sie zu entwirren. Sie antwortete mit dem Pulsschlag ihres Bluts und einem Gefühl, das sie ständig beherrschte: ein kleines Meer in sich zu tragen, ein Meer, das den Rhythmus in sich aufnahm und antwortete. Es schien, als seien die winzigen Zellen nicht durch Membrane voneinander getrennt, als sei sie nicht eine Ansammlung unterschiedlichster Nerven, Sehnen und Blutgefäße, sondern als bestünde sie aus einem flüssigen Stoff, der in andere Menschen überfließen, ihre Gefühle erkennen und wieder zurückfließen konnte; ein Stoff, der von anderen leicht in Bewegung versetzt und durchdrungen werden konnte, wie Wasser, wie das Meer.

Als sie diese Paul-Klee-Szene sah, begann sie sofort zu zerfließen. Es gab keine Stella mehr, sondern einen flüssigen Stoff, der an der Geburt der Welt teilnahm. Das Paradies des Wassers und der Sanftheit.

Doch eine völlig unerwartete und erschreckende Explosion beendete diese Szene: die Eruption der entstehenden Erde, die geformt, zerbrochen, neu geformt und wieder in ihre vertraute Gestalt gepreßt wurde.

Diese Explosion war Stella vertraut, und sie hatte darauf gewartet. Sie klang mit unglaublicher Heftigkeit in ihr nach, als habe sie diese Explosion bereits durchlebt. Wo hatte sie schon einmal die völlige Vernichtung eines blauen, grünen und violetten Paradieses erlebt, eines Paradieses aus verschmolzenen Zellen, die sich in unablässigem Fluß und in Bewegung befanden, daß ihr dies als eine zweite Zerstörung erschien und eine schmerzliche körperliche Erinnerung an Zerbrechen hervorrief? Während die Explosionen erdröhnten: einmal, zweimal, dreimal, zerbrach der Friede, und es herrschte Dunkelheit. Die Farben lösten sich auf, die Erde trübte das Wasser, die Vernichtung schien vollkommen.

Die Erde formte sich von neuem. Das Wasser klärte sich, die Farben kehrten zurück, ein Kontinent war geboren.

In Stella berührte das Echo eine sehr alte, vergessene Region. Durch die Schichten der Zeit blickte sie auf eine Gestalt, die in der Entfernung sehr klein wirkte. Ein kleines Wesen. Es ist ihre Kindheit mit ihrer kleinen Szenerie, ihrem kleinen Klima, ihrer kleinen Atmosphäre. Stella wurde während des Krieges geboren, aber für die winzige Figur des Kindes war der Krieg zwischen den Eltern – Scheidung und Trennung – von gleicher Bedeutung wie der Weltkrieg. Das kleine und hilflose Wesen wurde von den riesigen Gestalten mythischer Eltern zerrissen, die erbittert stritten und aufteilten. Später stritten und teilten die Nationen. Das Leid verschob und vergrößerte sich, aber es blieb dasselbe Leid: die Entdeckung von Haß, Gewalt und Feindseligkeit. Es war das dunkle Antlitz der Welt, und keine Kindheit war je darauf vorbereitet, es zu sehen. In dem winzigen und zerbrechlichen Gefäß der Kindheit liegt das Paradies, das durch Explosionen zerstört werden muß, damit die Erde neu erschaffen werden kann, aber manchmal ist der erste Zusammenprall des Kindes mit Haß und Zerstörung eine zu schwere Last für seine Unschuld. Das Kind zerbricht wie die Erde unter den Stößen des Erdbebens, und die Seele zerbricht unter Gewalt und Haß. Das Paradies (die Paul-Klee-Szene) war von Anfang an dazu bestimmt, von der Dunkelheit verschlungen zu werden.

Als Stella die Explosionen spürte und durch das Teleskop ihrer Gefühle rückwärts getragen wurde, sah sie die zerstreuten Fragmente des zerrissenen Wesens. Jedes kleine Einzelteil lebte jetzt ein separates Leben. Gelegentlich verschmolzen sie wie Quecksilber, aber sie blieben flüchtig und instabil. In der Vereinzelung wurden sie zerfressen.

Als Kind verbanden Stella Vertrauen und Liebe mit den Menschen. Man erzählte, daß sie im Alter von sechs Jahren durch die Straßen ging und die Passanten nach Hause einlud. Sie hielt Kutschen an und bat die Kutscher, sie dorthin zu fahren, »wo viele Menschen sind«. Die erste Explosion. Der Anfang der Welt. Der Anfang einer Prägung, der Anfang einer Form, eines Schicksals, eines Charakters. Etwas, das sich den Wissenschaftlern immer entzieht, den Statistikern und den Detektiven.

Durch den Aufruhr des Bluts, das sich an den seismographischen Schock erinnert, erhaschen wir einen kurzen Blick darauf.

Stella konnte sich nicht daran erinnern, was sie als Kind im Spiegel gesehen hatte. Vielleicht blickt ein Kind nie in den Spiegel, vielleicht ruht es in sich selbst wie eine Katze und erkennt sich deshalb nicht im Spiegel. Sie sieht ein Kind. Das Kind erinnert sich nicht daran, wie es aussieht.

Später erinnerte sie sich an ihr Aussehen. Aber wenn sie Photographien betrachtete, die sie im Alter von ein, zwei, drei, vier, fünf Jahren zeigten, erkannte sie sich nicht wieder. Das Kind ist eins, eins mit sich. Niemals steht es außerhalb von sich.

Sie konnte sich daran erinnern, was sie tat, aber nicht an die Auswirkungen. Keine Reflexionen. Sechs Jahre alt. Sieben Jahre alt. Acht Jahre alt. Elf. Kein Bild. Keine Reflexionen. Aber Gefühle.

Im Spiegel erschien damals nie ein Kind. Der erste Spiegel hatte einen weißen Holzrahmen. In ihm gab es keine Stella. Ein Mädchen von vierzehn spielte Johanna von Orléans, die Kameliendame, Peri Banu, Carlotta, Elektra.

Sie sah nicht Stella, sondern eine verkleidete Schauspielerin, die sich in viele Gestalten aufteilte. Hatte sie durch diese Spiele das Bild ihres wahren Ichs verloren? Konnte sie es nur wiedergewinnen, indem sie spielte? Lehnte sie deshalb jetzt jede Rolle ab – jede Rolle, die nicht wenigstens einen Aspekt ihres Ichs enthielt? Doch weil jede Rolle nur einen Aspekt enthielt, unterstrichen sie alle nur Stellas Zerrissenheit. Einen Aspekt konnte sie immer erfassen, aber nicht den Rest. Alle anderen blieben ungelebt.

Der erste Spiegel, in dem ihr Ich auftaucht, ist sehr groß. Er ist in eine holzgetäfelte braune Wand eingelassen. Durch ein Fenster daneben fällt so starkes Licht, daß der Rest des Zimmers in völliger Dunkelheit versinkt und das Bild des Mädchens, das sich dem Spiegel nähert, als leuchtendes Relief erscheint. Es ist der erste Scheinwerfer, die erste Aura des Lichts. Sie erscheint als Relief in einem demütigen Zustand. Sie blickt auf ihr Kleid, ein altes Kleid ihrer Cousine aus glänzender, abgetragener, dunkelblauer Baumwolle, das für sie abgeändert worden ist. Es paßt ihr nicht, ist abgetragen, sieht ärmlich aus und ist eingelaufen. Das Mädchen blickt auf das blaue Kleid und schämt sich.

Es ist der Tag, an dem man ihr in der Schule gesagt hat, daß sie Talent zur Schauspielerin habe. Man war eigens in die Klasse gekommen, um ihr das zu sagen. Sie, die sich immer ruhig verhielt, die nicht auffallen wollte, wurde aufgefordert, vor die ganze Klasse zu treten, mit dem Laienspiellehrer zu sprechen und ein Kompliment über ihre erste Vorstellung zu hören. Die Freude, die überschäumende Freude, die sie durchrieselte, wurde sofort von dem Gedanken an ihr Kleid erstickt. Sie wollte nicht aufstehen, wollte nicht auffallen. Sie schämte sich. Das dünne, abgetragene Kleid erinnerte an ein Waisenkind.

Sie kann dieses Bild, dieses Kleid, diese Demütigung nur abstreifen, wenn sie eine andere wird. Sie wird Melisande, Sarah Bernhardt, Fausts Gretchen, die Kameliendame, Thais. Vor dem Spiegel zerfällt sie in hundert Gesichter und ersteht von neuem in Blässe, Schweigen.

Nie wieder wird sie dieses eingelaufene, abgetragene, fadenscheinige Kleid tragen, doch immer wird sie jenes Gefühl in sich tragen, das Gefühl der Entstellung, der Verkennung, der verfälschenden Erscheinung und der häßlichen Verkleidung. Sie wurde aufgerufen, und alle konnten sie sehen. Man holte sie aus ihrer Scheu und Zurückgezogenheit, und alle sahen ein Mädchen in einem Waisenhauskleid, das nicht das Märchenkleid trug, das zu ihm paßte.

Stella lehnt alle Rollen ab, denn sie können ihr nicht gerecht werden. Stella versucht, ihr eigenes Ich zu finden; sie will es wahrheitsgemäß darstellen und wahrheitsgemäß enthüllen. Sie will nur sich selbst spielen. Sie ist nicht mehr bereit, eine Schauspielerin zu sein, die sich verkleidet. Sie ist eine Frau, die ihr Ich verloren hat, und sie fühlt, daß sie es wiederfinden kann, indem sie dieses Ich spielt. Aber wer kennt sie? Welcher Dramatiker kennt sie? Die Männer, die sie geliebt haben, kennen sie nicht. Sie kann es ihnen nicht sagen. Sie ist selbst verloren. Alles, was sie über sich sagt, ist falsch. Sie ist irreführend und irregeführt. Niemand will die Blindheit eingestehen. Nur der Blinde mit seinem weißen Stock oder einem Blindenhund gesteht seine Blindheit ein. Und doch ist keine Blindheit oder Taubheit so vollständig wie im Bereich der Gefühle.

Sehen hängt mit Bewußtsein zusammen. Die Klarheit der Sinne ist mit der geistigen Vorstellung, dem Verstehen verbunden. Man kann auf bestimmte Szenen seines

Lebens zurückblicken und nur einen Teil der Wahrheit sehen. Den Menschen, mit denen wir zusammenleben, fehlen ganze Aspekte ihres Wesens, wie ausgegrabenen Statuen Arme und Beine fehlen. Später werden eine tiefergehende Einsicht, eine tiefgreifendere Erfahrung der vergangenen Szene dem verlorengegangenen Menschen, den wir nur in Ausschnitten gesehen und empfunden haben, die fehlenden Aspekte hinzufügen. Noch später taucht wieder ein neuer Aspekt auf. Nur durch Zeit und Bewußtsein werden Szene und Mensch vollständig, in ihrer Ganzheit gesehen und gehört.

Im Innern des Menschen befindet sich ein beschädigter Spiegel, ein Spiegel, den die Nebel der Einsamkeit, die Scheu und das Klima des inneren Ich dieses Menschen verzerren. Es ist ein persönlicher Spiegel, der in jeder subjektiven, verinnerlichten Lebensform ruht.

Stella erhielt einen Brief von Laura, der zweiten Frau ihres Vaters. »Komm bitte sofort. Ich lasse mich von Deinem Vater scheiden.«

Ihr Vater war Schauspieler. Er hatte in Warschau Ruhm und schmeichelhaften Beifall gefunden. Er war jung geblieben und ein Liebhaber aller Frauen. Stellas Mutter, deren Liebe mehr als den Mann in ihm gesehen hatte, gestattete ihm große Freiheiten. Aber nicht seine äußerst großzügige Inanspruchnahme dieser Freiheit ließ ihre Gefühle für ihn ersterben, sondern seine Unfähigkeit, ihr die Sicherheit zu geben, daß sie ungeachtet dessen, was an der Peripherie geschah, im Mittelpunkt seines Lebens stand. Er konnte ihr für ihre Selbstlosigkeit nichts geben – er konnte nur nehmen. Er nutzte die Güte, die Großherzigkeit und freiwillige Blindheit aus, schöpfte aus dem riesigen Reservoir ihrer Liebe, ohne ihr ein gleiches Maß an Zärtlichkeit zurückzugeben, und so mußte diese Liebe vertrocknen. Ihre grenzenlose Liebe bestärkte ihn nur in seiner Verantwortungslosigkeit. Er glaubte, sie unbegrenzt ausnutzen zu können, und erkannte nicht, daß selbst eine unendliche Liebe Nahrung und Zuwendung benötigte. Er realisierte nicht, daß keine Liebe sich selbst genügen, sich selbst entwickeln und sich selbst erneuern kann.

Und eines Tages starb diese Liebe. Zwanzig Jahre lang hatte die Mutter sie aus ihrer eigenen Substanz gespeist, aber schließlich starb sie. Seine Selbstsucht ließ sie verwelken, und er war überrascht, äußerst überrascht, als habe sie ihn betrogen.

Sie nahm Stella mit sich, als sie ihn verließ. Eine andere Frau war an ihren Platz getreten, eine jüngere Frau, eine seiner Schülerinnen hatte die Bürde auf sich genommen, die Liebe am Leben erhalten. Stella kannte die Großzügigkeit und Ergebenheit der zweiten Frau. Sie wußte, wie maßlos ihr Vater auch aus diesem Reservoir geschöpft haben mußte, um es zu leeren. Wie tief mußte sich das Schema des Nehmens, ohne zu geben, in ihm eingegraben haben. Wieder war die Liebe einer Frau erschöpft und ausgebrannt.

»Er droht, Selbstmord zu begehen«, schrieb Laura, »aber ich glaube nicht daran.« Auch Stella glaubte nicht daran. Dazu liebte er sich zu sehr.

Stellas Vater holte sie am Bahnhof ab. In seiner äußeren Erscheinung war deutlich zu erkennen, daß er kein Mann war, dem an Beziehungen zu anderen Menschen lag. Er wirkte wie eine Insel. Seine makellose Kleidung trug das Flair des Endgültigen. Die Kleider mußten aus einem imprägnierten Material gefertigt sein. Gleichgültig, welche Stoffe es waren, vermittelten sie den Eindruck, sich von den Kleiderstoffen anderer Menschen zu unterscheiden, und die scharfgebügelten Falten seiner Hosen schienen nicht dazu geschaffen, von Menschenhänden zerknittert zu werden. Eine sterile Eleganz umgab ihn, die seine Einmaligkeit und seinen Perfektionismus verriet. Wenn seine Kleidung nicht schon das wasserabweisende Gefühl, das abweisende Flair des Perfekten ausgestrahlt hätte, so hätten es seine Augen mit ihrem Inselausdruck erreicht. Der Mensch, der sich ihm näherte, galt als Eindringling, das Schiff, das diesen Hafen anlief, war ein Feind. Der Mensch, der sich auf ihn zubewegte, mißachtete seinen ausdrücklichen Wunsch, Insel zu bleiben. Seine Augen waren kontaktlos, schlugen keine freundlichen Brücken zu anderen Augen, sandten keine Willkommenszeichen aus, kein Licht der Erwiderung. Vor allem aber blieben sie wie eine Glastür geschlossen.

Er bat Stella, bei Laura für ihn zu sprechen. »Laura verdächtigt mich, eine Affäre mit einer Sängerin zu haben. Bisher hat sie so etwas nie berührt. Und diesmal stimmt es noch nicht einmal. Ich hasse es, ungerechterweise vertrieben zu werden. Ich kann falsche Anschuldigungen nicht ertragen. Wieso nimmt sie jetzt daran Anstoß? Ich kann es nicht verstehen. Bitte sage ihr, daß ich den Rest meines Lebens damit verbringen werde, sie glücklich zu machen. Sage ihr, ich sei untröstlich.« (Während dieser Worte zog er sein silbernes Zigarettenetui hervor, bemerkte einen winzigen Fleck darauf und wischte ihn sorgfältig mit einem Taschentuch ab.) »Ich habe es nicht gemerkt. Ich wußte nicht, daß es sie verletzt. Sag Laura, ich hatte mit dieser Frau nichts ... Sie ist zu dick.«

»Aber wenn du eine Affäre mit ihr hattest«, erwiderte Stella, »wäre es denn nicht besser, diesmal die Wahrheit zu sagen? Laura ist wütend. Sie wird eine Lüge mehr verabscheuen als alles andere. Weshalb bist du ihr gegenüber nicht aufrichtig? Vielleicht hat sie Beweise.«

Bei dem Wort »Beweise« hob er seinen gepflegten, sensiblen Kopf und sagte kühl, ruhig und mit leichtem Zögern: »Welche Beweise? Sie kann keine Beweise haben. Ich war vorsichtig ...«

»Er lügt noch immer«, dachte Stella, »er ist unverbesserlich.«

Sie suchte Laura auf, die klein und kindlich wirkte. Sie ähnelte einem Kind, das in einem Spiel die Mutterrolle übernommen hatte und feststellen mußte, daß sie über ihre Kräfte ging. Und doch hatte sie diese Rolle zehn Jahre lang gespielt. Einer Heiligen gleich, hatte sie ihre Augen vor all seinen Abenteuern verschlossen und versucht, ihr Zusammenleben vor dem Zusammenbruch zu bewahren. Ihre gläubigen Augen verringerten stets die Bedeutung seiner Eskapaden. Sie kümmerte sich nicht um Klatsch und gab häufiger den Frauen als ihm die Schuld.

Als sie Stella gegenüberstand, für die sie immer eine starke Zuneigung empfunden hatte, waren diese gläubigen Augen verwandelt. Nirgendwo läßt sich eine Wunde deutlicher ablesen als an gläubigen Augen. Die Wunde ist klar und deutlich sichtbar, die Augen wirken gequält und scheinen vor Schmerz zu zerfließen. Das sanfte Vertrauen war verschwunden, und Stella erkannte sofort, daß ihr Bitten vergebens sein würde.

»Die Untreue meines Vaters bedeutete nichts. Er hat dich immer mehr geliebt als alle die anderen. Er war leichtsinnig, aber seine tiefe Liebe galt immer dir. Er handelte unverantwortlich, und du warst zu gut für ihn. Du hast dich nie dagegen aufgelehnt.«

Doch Laura verteidigte ihre Haltung: »Ich gehöre zu jener Art Menschen, die großes Vertrauen, große Nachsicht und große Liebe besitzen. Wenn jemand dies ausnützt, fühle ich mich betrogen und kann nicht vergeben. Ich habe ihn vorsichtig gewarnt. Nicht seine Untreue macht mich krank, sondern sein Mangel an Zartgefühl. Ich wollte sterben. Ich hoffte, er würde nicht so unverblümt und weniger unverschämt sein. Aber jetzt ist meine Entscheidung unwiderruflich getroffen. Wenn ich an seine egoistischen Bemerkungen denke, an seine rücksichtslosen Gesten, an den Ausdruck des Unmuts auf seinem Gesicht, wenn ich krank war, und an seine Gleichgültigkeit meinem Kummer gegenüber, dann kann ich nicht glauben, daß er mich je geliebt hat. Er erzählte mir die unglaublichsten Geschichten, er muß eine sehr geringschätzige Meinung von meinem Urteilsvermögen haben. Bisher war meine Liebe stark genug, um mich blind zu machen, aber jetzt, du mußt das verstehen, Stella, jetzt nehme ich alles wahr. Ich erinnere mich an die Worte, die er am ersten Tag sagte. Dein Vater hat sich keiner Treulosigkeit schuldig gemacht, die eine Frau vergeben kann. Seine Untreue bestand nicht in dem Interesse an anderen Frauen, sondern er verriet, was nur uns gehörte: Er ließ mich geistig und emotional im Stich. Er hatte keine Gefühle für mich. Es gibt noch etwas, was ich ihm nicht verzeihen kann: Er hat sich nie natürlich gegeben, sondern immer nur den Idealmenschen gespielt. Er umgab seine egoistischen Handlungen mit dem Mantel des Altruismus. Er schmückte diese Idealrolle so sehr aus, daß ich während der ganzen Zeit instinktmäßig fühlte: Ich werde betrogen, ich lebe mit einem Menschen zusammen, der mit mir spielt. Das kann ich ihm nicht vergeben.

Selbst heute lügt er noch. Ich habe sichere Beweise dafür. Sie fielen mir in die Hände, obwohl ich sie nicht gesucht habe. Und er begnügte sich nicht damit, seine Geliebte in meiner Nähe wohnen zu lassen, sondern wünschte auch noch, ich solle sie zu uns nach Hause einladen. Er warf mir vor, sie nicht zu mögen, mich nicht mit ihr anzufreunden. Soll er jetzt nur klagen – ich habe zehn Jahre lang geklagt. Ich weiß, er wird sich nicht das Leben nehmen. Er spielt. Er liebt sich viel zu sehr. Soll er jetzt nur die Kraft jener Liebe ermessen, die er zerstört hat. Ich empfinde nichts mehr, nichts. Er hat meine Liebe so vollkommen getötet, daß ich noch nicht einmal leide. Ich kenne keinen Mann, der eine Liebe so völlig vernichtete. Ich sage: keinen *Mann!* Oft denke ich, daß er ein Kind ist, so verantwortungslos ist wie ein Kind. Er ist ein Kind, und ich wurde seine Mutter, und deshalb verzieh ich ihm alles. Nur eine Mutter verzeiht alles. Natürlich weiß das Kind nicht, wann es die Mutter verletzt. Es weiß nicht, wann sie müde oder krank ist, tut nichts für sie, setzt voraus, daß sie bereit ist, für das Kind zu sterben. Das Kind ist passiv, nachgiebig, nimmt alles an und gibt nur Zuneigung zurück. Wenn die Mutter weint, legt es seine Arme um sie und geht dann hinaus, um genau das zu tun, was sie zum Weinen brachte. Das Kind sieht in der Mutter nur die Allesgebende, die Allesverzeihende und die unermüdlich Liebende. Und so habe ich meinem Mann gestattet, Kind zu sein ... Aber Stella, er war noch nicht einmal so zärtlich wie ein Kind. Er schenkte mir noch nicht einmal die Liebe, die ein Kind für seine Mutter empfindet. Er besaß keine Zärtlichkeit!« Und sie weinte. (Er hatte nicht geweint.) Während Stella ihr zuhörte, wurde ihr klar, daß das Leiden zu groß gewesen sein mußte und daß Lauras Liebe endgültig gestorben war.

Als sie zu ihrem Vater zurückkehrte und ihm das Wort »unwiderruflich« überbrachte, rief er aus: »Was ist nur in Laura gefahren? Solch eine sanfte, ergebene, geduldige, engelgleiche Frau. Ein junges Mädchen voll Unschuld und Milde. Und jetzt diese Furie ...«

Er fragte sich nicht, hatte sich niemals gefragt, was er getan haben mußte, um diese Ergebenheit, diese Unschuld, diese Milde zu zerstören. Er sagte: »Wir wollen noch einmal zu unserem Haus gehen.«

Bisher war es ihr gemeinsames Haus gewesen, aber in Wirklichkeit gehörte das Haus Laura, und sie hatte ihrem Mann mitgeteilt, er dürfe es nicht mehr betreten. Er solle eine Aufstellung seines Eigentums machen, und sie würde ihm alles zuschicken.

Zusammen standen sie vor dem Haus und blickten zum Fenster seines Zimmers hinauf: »Nie wieder werde ich mein Zimmer sehen. Ich kann es nicht glauben. Meine Bücher befinden sich noch dort, meine Photographien, meine Kleider, meine Aufzeichnungen, und ich ...«

Als sie vor dem Haus standen, wurde in Warschau ein leichtes Erdbeben registriert, im selben Moment, in dem das Leben ihres Vaters durch das Erdbeben der Auflehnung einer Frau erschüttert wurde, als er Liebe, Schutz, Vertrauen, Wohlstand und Glauben verlor. Sein ganzes Leben wurde in einem Augenblick weiblicher Auflehnung zerstört. Die Erde, die Frau und diese plötzliche Rebellion. Das unempfindliche Instrument seines Egoismus hatte kein Anzeichen der nahenden Erschütterung registriert.

Während er dastand und einen letzten Blick auf das Haus warf, grollten die Eingeweide der Erde. Laura weinte still, während sein Leben zerbrach und die liebevoll gesammelten Besitztümer in einen Abgrund stürzten. Die Erde öffnete sich unter seinen tanzenden Füßen, seinen werbenden Walzern und seinen polyphonen Liebesszenen.

Sie verschlang in einem Augenblick das farbenfrohe Ballett seiner Lügen, seiner leichtfüßigen Ausflüchte, seine nebulösen Fluchten, die Bühnenscheinwerfer und Aureolen, mit denen er seine Eroberungen und seine Neigungen umgeben und getarnt hatte. Alles wurde durch diesen Aufruhr zerstört. Die Erde zürnte über seine Leichtfertigkeit, über seine Mutwilligkeiten, über seine Sprünge über die Realität hinaus und über seine Fluchten. Sein Haus zerbrach, und durch die Risse und Spalten fielen seine wertvollen Bücher, seine Gemäldesammlung, seine Zeitungsausschnitte und die Geschenke seiner Bewunderer.

Bevor es soweit gekommen war, hatte ihm die Erde jedoch viele Warnungen zukommen lassen. Wieviel Male hatte er den leidenden Ausdruck in Lauras Augen nicht gesehen? Wieviel Male hatte er ihre Einsamkeit nicht beachten wollen, vieviel Male hatte er vorgegeben, das stille Schluchzen aus ihrem Zimmer nicht zu hören, wieviel Male hatte er ihr Zärtlichkeiten verweigert ... vor dem Aufruhr?

»Und wer wird für mich sorgen, wenn ich krank werde?« fragte er, während sie sich von dem Haus entfernten. »Wenn ich nur das Hausmädchen Lucille behalten könnte. Sie ist wunderbar. Es gibt niemanden wie sie. Sie ist die einzige, die versteht, meine Sommeranzüge zu bügeln. Mit ihr wären meine Probleme gelöst. Sie ist schweigsam, sie störte mich nie, und sie verließ nie das Haus. Jetzt weiß ich nicht, ob ich mir leisten kann, sie zu bezahlen. Wenn ich sie behalte, brauche ich zwei Dienstmädchen, ja, zwei, denn Lucille kann nicht gut kochen.«

Traurig ging er die Straße entlang und hatte sich bei Stella eingehängt. Dann fügte er hinzu: »Da ich jetzt den Wagen nicht mehr habe, werde ich das Narzissenfest in Montreux nicht besuchen können. Und ich bin sicher, daß ich in diesem Jahr den ersten Preis gewonnen hätte.«

Während er auf dem Drahtseil seiner Selbsttäuschungen balancierte, machte sich Stella keine Sorgen um ihn. Er erkannte den Zusammenhang zwischen seinem Verhalten und Lauras Rebellion nicht. Er konnte sich nicht vorstellen, daß die trivialen Bemerkungen und Vorfälle sich auftürmen und einmal ein Netz formen mußten, in dem er sich fangen würde. Er erinnerte sich nicht an die lapidare Äußerung, die er dem Dienstmädchen gegenüber gemacht hatte, als sie während einer der vielen Krankheiten Lauras hingebungsvoll ein Nachtgewand für sie bestickte. Er stand in der Tür und drehte eine seiner typischen Pirouetten: »Ich kenne jemanden, dem dieses Nachtgewand besser stehen würde ...« Diese Bemerkung hatte die Loyalität des Mädchens herausgefordert und sie später bewogen, die Beweise gegen ihn zu erhärten. In seiner Umgebung hatten sich alle auf die Seite des Menschen gestellt, den er übersah. Sie konnten deutlicher das schreiende Mißverhältnis zwischen Lauras Benehmen ihm gegenüber und seinem Verhalten ihr gegenüber erkennen. Seine Unverantwortlichkeit und seine Geringschätzung der Liebe Lauras wuchsen, je mehr Liebe sie ihm entgegenbrachte.

Stella fürchtete den Moment der Klarsicht, in dem er vielleicht erkannte, daß nicht die Oberflächlichkeit seines Lebens die Fundamente zerstört hatte, sondern seine Mißachtung und das Unterhöhlen der Fundamente.

Im Moment hielt er sich noch auf seinem Drahtseil im Gleichgewicht.

Tatsächlich war er bereits damit beschäftigt, sich wieder auf seinen Sockel zu stellen. Er sah sich nun als das Opfer einer unberechenbaren Frau. Man stelle sich nur vor: eine Frau, die zehn Jahre lang einen Mann erträgt und nun, kurz bevor er alt wird und sich anschickt, vernünftig und seßhaft zu werden und die Liebhaberkarriere aufzugeben, rebelliert und ihn verläßt. Welche Unlogik! »Denn jetzt«, sagte er, »bin ich meiner Affären müde, ich kann die notwendige Leidenschaft nicht mehr aufbringen.« Nachdem sie einen Augenblick lang schweigend weitergegangen waren, fügte er hinzu: »Aber ich habe ja dich, Stella.«

Die drei Lieben seines Lebens. Und Stella konnte nicht aussprechen, was sie empfand: »Auch meine Liebe hast du getötet.«

Sie erinnerte sich in diesem Moment deutlich daran, wann es geschehen war. Damals war sie ein kleines Mädchen von zwölf Jahren gewesen. Vater und Mutter hatten sich getrennt und lebten in weit voneinander entfernten Stadtteilen. Einmal in der Woche erlaubte die Mutter Stella, ihren Vater zu besuchen, einmal in der Woche wechselte Stella aus einer Atmosphäre der Armut und des Kampfes um das tägliche Brot in eine des Luxus und des Nichtstuns. Der heftige Gegensatz löste in ihr jedesmal einen schmerzlichen Schock aus.

Bei einem jener Besuche lernte sie Laura kennen. Sie hörte Laura lachen, sah ihre kleine, in Pelze gehüllte Gestalt und roch ihr Parfum. Stella betrachtete sie nicht als Frau, sondern als anderes kleines Mädchen, das die Kleider und die Frisur einer Frau trug. Aber dieses Mädchen lachte, war vertrauensvoll und natürlich. Stella empfand

Zuneigung. Sie dachte nicht daran, daß Laura den Platz der Mutter eingenommen hatte und daß diese erwarten würde, daß sie den Eindringling haßte. Selbst das zwölfjährige Mädchen erkannte, daß Laura Schutz suchte, daß sie keine siegreiche Rivalin war. Ihr wurde plötzlich klar, daß im verbindlichen, charmanten und bezaubernden Verhalten ihres Schauspieler-Vaters für andere Menschen große Gefahren lagen, besonders für die verletzbaren. Ihre Mutter und sie selbst waren Opfer dieser Gefahren: im Stich gelassen zu werden und einsam zu sein.

Auch Laura empfand Zuneigung zu Stella. Sie flüsterte mit ihrem Vater, und Stella fing mit ihrem ungewöhnlich guten Gehör die letzten Worte auf: »Kauf ihr Strümpfe.« (Von dieser Zeit an übernahm Laura alle praktischen Verpflichtungen. Sie schickte der Mutter Geschenke und später auch ihr.)

Vater und Tochter gingen gemeinsam durch die eleganten Einkaufsstraßen Warschaus. Seit Laura die gestopften Strümpfe bemerkt hatte, blieben sie in Stellas Bewußtsein. Ihr Vater könnte sich schämen, mit ihr zu gehen, aber ihn schien es nicht zu kümmern, er ging mit der umschwärmten Eleganz, die die Bühne kultiviert hatte, neber ihr her. Wenn er eine Hand küßte, sich verbeugte oder ein Kompliment machte, wirkte es immer, als lege er seine ganze Seele hinein. Er umgab sein Werben mit solch romantischer Vollkommenheit, daß schon die leichte Verbeugung über die Hand einer Dame das Fluidum einer Zeremonie trug, in der er ihr sein Leben zu Füßen legte.

Sie betraten ein elegantes Geschäft für Spazierstöcke. Er ließ sich die teuersten Stöcke zeigen und wählte schließlich einen aus kostbarstem Holz mit feinsten Schnitzereien. Er bat Stella um ihre Zustimmung. Er leerte seine Geldbörse und sagte dabei: »Ich kann dich noch immer in einem Taxi nach Hause bringen.« Und er brachte sie in einem Taxi nach Hause. Mit seinem neuen, glänzenden Stock zeigte er dem Chauffeur das schäbige Haus, in dem Stella lebte. Mit einer romantischen Geste der Verehrung lieferte er sie wieder ihrer Armut aus, als entrolle er einen roten Teppich unter ihren Füßen. Er überließ sie den zudringlichen Gläubigern, den Ängsten, den Demütigungen, dem nagenden Schmerz täglicher Armut.

Heute ging sie nicht mit gestopften Strümpfen neben ihrem Vater her. Diesmal fuhr sie wie eine Botschafterin im Taxi zwischen Laura und ihrem Vater hin und her. Laura schickte ihrem Vater eine zerbrechliche venezianische Vase mit einem unglaublich schlanken Fuß, die man dem Umzugswagen nicht anvertrauen konnte. Stella hielt sie in einer Hand, ihren Muff in der anderen, und zu ihren Füßen lagen Bündel alter Liebesbriefe. Ihr Vater schickte sie mit einem Medaillon zurück, einem Ring, Photographien und Briefen.

Stella besuchte die tausendste Vorstellung eines Stücks mit dem Titel ›Die Waise‹, in dem ihr Vater eine Hauptrolle spielte.

»›Die Waise‹«, sagte er, »das paßt jetzt gut zu mir. Seit Laura mich verlassen hat, fühle ich mich wie eine Waise.« Und als er von dem Waisenkind sprach, von sich als Waisenkind, Verlassenem, zum erstenmal als Opfer, weinte er. (Aber nicht über Lauras Schmerz oder den Vertrauensbruch.)

Mitten in der Vorstellung (er saß gerade in einem Sessel und sprach) fielen seine Arme herab, und er sank steif gegen die Rückenlehne. Es geschah schnell und abrupt, und er wirkte wie eine zerbrochene Marionette. Kein Mensch konnte so zerbrechen, so jäh, so absolut. Man eilte auf die Bühne. »Ein Herzanfall«, sagte der Arzt.

Stella begleitete den Vater nach Hause. Er lag regungslos, als sei er tot.

Sie konnte nicht um ihren Vater weinen, sondern einzig um den bejammernswerten Menschen vor sich. Alle Verbindungen waren zerbrochen. Ja, um einen Menschen, um jeden Menschen, der litt, konnte sie weinen. Der Liebling der Frauen. Mit weißem Haar und großem Charme. So viele Frauen umgaben ihn, und keine war nahe genug. Auch Stella gelang es nicht, ihm näherzukommen. Niemand konnte ihm näherkommen. Er versperrte den Weg zu sich mit seiner Eigenliebe, seine Eigenliebe isolierte ihn, die Eigenliebe, der Wächter, verschloß alle Eingänge und unterband jede Kommunikation. Man konnte ihn nicht trösten. Er starb, denn mit dem Ende von Luxus und Geborgenheit, dem Ende seiner Rolle, endete auch sein Leben. Ohne es zu wissen, bezog er seine ganze Stärke von Frauen.

Stella tötete ihn nicht. Von ihr kamen nicht die Worte: »Du hast meine Liebe getötet.«

Mitleid ergriff sie, aber sie konnte nichts tun. Sein Schicksal erfüllte sich. Er hatte nur sein Vergnügen gesucht. Er starb verlassen auf der Bühne des Selbstmitleids.

Als man ihn in der Garderobe auf eine Bank legte und sein Kragen zum ersten Mal unordentlich offenstand, während der dicke Arzt sein Herz abhörte (das vor Selbstmitleid brach), und als er so schlank, so feingliedrig, mit den edlen Zügen einer Plastik vor ihr lag, stieg brennendes Mitleid in ihr auf.

Dort lag er, dessen Worte sie gehaßt, dessen Handlungen und Gedanken sie verurteilt hatte, dessen Haltung und Gesten nur Rollen waren. Aber als dieser Mensch, vor Selbstmitleid sterbend, mit geschlossenen Augen beim letzten Auftritt eines Komödianten vor ihr lag, konnte Stella ihn wieder lieben und bemitleiden. Stirbt die Liebe für den Vater niemals, selbst wenn sie unzählige Male unter größeren Lieben begraben wird, selbst wenn alle Illusionen zerstört sind? Die Gestalt, die Zerbrechlichkeit des Körpers, seine Schönheit entflohen der dunklen Gruft begrabener Liebe und lebten weiter. Er hatte es verstanden, sich kunstvoll wie ein unschuldiges Opfer zurücksinken zu lassen, vor tausend Menschen in Ohnmacht zu fallen. Er blieb Schauspieler bis zum Ende. Aber niemand hatte Laura oder Stellas Mutter je weinen sehen.

Umgeben von Spiegeln liegt die zerbrechliche Stella in ihrem elfenbeinfarbenen Satinbett.

Ihr Körper kann alle Gefühle in der Sprache des Tanzes zum Ausdruck bringen. Ihre Hände liegen jetzt müde und besiegt auf den Beinen. Ihr Tanz wird durch die Wunden der Liebe immer wieder behindert.

In ihrem weißen Nachthemd gleicht sie nicht einer Zauberin, sondern sieht wie eine Waise aus.

In ihrem weißen Nachtgewand eilt sie, die Erschöpfte,

die Treppe hinunter, um den Dienstboten eine zusätzliche ermüdende Arbeit zu ersparen.

Ihr Körper und ihr Gesicht sind so beseelt, daß sie nicht Fleisch zu sein scheinen, sondern Antennen, Atem und Nerven.

Zerbrechlich – sie legt sich wie ein müdes Kind zurück, aber sie weiß so viel.

Strahlend – sie spricht, wie sie fühlt, immer.

Unwirklich – ihre Stimme verliert sich in einem Flüstern, als wolle sie verschwinden, und man muß den Atem anhalten, um sie zu hören.

Orientalisch – sie nimmt die Pose balinesischer Tänzerinnen ein. Wie der Kopf eines Vogels ist ihrer nicht an den Körper, nicht an den zerbrechlichen Hals gefesselt. Sie kann ihn frei bewegen.

Die Sprache ihrer Hände. Wenn sie sich wölben, wenn sie springen, kreisen und vibrieren, erwartet man, daß sie mit dem Gebet schließen: Niemand möge mich verletzen.

Keine Rolle konnte ihre Intensität enthalten.

Beim Spielen verströmte sie ein unerträgliches Leuchten. Für die Rolle war das eine zu starke Überhöhung. Sie zerbrach wie ein kleines Gefäß. Die Glut war zu groß. Die Rolle wurde entstellt, sie verblaßte und ging verloren. Wenn sie um Rollen bat, die ihrer Intensität gerecht werden konnten, versagte man sie ihr.

Auch wenn sie die Bühne verlassen hatte, blieben die schelmischen Fältchen um ihre kleine Nase, waren ihre Augen verzaubert. Sie behielt die Unbeschwertheit, den Charme und die Impulsivität eines Kindes (im feudalsten Restaurant der Stadt griff sie auf ein silbernes Tablett, das von einem vornehmen Kellner vorbeigetragen wurde, und stahl sich eine Kartoffel).

Ihre Intensität ließ die Situationen, die sie auf der Bühne darstellte, inadäquat und bedeutungslos erscheinen. Aus den Tiefen ihres Wesens strahlte ein Leuchten, daß die mittelmäßigen Figuren des Hollywood-Publikums darin ertranken.

Sie aß hastig wie ein Kind, als fürchte sie, das Essen würde ihr weggenommen, Vater oder Mutter könnten ihr im nächsten Augenblick das Essen verbieten. Wie ein

Kind kannte sie keine Koketterie. Ihr war nicht bewußt, daß ihre Haare zerzaust waren, daß sie kein Make-up trug. Wenn ein Mann mit ihr schlafen wollte und auf ihren Wimpern noch die Schminke lag, wenn er ihre langen künstlichen Augenwimpern anbetete, fühlte sie sich betrogen und in ihren Gefühlen verletzt.

Sie lebte als Kind und hatte doch eine uralte Seele. Sie trug schwer an dieser Last. Sie sehnte sich danach, diese Bürde auf eine große leidenschaftliche Rolle abzuwälzen: Johanna von Orléans oder Marie Baschkirtseff ... Rejane oder Eleonore Duse.

Es gibt Menschen wie Stellas Vater, die sich verkleiden und spielen. Aber Stella wünschte, sich zu verwandeln und zu vergrößern. Sie wollte nur das spielen, was sie nach ihrem Gefühl war oder sein konnte. Hollywood gestattete ihr das nicht. Es hatte seine eigenen Dimensionen und standardisierten Charaktere. Bestimmte Größen ließen sich nicht überschreiten.

Philip. Als Stella ihn zum ersten Mal sah, verspottete sie ihn. Er sah zu gut aus. Sie lachte: »Welch ein gelungener Don Juan«, sagte sie und wendete sich ab. Ein Don Juan hatte sie noch nie betören können.

Am nächsten Morgen sah sie ihn auf der Straße. Er ging, als sei er in einem Zustand der Euphorie. Sie verspottete sein strahlendes Auftreten noch immer. Doch als er mit großen Schritten ungezwungen an ihr vorbeiging, ihr strahlend, leidenschaftlich und sinnlich zulächelte, verspürte sie einen Stich. »Ein Lächeln der Freude«, dachte sie, »einer Freude, die ich nicht kenne.«

Gleichzeitig atmete sie tief, als würde sie plötzlich eine andere Luft umgeben, eine Luft, die frei war von erstikkenden Nebeln und giftigen Stoffen.

Anfangs blieb er ein Rätsel für Stella. Die Leichtigkeit, die ihn umgab, war ihr fremd.

Sie schwebte auf den Flügeln seines Lächelns und seines Humors.

Wenn sie ihn verließ, hörte sie den Wind in den Blättern wie den Atem des Lebens, und sie atmete von neuem die Luft der weiten, freien Höhen, wohin die erstickende Angst nicht vordringen kann.

Sie folgte ihm auf den launischen Spuren des offenen Verlangens; sie vertraute seinem Lächeln.

Die Jagd nach der Freude. Sie nahm sein Lächeln, seine Augen, seine Sicherheit in Besitz. Es gibt Menschen, die sich anderen zum Klang von Musik nähern. Sie erwartete immer, daß er in einem Schlitten auftauchen würde, mit hell klingenden Schlittenglöckchen. Als Kind hatte sie Schlittenglöckchen gehört und dabei gedacht: »Dies ist der Klang der Freude.« Wenn er sein Zigarettenetui öffnete, erwartete sie, die leichte und fröhliche Musik einer Spieluhr zu vernehmen.

Das Fehlen von Schmerz mußte bedeuten, daß es sich bei ihrer Beziehung nicht um Liebe, sondern um eine Verzauberung handelte. Er brachte die Freude mit sich, wenn er kam, und wenn er sie verließ, wußte sie, daß er zu seiner geheimnisvollen Quelle ging, um neue Freude zu schöpfen. Sie wartete ohne Ungeduld und ohne Furcht. Er brachte neue Freude zurück, und alle Dinge, mit denen er in Berührung kam, wurden von der Musik erfüllt, die Fröhlichkeit erblühen läßt.

Die Gewißheit, daß er kam, hielt sie in einer freudigen Erregung, die der Spannung vor einem gefährlichen Trapezakt glich. Die langen Pausen zwischen ihren Rendezvous, die fehlende Liebe ließen ihre Beziehung wie eine brillante artistische Glanznummer am Trapez erscheinen, die von fröhlicher Musik untermalt wurde. Stella konnte nicht anders, als die Geschicklichkeit und Präzision zu bewundern, mit der er sich außerhalb des Bereichs der Schmerzen bewegte. In dieser Atmosphäre konnte das kleine Samenkorn der Angst nicht keimen, für die sie so anfällig war.

Sie lachte, wenn er ihr gestand, wie ermüdend die Don-Juan-Rolle für ihn sei und die Zwänge, die die Frauen ihm auferlegten. »Die Frauen führen so genau Buch und überprüfen ihre Aufzeichnungen, um festzustellen, ob man immer auf gleicher Höhe bleibt.« Ein müder Don Juan legte seinen Kopf in ihren Schoß. Er schien zu wissen, daß er für sie im Wachen wie im Schlafen immer der Magier der Freude blieb.

Er ähnelte keinem anderen Menschen und keinem anderen Zustand in ihrem Leben. Sie glaubte, einer fatalen, stets wiederkehrenden Schablone entflohen zu sein.

Eines Abends betrat Stella allein ein Restaurant und traf dort Bruno. Obwohl viel Zeit vergangen war und sie sich in einer anderen Welt glaubte, verursachte ihr Brunos Anblick Pein. Er war völlig aufgewühlt.

Sie saßen sich gegenüber und zogen das Essen in die Länge.

Stella wollte sich um Mitternacht mit Philip treffen. Als sie eine halbe Stunde vorher nach ihrem Mantel griff, sagte Bruno: »Ich möchte dich nach Hause bringen.«

Sie dachte an die Möglichkeit einer Begegnung zwischen ihm und Philip (Philip würde um Mitternacht in ihre Wohnung kommen) und zögerte. Dieses Zögern verursachte Bruno einen solchen physischen Schmerz, daß er zu zittern begann. »Unter keinen Umständen«, dachte sie, »durfte er wissen ...« Deshalb sagte sie schnell: »Ich gehe nicht nach Hause. Ich bin noch mit Freunden verabredet. Das habe ich völlig vergessen, als ich dich sah. Ich versprach, bei ihnen vorbeizukommen.«

»Darf ich dich dorthin bringen?«

Stella dachte: »Wenn ich von Freunden spreche, die er kennt, wird er mitkommen wollen.« Deshalb erwiderte sie: »Bring mich einfach zu einem Taxi.«

Dies erweckte seine Zweifel von neuem. Wieder überzog ein Ausdruck von Schmerz sein Gesicht, und Stella litt darunter. Sie sagte hastig und ohne zu überlegen: »Du kannst mich zu ihnen bringen. Sie wohnen in der East Eighty-ninth Street.«

Während er im Taxi zärtlich auf sie einredete, dachte sie verzweifelt daran, daß sie ein Haus mit zwei Eingängen finden mußte, von denen es zahlreiche in der Fifth Avenue gab. Da sie aber nie zuvor in der East Eighty-ninth gewesen war, fragte sie sich, was sie an der Ecke finden würde. Vielleicht einen Club, vielleicht ein Privathaus oder einen Vanderbilt-Palast.

Besorgt blickte sie aus dem Taxi auf den großen freien Platz zu ihrer rechten und auf das Wohnhaus zur linken Seite. Brunos Stimme klang so verletzlich, und sie fürchtete sich davor, ihm wehzutun. Die Zeit war kanpp, und Philip wartete vor ihrer Wohnungstür. Sie bat den Taxichauffeur, vor einem Apartmenthaus an der Ecke Eighty-ninth Street und Madison Avenue anzuhalten.

Dann gab sie Bruno einen flüchtigen Kuß, aber sie erschrak, als er zusammen mit ihr ausstieg und das Taxi wegschickte. »Ich will noch etwas laufen«, sagte er.

Die Haustür war verschlossen, und sie mußte nach dem Portier klingeln, der schneller kam, als sie erwartet hatte. Sie trat in die Eingangshalle, und er fragte: »Zu wem möchten Sie? Wohin gehen Sie?«

Sie konnte nur hervorbringen: »Hat das Haus einen Ausgang zur Madison Avenue?«

Der Portier wurde mißtrauisch und antwortete unhöflich: »Wozu wollen Sie das wissen? Zu wem möchten Sie?«

»Zu niemandem«, antwortete Stella, »ich kam nur hier herein, weil mich ein Mann verfolgt und belästigt. Ich hoffte, ich könnte durch den anderen Ausgang entkommen, ein Taxi nehmen und nach Hause fahren.«

»Dieser Ausgang ist nachts verschlossen. Sie können ihn nicht benutzen.«

»Dann warte ich hier, bis der Mann verschwunden ist.«

Durch die Tür konnte der Portier Bruno sehen, der auf und ab ging. Was war los? Überlegte er, wie er sie finden konnte? Zweifelte er daran, daß sie Freunde in diesem Haus hatte, und hoffte er, sie beim Verlassen wiederzusehen? War er intuitiv eifersüchtig und fragte er sich, ob seine Intuition richtig war? Er wartete. Er wartete dort draußen und rauchte in der kalten Schneenacht eine Zigarette. Sie saß in einer Eingangshalle in einem roten, samtbezogenen Sessel, der auf einem roten Teppich stand, während der Portier auf- und abging und Bruno vor dem Haus hin- und herlief. Sie dachte an Philip, der auf sie wartete, während sie hier saß, und ihr Herz klopfte aufgeregt, ihre Gedanken überstürzten sich. Vorsichtig stand sie auf, ging zur Tür und sah Bruno noch immer in der Kälte warten.

Weinen und Lachen. Weinen über die alte Liebe zu Bruno, Lachen aus dem inneren, unbestimmten Gefühl, mit Problemen zu spielen.

Sie sagte zu dem Portier: »Dieser Mann ist noch immer da. Hören Sie, ich muß irgendwie hier raus. Sie müssen etwas für mich tun.«

Ziemlich unfreundlich rief er nach dem Liftboy. Der

Liftboy begleitete sie in den Keller und führte sie durch ein Labyrinth grauer Gänge. Ein zweiter Liftboy erschien. Sie erzählte ihnen von dem Mann, der sie verfolgte, und schmückte die Geschichte aus.

Sie gingen an Schrankkoffern, Gepäckstücken, Zeitungsstapeln und endlosen Reihen von Mülleimern vorüber; sie mußten sich ducken, gingen durch einen weiteren Gang, stiegen eine Treppe hinauf, und schließlich öffnete man ihr die Hintertür.

Einer der Jungen holte ein Taxi. Stella bedankte sich bei ihnen mit der Fröhlichkeit eines spielenden Kindes. Sie erklärten, es sei ihnen ein großes Vergnügen gewesen und New York sei eine gefährliche Stadt für eine Dame.

Im Taxi verkroch sie sich in den Sitzen, damit Bruno sie nicht sehen konnte, als sie durch die Madison Avenue fuhren.

Philip hatte sich wegen ihres Ausbleibens bereits Sorgen gemacht.

Am liebsten hätte sie gesagt: »Du solltest nicht besorgt sein, denn ich komme zu dir zurück. Ich habe darum gekämpft, zu dir zu kommen. Aber jetzt bin ich hier. Und Bruno steht auf der Straße und wartet in der Kälte.«

Eines Tages bat Philip sie, in seinem Apartment auf ihn zu warten, da sein Zug Verspätung hatte. (Bisher war er immer zu ihr gekommen.) Zum ersten Mal wünschte er, bei seiner Rückkehr Stella in der Wohnung vorzufinden. Sie war niemals in seinem Schlafzimmer gewesen.

Zum ersten Mal verließ sie das gewohnte Ambiente, das er mit seinen Worten, seinen Geschichten und seinem Wirken für sie erschuf. Sie wußte, daß Philip andere Seiten haben mußte, die sie nicht kannte, aber er hatte es verstanden, sie ihr nicht zu zeigen.

Und jetzt begann sie am späten Abend, aus Langeweile und aus Unruhe, wie ein Blinder, der zum ersten Mal sich selbst überlassen ist, die Dinge zu betasten, mit denen er lebte. Zuerst streichelte sie sie zärtlich, da sie ihm gehörten, in der Erwartung, sie würden eine Melodie verströmen, sich in spielerischer Überraschung öffnen, ihren Fingern einen direkten Beweis der Liebe übermitteln. Aber kein einziger Gegenstand verströmte einen Klang, der an ihn erinnerte ... Und langsam wurden ihre Finger weniger zärtlich. Sie wurden unbeholfen. Ihre Finger identifizierten Dinge, die für Frauen gemacht oder von Frauen geschenkt worden waren. Ihre Finger entdeckten die Haarnadeln der Frau, die Puderdose der Frau, die Bücher mit Widmungen von Frauen, die Photographien von Frauen. Die Fingerabdrücke auf allen Dingen waren Fingerabdrücke von Frauen.

Im Schlafzimmer starrte sie auf seinen Toilettentisch. Sie blickte auf eine ihr vertraute Garnitur silberglänzender Toilettenartikel. Nicht der Umstand, daß Philip eine Frau und Geliebte hatte und der Öffentlichkeit gehörte, ließ sie erwachen, sondern die silberne Toilettengarnitur, eine Kopie exklusiver Toilettenartikel, die sie in ihrer Kindheit verzaubert hatten – ebenso glänzend und ebenso symmetrisch arrangiert. Sicher würde die Haarbürste einen Duft verströmen, wenn sie sie hochnahm. Natürlich, sie duftete.

Vor ihr stand die silberne Toilettengarnitur ihres Vaters. Und dadurch wurde die Analogie deutlicher. Auch alles andere ließ sich finden – die Frau, die Öffentlichkeit und die Geliebten.

Ihr Vater erhielt den Applaus und als Tribut die Zierde aller Frauen, die Blüten ihrer Weiblichkeit, die kunstvollen Arrangements ihrer vielfarbigen Haare. Den Bühnenstars wird alles verschwenderisch zu Füßen gelegt – das Verlangen bedarf der Illusion, die bereits künstlich für alle jene vorbereitet wird, die zu träge sind, ihre eigenen Illusionen zu schaffen. (In unserer Liebe für den Menschen, der nicht auf der Bühne steht, muß Liebe Illusionen schaffen. Menschen, die sich in Schauspieler verlieben, ähneln denen, die sich in Zauberer verlieben. Sie können Illusion oder Magie nicht durch Liebe erschaffen – *mise en scène*, der Produzent, die Musik, die Rolle, die die Gestalt mit allem umgibt, was das Verlangen fordert.)

In dieser Liebe wird Philip die Bouquets der Frauen entgegennehmen, und Stella wird wieder den vertrauten Schmerz empfinden, den der Vater verursacht hatte, den sie nicht suchte und den sie nicht wollte.

Da sie nur den Ring um den Planeten der Liebe berührt hatten, nur den äußeren Ring des Verlangens, und mühelos Wochen übersprangen, ohne sich zu sehen, hatte sie dies für wundervolle Beispiele ihrer Fähigkeit gehalten, dem Gefängnis der Qualen tiefer Liebe zu entgehen.

Es gab Tage, an denen sie dachte: »Der Kern meines Dramas ist die Freude, die ich im frühen Alter verloren habe.« (In der Kindheit erhaschen wir einen Blick auf das Paradies, auf seine Möglichkeiten, wir leben im Paradies.) Zu welchem Zeitpunkt ging es verloren und wurde durch die Angst ersetzt? Konnte sie sich daran erinnern?

Während sie vor den silbernen Bürsten, den Kämmen und Dosen stand, die auf Philips Toilettentisch lagen, erinnerte sie sich daran, daß sie jeden Tag in das Zimmer ihres Vaters gelaufen war, um diese silbernen Dinge als Stimmungsbarometer zu betrachten, wie andere das Wetter befragen. Wenn ihr Vater außer sich war und das Haus verlassen wollte, lagen sie unordentlich und glanzlos auf dem Toilettentisch. Genoß er Erfolg, Harmonie und Vergnügen in vollen Zügen, lagen sie mit schimmernden Initialen symmetrisch und glänzend poliert an ihrem Platz. An Tagen großer Unstimmigkeiten und Tragödien verschwanden sie in seinem Reisegepäck. So befragte sie das Silber wie ein Barometer nach dem Stand ihres emotionalen Klimas.

Nachdem er das Haus für immer verlassen hatte, schien keiner der zurückgebliebenen Gegenstände die Macht zu besitzen, zu glänzen und zu leuchten. Sein Verschwinden bedeutete den Übergang vom Leuchten zum ständigen Grau.

Als er das Haus verließ, wechselte das Leben die Farbe. Da er nur Freude in sich aufnahm, verbreitete er auch nur Freude um sich. Als sie aus diesem Glanz und dem Schimmern erlesener Dinge verstoßen wurde, stürzte sie in Traurigkeit.

Wie konnte die Freude mit dem Vater verschwinden?

Ein Mensch konnte davongehen, ohne *alles* mit sich zu nehmen. Er hätte ein kleines Kästchen zurücklassen können, aus dem sie Freude hätte nehmen können. Er hätte die silberne Toilettengarnitur zurücklassen können. Aber nein, er nahm *alles* mit sich, denn er nahm den Glauben, das Vertrauen und die Liebe mit und überließ Stella ihren Zweifeln und Ängsten.

Den Menschen stehen Millionen kleiner Türen zur

Verständigung offen. Wenn sie sich bedroht fühlen, schließen sie diese Türen, verbarrikadieren sich dahinter. Stella schloß sie alle. Langsam erstickte sie: ein Ersticken der Gefühle.

Wieder hatte sie einen Film gedreht und erschien in einer neuen Rolle auf der Leinwand. Ihr Gesicht war unbeweglich wie eine Maske. Es war nicht Stella, es war nur ihre Hülle.

Bewunderer schickten ihr riesige Bouquets erlesener Blumen. Es hatte sich nichts geändert. Sie bestätigte den Empfang, unterschrieb sogar Danksagungen. »Blumen für die Tote«, flüsterte sie, »die man ebensogut mit Draht an ein rundes Gestell stecken könnte.«

Sie wartet auf ihn. Sie wartete seit zwanzig Jahren auf ihn. Heute kommt er.

Die Glaskugel mit dem gläsernen Fisch und dem gläsernen Schiff – sie waren das Meer und das Schiff, die sie von ihm weggetragen hatten, nachdem er sie verließ. Warum liebte sie Schiffe so sehr? Warum hatte sie den Wunsch, aus dieser Welt davonzusegeln? Warum träumte sie immer wieder von Flucht oder Abreise?

Heute trifft sie die Vergangenheit, der sie solange zu entkommen suchte, wie der Schlag einer Peitsche. Aber heute kann sie die Peitsche ertragen, denn er kommt, und sie weiß, daß der Kreis leeren Wartens sich schließen wird.

Wie gut erinnert sie sich an das Zuhause am Meer, an die verfallene Villa. Sie war neun Jahre alt, als sie mit ihrer Mutter und ihren beiden Brüdern dorthin kam. Der Vater beobachtete ihre Ankunft hinter einem Fenster. Sein Gesicht war blaß, er schien über ihr Kommen nicht glücklich zu sein. Sie spürte, daß er sie alle nicht wollte, daß er *sie* nicht wollte. Sein Ärger schien gegen die ganze Familie gerichtet zu sein, aber die Ablehnung berührte sie persönlich am schmerzlichsten, weil sie das Gefühl hatte, sie allein sei unerwünscht. Mutter und Kinder waren nicht erwünscht, warum, wußte sie nicht. Die Mutter sagte zu ihm: »Hier wird es deiner Tochter gutgehen.« Auf seinem Gesicht zeigte sich kein Lächeln. Er schien nicht zu bemerken, daß sie von Fieber verzehrt wurde, da sie nach einem Lächeln von ihm hungerte.

Auf seinem Gesicht zeigte sich nur ein Lächeln, wenn Besucher kamen, wenn musiziert und Gespräche geführt wurden. Waren sie allein im Haus, gab es ununterbrochen Krieg: heftige Eruptionen des Zorns, des Hasses und der Auflehnung. Krieg. Krieg bei den Mahlzeiten, Krieg über ihren Köpfen, wenn die Kinder abends in den Betten lagen, Krieg im Zimmer unter ihnen, wenn sie spielten. Krieg. Krieg ...

Im verschlossenen Arbeitszimmer oder im Wohnzimmer herrschte immer geheimnisvolle Aktivität. Musik, Proben, Besucher, Lachen. Sie sah ihren Vater agieren. Er war immer aufmerksam, immer angespannt, entweder sehr fröhlich oder sehr wütend. Öffnete sich die Tür, erschien ein strahlender und heiterer Vater. Er ging mit energischen Schritten, selbst wenn er nur das Zimmer wechselte. Ein Windstoß, ein Geheimnis. Er gehörte nicht der Wirklichkeit, wie ihre Mutter mit den gesunden, roten Wangen, ihrem Appetit, dem freien, natürlichen Lachen.

Im Haus herrschte nie gelassene Heiterkeit; nie gab es Zeit für Zärtlichkeit und Zuwendung, immer nur Spannungen. Ihr Leben war von Streitereien zerrissen. Selbst wenn die Kinder spielten, hing die dunkle Furie des ewigen Kriegs über ihnen. Drohungen, Flüche und Anklagen. Niemals gab es einen Augenblick ungetrübter Freude. Sie lebten in der Erwartung von Kämpfen, die jeden Augenblick ausbrechen konnten.

Eines Tages gab es eine Szene von solcher Heftigkeit, daß sie sich entsetzlich fürchtete. Ein unermeßlicher, irrationaler Schrecken überwältigte sie. Die Mutter reizte den Vater zu solchem Zorn, daß sie glaubte, er würde sie umbringen. Das Gesicht des Vaters verfärbte sich, wurde bläulich weiß. Sie begann zu schreien, schrie, bis die Eltern darüber erschraken. Ein paar Tage lang herrschte Ruhe – Waffenstillstand, gespielter Frieden.

Die Bücherregale in der Bibliothek ihres Vaters reichten bis zur Decke. Sie stahl sich häufig in dieses Zimmer und las die Bücher, die sie dort fand, Bücher, die sie nicht verstand. In ihr sprudelte ein Quell geheimer Gedanken, die sie nicht ausdrücken konnte, die sie vielleicht formuliert hätte, wenn sich jemand mit liebevoller Anteilnahme darum bemüht hätte.

Der einzige Mensch, der ihr vielleicht hätte helfen können, erschreckte sie. Die Augen des Vaters blickten stets kalt, kritisch und zweifelnd. Er glaubte nicht, daß die Zeichnungen, die sie ihm zeigte, ihre Zeichnungen waren, sondern dachte, sie habe sie kopiert. Er glaubte nicht, daß sie die Gedichte geschrieben hatte, die sie ihm brachte, sondern dachte, sie seien abgeschrieben. Er geriet in

Zorn, da er die Bücher nicht finden konnte, von denen er annahm, sie habe ihnen die Gedichte und Zeichnungen entnommen.

Er bezweifelte alles, was sie betraf, selbst ihre Krankheit. Auf einer Reise nach Berlin, wo ihr Vater ein Konzert geben sollte, litt sie plötzlich unter solch starken Schmerzen im Ohr, daß sie zu weinen begann. »Wenn du nicht zu weinen aufhörst«, sagte er, »und einschläfst, werde ich dich schlagen.« Sie legte sich das Kissen über den Kopf, damit er ihr Schluchzen nicht hörte. Sie weinte auf der ganzen Reise. Als sie in Berlin ankamen, stellte man fest, daß sie einen Abszeß im Ohr hatte.

Einmal lag er mit einer Blinddarmreizung im Bett. Ihre Mutter pflegte ihn, machte viel Aufhebens und rannte aufgeregt hin und her. Er lag sehr blaß in dem großen Bett. Sie kam von der Straße, wo sie gespielt hatte, ins Haus und klagte über Schmerzen. Ihr Vater sagte sofort zur Mutter: »Kümmere dich nicht darum, sie spielt nur. Sie imitiert mich.« Aber *sie* hatte wirklich eine akute Blinddarmreizung, mußte sofort ins Krankenhaus gebracht und operiert werden. Der Vater dagegen lag nur drei Tage im Bett und erholte sich wieder.

Solche Grausamkeit! Sie fragte sich: War er wirklich grausam oder nur egoistisch? War er nur ein großes Kind, das keinen Rivalen ertragen konnte, selbst nicht die eigene Tochter? Sie wußte es nicht. Jetzt wartete sie auf ihn. Sie wollte ihm alles sagen, wollte hören, was er zu sagen hatte, wollte von ihm hören, daß er sie liebte. Sie wußte nicht, warum sie ihn so liebte. Sie konnte nicht glauben, daß er so grausam hatte sein wollen. Sie liebte ihn.

Da er ihr gegenüber so kritisch, streng und argwöhnisch war, verschloß sie sich vor ihm und begann zu lügen. Sie sagte ihm nie, was sie wirklich dachte. Sie fürchtete ihn. Sie log wie ein schlauer Araber. Sie log, um seine strengen Blicke zu vermeiden, seine kalten, bedrohlichen blauen Augen. Sie erfand eine andere Welt, eine Welt des falschen Scheins, der Illusionen, der Spiele und der Komödien. Sie tyrannisierte ihre beiden Brüder, brachte ihnen Spiele bei, unterhielt sie, spielte für sie, verzauberte sie. Sie war eine kleine Hexe, und die Brüder liebten sie. Sie waren einfach, ehrlich und offen. Sie ließen sie nie im Stich, niemals. Sie komplizierte alles, selbst die Spiele, die sie gemeinsam spielten.

In Berlin (sie war damals fünf Jahre alt) rannte sie davon. An der nächsten Ecke wartete ein siebenjähriger Junge auf sie. Er hieß Heinrich.

Sie war ein blasses und kränkelndes Kind. Der Arzt in Berlin empfahl: »Sie sollte in ihrem gewohnten Klima leben. Bringen Sie sie zurück.« Aber dafür war kein Geld vorhanden, der jüngste Bruder war gerade geboren worden. Es gab nie Geld, außer für Bücher und Musik, für einen pelzgefütterten Mantel, für das Eau de Cologne, das ihr Vater auf seine Taschentücher träufelte, für die seidenen Hemden, auf denen er bestand, wenn er auf seine Konzertreisen ging.

In der Villa am Meer lag sie im Bett und weinte ganze Nächte lang, ohne zu wissen, warum. Doch zur Villa gehörte ein Garten, ein wundervoller Garten, in dem man sich verlieren konnte. Sie saß an dem großen gotischen Fenster mit bunten Scheiben und blickte durch das geschliffene Glas in der Mitte. Dort saß sie stundenlang und spähte in eine geheimnisvolle andere Welt. Farben. Deformationen. Rubinfarbene Bäume. Orangene Himmel. Sie ahnte, daß es andere Welten gab, daß man dieser Welt voller Angst entfliehen konnte. Sie dachte oft und lange an diese andere Welt.

Ihren Vater umgab eine Aura von Düften, von Makellosigkeit und von Eleganz. Seine Kleider waren niemals zerknittert. Er trug jeden Tag frische Wäsche, und der Pelzkragen seines Mantels fühlte sich wundervoll weich an. Ihre Mutter war geschäftig, eifrig und mütterlich. Sie trug niemals elegante Kleider.

Da er die Familie häufig wegen seiner Konzertreisen allein ließ, waren sie so an seine Abreisen gewöhnt, daß sie kaum ihre Spiele unterbrachen, um ihn zum Abschied zu umarmen. Heute erinnerte sie sich wieder an den Tag, an dem er auf eine Tournee ging. Elegant und aristokratisch stand er an der Tür. Alles schien wie immer zu sein. Von einer Vorahnung ergriffen, warf sie sich plötzlich an ihn und klammerte sich leidenschaftlich fest: »Geh nicht, Vater! Verlaß mich nicht!«, bettelte sie. Sie mußte mit Gewalt weggezogen werden. Sie weinte so heftig, daß ihr

Vater betroffen wirkte. Selbst heute noch konnte sie die Anstrengung der Mutter fühlen, ihre Umklammerung zu lockern, konnte noch immer das Zögern auf dem Gesicht des Vaters sehen. Sie bat und flehte ihn an, zu bleiben. Sie klammerte sich verzweifelt an ihn, ihre Finger krallten sich in seinen Mantel. Sie erinnerte sich der Anstrengung, die er unternahm, um sich von ihr zu lösen, und daß er schnell davongegangen war, ohne einen Blick zurückzuwerfen. Sie erinnerte sich auch daran, daß die Mutter über ihre Verzweiflung sehr überrascht war. Sie konnte nicht verstehen, was sie zu diesem Benehmen veranlaßt hatte.

Seit jenem Tag hatte sie ihren Vater nicht mehr gesehen. Zwanzig Jahre sind vergangen. Heute kommt er.

Ein heftiges Gewitter tobte, als sie in den Hafen von New York einliefen: ihre Mutter, die beiden Brüder und sie. Die Spanier an Bord des Schiffes ängstigten sich. Einige knieten nieder und beteten. Sie hatten allen Grund, sich zu ängstigen – der Bug des Schiffs war vom Blitz getroffen worden. Sie beschäftigte sich damit, einen letzten Eintrag in ihr Tagebuch zu machen, das sie zu schreiben begonnen hatte, als sie Barcelona verließen.

Der Ansturm der Gedanken und Gefühle, die der Schmerz, ihn zu verlassen, hervorrief, brachte sie dazu, einen Monolog oder Dialog zu führen, der ihm gewidmet war. Da jetzt das Meer zwischen ihnen lag, glaubte sie, es könne ihr gelingen, ihm völlig aufrichtig die große Liebe zu gestehen, die sie für ihn empfand, auch ihre Trauer und ihre Sehnsucht.

Sie landeten in New York mit riesigen Truhen, einem Käfig voller Vögel, einem Geigenkasten, aber ohne Geld. Sie trug ihr Tagebuch in einem Körbchen. Sie war ängstlich und verschlossen.

Nur bruchstückhaft drang die neue Realität in ihr Bewußtsein. Am Kai erwarteten sie Tanten und Cousins. Die schwarzen Träger stürzten sich auf ihre Habseligkeiten. Sie erinnert sich lebhaft daran, daß sie sich an den Geigenkasten ihres Bruders klammerte. Jeder sollte sehen, daß sie eine Künstlerin war.

Bereits in der Untergrundbahn fiel ihr auf, welch merkwürdiger Ort New York war – die Treppen bewegten sich von selbst auf und ab, und in der Bahn saßen Hunderte von mahlenden, kauenden Mündern. Ihr kleiner Bruder fragte: »Sind Amerikaner Wiederkäuer?«

Sie war elf Jahre alt. Die Mutter war auf Arbeitssuche und den größten Teil des Tages nicht zu Hause. Sie mußte Strümpfe stopfen, Geschirr abwaschen, ihre Brüder mußten gebadet und angezogen werden. Sie mußte mit ihnen spielen und ihnen bei den Hausaufgaben helfen. Die Tage verliefen freudlos und mühevoll und verlangten von ihnen allen große Opfer. Sie spürte, daß die heiteren Farben und angenehmen Düfte aus ihrem Leben entschwunden waren, obwohl es ihr Freude und Genugtuung bereitete, die Mutter zu unterstützen und ihr bereitwillig zu helfen. Wenn aus dem Zimmer, in dem ihre Mutter Gesangsunterricht gab, Unterhaltung und Lachen drangen, überwältigte sie das traurige Gefühl, etwas verloren zu haben.

Und so zog sie sich allmählich immer weiter hinter die Mauern ihres Tagebuchs zurück. Dort führte sie lange Selbstgespräche. Sie redete mit dem Tagebuch, gab ihm einen Namen, als sei es ein Mensch, vielleicht ihr anderes Ich. Wenn sie aus dem Fenster auf den häßlichen Hinterhof blickte, stellte sie sich vor, Schlösser, Parks, goldenes Gitterwerk und exotische Blüten zu sehen. Auf den Seiten des Tagebuchs erschuf sie eine andere Welt, in der sie im Gegensatz zu den vielen Lügen, die sie erfand, wenn sie sich mit anderen unterhielt, die Wahrheit erzählte. Ihren Spielgefährten schwindelte sie vor, sie sei um die Welt gereist, und sie beschrieb ihnen die Orte, von denen sie in den Büchern ihres Vater gelesen hatte.

Die Sehnsucht nach dem Vater wurde zu einer lang anhaltenden Klage. Sie schrieb auf jede Seite flehentliche Bitten an den Vater und beschwor Gott, sie wiederzuvereinen. Sie erlebte Stunden, in denen quälende Stimmungen sie zu ersticken drohten. Sie überließ sich Träumen und Träumereien, fieberhafter Ruhelosigkeit, krankhaften und düsteren Erinnerungen und Sehnsüchten. Sie konnte es nicht ertragen, Musik zu hören, besonders nicht die Arien, die ihre Mutter sang: ›Seit jenem Tag‹, ›Einmal wird er kommen‹ usw. Ihre Mutter schien nur Lieder zu singen, die sie an ihn erinnerten.

Sie fühlte sich verloren, verpflanzt, verkrüppelt und rebellisch. Sie war viel allein. Ihre Mutter war gesund, lebenslustig und schmiedete Pläne für die Zukunft. Die Mutter schimpfte mit ihr, wenn sie bedrückt war. Gestand sie ihre Gefühle, lachte die Mutter sie aus. Sie schien an der Aufrichtigkeit ihrer Gefühle zu zweifeln, schrieb die Schwermut übersteigerter Einbildungskraft oder einer Veranlagung zu. Wenn die Mutter zornig war, rief sie: *»Mauvaise graine, va!«*, und sie war häufig zornig, aber nicht der Kinder wegen. Die Mutter mußte Tag für Tag für sie kämpfen. Es verlangte ihren ganzen Mut, ihre Vitalität und ihren Optimismus, sich mit der Welt auseinanderzusetzen. New York war feindselig, kalt, indifferent. Sie waren Immigranten, und man ließ es sie spüren. Selbst am Heiligen Abend mußte ihre Mutter in der Kirche singen, um ein paar Pfennige zu verdienen.

Das große Verbrechen, das die Mutter sie fühlen ließ, bestand in der Ähnlichkeit der Kinder mit dem Vater. Jedes Aufflammen des Temperaments, alle wilden Gefühlsausbrüche wurden streng verurteilt. Sogar ihre Blässe gab der Mutter Anlaß, sich an den Vater zu erinnern. Auch er war stets blaß und schien dem Tode nahe zu sein. Aber das war alles Unsinn, sagte sie. Jeden Tag fügte sie dem Bild, das die Kinder vom Vater hatten, einen neuen Pinselstrich hinzu. Die Zornesausbrüche, die Wildheit, die Zerstörungslust ihres jüngeren Bruders galten als Erbe des Vaters, ihre Einbildungskraft, ihre Liebe zu Übertreibungen, ihre Phantasien, ihre Lügen – auch sie stammten vom Vater.

Es stimmte. Alles stammte von ihm. Selbst ihre Lügen entsprangen Büchern, die sie in seiner Bibliothek gelesen hatte. Als sie den anderen Kindern in der Schule einmal erzählte, daß sie in einem Pferdewagen durch Rußland gereist sei, war auch dies keine Lüge, denn sie hatte die Reise durch das schneebedeckte Rußland in ihrer Vorstellung wieder und wieder unternommen. Die Kälte New Yorks erweckte die Erinnerung an die Bücher ihres Vaters und an die Fahrten, die sie so gerne mit ihm unternommen hätte, wenn er auf Reisen ging.

In der Kälte New Yorks zu leben, forderte unmenschliche Kraft. Wenn sie die Tauben im verschneiten *Central Park* fütterte, wünschte sie zu sterben. Die schreckliche Vorstellung, jeden Morgen von neuem Schnee und Frost ausgeliefert zu sein, lähmte sie. Die Schule lag gleich um die Ecke, aber sie fühlte sich nicht in der Lage, das Haus zu verlassen. Die Mutter mußte den Pförtner, einen Neger, bitten, sie in die Schule zu bringen. »Armes Ding«, pflegte er zu sagen, »du solltest im Süden leben.« Er lieh ihr seine wollenen Handschuhe und klopfte ihr auf den Rücken, damit ihr warm wurde. Nur im Tagebuch konnte sie ihr wahres Ich und ihre wahren Gefühle enthüllen. Nur ein Wunsch beschäftigte sie – mit dem Tagebuch und ihren Träumen vom Vater alleingelassen zu werden. In der Einsamkeit fühlte sie sich glücklich. Die Gedanken überschlugen sich in ihrem Kopf. Sie beschrieb minutiös alle Einzelheiten ihres Lebens, kindliche Details, die heute lächerlich und absurd wirkten, mit denen sie jedoch ihren Vater davon überzeugen wollte, daß sie seiner Anwesenheit bedurfte. Obwohl sie New York haßte, schilderte sie es ihm in leuchtenden Farben, denn sie hoffte, dies könne ihn bewegen, zu kommen.

Sie weinte echte Tränen, wenn sie zur Unterhaltung ihrer Brüder Marie Antoinette spielte, die stolz und hocherhobenen Hauptes zur Guillotine fährt – dabei stand sie auf einem Wagen aus Stühlen und trug ein Spitzenhäubchen. Sie weinte über Marie Antoinettes Martyrium, denn sie sah ihre eigenen künftigen Leiden vor sich. Unzählige Male wurde ihr Haar über Nacht weiß, und die Menge verspottete sie. Unzählige Male verlor sie ihren Thron, ihren Mann, ihre Kinder und ihr Leben. Im Alter von elf Jahren suchte sie Analogien in den Lebensläufen der Großen, Analogien zum Drama ihres eigenen Lebens, von dem sie glaubte, es sei dazu bestimmt, an jeder Kreuzung des Weges zerschmettert zu werden. Sie hoffte, die Fragmente ihres zerschlagenen Lebens wieder zusammenfügen zu können, indem sie andere Persönlichkeiten verkörperte. Nur im Fieber des Erschaffens konnte sie ihr verlorenes Leben neu schöpfen.

Sie vertraute dem Tagebuch den Wunsch an, ihr Leben in Spanien noch einmal zu leben. Schon als Kind betrauerte sie die Unwiderruflichkeit des Lebens.

Sie hatte erkannt, daß die Vergangenheit stirbt. Sie überprüfte, was sie ihrem Vater über New York geschrieben hatte, denn sie glaubte, New York Unrecht getan zu haben. Sie wachte über jede Minute ihres Lebens, damit nichts verloren ginge. Sie bedauerte die verrinnenden Minuten. Sie weinte, ohne zu wissen, warum, denn sie war jung und hatte wirkliches Leid noch nicht kennengelernt. Doch das größte Leid hatte sie bereits getroffen, ohne daß sie es in seinem ganzen Ausmaß begriff: Sie hatte den Vater unwiderruflich verloren. Damals wußte sie es noch nicht, wie die meisten von uns nicht wissen, wann sie das Höchstmaß an Freude oder Leid erleben, denn unsere Gefühle durchdringen uns wie ein unsichtbares Gift. Wir leiden, und manchmal kennen wir weder den Ursprung noch den Namen des Leids.

Sie erinnerte sich an einen Abend vor Weihnachten, als sie im Zustand höchster Verzweiflung glaubte, ihr Vater käme; sie redete sich ein, er käme zu Weihnachten, und dies, obwohl sie am gleichen Tag eine Postkarte von ihm erhalten hatte und wußte, daß er viel zu weit entfernt war, so daß ihre Hoffnungen sich nicht erfüllen konnten. Aber ein unerklärliches Gefühl trieb sie, das Menschenunmögliche zu erwarten. Sie kniete nieder und betete zu Gott um ein Wunder. Weihnachten wartete sie den ganzen Tag lang auf ihren Vater. Einen Monat später, an ihrem Geburtstag, hoffte sie von neuem. Heute wird er kommen. Oder morgen. Oder übermorgen. Jede Enttäuschung verwirrte und entsetzte sie.

Heute kommt er. Sie ist sich dessen sicher. Aber wie kann sie sicher sein? Sie steht am Rande eines Abgrunds.

Ihr wahrer Gott war der Vater. Bei der Kommunion war es der Vater, den sie empfing, und nicht Gott. Sie schloß die Augen und schluckte unter seligem Erschauern das weiße Brot. In der heiligen Kommunion nahm sie den Vater in sich auf. Ihre Verzückung erreichte den Anschein von Heiligkeit. Sie strebte nach Heiligkeit, um die geheime Liebe zu verbergen, die sie eifersüchtig in ihrem Tagebuch hütete. Oh, diese heißen Tränen in der Nacht, wenn sie zu Gott betete, die namenlose Freude seiner Gegenwart, die unerklärliche Wonne der Kommunion, denn dann sprach sie mit dem Vater, und sie küßte ihn.

Sie betete ihn leidenschaftlich an, doch als sie älter wurde, verwischten sich seine Züge. Und dennoch hatte sie ihn nicht verloren. Sein Bild hatte sich tief in den geheimnisvollsten Bereich ihres Wesens eingegraben. An der Oberfläche blieb das Bild des Vaters, das die Mutter in sie hineingetragen hatte – sein Egoismus, seine Gleichgültigkeit, seine Unverantwortlichkeit und seine Liebe zum Luxus. Es gab Zeiten, in denen sich ihr ungeheures Sehnen erschöpft zu haben schien, in denen es den Anschein hatte, als habe sie diesen Mann beinahe vergessen, den ihre Mutter mit solcher Bitterkeit beschrieb. Aber dies waren nur Zeichen dafür, daß sein Bild sich verwandelt hatte. Es floß jetzt in unterirdischen Kanälen, in ihren Adern. In ihrem Bewußtsein lebte er nicht mehr, aber auf einer anderen Ebene spürte sie seine Existenz stärker als zuvor. Versunken und doch auf magische Weise unauslöschlich floß er durch ihre Adern.

Mit dreizehn schrieb sie in ihr Tagebuch: »Der Mann, den ich heiraten werde, soll aussehen wie der Graf von Monte Christo.« Abgesehen von den schwarzen Augen, die sie erwähnte, zeichnete sie ein Porträt ihres Vaters: »Ein starker Mann ... mit blendend weißen Zähnen, einem blassen, geheimnisvollen Gesicht ... würdevollem Gang und dem Anflug eines Lächelns ... Ich stelle mir vor, daß er mir sein ganzes Leben erzählt; ein sehr trauriges Leben, voller schrecklicher Abenteuer ... Er wird edel und stolz sein ... und er spielt ein Instrument ...«

Das von der Mutter geschaffene Bild, das die verschwommenen Erinnerungen eines Kindes ergänzten, ließ keinen Menschen entstehen, und doch entwarf sie auf ihrer quälenden Suche eine Phantasiegestalt, der sie unerschütterlich nachjagte. Die blauen Augen eines Jungen in der Schule, das Talent eines jungen Violinisten, ein blasses Gesicht auf der Straße – die zerfließenden Konturen des Wesens, das tief in ihren Adern floß und in ihr begraben war, rührten sie zu Tränen ... Sie konnte es nicht ertragen, Musik zu hören. Wenn ihre Mutter sang, löste sie sich in Tränen auf.

In den Aufzeichnungen, die sie zwanzig Jahre lang ohne Unterbrechung führte, sprach sie von ihrem Tagebuch als ihrem Schatten, ihrem Doppel: »Ich werde nur mein Ebenbild heiraten.« Nach allem was sie wußte, war dieses Ebenbild ihr Tagebuch. Wie ein Spiegel bewahrte es alle Reflexionen, die Gestalt und Farbe wechselten und allen möglichen Vorstellungen dienten. Sie hatte das Tagebuch in der Absicht begonnen, es ihrem Vater zu senden. Es sollte ihm ihre Liebe enthüllen, aber durch einen Zufall des Schicksals wurde es etwas Verschwiegenes – eine zusätzliche Mauer zwischen ihr und der Welt, einer Welt, die zu betreten ihr nicht erlaubt zu sein schien.

Sie sehnte sich nach großer Liebe und Zärtlichkeit, nach Vertrauen und Offenheit. Sie glaubte sicher zu wissen, daß ihr Vater sie zurückgewiesen hätte – seine Maßstäbe waren zu streng. Sie schrieb ihm einmal, sie glaube, daß er sie verlassen habe, weil sie als Tochter nicht intelligent und schön genug war. Immer hatte sie den Eindruck, zurückgewiesen zu werden und war davon überzeugt, unerwünscht zu sein. Die Angst, unerwünscht zu sein, lastete wie eine ewige, eisige Verdammung auf ihr.

Wenn er heute kommt – wird sie in der Lage sein, den Kopf zu heben? Wird sie ihren Kopf nicht senken? Wird sie seinem kalten Blick standhalten können, wenn ihre Augen die seinen suchen? Wird sie nicht vor Angst am ganzen Körper zittern, wenn sie seine Stimme hört? Nach zwanzig Jahren ist sie noch immer von der Furcht vor ihm besessen. Aber sie fühlt, daß es jetzt in seiner Macht liegt, sie von dieser Angst zu befreien. Vielleicht fürchtete er sich vor ihr. Vielleicht kommt er, um das Urteil entgegenzunehmen, das nur sie allein sprechen kann. Heute wird der Kreis vergeblichen Wartens gesprengt werden. Sie wartet darauf, daß er sie umarmt, daß er sagt, daß er sie liebt. Sie hatte ihn zum Gott erhoben und wurde dafür bestraft. Wenn er heute kommt, möchte sie einen menschlichen Vater aus ihm machen. Sie möchte ihn nicht länger fürchten. Sie möchte ihr Tagebuch nicht weiterführen. Sie wünscht sich, daß er dieses Denkmal zertrümmert, das sie für ihn errichtet hat. Sie hofft, daß er sie akzeptiert, wie sie ist.

Er kommt. Sie hört seine Schritte.

Sie erwartet, den Mann zu sehen, den sie von Photographien kannte, den jungen Mann der Photographien. Sie hatte nicht versucht, sich vorzustellen, wie die Jahre sein Gesicht verändert haben mußten.

Es wirkte nicht gealtert. Es hatte keine Falten, aber es lag unter einer Maske. Sein Gesicht trug eine Maske. Es war eine andere Haut als die seiner Handgelenke. Sie schien aus Erde und Papiermaché gemacht und keine Haut zu sein. Zwischen dieser Maske und dem wirklichen Gesicht mußte es einen kleinen Zwischenraum geben, einen kleinen Hohlraum, durch den der Wind streifen konnte, und dahinter mußte es ein anderes Lächeln geben, ein anderes Gesicht und eine Haut wie die seiner Handgelenke, eine weiße und verletzbare Haut.

Als er sie an der Tür warten sah, lächelte er ein feminines Lächeln. Charmant, unbefangen und jugendlich kam er auf sie zu. Sie war verwirrt. Dieser Mann wirkte nicht wie ein Vater.

Seine ersten Worte waren Worte der Entschuldigung. Nachdem er seine Handschuhe ausgezogen und sich mit einem Blick auf seine Armbanduhr überzeugt hatte, pünktlich zu sein – er legte auf Pünktlichkeit größten Wert –, nachdem er ihr einen Kuß gegeben und ihr gesagt hatte, wie schön sie sei, konnte sie sich des Eindrucks nicht erwehren, eine Entschuldigung, eine Erklärung zu hören, warum er sie alle verlassen hatte. Hinter ihr schien ein Richter zu stehen, ein großer Richter, den nur er allein sehen konnte. Für diesen Richter hielt ihr Vater eine vollendete, eine glänzende Rede, der sie voll Bewunderung zuhörte. Seine Argumentation klang so überzeugend, der Fluß seiner Gedanken, die lange und lückenlose Aufzählung der Schwächen ihrer Mutter, unter denen er gelitten hatte, die Art, in der er ihr Zusammenleben von allen Seiten beleuchtete, ergaben eine perfekte und beredte Verteidigung für einen Richter, den sie nicht sehen konnte, mit dem sie nichts zu tun hatte. Er hatte sich von seiner Vergangenheit nicht befreien können. Er zog eine Zigarette mit goldenem Mundstück hervor, steckte sie mit unendlicher Sorgfalt in seine Zigarettenspitze mit Nikotinfilter und erzählte ihr dabei die Geschichte, die sie von der Mutter gehört hatte, allerdings mit einem Unterton der Entschuldigung und Verteidigung.

Es blieb ihr keine Zeit, zu sagen, daß sie verstand, daß die Mutter und er für ein Zusammenleben nicht geschaffen waren. Man konnte weder Fehler noch Schwächen dafür verantwortlich machen, sondern die Alchimie der Seele. Sie hatte den Krieg erzeugt. Niemand konnte beschuldigt oder verurteilt werden. Ihr Vater erging sich bereits in einer Entschuldigung dafür, warum er den ganzen Winter im Süden verbracht hatte. Er sprach nicht davon, daß es ihm Vergnügen bereitet hatte, sondern nur davon, daß es für seinen Gesundheitszustand unumgänglich gewesen sei. Während seiner Worte konnte sie sich des Eindrucks nicht erwehren, daß er über die Tatsache, die Familie verlassen zu haben, ebenso beschämt war wie darüber, den Winter im Süden verbracht zu haben, statt in Paris Konzerte zu geben.

Sie wartete darauf, daß er den Richter aus den Augen verlieren würde, der hinter ihr stand. »Es ist skandalös, einen so jungen Vater zu haben«, sagte sie und kehrte mit einem Sprung in die Gegenwart zurück.

»Weißt du«, sagt er, »ich habe immer gefürchtet, du könntest zu spät kommen, um mich lachen zu sehen, zu spät für mich, um noch die Kraft zu haben, dich zum Lachen zu bringen. Du mußt mich begleiten, wenn ich im Juni wieder in den Süden reise. Man wird dich für meine Geliebte halten, und das wird amüsant sein.«

Sie stand am Kamin. Bewundernd betrachtete er ihre Hände. Sie lehnte sich zurück und schob dabei die Kristallkugel gegen die Wand. Sie zersprang, und das Wasser ergoß sich wie eine Fontäne auf den Boden. Das gläserne Schiff konnte nicht mehr davonsegeln – gestrandet lag es auf dem kristallenen Felsen.

Sie blickten auf die zerbrochene Kugel und auf das Wasser, das am Boden eine Pfütze bildete.

»Vielleicht habe ich endlich meinen Hafen erreicht«, sagte sie, »vielleicht sind meine Wanderungen zu Ende. Ich habe dich gefunden.«

»Wir sind beide lange umhergewandert«, sagte er, »ich habe in allen Städten der Welt nicht nur Klavier gespielt ... Manchmal, wenn ich auf die Landkarte blicke, scheint es mir, daß selbst die Namen der kleinsten Städtchen durch Frauennamen ersetzt werden könnten. Wäre es nicht lustig, eine Landkarte zu haben, auf der alle Frauen verzeichnet sind, alle Frauen, die ich vor dir kannte, alle Frauen, die ich besessen habe? Glücklicherweise bin ich Musiker, und meine Frauen bleiben inkognito. Wenn ich an sie denke, dann höre ich sie als *Do* oder als *La*, und wer könnte sie in einer Sonate wiedererkennen? Welcher Ehemann könnte erscheinen und mich töten, weil ich meiner Leidenschaft für seine Frau in einem Quartett Ausdruck verleihe?«

Wenn er nicht lächelte, wirkte sein Gesicht wie eine griechische Maske. Seine blauen Augen blickten rätselhaft, und die Gesichtszüge waren scharf und entschlossen.

Er schien kalt und förmlich zu sein. Sie erkannte die Maske, die sie als Kind in Furcht versetzt hatte. Die zärtliche Seite seines Wesens leuchtete nur kurz wie ein Blitz auf, ließ sich nur wie durch einen Spalt erahnen.

Unerwartet schmolz die Härte, wenn er lächelte, und darunter lag die unverhüllte Sanftheit einer Frau. Die schimmernden Zähne sprachen von Hingabe und Verführung. Sie bemerkte ein Grübchen, aber er behauptete, es sei kein Grübchen, sondern eine Narbe aus der Zeit, als er noch Treppengeländer hinabgerutscht war.

Als Kind litt sie unter der vagen Angst, daß dieser Mann durch nichts zufriedengestellt werden könne: nicht durch das Leben, nicht durch die Menschen und nicht durch die Welt. Nur Perfektion schien Gnade vor seinen Augen zu finden. Seine unerbittliche Strenge verfolgte sie. Das undeutliche Wissen um seine Erwartungen trieb sie zu den großen Anstrengungen, die ihr Leben bestimmten. Aber heute sagte sie sich, sie habe sich genug gequält, sie habe lange genug darauf gewartet, Ruhe zu finden. Sie hatte gewußt, daß sie ihm erst dann unter die Augen treten würde, wenn sie vollkommen war und seinen Ansprüchen genügen konnte.

Sie wollte ihr Leben genießen, das bisher eine einzige große Anstrengung gewesen war. Das Streben danach, sich selbst zu erschaffen, zu übertreffen, zu vollenden, machte ihr Dasein zu einem verzweifelten und angstvollen Flug. Sie strebte immer höher, suchte größere Schwierigkeiten, errang neue Siege, neue Liebe, neue Bücher, neue Werke und streifte immer wieder die Frau von gestern ab, um einer neuen Vision nachzujagen.

Heute wollte sie genießen ...

Sie betraten gemeinsam eine neue Welt, einen neuen Planeten, eine Welt der Klarheit, in der alles auf das Wesentliche reduziert, zu einem Skelett, zu einer Silhouette wurde, was ihnen seit jenem Tag widerfahren war, an dem sie sich so verzweifelt an ihn geklammert hatte. Seine Sehweise und seine Worte waren abstrakt; sein rigoroses Selektieren glich einem starken Scheinwerfer, der alles im Dunkeln ließ, was sie umgab: die Farben des Zimmers, der Duft von *Tabac Blond,* die Wärme des Kaminfeuers, die Frühlingssonne, die ihr blasses Gesicht im Fenster zeigte, das Aufblitzen seines goldenen Siegelrings und die Makellosigkeit seiner Manschetten. Ihre Umgebung versank, die Wände, der Teppich unter den Füßen, das Schimmern ihres Satinkleides, der orangene Saum ihrer Ärmel, die orangenen Reflexionen der Wände, die Bücher, die sich aneinanderlehnten (die weichen Rücken der französischen Bücher gaben unter den harten Rücken der englischen nach), die Leichtigkeit und das schnelle Dahinfließen seiner spanischen Stimme, seiner spanischen Worte, die sich verbeugten und zu französischen Komplimenten lächelten.

Sie konnte nur das wahrnehmen, was er betrachtet, die intensive Konzentration auf den Sinn ihrer Leben, die klaren Konturen ihres Daseins und seine Fragen: »Was bist du heute? Was glaubst du? Was denkst du? Was liest du? Was liebst du? Welche Musik hörst du? Welche Sprache sprichst du? In welchem Klima lebst du? Welche Stunde des Tages liebst du am meisten? Welche Launen hast du? Welche Extravaganzen? Welche Antipathien? Wer sind deine Feinde? Wer ist dein Gott? Wer ist dein Dämon? Was quält dich? Was erschreckt dich? Was macht dir Mut? Wen liebst du? Woran erinnerst du dich? Welches Bild hast du von mir? Was bist du gewesen? Sind wir einander fremd, weil zwanzig Jahre zwischen uns liegen? Gehorchst du der Stimme deines Blutes? Habe ich dich geschaffen? Bist du meine Tochter?«

»Bist du mein Vater? Haben wir geträumt? Sind wir wirklich? Ist unser Leben wirklich? Ist irgend etwas wirklich? Sind wir hier? Verstehe ich dich?«

»Du bist meine Tochter. Wir denken dasselbe. Wir lachen über dieselben Dinge. Du schuldest mir nichts. Du hast dich selbst erschaffen, aber ich habe das Samenkorn gepflanzt.«

Er ging im Zimmer hin und her, durchmaß es in seiner ganzen Länge. Er stellte Fragen, und jede Antwort, die sie gab, klang wie das Echo seiner Seele. Echos. Echos. Echos. Echos. Das Echo des Blutes. Ja, ja, zu allem. Genau. Sie wußte es. Darauf hatte sie gehofft. Dasselbe: Vater und Tochter. Im Einklang. Ein Rhythmus.

Sie sprachen nicht miteinander, sondern bekräftigten lediglich die Vorstellungen des anderen. Ihre Sätze griffen ineinander.

Sie war eine Frau. Sie mußte in einer Welt leben, die von dem Mann erschaffen worden war, den sie liebte. Sie mußte nach seiner Ordnung leben, denn in der Welt, die sie schuf, blieb sie einsam. Als Frau mußte sie in einer Welt leben, die vom Mann geschaffen worden war. Sie konnte nicht ihre eigene Welt behaupten, aber jetzt umgab sie die Welt ihres Vaters, und sie konnte darin leben. Mit ihm zusammen konnte sie die Welt in Siebenmeilenstiefeln durcheilen. Er dachte und fühlte dasselbe zur selben Zeit.

»Ich habe nur Einsamkeit gekannt«, sagte ihr Vater, »mir ist nie eine Frau begegnet, die ich in meine Welt führen konnte.«

Sie sprachen nicht von dem Leid, das sie sich gegenseitig zugefügt hatten, enthüllten nicht die Krankheit, die sie in sich trugen. Er wußte, daß die Tragödie, die die ersten Jahre ihres Lebens verdunkelt hatte, es noch immer überschattete. Er wußte nicht, daß das Gefühl des Verlassenseins in ihr noch immer lebendig war, obwohl sie begriffen hatte, daß nicht sie verlassen worden war, sondern ihre Mutter. Sie verstand, daß er sie nicht verlassen, sondern nur versucht hatte, sein eigenes Leben zu retten. Er wußte nicht, daß dieses Gefühl noch immer so mächtig war, daß alles, was daran erinnerte, verlassen zu werden, in ihr einen heftigen Sturm hervorrief: eine Tür, die heftig zugeschlagen wurde, ein unbeantworteter Brief, ein Freund, der auf Reisen ging, das Dienstmädchen, das sie verließ, um zu heiraten, das geringste Zeichen von Gedankenlosigkeit, zwei Menschen, die sich unterhielten und dabei vergaßen, sie einzubeziehen, oder jemand, der anderen Grüße übermittelte und sie vergaß.

Der geringste Anlaß konnte in ihr eine Angst hervorrufen, die sie wie Todesangst packte, und den Trennungsschmerz so schneidend wiedererwecken wie an jenem Tag, an dem ihr Vater sie verlassen hatte.

In ihren Bemühungen, diese Angst zu bekämpfen, hatte sie ihre Welt mit Freunden, Liebhabern und Werken reich bevölkert. Doch hinter dem Moment der Eroberung lag erneut eine Wüste. Jede Freude, die ihr durch Freundschaften, Lieben oder durch ein neues Buch geschenkt wurde, geriet in der Angst vor dem Verlust in Gefahr. Wie manche Menschen im ständigen Bewußtsein des Todes leben, so standen ihr der Schmerz und das Unvermeidliche der Trennung vor Augen.

Sie behandelte alle Menschen wie leidende, verlassene Kinder. Nie beendete sie eine Freundschaft aus eigenem Antrieb, nie verließ sie jemanden. Sie betrachtete es als ihre Aufgabe, andere von dieser Angst zu heilen, wo immer sie deren Schatten bemerkte. Sie bedauerte die ganze Welt und schenkte den Menschen die Illusion von Treue, Dauer und Festigkeit. Sie konnte nicht zürnen, verstoßen, Bande zerreißen, Beziehungen zerstören, einen Briefwechsel abbrechen.

Ihr Vater erzählte die Geschichte von einer biederen kleinen Gouvernante, die er nur verführte, weil sie sonst nie erfahren hätte, was Liebe bedeutete. Er fuhr mit ihr in seinem schönen Wagen spazieren, und als die Sonne hinter dem Horizont versank, legte er sich mit ihr ins Heidekraut, damit er ihr Gesicht nicht so deutlich sehen mußte. Er genoß ihr Glück, ein Abenteuer zu erleben, das einzige, das ihr vergönnt sein würde. Im Hotel legte er ein Taschentuch über die Lampe, als sie in sein Zimmer kam, und wieder freute er sich an ihrem Glück. Er zeigte ihr, wie sie das Haar frisieren, die Lippen schminken und das Gesicht pudern sollte, und das Abenteuer machte sie beinahe schön.

Er berichtete von seinen Eskapaden, streifte die Peripherie seines Lebens, alles drehte sich um seine Abenteuer. Er wagte nicht, das Thema Liebe zu berühren, aus Angst, zu erfahren, daß sie ihr Leben einem anderen geschenkt hatte. Sie wollten sich gegenseitig ihre Illusion erhalten, immer treu gewesen und jetzt, nach seiner Rückkehr, frei zu sein, das Leben dem anderen zu weihen.

Das Wort Liebe war noch nicht gefallen, und doch waren sie nur von Liebe besessen. Nur Liebe, keine Musik, keine Literatur, keine Malerei, kein Dekor, keine Kleider. Nur Instrumentationen der Liebe, ihre Metamorphosen. Von Flammen umlodert, lebte sie im Feuerofen der Liebe. Besessene Liebe, leidenschaftliche Liebe, sinnliche Liebe, wunderbare Liebe, dunkle Liebe, widerspenstige Liebe, gegensätzliche Liebe, brüderliche Liebe, Dankbarkeit, Imagination.

»Ich glaube«, sagte er, »wir sollten uns zuliebe dies alles aufgeben. Die Frauen bedeuten mir nichts. Aber die Vorstellung, mein Leben nur dir zu weihen, meine Abenteuer etwas weit Schönerem und Tieferem zu opfern, reizt mich ungemein ...«

»Aber für mich ist es kein Abenteuer ...«

»Du solltest ihn aufgeben. Das ist keine Liebe. Du weißt, ich bin deine einzige große Liebe ...«

Sie wollte nicht antworten: »Du bist meine einzige große Liebe«, und er schien ihre Gedanken erraten zu haben, denn er wandte seine Augen ab und fügte hinzu: »Denk daran, ich bin ein alter Mann. Mir bleiben nicht mehr viele Jahre, um mich an dem Glück mit dir zu erfreuen ...«

Mit diesem Satz, der nicht der Wahrheit entsprach, da er jünger war als die meisten Männer seines Alters, schien er um ihr Leben zu bitten, von ihm Besitz ergreifen zu wollen. Genauso hatte er ihre Seele mit sich genommen, als sie noch ein Kind war. Jetzt wollte er sie von neuem an sich nehmen, nachdem sie eine erwachsene Frau war. Für ihn schien es nur natürlich zu sein, daß sie als Kind seinen Verlust betrauerte. Zwar stimmte es: Er ging seinem Tod entgegen, kam ihm näher und näher. Und es stimmte auch, daß sie ihn so sehr liebte, daß ein Teil ihres Wesens ihm vielleicht bereitwillig folgen und mit ihm vergehen würde. Konnte sie ihm Jahr um Jahr folgen? Konnte sie sein Welken, sein Vergehen begleiten? War ihre Liebe eigenständig oder ein Teil seines Lebens? Würde sie die Welt heute mit ihm verlassen? Er forderte sie heute auf, die Welt zu verlassen, aber sie war nicht bereit dazu. Sie wußte, dieses Mal würde sie sich gegen die völlige Selbstaufgabe zur Wehr setzen. Sie würde kein zweites Mal sterben.

Sie war seinem Bild treu gewesen, hatte es in anderen Männern geliebt, in Männern, die Klavier spielten, in redegewandten Männern, in Intellektuellen, Lehrern, Philosophen, Ärzten, in jedem Mann mit blauen Augen, in jedem Mann mit einem abenteuerlichen Leben, in jedem Don Juan. Lief nicht alles darauf hinaus, ihm am Ende ihre absolute Liebe zu schenken? Warum entzog sie sich, schenkte sie ihm die Illusion, die er wünschte, aber nicht die absolute Liebe?

In Südfrankreich. Sechs silbergraue Koffer, der Duft von *Tabac Blond*, der Glanz polierter Fingernägel, das Winken makelloser Hände. Ihr Vater sprang gewandt aus dem Zug und begann sofort zu erzählen:

»In der Bahn sah mich eine Frau. Sie schickte mir ein Billett. Sie fragte, ob ich mit ihr dinieren würde. Sie kannte mich. Sie hat in Norwegen meine Lieder gesungen. Ich war zu müde, der verwünschte Hexenschuß machte sich wieder bemerkbar, und außerdem kann ich mich nicht länger mit Frauen befassen. Ich kann nur noch an meine Verlobte denken.«

Dem Boy im Fahrstuhl gab er ein zu großes Trinkgeld, er erkundigte sich nach der Frau des Negers, die krank gewesen war, empfahl eine Medizin, ließ sich für den nächsten Tag einen Termin beim Friseur geben, studierte die Wettervorhersage, bestellte eine bestimmte Sorte Kekse und rein vegetarische Mahlzeiten. Er ordnete an, das Obst in abgekochtem, sterilem Wasser zu waschen. Lebte der Flötist noch im Nachbarzimmer, der ihn immer am Einschlafen gehindert hatte?

Er ließ nicht zu, daß sie ihm beim Auspacken seiner Koffer half. Er verwünschte seinen Hexenschuß. Er schien sich vor Intimität zu fürchten, als verberge er in seinen Koffern ein schreckliches Geheimnis.

»Dieses alte Wrack muß zur Räson gebracht werden«, sagte er.

Er bewegte sich mit der Sanftheit einer Katze, doch wenn er wollte, konnte er kräftige Muskeln zeigen. Er vertrat die Ansicht, man sollte Kraft nicht zur Schau stellen.

Sie gingen in der Sonne spazieren. Er wirkte wie ein spanischer Grande. Er konnte direkt in die Sonne blikken, und wenn er zum Beispiel sagte: »Ich will«, ließ ihn die Willensanspannung am ganzen Körper wie Glas erstarren.

Sie fragte sich, wie es möglich gewesen sein konnte, daß sie ihn in der Kindheit nur grausam erlebt hatte, als sie ihn dabei beobachtete, wie er vorsichtig ein Insekt von der Straße aufnahm, es auf ein Blatt setzte und dem Tier dabei mit sanfter Stimme einen Vortrag über die Unvorsichtigkeit hielt, mit der es auf eine Straße gekrochen war, auf der so viele Autos fuhren. Warum konnte sie sich nicht an Zärtlichkeit oder Fürsorge erinnern? Sie kannte nur Zornausbrüche und Strenge, nur Unmut, wenn die Kinder zu laut waren, nur Schläge und bei den Mahlzeiten ein kaltes, reserviertes Gesicht.

Sie sah ihn mit dem Hund der Concierge spielen und fragte sich, warum sie sich nicht daran erinnern konnte, daß er sich auch nur einmal zu ihnen gesetzt hatte, um mit ihnen zu spielen. Sie fragte sich, wie weit ihre Überzeugung, einen grausamen Vater zu haben, auf Einbildung beruhte. Sie konnte seine Behutsamkeit im Umgang mit Tieren nicht mit der Härte gegenüber den eigenen Kindern in Einklang bringen. Er lebte in seiner Welt wie ein Wissenschaftler, der ausschließlich damit beschäftigt war, Phänomene der Natur zu studieren. Das Leben der Insekten erregte seine Neugier. Er experimentierte gerne, aber die Phänomene, die das Leben seiner Kinder bot, ihre Geheimnisse, ihr Staunen, vermochten ihn nicht zu interessieren. Sie störten ihn eher.

Es lag an der Kurzsichtigkeit seiner Seele.

Am Tag nach seiner Ankunft konnte er sich nicht mehr vom Bett erheben. Ein spezielles Medikament mußte geholt werden, und Samba, der Fahrstuhlführer, wurde geschickt, um es zu besorgen. Der Busfahrer erhielt den Auftrag, eine bestimmte Sorte englischer Biskuits zu beschaffen. Man mußte nach Paris telephonieren, um sich zu vergewissern, daß die Musikzeitschriften nachgesandt wurden. Telegramme und Briefe, Telephonate, der schwitzende Samba, der staubbedeckte Busfahrer. Der Termin beim Friseur wurde verschoben, zum Abendessen mußte ein spezielles Menü gekocht werden, der Arzt wurde gerufen, eine Zeitung gebracht, der schwitzende Samba, der Fahrstuhl fuhr ständig auf und nieder...

Im Hotel gab es keine anderen Gäste mehr, alles schien sich nur um sie zu drehen. Die Mahlzeiten wurden im Zimmer serviert, Moskitonetze angebracht, Möbel umgeräumt, die Betten mit seinen Leintüchern bezogen, die große Monogramme trugen, seine silbernen Haarbürsten erhielten ihren Platz auf dem Toilettentisch, der Klempner erschien, um eine klopfende Wasserleitung zum Schweigen zu bringen, die rostigen Fensterläden wurden geölt, man forderte den Besitzer auf, alle Zimmer mit Doppeltüren zu versehen, denn Lärm war sein größter Feind. Seine Nerven, gespannt wie die Saiten einer Violine, hatten ihn mit einem unglaublich feinen Gehör beglückt oder ihn damit gestraft. Eine Fliege im Zimmer konnte ihn am Schlafen hindern. Er stopfte sich Watte in die Ohren, um sein hypersensibles Gehör zu dämpfen.

Sie glaubte, wieder in Spanien zu sein, so lebendig sprach er über seine Kindheit. Wie früher empfand sie die Mittagshitze, hörte sie das leise Klirren der Perlenvorhänge und die Schritte auf den Steinböden. Sie sah den kühlen, grünen Schatten der verschlossenen Zimmer, Frauen in weißen Negligés; sie atmete den Geruch der Nelken, spürte das Weihwasser, blickte auf die getrockneten Palmblätter am Kopfende des Bettes und auf die Bilder der Jungfrau Maria in Spitze und Satin; sie saß in den Korbsesseln und lauschte den Hausmädchen, die im Hof sangen...

Er las bei Kerzenlicht, damit sein Vater ihn nicht entdeckte.

Er bekam nur ein paar Pfennige Taschengeld; er drehte sich Zigaretten aus Stroh, und er war immer hungrig.

Sie lachten gemeinsam.

Er hatte nicht genug Geld für das Karussell, und seine Mutter nähte in den Nächten, damit er sich am nächsten Tag ein Fahrrad leihen konnte.

Vom Bett aus beobachtete er durch das Fenster die Vögel auf den Telegraphendrähten. Ein Vogel auf jedem Draht.

»Hör zu«, sagte er, »ich werde dir das Lied vorsingen, das sie dort oben zwitschern.« Und er sang. »Es ist ein sehr lustiges Lied.«

»Als Kind schrieb ich Geschichten, in denen ich stets eine Waise war und mich allein in der Welt zurechtfinden mußte.«

»Wolltest du dich von mir losmachen?« fragte ihr Vater. »Ich glaube nicht, ich glaube, ich wollte nur allein mit dem Leben fertigwerden. Ich war stolz, und das hielt mich auch davon ab, zu dir zu kommen, bevor ich mich reif fühlte ...«

»Was passierte in diesen Geschichten?«

»Ich mußte mit ungeheuren Schwierigkeiten kämpfen und alle möglichen Hindernisse überwinden. Ich siegte immer. Mir wurde ungewöhnliches Leid aufgebürdet. Ohne Vater oder Mutter kämpfte ich gegen die Welt, gegen das wütende Meer, gegen Hunger, gegen grausame Stiefeltern, es gab Geheimnisse, Verfolgungen, Foltern und alle Arten von Gefahren ...«

»Glaubst du nicht, daß du das noch immer suchst?«

»Vielleicht. Dann gab es noch eine Geschichte. Die Geschichte von einem Schiff in einem Garten. Plötzlich fuhr ich einen Fluß hinab, und segelte zwanzig Jahre lang kreuz und quer, ohne irgendwo anzukommen.«

»Weil ich nicht da war?«

»Ich weiß es nicht. Vielleicht wartete ich darauf, Frau zu werden. In allen Märchen, in denen ein Mädchen entführt wird, kehrt sie zurück, wenn sie zwanzig Jahre alt ist, oder der Vater kehrt zur Tochter zurück, wenn sie zwanzig ist.«

»Er wartet, bis sie aus dem Alter heraus ist, in dem er ihr die Nase putzen muß. Er wartet auf das interessantere Alter.«

Die Eifersucht des Vaters erwachte, als er ihr Tagebuch las. Er stellte fest, daß sich nach zwei Jahren verzehrender Sehnsucht ihr Leiden erschöpfte und sie Gelassenheit fand. Nach der Phase der Gelassenheit verliebte sie sich in einen irischen Jungen und danach in einen Violinisten. Der Vater fühlte sich gekränkt, daß sie nicht ihr ganzes Leben damit verbracht hatte, sich nach ihm zu sehnen, daß sie überhaupt noch lebte. Er verstand nicht, daß sie ihn durch ihr Leben besser lieben konnte als durch ihren Tod. In ihrem Leben hatte sie ihn geliebt, sie hatte für ihn geliebt, für ihn geschaffen und für ihn das Tagebuch geschrieben. Sie liebte ihn, als sie sich mit elf Jahren in den Kapitän des Schiffs verliebte, der sie nach Spanien hätte zurückbringen können. Sie liebte ihn, als sie seinen Platz an der Seite der Mutter einnahm, als sie nach seinem Vorbild logisch und intellektuell wurde, und das nicht aus Veranlagung. Sie liebte ihn, als sie für ihre Brüder den Vater spielte, den Ehemann für ihre Mutter, als sie Mut und Stärke ausstrahlte und ihr weibliches, emotionales Ich verleugnete. Sie bewies ihre Liebe zu ihm durch ihr Leben und dadurch, daß sie über ihn schrieb.

Es stimmte, sie war nicht völlig gestorben – sie lebte in ihren Werken. Sie trug nicht Schwarz, wendete den Männern und dem Leben nicht den Rücken.

Als sie seine Eifersucht bemerkte, gab sie ihm ohne Zögern, wonach er verlangte. Da sie seine Eifersucht verstand, begann sie, in abfälliger Weise, in spöttischem Ton über ihr Leben zu sprechen. Er sollte spüren, daß sie nichts und niemanden so sehr geliebt hatte wie ihn. Sie verstand seinen Wunsch, der einzige Geliebte zu sein, im Mittelpunkt jedes Lebens zu stehen, mit dem er in Berührung kam, und so konnte sie sich nicht dazu überwinden, von denen mit Leidenschaft oder Bewunderung zu sprechen, die sie liebte oder die ihr gefielen. Sie verstand seine Gefühle und sah sich gezwungen, eine Rolle zu spielen. Sie entstellte ihre Vergangenheit, damit er daraus entnehmen konnte: ›Vor dir ist nichts von wirklicher Bedeutung geschehen.‹

Und darum erschien nichts in seinem wahren Licht. Sie deformierte ihr wahres Ich.

Als ihr Vater sie heute ansah (er hielt ihr Tagebuch in

der Hand, betrachtete ihre Kleider, durchforschte ihr Haus, machte sich mit ihren Gedanken vertraut), sagte er: »Du bist eine Amazone. Bevor wir uns trafen, glaubte ich mich dem Tode nahe. Jetzt fühle ich mich erneuert und gestärkt.«

Das Bild ihres Lebens, das sie selbst gezeichnet hatte, gab ihm die erwünschte Möglichkeit, Urteile zu fällen, sich ein Urteil über ihre Lebensweise zu bilden, dem seine idealistischen Maßstäbe zugrunde lagen.

Aber sie war so glücklich, einen Vater gefunden zu haben, einen Vater mit starkem Willen, mit Weisheit und einem unfehlbaren Urteil. Deshalb vergaß sie im Augenblick alles, was sie wußte, und gab ihre eigene Sicherheit auf. Sie vergaß ihre Anstrengungen und ihr Wissen. Es war so angenehm, einen Vater zu haben, zu glauben, daß es jemanden gab, der so viel älter war als man selbst, der auf sie und ihre Irrtümer blicken konnte, der sie führen, retten und ihr Stärke schenken konnte. Sie verleugnete ihre Überzeugungen, nur um ihn sagen zu hören: »In diesem Fall warst du zu gutgläubig«, oder: »Das war ein vergebliches Opfer. Weshalb das Minderwertige retten? Laß die Versager untergehen. Es liegt etwas in ihnen, das sie zu Versagern macht.«

Sie war glücklich, einen Vater zu haben, den Seher, den Gott. Es fiel ihr schwer, in seine Augen zu blicken. Sie sah ihm nicht zu, wenn er aß. Vegetarische Ernährung schien ihr angemessen für ein göttliches Wesen zu sein. Sie hatte ein großes Bedürfnis, anzubeten und ihre Stärke aufzugeben. So empfand sie sich mehr als Frau. Sie dachte wieder an seine Bemerkung: »Du bist eine Amazone. Du bist eine Macht.« Voll Verwunderung betrachtete sie sich im Spiegel. Ganz sicher war dies nicht der *Körper* einer Amazone.

Was sah der Vater in ihr? Sie hatte Untergewicht, war so leicht, daß ein Karikaturist sie einmal gezeichnet hatte, wie sie als Ballon zur Decke schwebte und alle mit Besen und Leitern versuchten, sie herunterzuholen. Er dachte also nicht an die Frau im Spiegel, sondern an ihre Worte, ihr Schreiben und an ihre Arbeit. Stärke. Kreative Stärke. Lebensstärke. Stärke der Ideen. Sie hatte bewiesen, daß sie in der Lage war, ihre eigene Welt zu erschaffen. *Ama-*

zone! Fähig zu jeder Kühnheit, die das Leben forderte, aber in der Liebe verwundbar...

Sie übersetzte sich seine Bemerkung so: Immer, wenn dir jemand sagt: *Du bist,* dann meint er: *Ich möchte, daß du bist!* Er wollte sie wie in der Mythologie als Amazone mit einer abgeschnittenen Brust sehen, und dadurch in der Lage, mit Pfeil und Bogen zu kämpfen. Die andere Brust bleibt zart und verletzlich.

Warum? Eine Amazone brauchte keinen Vater, keinen Liebhaber und keinen Ehemann. Eine Amazone war ein Gesetz und eine Welt für sich.

Er gab seine Vaterrolle auf. Eine von Frauen beherrschte Welt stellte für ihn, den Künstler, keine Bedrohung dar, denn er nahm in ihr einen privilegierten Platz ein. Er genoß den Liebreiz der einen Brust und gleichzeitig die Kraft der Amazone. Er konnte an ihrer Brust liegen und träumen, denn die Frau an seiner Seite trug Pfeil und Bogen, um ihn zu verteidigen. Er, der Schriftsteller, der Musiker, der Bildhauer, der Maler, konnte sich an der Seite der Amazone ausstrecken und träumen. Sie konnte ihn ernähren und für ihn kämpfen ...

Sie blickte ihn an. Er war so groß wie sie. Müdigkeit und der Gedanke an seine Zerbrechlichkeit hatten seine Schultern leicht gebeugt. Seine Nerven. Seine Empfindlichkeit. Seine Abhängigkeit von Frauen. Er wirkte jetzt noch schmaler und blasser. Er sagte: »Ich fürchtete, meine jetzige Frau könne sterben. Was soll ich ohne eine Frau tun? Ich plante, zusammen mit ihr zu sterben. Aber jetzt habe ich dich. Ich weiß, du bist stark.«

Schon viele Männer hatten ihr das gesagt. Sie hatte nichts dagegen. Beschützen war ein Rhythmus. Sie konnten die Rollen tauschen. Aber diesen Satz von einem Vater zu hören, bedeutete etwas anderes ... einem *Vater*...

In der ganzen Welt ... nach einem Vater suchen ... voll Naivität nach einem Vater suchen ... sich in graue Haare verlieben ... dem Symbol ... in jedes Symbol des Vaters ... in der ganzen Welt ... eine Waise ... den Mann als Führer brauchen ... zur Frau gemacht werden ... und wieder aufgefordert zu sein ... Mutter zu werden ... immer wieder die Mutter ... sich zu verausgaben, aber niemals zu wissen, wo man ruhen, den Kopf hinlegen und neue Stärke finden konnte ... sich immer aus sich selbst gewinnen ... aus sich selbst ... Stärke ... um Liebe zu schenken ... in der ganzen Welt nach einem Vater suchen ... den Vater lieben ... den Vater erwarten ... und das Kind finden.

Der Hexenschuß und die nahezu völlige Lähmung, die er verursachte, erschienen ihr wie eine Erstarrung der Gelenke seiner Seele – durch Spielen und Heucheln hervorgerufen. Er hatte so viele Rollen angenommen, hatte sich dazu erzogen, stets fröhlich zu erscheinen, gepflegt, glatt rasiert und fehlerlos, hatte so oft mit der Liebe gespielt, daß er jetzt an einem Krampf zu leiden schien, weil er eine falsche Lage zu lange beibehalten hatte. Er konnte sich nicht mehr entspannen. Der Hexenschuß glich der Starre und Brüchigkeit der Emotionen, die er unablässig diszipliniert hatte. Es bereitete ihm quasi Schmerz, sich mühelos im Bereich der Spontaneität zu bewegen. Mittlerweile war er zu impulsiven Handlungen ebenso unfähig wie sein Körper zu einer Bewegung. Er war unfähig, sich dem breiten, launischen Fluß des Lebens mit seiner unvermeidlichen Unordnung und Häßlichkeit zu überlassen. Jede mit großer Sorgfalt ausgeführte Geste zielte darauf, mit Eleganz zu essen, sich die Zähne zu putzen, die Hände zu desinfizieren, sich vorbildlich zu benehmen und die Illusion von Perfektion aufrecht zu erhalten, und alles war zum rostigen Scharnier geworden. Wenn Verhalten und zweckbestimmtes Handeln, wenn eine ästhetische Ordnung den Lebensrhythmus so tief beeinflussen, dann zerfressen sie die Spontaneität, wie Rost das Metall. Dieser Vorsatz, dieser gegen die Natur gerichtete Zwang, einem Schema zu folgen, die ständige Unterwerfung und Disziplinierung der Natur waren zu Rost geworden; Rost lähmte schließlich den Körper ... Sie fragte sich, wie weit sie den Strom des Lebens zurückverfolgen müsse, um den Moment aufzuspüren, in dem er in einer Attitüde erstarrt war. Zu welchem Zeitpunkt hatte sein Wille die Gefühle versteinert? Welcher Schock, welches Ereignis hatte die Kristallisation hervorgerufen, die sich eigentlich nur tief in der Erde unter hohem Druck vollzieht?

Als er von seiner Kindheit erzählte, sah sie vor ihren Augen ein strahlendes Kind, das tanzte und hüpfte, das aufgeweckt und lebendig war. Sein ganzes Wesen vibrierte vor Erwartung, Hoffnung und Begeisterung. Er warf sich dem Leben kühn in die Arme und wartete auf Stürme, Tragödien, Abenteuer und Schönheit. Seine Augen versteckten sich nicht unter den Brauen, wie ein Hellseher hielt er sie weit offen.

Sie konnte den Beginn seines Leidens, den Krebs der Eifersucht nicht aufspüren. Vielleicht befiel es ihn in früher Kindheit, ausgelöst durch die Eifersucht auf seine zarte Schwester, die der Vater ihm vorzog, vielleicht entstand es durch die Eifersucht auf den Mann, der ihm die Verlobte nahm, durch die Treulosigkeit der Verlobten, den qualvollen Schock, der ihn dazu trieb, Spanien zu verlassen.

Er litt, wenn eine Kritik ihm nicht den ersten Platz in der Welt der Musik zuerkannte, wenn ein Freund ihn nicht länger bewunderte, wenn er nicht im Mittelpunkt der allgemeinen Aufmerksamkeit stand ... Überall, wo es einen Rivalen gab, zerfraßen ihn Fieber und Gift der Selbstzweifel, die Angst vor der Niederlage. In all seinen Beziehungen zu Männern und Frauen mußte es einen Kampf und einen Sieg geben.

Zuerst beteuerte er, sie schulde ihm nichts, dann suchte er alles hervorzuheben, was sie von ihm geerbt hatte.

Im Tagebuch beachtete er nur die Stellen, in denen sich Gemeinsamkeiten zeigten. So war es nur natürlich, daß in ihr der Eindruck entstand, daß er an ihr nur seine eigenen Wesenszüge liebe und über den Bereich der Selbsterkenntnis und der Eigenliebe hinaus kein Interesse für sie zeige.

Ihr Vater sagte: »Obwohl ich dich nicht erziehen konnte, folgst du der Stimme des Bluts.« Als er dies sagte, strahlte sein Gesicht wie auf Bildern aus seiner Jugend. Das Leuchten war seine einzige Eigenschaft, die nie in ihrer Erinnerung verblaßte. Aus ihm strahlte heitere griechische Weisheit.

»Wir müssen Licht und Klarheit suchen«, sagte er, »denn wir werden zu rasch aus dem Gleichgewicht gebracht.«

Sie saß am Fußende seines Bettes.

»Du hast starke Flügel«, bemerkte er, »man spürt, daß es in deinem Leben keine Wände gibt.«

Der Mistral wehte heiß und trocken. Er blies bereits seit zehn Tagen.

»Jetzt erkenne ich, daß alle Frauen, die ich geliebt habe, sich in dir vereinigen, aber du bist meine Tochter und ich kann dich nicht heiraten. Du bist die Synthese aller Frauen, die ich liebte.«

»Es genügt, daß wir uns gefunden haben, um uns für das Leben stark zu machen.«

Samba, der Neger, brachte Briefe. Als der Vater ihre Post sah, sagte er: »Muß ich auch auf deine Briefe eifersüchtig sein?«

Nach seinen Worten entstand ein langes Schweigen. Eine große Einfachheit. Sie sahen sich an, als hörten sie Musik und nicht seine Worte. Während sie so saßen, er gegen ein Kissen gelehnt, sie am Fußende des Bettes, erklang in ihren Köpfen ein Konzert. Zwei Klangkörper, von den Resonanzen eines Orchesters erfüllt. Hundert Instrumente spielten gleichzeitig. Auf zwei Spulen verwoben sich die langen Fäden der Flötentöne seiner und ihrer Vergangenheit. Die Saiten der Violine vibrierten wie die Saiten ihrer Körper ohne Unterlaß. Die Nerven kamen niemals zur Ruhe, die schweren Schläge der Trommel waren wie das heftige Pochen des Geschlechts, das Pulsieren des Bluts, das Trommeln der Begierde, das alle anderen Schwingungen ertränkte und sich über jedes Instrument erhob, die Harfe singt Gott, Gott und die Engel, die Reinheit seiner Braue, die Klarheit seiner Augen, Gott, Gott, Gott, und die Trommelschläge der Begierde in den Schläfen.

Einen Augenblick lang spielt das ganze Orchester wie mit einer Stimme, Liebe, verliebt in die Harfe, die Gott singt, die Violinen schütteln ihre Haare, und sie führt den Violinbogen sanft zwischen die Beine und entlockt ihrem schäumenden Körper Musik, die Harfe singt Gott, die Trommel schlägt, das Cello singt weit hinter dem Bereich der Tränen ein Klagelied, unterirdische Straßen, Töne, die zu beiden Seiten aufblitzen, Töne wie Treppen, die zu der Harfe führen, die Gott, Gott, Gott singt, der Faun mit der Flöte verspottet die schwarzen und bußfertigen Töne, die schwarzen Töne erklimmen die staubige Straße der Tränen des Cellos, ein Erdbeben spaltet die Musik in zwei stürzende Mauern, Mauern ihres Glaubens, das Cello weint, und die Violinen zittern, der Pulsschlag des Geschlechts durchbricht die Mitte und trennt die weißen Noten von den schwarzen, und die Treppe der Pianoklänge rollt in das Inferno des Schweigens, denn in weiter Ferne, hinter und unter den Violinen erhebt sich die zweite Stimme des Orchesters, die dunkle Stimme aus den Bäuchen der Instrumente, und darunter liegen die Töne, die von heißen Fingern gepreßt werden. Im Gegensatz zu diesen Tönen erklingt das Lied aus den Bäuchen der Instrumente, aus den Pollen, die sie in sich tragen, aus dem Wind darüber hingleitender Finger, der Teppich von Tönen klagt mit der Stimme schwarzer Spitze und der Isolatoren an Telegraphendrähten. Seine Traurigkeit eingesperrt im Cello, ihre gemeinsamen Träume umhüllt vom Staub im Innern des Klavierkörpers, dieser Resonanzkörper auf ihren Köpfen, der unter den Klängen zersplittert, die Vergangenheit singt, ein Orchester birst vor Fülle, vor Fülle der verlorenen Liebe, der verschwundenen Gesichter, vor Eifersucht, die sich windet wie ein Krebs, der das Fleisch verzehrt, der Brief, der niemals ankam, der Kuß, der nicht gegeben wurde, die Harfe singt Gott, Gott, Gott, Gott, der mit einer Hälfte seines Gesichtes lacht, Gott war der Mann mit einem großen Mund, der sie auf einmal hätte verschlingen können, der im Innern der Resonanzkörper ihrer Köpfe singt. Freunde, Verrat, Ekstasen. Die Stimmen, die sie in Klarheit führen, die Stimmen, die die Trommel in ihnen zum Schlagen bringt, der Violinbogen, der zwischen den Beinen streicht, die gebeugten Rücken unterwürfiger Frauen, der Taktstock des Dirigenten, die zweite Stimme gefangener Instrumente, die springenden Saiten, die Dissonanzen, die Härte, die weinende Flöte.

Sie tanzten, weil sie traurig waren, sie tanzten durch ihr Leben, die goldene Spitze, die in ihnen tanzte, wendete die Noten, die weißen und die schwarzen, die Worte, die sie hören wollten, die neuen Gesichter der Welt, die schwarz und weiß wurden, aufstiegen und abstiegen, auf und ab auf den schiefen Treppen auf dem Bauch des Cel-

lo, gefüllt mit salzigen Tränen, das Wasser stieg langsam, ein Meer der Vergeßlichkeit.

Das Gestern erklang mit den Glocken und Kastagnetten, und das Heute klagte in einem einzigen Ton, wie ihre Furcht vor der Einsamkeit; das Orchester ergriff ihr gesamtes Wesen und trug sie hoch über die Erde empor, wo Schmerz ein langanhaltendes sanftes Lied ist, das nicht den Körper durchschneidet, wo die Liebe ein langanhaltender sanfter Ton ist, wie der Wind in der Nacht, und ihre Berührung nicht wie ein blutgieriges Messer, Liebe, die aus der Entfernung wie Musik ist, weit über dem Orchester, das der Harfe antwortet, der Flöte, dem Cello, den Violinen, den Echos über den Dächern, dem Geschmack an der Spitze ihres Gaumens, Musik aus der Zunge, in den Fingern, wenn die Finger das Fleisch suchen, der rote Stempel der Begierde in den Fingern auf den Saiten der Violine, ihre aufsteigenden und verebbenden Rufe, getragen auf den Flügeln des Orchesters, verletzt und verwundet durch sein Wissen von ihr, und so riefen sie und so lachten sie wie die Glocken und die Kastagnetten, so rollten sie von schwarzen zu weißen Treppen und träumten Wirbel der Begierde.

Wo ist Klarheit? Ihre Kräfte vereinen sich, ihre Finger spielen, ihre Stimmen, ihre Köpfe bersten von der Fülle der Töne, ein Crescendo der Verwirrung und Erregung, des Chaos und der Fülle, es bleibt keine Zeit, alle Töne zu sammeln, während sie im Spinnennetz ihrer Vergangenheit, ihrer Niederlagen und Fehlschläge sitzen.

Sie schreibt ein Tagebuch wie ein endloses Lied der Besessenheit, er und sie tanzen mit Zigaretten, deren Mundstücke golden sind, zerdrückte Kleider, Eitelkeit und Anbetung, Vertrauen und Zweifel, langsam verströmen sie ihr Blut aus übergroßer Liebe, die Liebe, eine Wunde in ihnen, zuviel Zartheit, zuviele Gedanken umgeben sie, zuviele Schwingungen, Erschöpfung, Nervosität, das Orchester ihres Verlangens spaltet sich in seine vielen Gesichter, traurige Lieder, göttliche Lieder, Suchen und Hunger, Idealisierung und Zynismus, Humor in dem aufgebrochenen Gesicht, in der Posaune, die sich vor Lachen bläht. Wände stürzen unter dem Druck des Willens, Wände des Absoluten, sie fallen, und beide atmen Musik in die

Instrumente, ihre Arme winken, ihre Stimmen, ihre Lieben, ihr Haß, ein Orchester der Konflikte, ein Thema des Leidens, das Lied vom Schmerz, das Lied der Saiten, die niemals ruhen; nachdem das Orchester verstummt, verklingen die Echos nicht in ihren Köpfen, das Konzert ist unsterblich, das Solo ist ein Wahn, andere warten, um einzustimmen, zu ersticken, zum Schweigen zu bringen, zu ertränken. Anstelle von Tränen rinnt Musik aus den Augen, Musik quillt aus der Kehle anstelle von Worten, Musik entströmt seinen Fingerspitzen anstelle von Zärtlichkeiten, sie schenken sich Musik anstelle von Liebe, Sehnsucht auf den fünf Linien, auf den fünf Linien ihrer Gedanken, ihrer Träume, ihrer Gefühle, ihres unbekannten Ich, ihres gigantischen Ich, ihres Schattens.

Der Violinschlüssel ist ironisch, beinahe ein Fragezeichen, wie ihr Wissen um das Schicksal. Aber sie sitzt auf den fünf Linien und verdammt die Welt wegen der Erschütterungen, sie liebt die Welt, denn sie hat einen Rachen, sie weint über das Absolute, das unerreichbar bleibt, die fünfte Linie, und die Stimme sagt immer: Habe Vertrauen, selbst Flüche ergeben Musik. Fünf Linien fließen in einem simultanen Lied zusammen.

Die Armut, die zerbrochene Haarbürste, das blaue Kleid von Alice im Wunderland, das Zwielicht der Empfindungen, MUSIQUE ANCIENNE, *dahinschwebende Dinge. Eine Linie wiederholt immer wieder: Ich glaube an Gott, ich glaube an einen Gott, an einen Vater, der mich beschützt und der alles versteht. Ich bedarf der Absolution! Ich glaube an die Reinheit der anderen und ich weiß, ich bin niemals rein genug. Ich bedarf der Absolution! Auf einer anderen Linie ließ sie farbige Kleider, lebendige Häuser und lebendiges Tanzen entstehen. Darunter verlief die Linie des Leidens, des Zweifels, das Leben ist eine Gefahr, das Leben ist ein Spott und trägt den Mund des Bösen. Sie lebte alles gleichzeitig: die Liebe, den Trieb, den Zweifel an der Liebe, das Wissen um den Tod der Liebe, die Liebe zum Leben, den Zweifel, die Ekstase, das Wissen um den Samen des Todes in der Ekstase, alles klang wie ein Orchester.*

Können wir im gleichen Rhythmus leben, mein Vater? Können wir im gleichen Rhythmus empfinden, mein Va-

ter? Können wir im gleichen Rhythmus denken, mein Vater? Rhythmus – Rhythmus – Rhythmus.

Um Mitternacht verließ sie sein Zimmer. Sie ging den langen Flur entlang, unter Bögen hindurch, die Lampen wachten und warfen ihre Schatten auf die Teppiche. Sie ging an den stummen Türen des leeren Hotels vorüber, die Schleppe ihres seidenen Kleides liebkoste den Boden, und der Mistral wehte.

Als sie die Tür ihres Zimmers öffnete, schlug das Fenster heftig zu – sie hörte das Geräusch zersplitternden Glases. Türen, stumme, verschlossene Türen, leere Zimmer, Bögen wie in einem Konvent, wie in Bühnenbildern für Opern, und der Mistral blies ...

Über ihrem Bett hing das weiße Moskitonetz wie ein Hochzeitsbaldachin aus alter Zeit ...

Die mystische Braut ihres Vater ...

Sie sprach die erste Lüge aus, voll tiefer Trauer, denn sie brachte nicht den Mut auf, ihrem Vater zu sagen: »Unsere Liebe sollte stark genug sein, um sich über Eifersucht zu erheben. Erspare mir die Lügen, die wir für Schwächere bereithalten.«

Etwas in seinen Augen hielt sie davon ab, es auszusprechen – ein schnellerer Schlag der Augenlider, ein Zittern auf der Oberfläche der blauen Pupille, ein unmerkliches Zucken im Gesicht, das sie als Eifersucht zu deuten gelernt hatte. Wahrheit war unmöglich.

Gleichzeitig gab es Augenblicke, in denen sie ein dunkles, fremdes Vergnügen bei dem Gedanken empfand, ihn zu täuschen. Sie wußte, wie leicht man ihn täuschen konnte. Im Innern wußte sie, daß er die Wahrheit nicht ertragen konnte. Früher oder später würde er sie belügen, sie im Stich lassen, und sie wollte ihm zuvorkommen, ihn auf einer anderen Ebene täuschen. Es bereitete ihr Freude, dem Vater so weit voraus zu sein, dem Vater, der beinahe ein notorischer Betrüger war.

Große Trauer überfiel sie, als sie sich vom Vater auf dem Bahnhof verabschiedete. Sie saß in sich gekehrt und erinnerte sich an jedes Wort, das er gesprochen hatte, erinnerte sich an jede Empfindung.

Ihr schien es, als habe sie ihn nicht genug geliebt. Wie

ein großes Mysterium war er über sie gekommen, und wieder kam es zu der Verschmelzung von Gott und Vater. Seine Strenge, sein Strahlen, seine Musik schienen auch diesmal keine menschlichen Züge zu tragen. Sie hatte vorgegeben, ihn als Menschen zu lieben.

Während sie in der Bahn saß, geschüttelt von der Bewegung des Zuges, aufgerüttelt vom Gefühl der ständig wachsenden Entfernung zwischen ihnen, beklommen wegen der kalten, ständig wachsenden Distanz, erstickt von eisiger Stimmung, entdeckte sie die Zeichen einer unmenschlichen Liebe. Es gab gewisse Male, an denen sie jede ihrer Vorstellungen erkannte. Jedesmal, wenn sie vorgegeben hatte, mehr zu empfinden, als sie tatsächlich empfand, überfiel sie eine Krankheit des Herzens, ein Krampf und eine Spannung in ihrem Körper. An diesen Zeichen erkannte sie ihre Unehrlichkeit. Im Kern war niemals etwas vorgetäuscht; ihre Gefühle logen nie, nur ihre Einbildungskraft täuschte sie, konnte den Dingen Farbe, Duft und Schönheit verleihen, ja sogar Wärme, von denen ihr Körper sehr wohl wahrnahm, daß sie nicht wirklich vorhanden waren.

In ihrem Kopf konnten viele Szenen gespielt werden und merkwürdige Dinge geschehen, aber ihre Gefühle blieben aufrichtig und rebellierten dagegen. Sie verhinderten, daß sie in den tiefen Gängen ihrer Erfindungen verlorenging. Die Gefühle bestimmten ihr Wissen, sie waren ihre Augen, ihre Wünschelrute, sie waren ihre Wahrheit.

Heute erkannte sie eine unmenschliche Liebe.

Sie lag auf dem Sofa, Watte auf den Augen, eingehüllt in korallenrote Decken, die Füße ruhten auf einem Kissen. Sie lag dort mit dem Gefühl einer Genesenden. Druck und Angst waren aus ihrem Körper gewichen, und das Leben glich der Watte auf den Augenlidern.

Sie erkannte einen Zustand, der trotz Licht und Geräuschen, trotz der Straßen, durch die sie ging, und trotz ihrer Aktivitäten sich häufig einstellte, eine Stimmung zwischen Schlaf und Traum, in der sie die Kreuzung zweier Straßen – der Straße der Träume und der Straße des Lebens – in der Hand hielt und betrachtete, wie man die Schicksalslinien betrachtet.

Watte senkte sich auf ihre Augen, und sie überließ sich langen, ungestörten Träumereien, klar, intensiv und anhaltend. Sie erkannte deutlich: In diesem stummen Drama mit ihrem Vater, das sie zerstörte, versuchte sie stets etwas zu sagen, was sich niemals ereignete, oder alles, was geschah – die vielen Ereignisse, die Reise in den Süden –, bewirkte einen Zustand wie Schlummer und Äther, aus dem sie nur mit großen Anstrengungen erwachen konnte. Es war ein Kampf mit Schatten, eine Geschichte, in der man nicht den Geliebten traf, sondern das eigene Ich im anderen liebte. Man sah nie den Geliebten, sondern überall und in jedem Menschen die Reflexionen seiner Gegenwart. Man sprach niemals mit dem Geliebten direkt, sondern nur durch ein Tagebuch oder ein Buch, das man über ihn schrieb, denn in der Realität gab es keine Verbindung, gab es keinen Menschen, mit dem man sich verbinden konnte. Niemand war je mit ihrem Vater verschmolzen, und doch hatte sie geglaubt, daß sie durch ihre Ähnlichkeiten eine Verschmelzung erreichen könne. Aber gerade die Ähnlichkeiten schienen Trennung und Verwirrung nur zu vergrößern. Es bestanden Ähnlichkeiten, aber kein Verstehen, Ähnlichkeiten, aber keine Nähe.

Nun, da die Welt auf dem Kopf stand und die Gestalt des Vaters übergroß geworden war wie die Gestalt eines Mythos, jetzt, nachdem sie zuviel über ihn nachgedacht und den Klang seiner Stimme vergessen hatte, wollte sie die Augen wieder öffnen, um sich zu vergewissern, daß das Licht nicht verloschen war, die Beständigkeit der Erde, das Blühen der Blumen und die Wärme ihrer anderen Lieben. Sie öffnete ihre Augen und sah: den Fuß ihres Vaters. Auf einer Reise im Süden hielten sie einmal am Straßenrand, und er zog seinen Schuh aus, der ihm Schmerzen verursachte. Als er seinen Strumpf abstreifte, sah sie den Fuß einer Frau: zart und wohlgeformt, sinnlich und klein. Sie glaubte, er habe ihn ihr gestohlen: Sie sah ihren Fuß. Er hielt ihren Fuß in seiner Hand. Sie hatte das Gefühl, diesen Fuß genau zu kennen. Es war ihr Fuß – dieselbe Größe, dieselbe Farbe, dieselben blauen Adern und dasselbe Aussehen, als sei er niemals über die Erde geschritten.

Zu diesem Fuß hätte sie sagen können: »Ich kenne

dich.« Sie erkannte seine Leichtigkeit und seine Schnelligkeit wieder. »Ich kenne dich, aber wenn du mein Fuß bist, liebe ich dich nicht. Ich liebe meinen Fuß nicht.«

Die Füße verwirren sie. Sie ist nicht allein auf der Welt. Sie hat ein Ebenbild. Er sitzt auf dem Trittbrett des Wagens, und während er dort sitzt, weiß sie nicht, wer sie ist. Sie steht dort und bedauert seinen Fuß, und sie haßt ihn auch, wegen dieser Verwirrung. Wäre es der Fuß eines anderen, könnte sich ihre Liebe frei entfalten, ihn einhüllen, aber in diesem Moment verharrt ihre Liebe bewegungslos in ihr, bewegungslos aus einer Art Angst.

Es gibt keine Entfernung, die sie überwinden muß. Sie spürt in ihrem Innern ein Würgen wie die würgenden Schlingen der Eigenliebe. Sie kann keine Liebe für diesen wunden Fuß empfinden, denn ihre Liebe zieht sich zurück wie eine sich ringelnde Schlange, die sich nie mehr entrollt, obwohl sie stets vom Wunsch beseelt ist, ihre Liebe zu verströmen. Doch ihre Liebe hat sich zusammengerollt und droht sie zu ersticken, denn der Vater ist das Ebenbild, der Schatten, und sie weiß nicht, wer wirklich ist. Einer von ihnen muß sterben, damit der andere die Grenzen seines Wesens finden kann. Um das Ich hinter sich zu lassen, muß sich die Liebe ausbreiten und die Mauer verschlungener Identitäten übersteigen. Sie kennt ihre Grenzen nicht mehr, sie weiß nicht, wo der Vater beginnt, wo sie beginnt, wo er endet und wo der Unterschied zwischen ihnen liegt.

Sie beginnt zu erkennen, daß der Unterschied darin besteht, daß er Gartenhandschuhe trägt. Auch sie trägt Gartenhandschuhe, aber er fürchtet sich vor Armut und sie nicht. Kann sie das beweisen? *Muß* sie das beweisen? Warum? Für sich selbst. Sie muß wissen, in welchen Dingen sie sich von ihm unterscheidet. Sie muß die beiden Ichs entwirren.

Sie ging in die Sonne hinaus und setzte sich in ein Café. Ein Mann ließ ihr durch den Ober eine Nachricht bringen. Sie lehnte es ab, sie zu lesen. Sie hätte den Mann gern gesehen, vielleicht hätte er ihr gefallen. Eines Tages wird sie vielleicht einen ganz gewöhnlichen Mann lieben, der in einem Café sitzt. Bisher war es noch nie geschehen. Alles mußte großartig und von Tiefe erfüllt sein. In diesem Punkt unterschied sie sich völlig vom Vater, der nur die oberflächlichsten Abenteuer genoß.

Sie schritt in einen Sommertag hinein wie eine reife Frucht. Sie betrachtete ihre lackierten Fußnägel und den hellen Staub auf ihren Sandalen. In der Bäckerei, in der sie ein Brötchen kaufte, atmete sie den Duft des Brotes ein (der Vater würde das nicht tun).

Eine verunstaltete Frau ging nah an ihr vorbei. Ihr Gesicht war vernarbt, verbrannt, es hatte die Farbe von Eisen. Alle Spuren ihrer Gesichtszüge waren wie in einem leprösen Gesicht ausgelöscht, das Weiß ihrer Augen blutunterlaufen, die Pupillen geweitet und trüb. Sie sah den Körper eines Tieres vor sich, das Fett, die Sehnen und das schwärzliche Blut.

Ihr Vater hatte einmal behauptet, sie sei häßlich. Er hatte es gesagt, weil sie als Baby rund und rosig war, viele Grübchen hatte und Gesundheit und Freude ausstrahlte. Im Alter von zwei Jahren starb sie jedoch beinahe an einem Fieber. Sie verlor plötzlich ihr blühendes Aussehen. Sehr bleich und mager trat sie wieder vor ihn hin, und der Ästhet in ihm bemerkte kühl: »Wie häßlich du bist.« Es war ihr nie gelungen, diesen Satz zu vergessen, ihr ganzes Leben lang mußte sie sich das Gegenteil beweisen, ein ganzes Leben, um seine Worte auszulöschen. Nur der Liebe anderer, der Anbetung der Maler gelang es, sie vor den Auswirkungen dieses Satzes zu retten.

Seine väterliche Rolle ließ sich in einem Wort zusammenfassen: Kritik. Er vermittelte niemals den Elan der Freude, der Zufriedenheit und der Zustimmung. Sie kannte nur seine traurigen, fordernden und kritischen blauen Augen.

Daraus resultierten ihre Liebe zum Häßlichen, ihre Anstrengungen, hinter das Häßliche zu sehen. Sie betrachtete den Körper als Maske, als etwas, das niemals dieselbe Gestalt, Farbe oder das Aussehen der Gedanken besaß. Daraus entsprang ihre Liebe zu den Werken der Menschen. Alles, was ein Mensch sagte oder dachte, *war* Gesicht oder Körper; alles, was ein Mensch erfand, war sein Gang, sein Geschmack, seine Farbe; alles, was ein Mensch schrieb, malte, sang, war seine Haut, seine Haare und seine Augen. Für sie waren Menschen Kristalle: Sie konnte durch ihre Körper hindurchsehen, durch und hinter den Knochenbau. Ihre Augen entkleideten sie ihrer Fehler, ihrer Unbeholfenheiten, ihres Stammelns. Sie übersah die zu großen Ohren, die zu kleine Gestalt, den gekrümmten Rücken, die feuchten Hände, den watschelnden Gang ... Sie vergab ... Sie wurde zur Hellseherin. Eine neue Wahrnehmungsfähigkeit, die in ihr erwachte, enthüllte den Duft ihrer Seelen, zog den Schatten ihrer Leiden beiseite und enthüllte die Glut ihrer Wünsche. Sie nahm alles wahr, was hinter den Worten und dem Augenschein ungesagt blieb: die sprühenden Funken des Muts, die Flügel der Träume, die nächtlichen Seiten ihrer Stimmungen, den animalischen Atem des Verlangens. Sie sah nicht das fragmentarische Individuum, nicht die grotesken Eigenschaften oder Seiten, sondern stets das ganze Ich, Maske und Realität, Erfüllung und Absicht, den Kern und die Zukunft. Sie erblickte den wirklichen und möglichen Menschen, das Samenkorn, den Traum und die Absicht als Einheit ...

Durch die Liebe zum Vater wurde diese Suche nach der Wahrheit, die unter der Oberfläche und hinter der Erscheinung lag, zu einem Zwang, denn die Maske des Vaters war perfekter als die der anderen, die Kluft zwischen Erscheinung, Worten, Gesten und dem wahren Ich war bei ihm tiefer.

Als Frau vermochte sie besser die Krankheit seiner Seele zu erkennen, die sich hinter jener Maske der Kälte verbarg, vor der sie sich als Kind so sehr gefürchtet hatte. Seine Seele war krank. In der Tiefe seines Wesens war er sehr krank. Sein Wesen starb. Seine Augen waren nicht mehr in der Lage, die Wärme, die Nähe und das Wirkliche zu sehen. Er schien von weither gekommen zu sein, aber nur, um sie sofort wieder zu verlassen. Er täuschte seine Anwesenheit vor, aber nur sein Körper war anwesend, nicht seine Seele. Sie entfloh durch hundert Spalten, befand sich stets auf der Flucht, auf der Flucht in die Vergangenheit oder in die Zukunft, überallhin, aber sie verweilte nie in der Gegenwart.

Sie sahen sich, und zwischen ihnen lagen viele Meilen, die sie trennten. Ihre Augen trafen sich nicht. Seine Angst vor Gefühlen umgab ihn mit Glas. Dieses Glas schloß die

Wärme des Lebens, die menschlichen Düfte aus. Er hatte sich mit einem Glashaus umgeben, um jedes Leid fernzuhalten. Das Leben sollte ihn gefiltert erreichen, destilliert, gereinigt von Grausamkeiten und Erschütterungen. Die gläsernen Wände wirkten wie ein Prisma, dazu bestimmt, das Gefährliche zu eliminieren. Und durch diese künstliche Selektion wurde das Leben deformiert. Mit dem Verlust des Schlechten gingen menschliche Wärme und Nähe verloren.

Seine Liebe blieb unverändert, aber die Maske war wieder da, als er nach Paris zurückkehrte. Wieder lief das Uhrwerk seines künstlichen Lebens ab. Er sprach nicht mehr, wie er im Süden gesprochen hatte, sondern machte Konversation. Sein Salonleben begann. Er umgab sich ständig mit Leuten, mit denen er unbeschwert und humorvoll plaudern konnte. An den Abenden mußte sie in seinem Salon erscheinen, über alles mögliche sprechen, das ihren Gedanken fernlag, und darauf achten, nichts Unpassendes zu sagen.

Dies war die Eiszeit.

Im Salon mit seinen Fenstern aus buntem Glas, dem glänzenden Boden, den dunklen Sofas, die aus den orientalischen Teppichen zu wachsen schienen, den gedämpften Lichtern und kostbaren Büchern lebte nur ein Salonmusiker, der sich elegant verbeugte.

Obwohl er sie nicht verlassen hatte, glaubte sie, daß er in eine andere Welt entschwunden sei, in die sie ihm jedoch nicht folgen würde. Etwas in ihrem Innern trieb sie, die ganze Abschiedsszene vom Anfang bis zum Ende zu spielen. Sie weinte über die Isolation, in der die Oberflächlichkeit ihres Vaters sie zurückließ. Sie erklärte ihm, daß sie seinetwegen alle Freunde und Aktivitäten aufgegeben habe, sagte, sie könne nicht von den Gesprächen leben, die sie in seinem Salon führten. Jeder Vorwurf, den sie ihm machte, kam beinahe mechanisch über ihre Lippen.

Sie kannte diese Szene nur zu gut. Sie war ihr wohlvertraut, obwohl sie jetzt zu einer Lüge wurde. Es war dieselbe Szene, die sie als Kind so beeindruckt und die ihr Leben geprägt hatte. Während sie unter Tränen sprach, bedauerte sie, ihren Vater geliebt und ihm wieder vertraut, sich ihm überlassen und alles von ihm erwartet zu haben. Gleichzeitig war ihr bewußt, daß dies nicht der Wahrheit entsprach. Während sie redete, liefen ihre Gedanken und ihre Gefühle in zwei Richtungen. Sie spielte die gewohnte Szene der Pein: »Ich habe mich dir einmal geschenkt, und du hast mich verletzt. Ich bin froh, daß ich es nicht ein zweites Mal tat. Tief in meinem Innern habe ich kein Vertrauen zu dir.«

Es war die Abschiedsszene, die sie am besten spielte und von der sie wußte, daß sie den größten Eindruck hinterließ. Etwas trieb sie dazu, sie wieder und wieder zu spielen. Sie kannte jeden Satz. Ihr waren die Gefühle vertraut, die sie dabei hervorrief. Es fiel ihr alles so leicht, obwohl sie die ganze Zeit über wußte, daß sie keinen wirklichen Abschied mehr erlebt hatte, seit er sie vor vielen Jahren verließ. Nur in ihrer Vorstellung, nur in der Angst vor dem Abschied und nur in der falschen Interpretation der Wirklichkeit erlebte sie diese Szene immer wieder.

Es schien eine Erinnerung zu geben, die tiefer reichte, eine Erinnerung im Gewebe und in den Zellen des Körpers, in die wir bestimmte Szenen tätowieren, die unserer Seele und unserem Leben Gestalt und Struktur verleihen. So konnte sie sich sehr deutlich daran erinnern, als Kind von einem Mann gequält worden zu sein. Und noch immer konnte sie sich von dem Gefühl nicht befreien, gequält zu werden. Sie konnte die Gegenwart nicht anders verstehen, als sie ihr damals im Licht des Mißverstehens menschlicher Motivationen erschienen war. Sie konnte nicht aufhören, dem Vater vorzuwerfen, ihre absolute Liebe zu zerstören, obwohl sie wußte, daß es nicht der Wahrheit entsprach, da ihre absolute Liebe ihm nicht gehörte. Aber auch diese Feststellung war nur bedingt richtig, das heißt, sie hatte ihren Glauben an das Absolute gefährdet. Als Kind hatte sie sein Verhalten nicht verstanden, und damit war ihr Vertrauen in das Leben und den Glauben an die Liebe zerstört worden.

Sie wußte, daß sie den Vater über das Maß ihrer Liebe getäuscht hatte, aber sie dachte: »Was würde ich jetzt empfinden, wenn ich all mein Glück dem Vater anvertraut hätte, wenn meine Freude und meine Stärke tatsächlich von ihm abhingen? Ich müßte völlig verzweifeln.« Dieser Gedanke vertiefte ihre Traurigkeit, und auf ihr Gesicht trat ein Ausdruck solcher Qual, daß der Vater sie tief betroffen ansah.

Nach dieser Szene führte er sein Marionettenleben weiter: eine endlose Folge eleganter Konzerte, Soireen, Friseure, Hemdenschneider, Zeitungsartikel, Telephonate... Sie begann, ihn für seine Flucht in Frivolitäten, für die Maskerade seiner Seele mit solchen Kindereien zu hassen. Zweifel erfüllten sie. Sie sah ihn in einer ständig dahinjagenden Wolke von etwas, was er nicht war. Dieser Mensch, der er nicht war, widersprach allem, was sie von ihm wußte. Ihre Begegnungen, in denen Liebe zu keinem Verständnis führte, endeten alle in Frustration. Diese Liebe erschuf nichts, sondern erdrosselte ihr Leben. Wenn er gegangen war, stellte sie sich vor, wie ihre Begegnung hätte sein können; in Gedanken führte sie ernsthafte Gespräche mit ihm, malte sich Zärtlichkeiten und echtes Verständnis aus.

Phantasien! Sie ließen ihr wirkliches Leben wie unter einer ansteckenden Krankheit dahinwelken. Sie vergeudete ihren gesamten Einfallsreichtum in erdachten Begegnungen und Gesprächen. Wenn er dann kam, sah sie all ihre Erwartungen enttäuscht. Seine Gespräche waren leer und belanglos. Er richtete seine ganze Energie darauf, sich von allem Lebendigen zu entfernen und an der Oberfläche zu bleiben, indem er geschickt ablenkte, Nichtigkeiten erzählte, in rascher Folge Kindereien beschrieb, lange Reden über Trivialitäten hielt und sich langatmig über nichtssagende Dinge verbreitete.

Das Phantombild ihres Vaters quälte sie wie Hunger. Sie wußte, daß sie allein diesen Geist erfunden und erschaffen hatte, und fürchtete, daß er niemals Gestalt annehmen würde. Wo war der Mann, den sie wirklich liebte? Die Fenster, die sie im Süden aufgestoßen hatte, waren Fenster in die Vergangenheit gewesen. Gegenwart oder Zukunft schienen ihn zu erschrecken. Nichts war von Bedeutung – nur das Offenhalten der Fluchtwege.

Dieses unablässige Sehnen, hinter der Maske den Menschen zu finden, diese Verleugnung der Maske bedeutete auch das Verleugnen der Schäden, die das Tragen der

Maske unweigerlich hervorrufen mußte. Es fiel ihr schwer, wie andere zu glauben, daß die Maske das Blut vergiftete, daß die Farben der Maske sich mit den Farben der Natur vermischten und sie zersetzten. Sie konnte nicht glauben, daß Maske und Fleisch miteinander verschmolzen und eine Infektion verursachten, wie es bei den Tänzerinnen geschehen war, die starben, nachdem man sie mit Goldbronze bemalt hatte.

Ihre Liebe basierte auf dem Glauben an die Reinheit der menschlichen Natur. Dieser Glaube machte sie blind für die Entstellungen, die die Seele durch das Tragen einer Maske erleidet. So konnte es geschehen, daß sie den Verfall, der das wirkliche Gesicht zerstörte, und die Gewohnheiten, die das Tragen der Maske über einen langen Zeitraum hinweg nach sich ziehen mußte, unbeachtet ließ. Sie konnte nicht glauben, daß in einem Menschen, der lange genug Gleichgültigkeit vorgetäuscht hatte, der Same der Gleichgültigkeit schließlich aufging und seine Seele verdunkelte. Sie konnte nicht glauben, daß der Moment eintrat, in dem Mensch und Maske miteinander verschmolzen, in dem die Diskrepanz zwischen Mensch und Maske den Kern zerfraß . . .

Sie konnte an den Zerfall ihres Vaters noch nicht glauben. Sie wartete auf ein Wunder. Oft genug hatte sie erlebt, wie die Härte von einem Gesicht fiel, wie der Vorhang vor Augen weggezogen wurde und wie sich eine falsche Stimme veränderte. Dank ihrer Vision war es ihr dann erlaubt, zum wahren Ich des anderen vorzudringen.

Als sie sechzehn Jahre alt war, konnte sie spüren, wie er sich auf sie herabsenkte. Oft, wenn sie tanzte und lachte, kam er über sie. Er kam wie ein Gift, denn wenn sie seine Gegenwart spürte, senkte sich ein Schleier der Kritik über alle Dinge. Sie sah dann mit seinen Augen. Ihre Mutter sagte immer: »Lache und tanze.« Aber der Vater in ihr hatte nur Verachtung dafür übrig. Eine merkwürdige Intuition, denn damals wußte sie nicht, daß ihr Vater nicht tanzen konnte.

Einmal tanzte sie auf der Bühne. Sie hatte gerade die erste Nummer begonnen. Die spanische Musik trug sie davon, entführte sie in einen Zustand des Deliriums. Sie fühlte die Begeisterung der Zuschauer. Sie tanzte: Sie trug die Augen und die Sinne der Menschen mit ihren Kreisen und Wirbeln davon.

Ihre Augen fielen auf die erste Reihe. Dort saß ihr Vater. Sein blasses Gesicht inmitten der Zuschauer war halb verborgen. Er hielt das Programmheft vor sein Gesicht, um nicht erkannt zu werden, aber sie sah sein Haar, seine Augenbrauen und seine Augen. Es war ihr Vater. Sie stolperte und geriet aus dem Takt, doch nur für einen Augenblick. Dann drehte sie sich, stampfte mit den Füßen, tanzte wild und sah bis zum Ende nicht mehr in seine Richtung.

Jahre später, als sie ihren Vater wieder traf, fragte sie ihn, ob er damals unter den Zuschauern gewesen sei. Er antwortete, er sei nicht nur nicht dort gewesen, sondern hätte den Auftritt verhindert, wenn er ihn hätte verhindern können, da er seine Tochter nicht auf der Bühne zu sehen wünschte. Selbst aus der Entfernung hatte sie seine Kritik gespürt. Sie sah ihn, wie sie ihn sich vorgestellt hatte: kalt, förmlich und konventionell. Und sie war wütend über die Gefängnismauern seiner Strenge.

Sobald er gegangen war, begann alles wieder zu singen. Jeder Mensch, der auf der Straße an ihr vorüberging, schien eine Spieluhr zu sein. Sie hörte den Leierkasten, das Singen rollender Räder. Musik war Bewegung. Ihr Vater war Musiker, aber im Leben brachte er die Musik zum Schweigen. Musik läßt alle getrennten Teile unseres Körpers miteinander verschmelzen. Jedes rostige Fragment, jedes zerbrochene Stück kann in einen Rhythmus zusammenfließen. Ein Ton war ein Ganzes und bewegte sich, aufsteigend, absteigend, zur Fülle anschwellend oder in die Luft entlassen, losgelassen, aber immer in Bewegung.

Sobald sie ihren Vater verlassen hatte, hörte sie wieder Musik. Musik fiel von den Bäumen, strömte aus den Kehlen, funkelte an den Straßenlaternen, glitt durch den Rinnstein. Ihr Glaube an die Welt tanzte wieder. Ihre Hoffnung auf das Wunder ließ jedes Elend als Teil einer Symphonie erklingen.

Kein Getrenntsein, sondern Einssein, das war Musik.

Vater, laß mich allein in die Musik meines Glaubens gehen. Wenn ich bei dir bin, ist die Welt still und stumm.

Du gibst den Befehl zum Stillstand, und das Leben bleibt stehen wie eine Uhr, die auf den Boden gefallen ist. Du ziehst starre Linien um fließende Formen, und was du dem Chaos entreißt, ist bereits kristallisiert.

Sobald ich dich verlasse, löst sich die Starre in Wellen und Fluten, verwandelt sie sich in Wasser und Fließen. Ich höre, wie mein Herz wieder unregelmäßig schlägt, ich vernehme die Musik meiner Gesten, und meine Füße laufen, wie meine Musik läuft und tanzt. Musik erklimmt keine Stufen, Musik läuft, und ich laufe mit. Der Glaube läßt Musik aus Bäumen erklingen, aus Holz und aus Elfenbein.

Ich könnte dich nie umtanzen, Vater. Ich könnte dich nie umtanzen!

Du nahmst den Taktstock des Dirigenten in die Hand, aber deine Strenge konnte dem Orchester keine Musik entlocken. Sobald du mich verläßt, schlägt mein Herz unregelmäßig. Alles vereinigt sich in Musik, und ich könnte singend durch die Straßen tanzen, ohne einen Dirigenten, ich könnte tanzen und singen.

Als sie die *Rue Saturne* entlangging, hörte sie, wie die Studenten des Konservatoriums die Sonate in d-Moll von Bach spielten. Sie vernahm im selben Augenblick auch die schöne Stimme ihrer Mutter, die Schumanns ›Ich grolle nicht‹ sang. Merkwürdig, daß ihre Mutter, die dem Vater nie vergeben hatte, dieses Lied ergreifender sang als alle anderen Lieder.

Sie ging durch die *Rue Saturne*, sang leise ›Ich grolle nicht‹ und dachte daran, wie sehr sie diese Straße haßte, denn durch sie mußte sie gehen, wenn sie ihren Vater besuchen wollte. An Winterabenden war sein luxuriöses Haus überheizt wie ein Gewächshaus. Sie traf ihn bleich und angespannt mit einer unbedeutenden Sache beschäftigt, die er sehr ernst nahm. Manchmal probte er oder kam gerade von seiner Siesta nach unten. Diese Siesta hielt er mit nahezu religiöser Hingabe, als hinge sein Leben davon ab. In seinem Innersten betrachtete er das Leben als eine Gefahr. Es bedeutete für ihn nicht Wachstum, sondern Verfall. Er vertrat die Ansicht, zu große Liebe, zuviel Reden, zuviel Lachen seien Energieverschwendung. Das Leben war sein Feind, und alle seine Spuren verursachten ihm Angst. Er konnte einen Riß in der Decke, abblätternde Farbe, eine ausgetretene Treppenstufe, einen verblaßten Fleck auf der Tapete nicht ertragen. Da er niemals völlig in der Gegenwart lebte, bereitete sich ein Teil von ihm schon auf das Morgen vor.

Sah sie ihren Vater nach seiner Siesta aus dem Zimmer treten, hatte sie stets das Gefühl, daß er künstliche Anstrengungen unternehme, um den Prozeß des Wachsens, der Reife, des Zerfalls und des Verfalls, der organisch und unaufhaltsam ist, hinauszuzögern.

Er glaubte, den Tod dadurch hinauszuzögern, daß er sich vom Leben fernhielt, während ganz im Gegenteil die Furcht vor dem Leben und seine Anstrengungen, es zu vermeiden, ihm die Lebenskraft raubten. Das Leben war nicht so erschöpfend wie die Anstrengung, nicht zu leben. Sie glaubte, daß man, nur wenn man intensiv und frei gelebt hatte, intensiv und frei ruhen konnte. Da er dem Leben nicht vertraute, sich ihm niemals überließ, konnte er sich auch abends nicht ohne Angst vor dem Tod zur Ruhe begeben ... Sie verließ sein Haus jedesmal mit dem Gefühl, dem Tod nahe gewesen zu sein, denn alles in diesem Haus sprach deutlich vom Kampf gegen den Tod.

Sie ließ die ordentlichste und sauberste Straße von Paris hinter sich, wo Gärtner in kleinen ruhigen Vorgärten mit dem Schneiden und Stutzen einiger seltener Sträucher beschäftigt waren, wo Butler ihre Zeit damit verbrachten, Türknöpfe zu polieren, wo elegante Wagen lautlos heranrollten, wo steinerne Löwen pelzbekleidete Damen bewachten, die kleine Hunde küßten. All das hatte sie immer abgelehnt ...

Das Licht fiel grell auf ein frischgestrichenes Straßenschild, und sie entdeckte, daß die Straße einen neuen Namen erhalten sollte. Dort stand bereits: »Früher Rue Saturne ... jetzt geändert in ...«

»Jetzt geändert in« – so wie sie verändert war und sich von der Vergangenheit entfernte. Sie wollte sich mit der Stadt ändern, damit alle Häuser der Vergangenheit schließlich abgerissen würden. Die Stadt der Vergangenheit sollte völlig verschwinden. Sie wollte, daß alles, was sie gehört, gesehen und erfahren hatte, aufhören würde, mit ihr durch die Straße zu gehen, durch Straßen mit geänderten Namen, durch das Labyrinth der Verluste und der Veränderungen, in dem alles vergessen ist ...

Jeder Schritt auf der *Rue Saturne* entsprach einer Million Schritte, die sie von ihrem Vater entfernten. In derselben Stadt, in der er lebte, trugen tausend Schritte sie in ein anderes Milieu, zu anderen Ideen und zu anderen Menschen.

Um an seinem Haus vorbeizugehen, lief sie durch den Regen. Sie blickte zu den bunten Glasfenstern empor und dachte: »Ich habe mich dir entzogen. Du weißt nicht, wo mein tieferes Leben stattfindet, du bist niemals in den tiefsten Teil meines Wesens vorgedrungen. Die Frau, die hier steht, ist nicht deine Tochter. Es ist die Frau, die dem Stigma elterlicher Liebe entflohen ist.«

Um ihm zu entfliehen, mußte sie bis ans Ende der Welt laufen, um sich von ihm zu befreien, mußte sie Orte aufsuchen, die er niemals betrat. Sie hatte ihn verloren, weil sie in der entgegengesetzten Richtung lebte. Sie suchte die Versager, denn er konnte stammelnde und stolpernde Menschen nicht ertragen. Sie wandte sich den Häßlichen zu, denn er wandte sein Gesicht von ihnen ab. Sie ging zu den Schwachen, denn sie verunsicherten ihn. Sie bevorzugte das Chaos, denn er bestand auf Logik. Sie reiste an das andere Ende des Lebens, zum Dunkeln, zum Unsicheren, zum Schwachen, zum Besudelten, zum Weinseligen, denn dort konnte sie sicher sein, von ihm nicht die geringste Spur zu entdecken. Keine Spur von ihm auf dem *Boulevard Clichy*, wo die Markthändler mit ihren Gemüsekarren fuhren, keine Spur von ihm um zwei Uhr morgens in dem kleinen Café gegenüber *La Trinité*, keine Spur von ihm in der schmuddeligen Gegend um den *Boulevard Jean-Jaurès*, keine Spur von ihm im *Cinéma du quartier*, im *Bal Musette*, im Tingeltangel, niemand dort hatte von ihm gehört. Dort duftete niemand wie er, und keiner besaß eine Stimme wie er.

Ihr Vater warf sie in die dunklen, schmutzigen Winkel

der Welt. Sie wendete allem, was sie liebte, den Rücken, denn es war auch alles, was er liebte. Der Luxus mit seinen blendenden Lichtern, die Maskeraden der Fröhlichkeit, alles, was glänzte und glitzerte, was einen Duft verströmte, hätte sie an ihn erinnert. Um eine solche Liebe auszulöschen, mußte sie jahrelang durch schmutzige Straßen gehen, in schmuddeligen Laken schlafen und das Unbekannte durchqueren. Sie wurde erst glücklich, als es ihr gelang, ihn zu verlieren.

Ihr Vater und sie gingen zusammen durch den *Bois de Boulogne.* Auf seinen Lippen entdeckte sie die Spuren eines leidenschaftlichen Kusses.

»Wir trafen uns vor *Notre Dame*«, sagte er, »sie begann sofort ein äußerst penetrantes Verhör und warf mir vor, sie nicht zu lieben. Ich reagierte darauf mit einer behutsamen Analyse. Ich erklärte ihr, daß sie sich in mich verliebt hatte, wie sich Frauen häufig in einen gutaussehenden Künstler verlieben, der mit Leidenschaft und Eleganz spielt, und wies ihr nach, daß ihre Liebe nichts anderes als der Versuch sei, literarische Vorbilder zu imitieren, bestärkt durch die Lektüre meiner Bücher. Ich erklärte ihr, unserer Affäre fehle eine echte Basis. Was könnten denn schon Rendezvous in Abständen von zwei Jahren bedeuten. Keine Liebe könne bei solch dürftiger Nahrung überleben, und außerdem sei sie eine zu hübsche Frau, um zwei Jahre lang ohne Liebhaber zu sein, besonders, wenn man daran dachte, daß sie ihren Ehemann mit tiefer Inbrunst haßte. Sie erwiderte, daß ich sie vermutlich nicht wirklich liebe. Ich antwortete ihr, ich könne nicht wissen, ob mein Herz spräche, wenn wir nur zwanzig Minuten in einem vorhanglosen Taxi im grellen Licht der Stadt zusammensein könnten.«

»Hast du ihr das in diesem ironischen Ton gesagt?« fragte sie.

»Nein, ganz unverblümt. Ich ärgerte mich darüber, daß sie nur zwanzig Minuten Zeit für mich hatte.«

(Er hatte völlig vergessen, daß er sich nur deshalb mit ihr getroffen hatte, um ihr zu sagen, daß er sie nicht liebe. Was ihn aber erboste und verletzte, war der Umstand, daß sie nur für zwanzig Minuten der Überwachung ihres Ehemannes entfliehen konnte.)

»Sie war so verletzt«, fügte er hinzu, »weil ich sie noch nicht einmal küßte.«

Während sie weitergingen, betrachtete sie noch einmal aufmerksam seine Lippen. Sie waren leicht gerötet und hatten in einem Mundwinkel einen dunkleren, bläulichen Ton, wo der zierliche Zahn der Gräfin zweifellos heftig zugebissen hatte. Aber sie sagte nichts. In ihrer Vorstellung rekonstruierte sie die Szene. Wahrscheinlich hatte die kleine Gräfin voll Ungeduld und Leidenschaft auf den Stufen von *Notre Dame* gewartet, und wahrscheinlich hatte dies ihren Vater gerührt. Sie glaubte nicht, daß sich ihr Vater über die Eifersucht und Anbetung der Gräfin ärgerte, dies schmeichelte eher seiner Eitelkeit. Er verbarg unter dem Mantel der Gleichgültigkeit sein Vergnügen, damit sie ihn für einen zynischen Don Juan halten sollte, der die Frauen stürzte.

Er wiederholte eine Geschichte, die er ihr früher schon einmal erzählt hatte: Die Gräfin zerkratzte sich das Gesicht, um ihre Unpünktlichkeit vor dem Ehemann zu rechtfertigen. Die Geschichte war ihr damals schon höchst unwahrscheinlich erschienen, denn eine verliebte Frau ist kaum bereit, ihre Schönheit zu gefährden. Jede Ausrede wäre einfacher gewesen als die weit hergeholte Geschichte eines Autounfalls.

Doch warum mußte er alles, was er erlebte, verfälschen? Schon vor langer Zeit hatte sie ihn gebeten, nicht länger zu versuchen, die Illusion einer ausschließlichen Liebe aufrechtzuerhalten, und ihn gebeten, ihr gegenüber aufrichtig zu sein. Sie hatte ihm angeboten, seine Vertraute zu werden. Er hatte es versprochen ... und jetzt erfand er bereits wieder neue Geschichten.

Als sie am nächsten Tag zu ihm kam, hatte er eine schlaflose Nacht verbracht, weil ihn der Gedanke quälte, sie zu verlieren: »Und wenn ich dich verliere, kann ich nicht mehr leben. Du bedeutest mir alles. Bevor du kamst, war mein Leben leer. Mein Leben ist ohnedies ein Fehlschlag und eine Tragödie.«

Er wirkte sehr niedergeschlagen. Seine Finger glitten zögernd über die Tasten. Seine Augen blickten, als habe er eine Wüste durchquert.

»Durch dich erkenne ich«, sagte er, »wie leer mein ganzes Tun ist. Da ich nicht fähig bin, dich glücklich zu machen, verliere ich jede Motivation zu leben.«

Er war wieder der Mann, der er im Süden gewesen war. Seine Worte klangen aufrichtig. Aber er konnte sie nicht sie selbst sein lassen. Wenn sie Dostojewski Anatole France vorzog, hatte er die Vorstellung, sein ganzes Ideengebäude würde angegriffen und ins Wanken gebracht. Es verletzte ihn, wenn sie nicht seine Zigarettenmarke rauchte, wenn sie nicht jedes Konzert von ihm besuchte, wenn sie nicht sämtliche seiner Freunde bewunderte.

Und sie – sie bat ihn, seine Oberflächlichkeiten, seine Eitelkeiten und Maskeraden aufzugeben. Keiner konnte den anderen akzeptieren.

Mehr und mehr erkannte sie, daß sie ihn nicht liebte, und dies bereitete ihr eine seltsame Freude, als sei sie Zeugin der gerechten Strafe seiner Kälte als Vater, die er das Kind hatte spüren lassen. Sein Leiden brachte ihr Freude, obwohl sie in Wirklichkeit nichts tat, um es herbeizuführen, da sie ihr Geheimnis bewahrte. Es gab ihr das Gefühl, die Ungerechtigkeit des Lebens auszugleichen und in ihrer Seele eine Art Symmetrie der Ereignisse des Lebens herzustellen.

Eine geistige Symmetrie wurde geschaffen: ein Leid hier, ein Leid dort; gestern verlassen, heute verlassen; heute verraten, morgen verraten; zwei gleiche Säulen, eine Täuschung hier, eine Täuschung dort, wie ein Säulenpaar – eine Liebe für heute, eine Liebe für morgen, eine Strafe für ihn, eine Strafe für die andere ... und eine für sie selbst ... Mystische Geometrie. Die Arithmetik des Unbewußten führte zu dieser Balance der Ereignisse.

Ihr war nach Lachen zumute, wenn der Vater immer aufs neue wiederholte, er sei klar, einfach und logisch. Sie wußte, daß seine Ordnung und Genauigkeit nur Schein waren. Er hatte sich dafür entschieden, an der Oberfläche zu leben, und sie stieg tiefer und tiefer hinab. Sein elementares Bedürfnis bestand darin, jedem Schmerz zu entfliehen, und sie wollte sich allem Leben stellen. Er vermied es, aus seinem schützenden Panzer hervorzukommen und sich dem Zerfall ihrer Beziehung zu stellen, er entzog sich der Wahrheit. Er hatte nicht wie sie entdeckt, daß die Wirklichkeit weniger grausam war als die Imagination. Das Leben traf sie weniger hart als ihre Vorstellung. Das hatte sie gelernt, indem sie sich mit dem Menschen traf, den zu treffen sie fürchtete, indem sie den Brief las, den zu lesen sie fürchtete, indem sie es zuließ, daß das Leben sie traf. Die Imagination war schrecklicher als die Realität, denn sie entstand in einer Leere, in der nichts überprüfbar werden konnte. In dem inneren Raum gespenstischer Foltern gab es keine Hände, um zu schlagen oder um sich zu verteidigen.

Aber das Leben schuf Energien, Kräfte und Mut, Arme und Beine zum Kämpfen, und der Kampf wurde beinahe zur Freude. Einen wirklichen Schmerz, einen wirklichen Verlust, eine wirkliche Anschuldigung, eine wirkliche Desillusionierung, einen wirklichen Verrat zu bekämpfen, bereitete weit weniger Schwierigkeiten als eine schlaflose Nacht, in der man gegen Geister kämpfte. Die Imagination ist weit besser dazu geeignet, Foltern zu erfinden, als das Leben, denn sie ist ein Dämon, der in uns wohnt, und der unseren verwundbaren Punkt kennt. Er kennt unsere schmerzenden Stellen; das Leben kennt sie nicht, unsere Freunde und Geliebten kennen sie nicht, denn ihnen fehlt meist die notwendige Vorstellungskraft dazu.

Er berichtete ihr, daß er eine schlaflose Nacht verbracht habe, weil er nicht wisse, wie er einer Sängerin klarmachen könne, daß sie keine Stimme habe.

»Wegen dieser Sängerin kam es gestern mit Laura beinahe zu einem Drama. Ich versuchte der Sängerin auszureden, sich in mich zu verlieben, und sagte ihr, sie sei ein Opfer der Aura, die jeden Künstler umgibt, und sie wäre schnell enttäuscht, wenn sie mich näher kennenlernte. Deshalb unterhielten wir uns gestern eine dreiviertel Stunde lang nach der Probe. Als ich ihr erklärte, daß es zwischen uns zu keiner Affäre kommen könne (zu einem anderen Zeitpunkt hätte ich mich vielleicht mit ihr eingelassen, schon um das Spiel zu genießen, aber jetzt sind mir andere Dinge wichtiger), begann sie zu schluchzen, und ihre Wimperntusche zerfloß.

Nachdem ihr Taschentuch vollgeschluchzt war, mußte

ihr ihr eines meiner Taschentücher leihen. Sie ließ ihren Lippenstift fallen. Ich hob ihn auf und säuberte ihn mit einem anderen Taschentuch. Nachdem der erste Tränenstrom versiegt war, beruhigte sie sich und legte ein neues Make-up auf. Dabei wischte sie sich das Rouge ab, das die Tränen verschmiert hatten. Als sie schließlich das Haus verließ, warf ich die Taschentücher in den Wäschekorb. Das Mädchen nahm sie an sich, als es das Zimmer säuberte, und ließ die Wäsche vor der Tür liegen. Laura kam vorbei, sah die Taschentücher und glaubte sofort, daß ich sie betrogen hätte. Ich mußte ihr alles erklären. Ich sagte, da ich mir nicht den Anschein geben wolle, unablässig mit den Frauen zu prahlen, die mir nachstellen, hätte ich ihr nichts von dieser Frau erzählt.«

Seine Flirts blieben ihr gleichgültig, aber die Wahrheit lag ihr am Herzen. Sie wußte, daß er log. Wenn eine Frau weint, fließt zwar die Wimperntusche, aber nicht der Lippenstift. Außerdem haben alle Frauen von Welt eine Methode entwickelt, die verhindert, daß ihre Tränen einen solch fatalen Effekt auf das Make-up haben: Man weint nur soviel, daß sich die Augen mit Tränen füllen – nicht mehr. Die Tränen dürfen nicht fließen. Sie bleiben in den Augen, die Wimperntusche läuft nicht, und doch ist die Traurigkeit eindrucksvoll genug. Wenig später läßt sich die Prozedur wiederholen – mit derselben Geschicklichkeit, mit der ein Kellner ein Glas bis zum Rand füllt: Eine Träne zuviel, und die Katastrophe ist unvermeidlich. Aber das geschieht nur in Fällen echter Liebe.

Innerlich lächelte sie über seine naiven Lügen. In Wahrheit hatte er wohl nach den Küssen der Sängerin seine Lippen abgewischt.

Er fiel wieder in die alte Rolle zurück, aber er haßte es, dies vor sich selbst und vor ihr einzugestehen, denn er glaubte an ein Idealbild: Ein Mann, den die Liebe einer lange verlorenen Tochter so sehr aufwühlt und verändert, daß seine Karriere als Don Juan ein plötzliches Ende findet.

Diese romantische Geste, die er nicht auszuführen vermochte, reizte ihn so sehr, daß er vorgeben mußte, sie auszuführen, genau wie sie häufig vorgegeben hatte, sich auf Reisen zu befinden, indem sie Briefe auf dem Briefpapier berühmter Passagierdampfer schrieb.

»Ich sagte zu Laura: ›Wenn ich dich betrügen wollte, glaubst du wirklich, ich würde dies auf solch offensichtliche und dumme Weise tun, hier, in unserem eigenen Haus, wo du jeden Augenblick in der Tür stehen könntest?‹«

Der Vater versuchte, für sie eine ideale Welt zu erschaffen, in der Don Juan um seiner Tochter willen allen Frauen entsagte, aber sie ließ sich durch seine Erfindungen nicht täuschen. Sie war zu hellsichtig. Das war bedauerlich. Sie selbst konnte nicht im selben Maß an eine ideale Welt glauben, wie sie wünschte, daß andere daran glauben sollten – an eine Welt, die so war, wie man sie erträumte. Sie glaubte nicht länger an eine ideale Welt.

Und ihr Vater – was wünschte er, was brauchte er? Die Illusion, die sie nährte, die Illusion einer Tochter, die außer ihm nie jemanden geliebt hatte. Oder fiel es auch ihm schwer, ihr zu glauben? Zweifelte er nicht am Grund ihrer Abreise, als sie ihn im Süden verließ?

Wußte sie nicht, daß es der schmerzlichste und unstillbarste Hunger war, wenn sie davon träumte, den Hunger der Welt nach Illusionen zu stillen? Wußte sie nicht, daß auch sie unter Zweifeln litt und nicht daran glaubte, das Märchen könne für sie Wirklichkeit werden, obwohl sie Wunder für andere vollbringen konnte? Selbst Geschenke zu lieben, die sie erhielt, fiel ihr schwer, denn sie wußte, daß sie ihr bald wieder entrissen würden, wie der Vater ihr entrissen worden war, als sie ihn so leidenschaftlich liebte; genau wie jedes Zuhause, das sie als Kind hatte, zerschlagen, verkauft wurde, verlorenging. Jedes Land wurde mit einem anderen vertauscht, sobald sie Wurzeln geschlagen hatte. Ihre ganze Kindheit hatte nur aus Verlust, Veränderung und Unsicherheit bestanden.

Wenn sie sein Haus betrat, in dem alles braun war: braunes Holz an den Wänden, braune Teppiche, braune Möbel, dachte sie daran, daß Spengler geschrieben hatte, Braun sei die Farbe der Philosophie. Seine Fenster öffneten sich nicht zur Straße; er hatte keine Verwendung für die Straße, und deshalb gab es in den Fenstern buntes Glas. Er lebte im Innern seines Hauses, wie die Orientalen in ihrer Festung leben, außerhalb der Reichweite der Passanten. Das Haus hätte überall stehen können, in England, in Holland, in Deutschland, in Amerika. Es trug weder den Stempel einer Nationalität noch den seiner Umgebung. Es war das Haus des Ich, das Haus seiner Gedanken, Mauern des Selbst-Erschaffenen, ohne Verbindung zu anderen, zum Land oder zum Volk.

Er hielt noch immer seine Siesta. Sie saß bei der langen Reihe der Ordner, den langen, schönen, ordentlichen Reihen von Ordnern mit Namen, die sie zum Träumen brachten: China, Wissenschaften, Photographie, alte Instrumente, Ägypten, Marokko, Krebs, Radio, Erfindungen, Gitarre, Spanien. Sie erforderten täglich stundenlange Arbeit: Zeitungen und Zeitschriften mußten gelesen und Artikel ausgeschnitten, datiert und eingeklebt werden. Er wob ein regelrechtes Spinnennetz um sich. Kein Mensch richtete sich je vollständiger im Reich seiner Besitztümer ein.

Er verbrachte Stunden damit, neue Möglichkeiten zu entwickeln, seine Zigarettenspitze mit Nikotinfiltern zu versehen. Arzneien kaufte er en gros. Seine Schränke quollen über von Photographien, Briefpapier und Medikamenten, die für Jahre ausreichten. Er schien zu fürchten, plötzlich mit leeren Händen dazustehen. Sein Haus war ein Lagerhaus für Vorräte, die seine Lebensweise enthüllten, in einer Zukunft zu leben, die mit ihm nichts mehr zu tun hatte. Sein Leben war ein ständiger Kampf gegen Improvisationen, gegen das Unerwartete. Er hatte eine Festung gegen Not, Krieg und Veränderung errichtet.

Ihr Vater hatte in Übereinstimmung mit seiner Fähigkeit, unsichtbar, unberührbar, unerreichbar zu werden, in Übereinstimmung mit seiner Fähigkeit zur Metamorphose das massivste Haus, die stärksten Mauern, die schwersten Möbel, die gefülltesten Bücherschränke, hatte ein Universum geschaffen, das vollständig und perfekt katalogisiert war. Alles diente der Bestätigung seiner Gegenwart, seiner Dauer, und besiegelte durch den Besitz einen Vertrag, der ihm gestattete, auf der Erde zu bleiben.

In ihrer Vorstellung sah sie ihn oben in seinem Zimmer

schlafen, das Kinn auf die Ellbogen gestützt. Er hatte sich diese unbequeme Haltung angewöhnt, um nicht mit offenem Mund zu schlafen, denn das sah häßlich aus. Sie sah ihn vor sich, wie er ohne Kissen schlief, denn ein Kissen unter dem Kopf verursachte Falten. Sie dachte daran, wie ihre Mutter einmal lachend gesagt hatte, daß er seine Nächte in einer Flasche mit Alkohol verbringe, um sich ewig jung zu erhalten.

Ständig wusch er sich die Hände. Er litt unter der Manie, sich waschen und desinfizieren zu müssen. In seinem Leben spielte die Furcht vor Bakterien eine große Rolle. Das Obst mußte in destilliertem Wasser gesäubert, das Silber vor den Mahlzeiten wie das Besteck eines Arztes über eine Spiritusflamme gehalten werden, und er desinfizierte sich den Mund. Niemals aß er das Stück vom Brot, das seine Finger berührt hatten.

Ihrem Vater war nie der Gedanke gekommen, daß er vielleicht versuchen solle, seine Seele von Lügen, Gefühllosigkeit und Betrügereien zu reinigen und zu desinfizieren. Er kannte nur die Gefahr der Bakterien, die den Körper attackieren. Die Bakterie des Gewissens, die sich in die Seele eingräbt, hatte er nicht studiert.

Wenn sie ihn dabei beobachtete, wie er seine Hände wusch und die Seife dabei schäumte, sah sie ihn wieder, wie er in seinem pelzgefütterten Mantel und dem weißen Seidenschal vor einem Konzert hinter die Bühne kam und sofort von Frauen umringt wurde. Sie war damals sieben Jahre alt, trug ein gestärktes Kleid und weiße Handschuhe und saß mit Mutter und Brüdern in der ersten Reihe. Sie zitterte, denn der Vater hatte streng gesagt: »Und vor allem bitte keine billigen Ovationen von euch. Klatscht diskret, die Leute sollen nicht mitansehen, wie die Kinder des Pianisten wie ungebildete und lärmende Bauern Beifall klatschen.« Für die Seele des Kindes war es eine schwere Last, seine Begeisterung zügeln zu müssen. Sie konnte niemals Freude oder Schmerz kontrollieren: unterdrükken bedeutete töten und begraben. Dieser Friedhof erstickter Gefühle – versuchte der Vater ihn abzuwaschen? Am Tag, als sie ihm sagte, daß sie schwanger sei, antwortete er: »Nun ist dein Marktwert als Frau gesunken ...« Wurde auch dies abgewaschen? Er hatte keinen Einblick in die Gefühle anderer, er kannte nur den Wechsel von Härte zu Sentimentalität. Dazwischen existierten keine menschlichen Gefühle, es gab nur die extremen Pole von Gleichgültigkeit und Schwäche, die die menschliche Gleichung nie aufgehen lassen. Zu heiß oder zu kalt, kaltes Blut und schwaches Herz, heißes Blut und kaltes Herz.

Während er seine Hände mit jenem Ausdruck reinigte, den sie auf den Gesichtern von Indern gesehen hatte, die in den Ganges tauchen, von Ägyptern, die in den Nil tauchen, von Negern, die in den Mississippi tauchen, sah sie, wie das Obst gewaschen und das Mineralwasser in sein Glas gegossen wurde. Steriles Wasser, um die Bakterien abzuwaschen, aber seine Seele blieb ungewaschen, unwaschbar, sehnte sich danach, von der Bakterie des Gewissens befreit zu werden... Soviel Wasser lief aus dem modernen Wasserhahn in dem modernen Badezimmer, floß in den Flüssen Ägyptens, Indiens, Amerikas ... und er blieb ungewaschen ... er wusch seinen modernen Körper, wusch ... wusch ... wusch ... ein Tropfen heiligen Wassers, um die Schuld abzuwaschen. Hände, die in Erwartung eines Wunders immer und immer wieder gewaschen wurden, doch aus den Wasserhähnen moderner Waschbecken floß kein Wunder, durch die Bleirohre floß kein heiliges Wasser, unter den Brücken von Paris strömte kein heiliges Wasser, denn der Mann am Wasserhahn besaß keinen Glauben und kein Wissen um seine Seele: Er glaubte, die Befleckung durch Bakterien von seinen Händen waschen zu können ...

Sie erklärte dem Vater, daß sie auf eine Reise gehen müsse. Er sagte: »Du verläßt mich!«

Er sprach schnell, atemlos und verließ sie in großer Eile. Sie wollte ihn aufhalten und darum bitten, ihre Seele zurückzugeben. Sie haßte ihn dafür, wie er die Treppe hinunterlief, als sei er ein Ausgestoßener und von Eifersucht verletzt.

Sie haßte ihn, weil es ihr nicht gelang, sich von ihm zu befreien. Sie konnte nicht auf dem Treppenabsatz stehenbleiben und zusehen, wie er sie verließ. Sie sah sich mit ihm hinabgehen, in ihm, denn sein Schmerz und seine Flucht waren ihr vertraut. Sie ging mit ihm die Treppe hinab und verlor sich selbst. Sie ging in ihn über, wurde eins mit ihm wie sein Schatten. Sie fühlte sich leer und in seinem Schmerz zerfließen. Sie wußte, auf der Straße würde er ein Taxi rufen und Erleichterung darüber empfinden, dem Menschen entflohen zu sein, der ihm die Wunde zugefügt hatte. Die Macht zu fliehen und sich aufzulehnen blieb.

Der Leierkastenmann würde spielen und der nagende Schmerz sich tiefer und heftiger eingraben. Er würde den bleigrauen Tag verfluchen, der den Schmerz vertiefte, denn sie waren beide unlösbar mit den Stimmungen der Natur verwoben.

Er würde den Schmerz verfluchen, der Gesichter und Ereignisse zu einem langen, ununterbrochenen Alptraum verzerrte.

Sie wollte ihren Vater bitten, zu sagen, daß er dies alles nicht empfinde. Er sollte ihr versichern, daß sie mit anderen Gefühlen oben an der Treppe zurückgeblieben sei, aber sie stand nicht dort. Sie ging mit ihm und teilte seine Gefühle. Sie versuchte, ihn zu erreichen und ihm Sicherheit zu geben. Sein Wesen flatterte wie ein Vogel, der versehentlich in ein Zimmer, der unvorsichtig und blind in sein Verderben geflogen war. Der Schmerz, dem er sein ganzes Leben lang entflohen war, überfiel ihn zwischen vier Wänden. Er stieß gegen Wände und Möbel, während sie stumm und voll Mitgefühl danebenstand. Sein Entsetzen war so groß, daß er ihr Mitgefühl nicht verstand, und als sie sich bewegte und das Fenster öffnete, um ihm die Flucht zu ermöglichen, erschien ihm die Geste als Drohung. Um seinem Schrecken zu entkommen, flog er heftig gegen das Fenster und zerzauste sein Gefieder.

Flattere nicht so blind umher, mein Vater!

Sie war es plötzlich leid, ihren Vater nur im Profil zu sehen, ihn immer am äußeren Rand der Kreise entlanggehen, ihn auf der Flucht zu sehen. Sein Ausweichen, die Unbeständigkeit und seine Ausflüchte machten sein Leben zu einem Schattenriß. Er stellte sich dem Leben nie frontal. Seine Augen ruhten niemals auf den Dingen, sie waren ständig auf der Flucht. Sein Gesicht befand sich auf der Flucht. Seine Hände befanden sich auf der Flucht. Niemals sah sie die Hände ruhen, sie kreisten wirbelnd und drehend wie Herbstlaub über dem Feuer. Wenn sie an ihn dachte, sah sie ihn in Bewegung: Entweder war er im Begriff zu gehen, oder er kam. Am vertrautesten war ihr sein Rücken, und sie wußte, daß die Haare im Nacken an einer Stelle zusammenliefen.

Sie wollte ihren Vater dazu bringen, seine Verkleidung abzulegen. Sie war seiner Ballettsprünge müde. Sie wollte um eine neue Beziehung kämpfen.

Doch er weigerte sich, zuzugeben, daß er gelogen hatte, wurde blaß vor Zorn. Kein Mensch habe je gewagt, an seinen Worten zu zweifeln, sagte er. Zweifel an ihm ließen ihn vor Ärger blind werden. In dieser Situation ging es ihm weder um Wahrheit noch um Lüge, er sah nur das Unrecht und die Beleidigung, derer sie sich schuldig gemacht hatte, indem sie an ihm zweifelte.

»Du zerstörst alles«, sagte er.

»Was ich zerstöre, ist nicht solide«, antwortete sie, »laß uns neu beginnen. Außer einem Sandhügel, in dem wir beide ab und zu voller Zweifel versinken, haben wir nichts zusammen geschaffen. Ich bin kein Kind mehr. Ich kann deinen Geschichten keinen Glauben mehr schenken.«

Er wurde blasser und zorniger, in seinen Augen leuchtete der Stolz auf seine Geschichten, der Stolz auf sein idealisiertes Ich, der Stolz auf seine Täuschungen. Er war verletzt. Er hielt sich nicht damit auf, zu fragen, ob sie im Recht war, sie konnte nicht im Recht sein. Sie begriff, daß er uneingeschränkt an die Geschichten glaubte, die er ihr erzählt hatte – jedenfalls im Augenblick. Hätte er nicht so fest daran geglaubt, wäre ihm die Demütigung nicht erspart geblieben, sich als schlechten Schauspieler entlarvt zu sehen, als ein Mann, der noch nicht einmal die eigene Tochter zu täuschen vermochte.

»Du solltest nicht verletzt sein«, sagte sie, »es ist keine Schande, nicht fähig zu sein, die eigene Tochter zu täuschen. Du kannst mich nicht belügen, denn ich habe dir selbst viele Lügen erzählt.«

»Jetzt«, antwortete er, »beschuldigst du mich, ein Don Juan zu sein.«

»Ich beschuldige dich keineswegs. Ich bitte dich nur, die Wahrheit zu sagen.«

»Welche Wahrheit?« fragte er. »Ich bin ein moralischer Mensch, weit moralischer als du.«

»Schade, ich dachte, wir seien über die Frage nach Gut und Böse hinaus. Ich behaupte nicht, daß du schlecht bist. Das kümmert mich nicht. Ich behaupte nur, daß du mir gegenüber *unaufrichtig* bist. Mein Instinkt täuscht mich nicht.«

»Wenn es um mich geht, hast du keinen Instinkt.«

»Das hätte mich treffen können, als ich noch Kind war. Heute ist es mir gleichgültig, was du von mir denkst.«

»Nur weiter«, sagte er, »jetzt sag mir, sag mir, ich habe kein Talent, sag mir, ich bin unfähig zu lieben, sag mir *alles, was deine Mutter mir früher vorgeworfen hat.*«

»Das waren niemals meine Gedanken.«

Plötzlich hielt sie inne. Sie wußte, daß ihr Vater nicht mehr sie sah, sondern jenen Richter, die Vergangenheit, die ihn bedrückte. Sie sah sich als ihre Mutter, als ihre Mutter mit einem Körper, der müde vom Geben und Dienen war, ihre Mutter, die sich gegen seine Selbstsucht und Unverantwortlichkeit auflehnte. Sie empfand den Zorn und die Verzweiflung der Mutter. Zum ersten Mal fiel das Bild, das sie sich vom Vater gemacht hatte, von ihr ab, und sie sah das Bild, das ihre Mutter von ihm hatte. Sie erkannte das Kind in ihm, das alle Liebe verlangte und nicht wußte, wie es Liebe geben konnte. Sie erkannte das Kind, das unfähig war, Schutz zu bieten, Stärke zu zeigen oder Selbstverleugnung zu üben. Sie erkannte das Kind, das sich hinter ihrem Mut versteckte, dasselbe Kind, das sich jetzt in Lauras Schutz begeben hatte. Sie war ihre Mutter, die ihm vorwarf, als Mensch ein Versager zu sein. Vielleicht hatte sie ihm auch gesagt, daß er als Musiker nicht genug leiste, um mit seiner Kunst die Schwächen als Mensch zu entschuldigen. Er hatte ein Leben lang nur gespielt: mit Menschen, mit der Liebe, um die Liebe, damit gespielt, Pianist zu sein, damit gespielt, Komponist zu sein. Er spielte, weil er seine Seele niemandem geben konnte.

Zwei Gebiete, zwei Landstriche waren durch eine Brücke verbunden, durch eine leichte, zerbrechliche

Brücke wie in japanischen Miniaturgärten. Jeder, der versuchte, die Brücke zu überqueren, fiel in einen Abgrund. Dies war ihrer Mutter widerfahren. Sie war durchgebrochen und ertrunken. Ihre Mutter hatte geglaubt, daß er eine Seele besitze. Sie war in den Bereich gestürzt, in dem seine Gefühle ihre Grenzen erreichten, wo sich das Land zweiteilte, wo Kreise zerbrachen und Ringe sich auflösten.

Sprach jetzt ihre Mutter? Sie sagte: »Ich fordere dich nur auf, ehrlich mit dir selbst zu sein. Ich gebe es zu, wenn ich lüge, aber du gestehst es nie. Ich fordere nichts anderes von dir, als ehrlich zu sein.«

»Jetzt sage mir, ich sei unehrlich.«

»In diesem Augenblick bist du es. Ich wünschte, du würdest dich mir stellen und aufrichtig sein.«

Bleich vor Zorn ging er mit großen Schritten auf und ab. Der Vater schien nicht ihr, sondern seiner Vergangenheit zu zürnen. Sein verborgenes Schuldgefühl gegenüber der Mutter kam nun ans Licht. Wenn er in ihr eine Rächerin sah, dann nur aus Furcht, daß seine Tochter ihn anklagen könne. Er hatte ihrem Urteil einen hohen Verteidigungswall entgegenzusetzen: den Beifall der ganzen Welt, doch innerlich hatte er niemals Richtig und Falsch in Einklang bringen können. Auch er wurde jetzt von dem Zwang getrieben, Dinge zu sagen, die er ungesagt lassen wollte, sie zum Symbol der Frau zu machen, die erschienen war, um ihn zu bestrafen, seinen Betrug aufzudecken und seine Nichtswürdigkeit zu offenbaren.

Doch das lag diesem Streit mit ihm nicht zugrunde. Sie war nicht gekommen, um ihn zu richten, sondern um die Unwahrheiten zu zerstreuen. Aber er fürchtete, von ihr die Worte zu hören: »Die vier Menschen, die du verlassen hast, um dein eigenes Leben zu leben, um dich zu retten, wurden dadurch zu Krüppeln«, und deshalb verschloß er sich ihren wirklichen Worten. Sie Szene fand zwischen zwei Geistern statt.

Der Geist ihres Vaters sagte: »Ich kann nicht die leiseste Kritik ertragen. Ich fühle mich sofort verurteilt und verdammt.«

Ihr Geist erwiderte: »Ich kann Lüge und Täuschung nicht ertragen. Ich brauche Wahrheit und Ehrlichkeit.«

Sie konnten sich nicht verstehen. Sie gestikulierten im leeren Raum. Gesten der Verzweiflung und des Zorns. Der Vater schritt erregt auf und ab, zornig, weil sie an ihm zweifelte, und er vergaß, daß diese Zweifel wohlbegründet waren, vergaß, sich zu fragen, ob sie recht hatte oder nicht. Und sie, voll Verzweiflung, daß der Vater nicht verstand, daß die zerbrechliche, kleine japanische Brücke zwischen den zwei Hälften seiner Seele sie auch nicht einen Moment lang tragen konnte, obgleich sie so leichtfüßig einherging und versuchte, Botschaften von einer Seite zur anderen zu bringen, hoffte, Verbindungen zwischen dem Wirklichen und dem Unwirklichen herzustellen.

Sie konnte ihren Vater nicht mehr erblicken. Sie konnte nur das harte Profil wahrnehmen, das wie ein pfeilschnelles Schiff aus Stein die Luft durchschnitt, ein Schiff aus Stein, das sich in einem Meer bewegte, das den Menschen unbekannt ist. Es schwamm in Regionen aus Granit. Kein Wasser, keine Wärme und keine Strömung flossen mehr zwischen ihnen. Jede Verständigung war durch seine Unehrlichkeit abgebrochen. Verloren im Nebel, verloren im kalten, weißen Nebel der Unehrlichkeit. Eindrükke verzerrt und wie durch eine Glaskugel wahrgenommen. Sein Mund schmal und spöttisch, seine Augen weit geöffnet, aber in ihrer Transparenz leer, nicht menschlich. Alle menschlichen Konturen waren verschwunden.

Und sie dachte: Vor langer Zeit habe ich aufgehört, meinen Vater zu lieben. Geblieben ist eine sklavische Anhänglichkeit an ein eingeprägtes Schema. Als ich ihn traf, glaubte ich, ich könnte glücklich und froh werden. Ich gab vor, es zu sein. Ich habe mich in Ekstasen versetzt. Aber wenn man spielt, rebelliert der Körper. Es kommt zu großen Erschütterungen, Revolten, zu großen, dunklen Verwüstungen und vor allem zu Freudlosigkeit. Mich überfiel eine große, dunkle Freudlosigkeit. Alles Natürliche bringt Freude. Aber er heuchelte. – Er mußte mich wie eine Trophäe gewinnen und als Sieg vorweisen. Er mußte mich meiner Mutter abgewinnen und meinen Beifall erringen. Er mußte mich gewinnen, weil er mich fürchtete. Er fürchtete das Urteil seiner Kinder. Und als er mich nicht gewinnen konnte, war seine Eitelkeit verletzt. In mir bekämpfte er seine Fehler, wie ich in ihm meine Fehler haßte.

Bestimmte Gesten der Kindheit scheinen ein ewiges Echo zu hinterlassen. Dazu gehörte ihre Geste, die den Vater am Gehen hindern sollte: Sie klammerte sich an seinen Mantel und hielt sich so fest, daß sie mit Gewalt losgerissen werden mußte. Diese Geste der Verzweiflung schien ihr ganzes Leben zu durchziehen. Sie wiederholte sie blindlings in der Furcht, daß alles, was sie liebte, verlorengehen würde.

Es fiel ihr so schwer, zu glauben, daß dieser Vater, den sie noch immer festzuhalten versuchte, nicht länger real oder wichtig war, daß der Mantel, den sie ergriffen hatte, nicht warm, sein Körper nicht menschlich war, daß ihr atemloses, tragisches Begehren ein Ende gefunden hatte und daß ihre Liebe gestorben war.

Starke Kräfte hatten sie zu Symmetrie und Ausgeglichenheit tendieren lassen. Sie hatten sie getrieben, ihren Vater zu verlassen, um den fatalen Kreis des Verlassenwerdens zu schließen. Sie hatten das Stundenglas der Schmerzen gezwungen, sich zu wenden. Sie hatten sich gegenseitig verfolgt. Sie hatten versucht, voneinander Besitz zu ergreifen. Sie waren Sklaven eines Schemas und nicht der Liebe. Vor langer Zeit war ihre Liebe durch andere Lieben ersetzt worden, und das erhielt sie am Leben. Alle Teile des Ich, die in einem Gewirr von Elend und Frustration verknotet waren, hatten sich unmerklich durch das Leben und durch kreative Arbeit gelöst, doch die Gefühle, mit denen sie vor zwanzig Jahren begonnen hatten – er mit dem Gefühl der Schuld, sie mit dem Gefühl der Liebe –, waren wie Schienen, auf denen ihre Besessenheit sie mit voller Geschwindigkeit dahinjagte.

Heute klammerte sie sich an den Mantel einer toten Liebe.

Dies war der Alptraum gewesen: Sich auf die Suche zu machen und alle Freuden zu vergiften mit dem Zwang, sie erfolgreich zu beenden, zu entdecken, daß diese Erfüllung nicht notwendig für das Leben war, sondern für den Mythos. Es war der Mythos, der ihnen verwehrte, ihrer ersten idealen Liebe zu entsagen oder die illusionäre Natur dieser Liebe zu erkennen. Was sie ihre Bestimmung nannten – es waren die Geleise ihrer Besessenheit.

Jetzt endlich betrat sie das Chinesische Theater ihrer Tragödie. Sie konnte die Ausstattung und das Stück sehen. Sie konnte erkennen, daß die Kulissen aus der Pappe der Illusionen gefertigt waren. Sie ging hinter die Bühne und konnte aufhören zu weinen. Das Leiden war nicht länger Realität. Sie konnte die Fäden sehen, die die Szenerie beherrschten, den Theaterdonner und die falschen Blitze.

Sie trat aus dem Äther der Vergangenheit.

Die Welt war ein Krüppel. Der Vater war ein Krüppel. Als er um sich schlug, um seine Freiheit zu verteidigen und sein Leben zu retten, hatte er sie getroffen, aber er hatte sich durch Gewissensbisse vergiftet.

Es bestand kein Grund, zu hassen. Es bestand kein Grund, zu bestrafen.

Als sie das letzte Mal aus dem Äther gekommen war, sah sie ihr totes Kind, ein kleines Mädchen mit langen Wimpern und zarten Händen. Es war tot.

Das kleine Mädchen in ihr war ebenfalls tot. Die Frau war gerettet. Und mit dem kleinen Mädchen starb das Bedürfnis nach einem Vater.

Die Stimme

Djuna legte sich in dem Zimmer von der Größe einer Zelle nieder, im höchsten Hotel der Stadt, in einem Hochhaus, das wie ein Schienenstrang zum Mond in den Himmel schießt. Eine Million Zimmer wie Zellen, die sich alle gleichen, greifen ungestüm und chaotisch übereinandergeschichtet nach dem Mond. Fahrstühle durchfliegen die Stockwerke wie pfeilschnelle Vögel und signalisieren mit den roten und weißen Blitzen ihrer Augen AUFWÄRTS und ABWÄRTS: zu den Sonnenterrassen, zu den Aussichtstürmen, zur Sonnenliegehalle oder hinab zu den unterirdischen Lagerräumen. In diesem babylonischen Turm werden alle Stimmen der Welt von Radioantennen eingefangen, und selbst wenn die kleinen Knöpfe auf *Aus* stehen, dringt die Musik aller Sprachen durch die Wände. Die Menschen, die in den Fahrstühlen auf- und niederfahren, dürfen niemals die letzte Decke durchbrechen und in den reinen Raum vordringen. Es ist ihnen auch nicht erlaubt, durch das Erdgeschoß zu stoßen und in die dämonischen Regionen im Innern der Erde einzutreten. Wenn sie den höchsten Punkt erreicht haben, stürzen sie wieder in die schwere Stille der Dunkelheit zurück. Für Djuna hält der Fahrstuhl nicht an den Sonnenterrassen. Sie ist sicher, daß er wie ihre Gefühle, die in einer aufschäumenden Welle explodieren, hinaus und durch die Decke hindurchgleiten wird. Wenn der Aufzug im Erdgeschoß hält, erlebt sie einen Augenblick der Angst: Er wird hier nicht stehenbleiben, sondern sich in die Tiefe graben, wo hysterische Angst und Dunkelheit herrschen, wo Brunnen, Gefängnisse und Gräber liegen.

Sie geht durch die teppichbelegten Flure und kann das Singen, das Weinen, das Streiten und die Geständnisse hören, die aus den Zimmern dringen. In diesem Konvent der Unkeuschheit vernimmt niemand ihre Schritte. Das Zimmermädchen geht vorüber. Es trägt alte Zeitungen, Zeitschriften, Zigarettenstummel und Frühstücksreste. Der Page läuft mit Telegrammen, eiligen Sendungen und Botschaften durch das Hotel. Er eilt an ihr vorüber, ihm öffnen sich die Türen und geben den Blick auf intimes Leben frei. Tabletts mit Speisen für die Liebenden und die Ungeliebten. Der Hausdetektiv.

Djuna geht geräuschlos über den Teppichboden der Flure, und die durchsickernden Geständnisse dringen in ihr Bewußtsein. Die Fahrstühle speien Menschen aus, die danach fiebern, Geständnisse zu machen. Sie fragen nach dem Zimmer des modernen Priesters. Dort sitzt ein Mann in einem Sessel, hört den Ungläubigen zu, die auf der Couch liegen, blickt auf sie hinunter, aber sein Gesicht bleibt im Gegenlicht unsichtbar. Er blickt auf sie hinunter, um in sich die Wunde des Mitgefühls offenzuhalten. Sein Blick aus dieser Position fällt auf das schüttere Haar, er sieht, wo es sich teilt und wo es dünner wird. Die Augenbrauen wirken wie der Rand eines Kraters. Er bemerkt die Zartheit der Haut, die sich nur dem Blick enthüllt, der sie streift. In dieser Lage scheinen alle Menschen schutzbedürftig zu sein. Aus seinem Blickwinkel wölbt sich keine Nase mit Kühnheit oder weist aufdringlich in die Luft. Sie ist lediglich eine zarte Wurzel über dem Mund. Die Augen sind von müden Lidern bedeckt, deren Bewegungen langsamer erscheinen, wenn man sie von oben betrachtet. Es sind Vorhänge aus überempfindlicher Haut, die sich mit der Schwere des Schlafs oder des Todes senken. Ohne das schnelle Lichtduell der Augen, ohne den Glanz oder die Leidenschaft des Ausdrucks, ohne Mut, Grausamkeit und Humor wirken alle Menschen wie gekreuzigt und leidend, als hätten sie schmerzende Geheimnisse zu verbergen. Ohne seine sinnliche Offenheit, ohne seinen Atem wirkt der Mund wie eine Zielscheibe, wie eine verletzliche Öffnung, wie eine Wunde im Menschen, aus der ungehemmt all seine Leiden strömen.

Der Mann, der den Geständnissen lauscht, ist an seinen Stuhl gefesselt. Er sieht sie alle kämpfen, sie, die besiegt, verwundet und verkrüppelt sind. Sie offenbaren sich ihm, sie verlangen Vergebung, Absolution, Verzeihung und Rechtfertigung. Sie brauchen die *Stimme*, die aus einem dunkeln Sessel dringt, als einen Ersatz für Gott. Die *Stimme* ist der Beichtvater früherer Zeiten.

Djuna legt sich auf die Couch. Sie erinnert sich an alles,

was sie erlebt hat und was so viele andere nach ihr erleben werden. Dieses Gespräch im Dunkeln mit jemandem, der ein Teil von ihr wird, der all ihre Fragen beantwortet. Dieser Mann ohne Identität, die *Stimme* all dessen, was sie nicht wußte, das aber in ihr war und ans Licht geholt werden mußte. Die *Stimme* des Mannes half ihr, wiedergeboren zu werden.

Langsam führte er sie zum Anfang zurück. Das Gespräch mit einem Menschen, den sie nicht sehen konnte, war wie der Dialog mit einer Djuna, die weit größer war als die Djuna des Alltags, einer Djuna, die sie manchmal so deutlich empfand, wie man den Wind an Straßenecken spürt. Die größere drängte die kleine Djuna, groß zu handeln und zu sprechen, nicht klein und von Zweifeln oder Furcht geplagt. Die *Stimme* hatte diese größere Djuna ans Licht gebracht, hatte sie mit ihrem Verlangen konfrontiert, hatte beiden ermöglicht, miteinander zu verschmelzen. Davor trennte sie ein Abgrund des Hungers und des Verlangens. Die kleinere Djuna lebte in einer Welt, die sie als tragisch fürchtete, die andere, die größere Djuna in einer Welt, die sie nicht mehr fürchtete. Die *Stimme* hatte gesprochen, um Aufruhr, Dissonanzen und Zerrissenheit zu vertreiben: »Ich werde Sie mit Ihrem Ich versöhnen.« Das klang in ihren Ohren, als habe sie zwei auseinanderstrebende Äste getrieben und so ihre Stärke verloren.

»Etwas stimmt mit mir nicht. Ich möchte nur mit dem inneren Ich der anderen leben. Mir ist nur das innere Ich wichtig. Ich hasse es, die Menschen draußen in der Welt zu sehen, ihre Masken, ihre Unaufrichtigkeiten, ihre Kapitulation vor der Welt, ihre Ähnlichkeiten und ihre Promiskuität. Für mich zählt nur das verborgene Ich. Ich will nur den Traum und die Isolation. Mich quält die Angst, daß alle gehen, sich entfernen, und daß Liebe in einem einzigen Augenblick stirbt. Ich sehe die Menschen, die durch die Straßen gehen, einfach gehen, und ich fühle: Sie gehen, *aber sie werden auch getrieben.* Sie sind Teile einer Strömung. Jeder entschwindende Augenblick trägt sie weiter. Ich verwechsle die Stimmungen, die sich ändern und die vergehen, mit den Menschen. Ich sehe sie in Strudel hineingezogen, und dabei gleiten sie von einem

Zustand in den nächsten, ohne jemals zurückkehren zu können. Ich sehe, sie sind *verloren.* Sie bewegen sich nicht in Kreisen. Sie kehren nicht zu ihrem Ausgangspunkt zurück, sie gehen auf einem Weg ohne Wiederkehr und zu schnell dem Ende entgegen. Und ich sehe mich stillstehen. Ich kann nicht mit ihnen gehen. Ich scheine zu stehen und den vorüberziehenden Strom zu beobachten, aber ich werde zurückgelassen. Weshalb empfinde ich, daß sie alle wie der Tag, das Laub und das launische Wetter in den Tod gehen?«

»Weil Sie stillstehen und die Zeit an Ihrer Unbeweglichkeit messen, scheinen die anderen dem Ende zu schnell zuzustreben. Wenn Sie mit ihnen lebten und sich treiben ließen, würden Sie diesen Tod nicht mehr wahrnehmen, der in Wirklichkeit in Ihnen liegt, weil Sie zusehen.«

»Ich stehe stundenlang in der Stadt am Fluß. Mich faszinieren weggeworfene Dinge. Ich beobachte die verwelkten Blumen, die auf dem Wasser dahintreiben, die Kelche weit geöffnet, das Leben ist aus ihnen gewichen, Blüten ohne Stempel. Durchlöcherte Gummipuppen tanzen auf und ab und erinnern mich an Embryos. Kisten mit verfaultem Gemüse, Flaschen mit zerbrochenen Hälsen. Tote Katzen. Korken. Brot, das wie Innereien aussieht. Diese Dinge verfolgen mich. Der Abfall. Wenn ich Menschen beobachte, scheine ich gleichzeitig die weggeworfenen Teile ihres Ichs zu sehen. Und so kann ich ihre Bewegungen nur als Handlungen sehen, die sie schneller und schneller dem Verderben entgegentreiben, dem Ende, dem Fluß, der sie davonspült. Je schneller sie durch die Straßen gehen, desto schneller nähern sie sich diesem Berg aus Abfall. So sehe ich sie – von einer Strömung erfaßt, die sie davonträgt.«

»Nur weil Sie stillstehen. Wären auch Sie von der Strömung, von Liebe und Ekstase erfaßt, würde sich Ihnen nicht nur der tödliche Aspekt der Bewegung enthüllen. Sie sehen nur, was das Leben ausstößt, denn Sie stehen außerhalb. Sie sind vom Prozeß der Gärung ausgeschlossen. Wer *selbst* Feuer ist und alles verzehrt, bedauert nicht, was verbrannt und verbraucht wird. Würden Sie brennen, wäre es Ihnen ein Genuß, alles Verbrauchte wegzuwerfen. Sie würden um die Leichtigkeit Ihrer Bewegungen kämpfen. Nicht zu schnelles Leben und Selbstaufgabe tragen den Menschen dem Tod entgegen, sondern Stillstand. Im Stillstand zerfällt alles. Die Teile Ihres Ichs, die sterben, sind nur wie fallende Blätter. Was sich in Ihnen gegen das Leben wehrt, gleicht einer Zelle, die nicht mehr durchblutet wird. Blut muß kreisen. Es muß Veränderung geben. Wer lebt, sucht Veränderung. Nur wer stillsteht, bemerkt den Tod.«

Djuna trat aus dem Haus und war blind, weil soviele Erinnerungen auf sie einstürmten. Der Menschenstrom wollte sie davontragen, und sie erkannte schlagartig das ganze Ausmaß ihrer Furcht, zu fließen, nachzugeben, von einem anderen Menschen abhängig zu sein. Plötzlich ging sie schneller als die anderen, um den Genuß zu verspüren, sie zu überholen. Wer sich nicht bewegt, fühlt sich verlassen, und wer liebt, weint und sich hingibt, weiß, daß er so schnell lebt, daß kein Treibgut ihn einholen wird. Sie bewegte sich schneller vorwärts als die träge dahinfließenden Flüsse, die Geröll und Schutt mit sich führen. Bewegen, bewegen. Fließen, fließen, fließen. Solange sie beobachtete, schien sich alles, was sich bewegte, von ihr zu entfernen, aber wenn sie sich bewegte, schien dies nur eine Flutwelle zu sein, und ihr Ich, das sich drehte und kreiste, gab dem rotierenden Strom der Begierde Nahrung.

Sie scheint in einem Fahrstuhl zu stehen, der mit großer Schnelligkeit auf und nieder gleitet. Viele hundert Stockwerke von Empfindungen wechseln schneller als die Temperatur. Nach oben zur Sonnenterrasse, zum letzten Stockwerk. Befreiung. Eine Wohnung des Lichts. Nähe zum Glauben. Es gibt in dieser Höhe etwas, an das sie sich lehnen kann. Glaube. Aber die roten Lichter rufen: ABWÄRTS. Der Fahrstuhl gleitet schnell nach unten und bringt ihren Körper in das Stockwerk der Musik, aber ihr Atem bleibt auf halbem Weg gefangen, verharrt in der Mitte des Himmels. Jetzt atmet sie Musik, in der sich alle Spannungen lösen. Nicht der schnelle Höhenwechsel macht sie benommen, sondern daß Teile ihres Körpers, ihres Lebens in jedes Stockwerk dringen, in das Leben anderer Menschen. Alles, was in das Zimmer der *Stimme* dringt, gießt die *Stimme* jetzt in sie zurück, um sich von dem Gewicht zu befreien. Sie hört ihre Geständnisse, jede Angst wiederholt sich in ihr. Die Resonanz ist gewaltig: Resonanz auf Wind, auf Klagen, auf Schmerzen, auf Verlangen, auf jede Nuance der Empfindsamkeit. Die Resonanz ist gewaltig, sie geht über das Hotel, über das hohe Gewölbe des Himmels und über die schwarze Schale der Hysterie hinaus. Darum kann sie die Musik nicht hören, kann sie der Musik nicht lauschen. Ihr Ich ist bis zum Rand gefüllt. Sie fließt über und kann ihr eigenes Wissen nicht zurückhalten. Die Musik überschwemmt und überflutet sie, vereint sich mit der Überfülle, und Djuna kann sie nicht aufnehmen. Sie ist gesättigt, denn die Musik in ihr stirbt niemals. Kein Tag ohne Musik. Djuna ist gespannt und vibriert wie ein Instrument, das ohne Hände, ohne Spieler, ohne Dirigenten erklingt, antwortet, atmet und eine ununterbrochene Melodie der Sensibilität verströmt. Sie hat das Schweigen nie gekannt, selbst nicht in den dunkelsten Grotten des Schlafs. Darum kann Djuna die Konzerte des *Hotel Chaotica* nicht hören, ohne zu zerspringen. Sie empfindet ihren Körper als ein Instrument, das den schönsten Klang hervorbringt, wenn es als Körper gespielt wird. Ekstase, die nur im Orchester erreicht wird, Musik und Sinnlichkeit, die alle Mauern überfliegen. Das Orchester ist Fülle, und nur Fülle erhebt sich zu Gott. Der Solist spricht mit seiner eigenen Seele. Nur Fülle steigt hoch empor.

Die Fülle des Hotels. Was in den Zimmern auch geschah: Zerstreuungen, Entartungen, Hunger und Unvollkommenes – wenn Djuna das höchste Stockwerk erreicht, ist die Verwandlung vollbracht.

Das Telephon klingelte. Unten wartete jemand, um die *Stimme* zu sprechen. Es war dringend. Die Frau kam nach oben, schüttelte ihren Schirm, von dem geschmolzener Schnee tropfte. Sie betrat sein Zimmer und ging dabei seitwärts wie ein Krebs, in ihren Mantel gehüllt, als sei sie ein Paket und nicht ein Mensch. Nach jedem zweiten Wort ein Zögern, weitausholende Gesten, die männlich wirken sollten, aber als sie auf der Couch saß und zur

Stimme aufblickte, errötete sie schüchtern und fragte: »Soll ich meine Schuhe ausziehen und mich hinlegen?« Da wußte er, daß sie nicht männlich war. Sie täuschte sich und andere. Während er sie dabei beobachtete, wie sie ihre Schuhe auszog und ihre winzigen, zarten Füße enthüllte, war er sich seiner Sache sicher. Nicht, daß ihre Füße ein weibliches Indiz gewesen wären, aber er spürte durch Füße und Hände die Frau in ihr. Sie verströmten Weiblichkeit. Das Ausziehen ihrer Schuhe enthüllte, daß ihre Zärtlichkeiten die eines Mädchens waren, eines Schulmädchens, das seine weiblichen Empfindungen nur an der Oberfläche erweckt und, nachdem sie auf den Seen sanfter Gefühle dahingetrieben sind, glaubt, zum dunkeln, stürmischen Mittelpunkt der Empfindungen einer Frau vorgedrungen zu sein. Er wußte dies alles, und es überraschte ihn nicht, als sie begann: »Es fällt mir schwer, es Ihnen zu gestehen: Ich bin pervers. Ich hatte viele Affären mit Frauen.« Er wollte lächeln. Er hätte lächeln können, denn sie sah ihn nicht, aber er konnte beobachten, wie sie ihre zarte Mädchenhand durch die Strähnen ihrer schweren Haare gleiten ließ – eine müde Geste, die Unglück und dunkle Andeutungen ausdrükken sollte. Keinem ihrer Worte gelang es, die Atmosphäre des Zimmers mit ihren sündigen Handlungen zu beladen, wie sie es beabsichtigte. Die Atmosphäre blieb zart wie ihre Hände und Füße. Was immer sie von ihren letzten Liebesaffären berichtete, es atmete Unschuld. Sie sprach hastig, mit kurzen Wiederholungen und kleinen Seufzern des Erschreckens und Erstaunens über sich selbst.

»Ich liebte Hazel so sehr. Ich wurde von ihr verschlungen, sie konnte alles mit mir tun. Davor liebte ich Georgia ebenso sehr. Ich half ihr sogar, ihre Liebhaber zu treffen. Ich tat alles, worum sie mich bat. Sie wurde meiner überdrüssig. Ich reiste allein nach Holland, und ich konnte nicht mehr Violine spielen. Ich wollte sterben. Ich liebte andere Frauen, aber es war nicht dasselbe. Sie können sich nicht vorstellen, welch schreckliche Dinge ich in meinem Leben getan habe. Ich weiß nicht, wie sie darüber denken. Ich kann Ihr Gesicht nicht sehen, und das verwirrt mich. Ich kann Ihnen nicht alles erzählen, denn dann würden Sie mich vielleicht nicht mehr sehen wollen. Georgia sagte mir, daß man sich hinlegt und spricht. Es sei, als spräche man zu sich selbst, aber mit dem Unterschied, daß die *Stimme* da sei und alles erkläre und daß es aufhöre, wehzutun. Es tut mir gut, hier zu liegen, aber ich schäme mich so vieler Dinge. Ich glaube, daß das, was ich getan habe, sehr schlecht ist – mit Frauen zu schlafen, und andere Dinge. Ich habe eine Frau ermordet, die heiratete. Es geschah in meinem Geburtsort im Süden. Die Frau heiratete und starb in der Hochzeitsnacht – und *ich tat es.* Vor der Hochzeit dachte ich immer wieder, daß sie keinen Mann lieben dürfe, denn Männer kennen keine Zärtlichkeit. Ich dachte an das Blut und betete, sie möge vor ihrer Hochzeit sterben. Ich habe es gewünscht, und sie starb. Ich bin sicher, es war meine Schuld. Aber es gibt etwas Schlimmeres. Es geschah in Paris. Ich übte auf der Violine. Mein Zimmer lag im Parterre, und die Fenster standen offen. Ich spielte, doch plötzlich, ich weiß nicht warum, blickte ich auf den Violinbogen, sah ihn lange an, und mich überkam das übermächtige Verlangen, ihn zwischen meinen Beinen hin- und herzuführen, als sei ich die Violine. Ich weiß nicht, warum ich es tat. Plötzlich hörte ich die Passanten draußen lachen . . . Ich wäre am liebsten vor Scham gestorben. Sie dürfen das keinem Menschen erzählen. Ich weiß nicht, was Sie von mir denken. Wenn ich nicht weiß, was die Menschen denken, stelle ich mir immer vor, daß sie über mich lachen und mich kritisieren. Ich habe nicht das Gefühl, daß Sie mich verurteilen. Es ist angenehm, hier zu liegen. Ich glaube, daß ich endlich ein paar fürchterliche Dinge ausspreche, vielleicht werde ich sie los und vielleicht wird es mir gelingen, sie zu vergessen. Einmal machte ich einem kleinen Jungen einen Einlauf. Ich benutzte dazu einen Strohhalm und glaubte, ihm eine unheilbare Wunde zugefügt zu haben. Ein paar Jahre später erkrankte er und starb. Ich wagte nicht mehr, durch die Stadt zu gehen, denn ich war sicher, daß das Klistier seinen Tod verschuldet hatte. Glauben Sie nicht auch? Ich weiß nicht, warum ich das tat. Ich wünschte, ich könnte Ihr Gesicht sehen. Ich möchte mich rächen, denn ich wurde operiert, ohne daß man mir sagte warum. Man erklärte mir, daß es sich um eine Blinddarmreizung handle. Aber als ich wieder gesund war, stellte ich fest, daß mir fehlte, was zu einer Frau gehört. Und ich weiß: Kein Mann wird mich mehr wollen, denn ich kann keine Kinder bekommen. Aber das ist gut so, denn ich mag Männer nicht, sie sind nicht zärtlich. Keine Kinder haben zu können, bedeutet – verkrüppelt zu sein. Aber ich bin sicher, ich würde es mit einem Mann nicht mögen. – Ich habe es einmal mit einer Zahnbürste versucht, und es gefiel mir nicht. Bevor ich hierher kam, hatte ich einen lustigen Traum: Ich hatte meine Adern geöffnet und füllte sie mit Quecksilber – jede Ader meiner Fingerspitzen. Warum kann ich nie glücklich sein? Wenn ich liebe, denke ich immer an das Ende. Auch jetzt denke ich, daß ich nicht mehr kommen darf, wenn mir nichts mehr einfällt, und ich fürchte mich vor dem Ende dieser Gespräche. Ich habe Angst, daß Sie mich nicht für krank genug halten.«

Eine Woche später, zehn Tage später, legt sie sich auf die Couch und spricht zur *Stimme:*

»Gestern abend konnte ich spielen. Ich spürte, wie Ihr riesiger Schatten auf mich fiel, und konnte das Aufblitzen Ihres großen Siegelrings sehen. Aber noch merkwürdiger war, daß ich plötzlich mitten auf der Straße den Duft Ihrer Zigarre roch. Haben Sie dafür eine Erklärung? Während ich die Straße entlanggehe, rieche ich Ihre Zigarre, und das läßt mich tiefer einatmen. Sie werden bemerkt haben, daß ich immer mit hochgezogenen Schultern gehe. Ich gehe wie ein Mann. Ich bin sicher, daß ich eigentlich ein Mann bin, als Kind habe ich wie ein Junge gespielt. Ich haßte es, hübsche Sachen anzuziehen, und ich verabscheute Parfüm. Ich verstehe nicht, weshalb der Duft Ihrer Zigarre, der mich an die Gespräche mit Ihnen erinnerte, mir das Gefühl gab, tief durchatmen zu müssen. Das ist seltsam. In den letzten Tagen habe ich nicht an Hazel gedacht. Vielleicht liebe ich sie nicht mehr. Nur wenn wir uns trennen, habe ich das Gefühl, sie zu lieben. Wenn ich sie in einem Zug abreisen sehe, bin ich schrecklich, schrecklich traurig. Sonst weiß ich nicht, ob ich sie wirklich liebe. Ich empfinde nichts, wenn wir zusammen sind. Wir streiten uns häufig, das ist alles. Mit Georgia war das anders. Sie ließ mich ihre Anwesenheit spüren.

Lillian, tu dies für mich, Lillian, tu das für mich. Lillian, telephoniere für mich, Lillian, bring mir meine Noten. Immer war sie sterbenskrank. Ich mußte den ganzen Tag lang für sie da sein. Sie lag immer im Sterben, aber es ging ihr dabei gut genug, um Liebhaber empfangen zu können. Sie klammerte sich an mich. Sie sprach mit mir über ihre große Einsamkeit und über ihre Liebesaffären. Mit Ihnen zu sprechen, ist das Wundervollste, das mir je widerfahren ist. Wie merkwürdig, aufrichtig auszusprechen, was mir einfällt, alles zu sagen, was mir durch den Kopf geht. Es geht mir besser, aber schicken Sie mich bitte nicht weg. Als Kind wollte ich immer nach Afrika. Ich besaß ein Album, in dem alles über Afrika stand. Es gab darin Landkarten, Fahrpläne, Schiffspläne, Informationen, Bilder von Flugzeugen und Schiffen, die mich dorthin bringen konnten. Meine Schule war weit von zu Hause entfernt. Ich mußte zwei Stunden zu Fuß gehen, und ich nannte sie Afrika. Wenn ich mich auf den Weg machte, war ich wie für eine Reise gerüstet. Ich ging gern zur Schule, denn sie war Afrika. Auch nachts dachte ich an Afrika. Dann wurde eine neue Schule gebaut, ganz in der Nähe, nur fünf Minuten von unserem Haus entfernt, und ich ging nie wieder zur Schule. Ich wurde von der Schule gewiesen. Mein Vater verzieh mir das nie. Er war so wütend, daß er ein Messer aus dem Fenster warf. Er traf unser Pferd ins Bein. Das machte einen tiefen Eindruck auf mich. Alles war meine Schuld. Als ich Sie gestern verließ, dachte ich an Gott, und was glauben Sie, was passierte? Ich trat aus dem Hotel, stolperte auf den Stufen und fand mich kniend auf dem Gehweg. Es machte mir nichts aus, es war schön. Wie oft hatte ich gewünscht, auf dem Gehweg zu knien, und hatte es nie gewagt. Während ich an Sie dachte und daran, was ich Ihnen beim nächsten Mal erzählen könnte, damit Sie nicht glauben, ich sei geheilt und mich wegschicken, empfand ich, daß ich nun etwas besaß, das Sie mir nicht nehmen könnten. Seit ich zum ersten Mal hierherkam, umgibt mich ein warmes, süßes und lebensspendendes Gefühl, das mir gehört. Ich weiß, Sie haben es mir gegeben, aber jetzt gehört es mir, und Sie können es mir nicht mehr wegnehmen.«

Mischa kam hinkend zur *Stimme*, aber er sprach nur über seine Hand. Er konnte nicht mehr Cello spielen. Seine Hand war steif. Über sein Bein schwieg er.

Seine Mutter war eine Kosakenfrau. Die große Leidenschaft seines Vaters war die Jagd. Mischa hatte sich nie für Frauen interessiert, es sei denn, sie trugen rote Kleider, dann überkam ihn der Wunsch, sie zu beißen. Frauen erschienen ihm als etwas Weiches, Blindes, etwas, in dem man sich verstecken konnte. Wenn er eine Frau sah, wollte er klein werden und sich in ihr verstecken. Er nannte seine Mutter auf Russisch sein »Heiliges Geheimnis«.

Seine Hand war seit vielen Jahren verzerrt und verkrampft. Er hob sie empor, um sie der *Stimme* zu zeigen. Ständig sprach er über seine Hand, darüber, wie sie sich anfühlte, und daß sie heute noch steifer sei als gestern. Als Kind hatte er Cello gespielt. Er war ein Wunderkind gewesen. Er erinnerte sich an Konzerte in seiner Kindheit und daß die Mutter ihn hinterher zwischen ihre großen, starken Reiterschenkel genommen und liebkost hatte, weil er so schön gespielt hatte. Seine Mutter war anders als alle Frauen, die er kannte. Sie hatte sehr langes, schwarzes Haar, das sie im Haus offen trug. Es war eine Art Wald aus schwarzem Haar, in dem er sein Gesicht verbarg. Seine Gute-Nacht-Küsse fanden immer nur das schwarze Haar. Ihn umgab absolute Schwärze, die Haare kitzelten seine Wimpern und gerieten in seinen Mund. So stürmisches und starkes Haar mit einem Duft, der ihn benommen machte, Haar, das ihn umschlang. Seine Mutter sah wie Medusa aus, ihre Haare waren Schlangen, ihr Gesicht eine Maske. Er glaubte, daß sich ihre Augen nie auch nur für eine Sekunde geschlossen hätten. Sie besaß die Stimme eines Mannes und ein tiefes, lang anhaltendes Lachen, länger als jedes andere Lachen. Er konnte es nachts in seinem Bett hören. Er hatte geträumt, mit Hilfe der langen, schweren Haare seiner Mutter an einen Ort geklettert zu sein, wo er für seinen Vater unerreichbar war. Sein Vater bevorzugte Lederkleidung, trug Gewehre und brachte, stets von Hunden umringt, verwundete, bluttriefende Tiere nach Hause. Mischa glaubte, im Cello die Stimme seiner Mutter gefunden zu haben.

Danach sagte Mischa tagelang nichts. Er konnte nicht Cello spielen, konnte seine Hand nicht frei bewegen, es gab Dinge, die die *Stimme* nicht erfahren sollte, aber er hatte das Gefühl, daß *sie* ihn beobachtete und mit großer Geschicklichkeit seine Geheimnisse aufspürte. Er glaubte, die *Stimme* sei nicht davon überzeugt, daß er unter seiner Hand leide. Langsam fühlte er sich von verwirrenden Fragen umzingelt, durch unerwartete Assoziationen eingekreist. Er empfand sich als Verbrecher, aber er konnte sich nicht an die Tat erinnern. Die *Stimme* trieb ihn mit ihren Fragen in die Enge. Mischa empfand große Angst, als habe er ein Verbrechen begangen und versuche, es zu verbergen. Er konnte sich nicht daran erinnern, worin es bestand. Er kannte den Ort, an dem es begraben lag. Was lag begraben? Hier, in seinem Körper, am Grund einer trüben, lehmigen Quelle lag etwas begraben. Die *Stimme* trieb ihn auf dieses Etwas zu. Ein Bild. Was? Welches Bild? Das Bild seiner großartigen Medusenmutter, die in ihrem Zimmer stand. Er war ein kleiner Junge von acht Jahren und konnte nicht schlafen. Leise hinkte er zu ihrem Zimmer und klopfte zaghaft an die Tür. Sie hatte sein Klopfen nicht gehört. Ganz langsam öffnete er die Tür. Er wußte, daß sein Vater nicht zu Hause, sondern auf der Jagd war. Vor ihm stand übergroß die Mutter. Sie trug ein langes weißes Nachtgewand, und auf diesem Gewand bemerkte er einen blutigen Fleck. Er hatte den Fleck gesehen, hatte ihr Blut gerochen, hatte hysterisch geschrien. Er rannte aus dem Zimmer, um den Vater zu suchen. Er ergriff eine Reitpeitsche. Der Vater kam gerade von der Jagd zurück, stand an der Tür, zog seinen Ledermantel aus und legte sein Gewehr ab. An seinem Ärmel klebte Blut. Das tote Wild lag in der Halle. Draußen bellten noch immer die Hunde. Mischa ging auf seinen Vater zu und schlug ihn, schlug nach dem Mann, der das weiße Gewand seiner Mutter mit Blut befleckt, der sie gejagt hatte, wie er Tiere jagte.

Während Mischa dies erzählte, hielt er die steife Hand empor. Er glaubte, die *Stimme* würde über die Hand sprechen, aber *sie* fragte: »Und das Hinken?«

Mischa zuckte zusammen und wandte das Gesicht ab. Hinter dem, was er erzählt hatte, lag das Geheimnis.

Hinter der Fassade des Bildes, der Szene, die er so deutlich sah, lag das Gebiet scharfkantiger Fragmente. Dort lag, wie ein weggeworfener Gegenstand, ein totes Bein, unbegraben. Es hatte immer unbegraben dort gelegen. Tot. Es war ihm deutlicher bewußt als alles andere in seinem Leben. Das tote Bein lag hölzern auf dem Körper ausgestreckt. Mischa hatte seine Hand daran genagelt. Leben, Farben, Musik, Frauen – sie hingen wie Votivgaben um dieses tote Bein. Gefangen. Verbrannt. Der Schmerz der Lähmung. Der Schmerz, bereits als Kind zu erkennen, daß man ein Fragment des Todes in sich trägt, daß man mit einem toten Fragment des Ichs leben muß. Der gierige Zugriff des Todes macht sich bereits bemerkbar: verkrüppelt und gedemütigt zu sein, von Spielen ausgeschlossen zu werden, nicht reiten zu können, die Lähmung, die sich bei Konzerten verbergen ließ, aber nicht bei Frauen, der verwundete Blick in den starren Augen seiner Mutter, wenn sie ihm beim Laufen zusah. Ihre Liebe für ihn war nicht fröhlich, sondern von Mitleid erfüllt. Wenn sie andere küßte, ging von ihr ein animalischer Stolz aus und ihre Nasenflügel bebten. Wenn sie Mischa küßte, schien als Antwort auf das, was in ihm tot war, ein Teil von ihr zu sterben. Mischa zitterte, wenn er durch ein Zimmer gehen sollte. Wegen seiner Lähmung haßte er Frauen, denn auch sie verschlossen ihre Leidenschaften in sich, wenn sie ihm nahekamen. Sie machten sich zarter, schwächer und sahen ihn an, wie seine Mutter ihn angesehen hatte. Er schämte sich. Er schämte sich schrecklich. Ganz sanft sagte die *Stimme:* »Sie haben es vorgezogen, den Augen der Menschen Ihre verletzte Hand zu zeigen. Sie haben der ganzen Welt Ihre verletzte Hand dargeboten. Sie sprachen über Ihre Hand, Sie zeigten Ihre Hand, damit niemand auf das lahme Bein achten sollte. Wegen der Hand schämten Sie sich nicht. Es schien gerecht, daß die Hand, die den Vater geschlagen hatte, zur Unbeweglichkeit verdammt wurde.«

Mischa weinte und hatte das Gesicht zur Wand gedreht. Jetzt, da er die Lähmung nicht mehr verleugnete, erschien das Bein weniger tot, weniger von ihm getrennt. Das Bein war nicht so schwer, nicht so grauenhaft wie das Geheimnis der Schmerzen, die er darin eingeschlossen hatte. Das Bein, seine Angst und seine Qual. Jeder Nerv und jede Zelle waren aus Angst vor der Entdeckung bis zum äußersten gespannt gewesen, gespannt vom Zwang zur Verstellung. Nun löste sich alles in neuen Tränen angesichts der Tatsache, die kleiner, weniger dunkel und weniger bedrückend erschien. Das Verbrechen und das Geheimnis waren nicht mehr so groß wie vorher, als er noch über das Grab wachen mußte. Der Schmerz war nicht mehr ein Ungeheuer, sondern ein einfaches, menschliches Leid. Mit den Tränen wich die Spannung aus dem Körper. Er war ein Krüppel, aber er hatte kein Verbrechen begangen. Er hatte seinen Vater geschlagen, doch sein Vater und seine Mutter hatten darüber gelacht. Sie hatten ihn mehr verletzt, als er sie verletzte. Die Tränen waren wie ein Fluß, der die Spannung davontrug. Die Mauern, die er errichtet, die Alpträume, die er in seinem Wesen begraben hatte, die beklemmende Angst, die Knoten in seinen Nerven – alles löste sich auf und wurde davongetragen. Auch der große Knoten in seiner Hand löste sich. Es war der Knoten, der die Hand zum Schweigen gebracht hatte, die dem Cello nicht länger die Stimme der Mutter entlocken konnte. Die starre Hand, die nicht länger schlagen konnte. Die verkrüppelte Hand, die die Welt sehen sollte, während der beschämte Mischa verstohlen vor den Menschen herging und hoffte, sein totes Bein verbergen zu können.

Ein Hochgefühl riß ihn von der Couch und hinaus aus dem Zimmer. Er rannte aus dem Raum, der von wissenden Augen erfüllt war, lief durch die Korridore mit den weichen Teppichen, vorbei an allen Zimmern, die Enthüllungen bargen. Er rannte zu den roten Lichtern, die ihn hinunter zur Straße trugen.

Auf der Straße, spürte er nicht das Meer aus Eis und Schnee. Wie ein Feuer, das nie erlöschen würde, brannte die Wärme in ihm. Er sang.

Djuna saß im unterirdischen Drugstore an der Theke und aß. Der junge Barkeeper würzte seine Drinks mit witzigen Bemerkungen: »Sind Sie auch ein Revuegirl?« fragte er sie. Der See-Elefant, der Besitzer des Ladens, schwamm schwer atmend auf sie zu und hielt ein Kästchen in der Hand: »Ich habe es für Sie aufgehoben. Ich dachte, Sie mögen es sicher, es riecht gut.« Der See-Elefant versank hinter der Theke in einem Meer von Parfumflacons, Puderdosen, Bonbongläsern und Zigarrenschachteln. Sie hielt das Kästchen aus Sandelholz in ihren Händen.

Sie trug das Kästchen durch das Foyer. Es war voll wartender Leute, die dort geduldig herumstanden. Sie lasen, unterhielten sich mit gedämpfter Stimme, dachten nach oder schliefen.

Jedesmal, wenn sie durch das Foyer ging, befiel sie ein Gefühl der Beklemmung. In jedem Sessel, hinter jeder Palme, in jedem Sofa, in jedem vage erkennbaren Gesicht fürchtete sie jemanden zu entdecken, den sie kannte, eine Gestalt aus der Vergangenheit. Es half nicht, sich immer wieder vorzusagen, daß sie alle verschwunden waren, in der riesigen Stadt ihre Spur verloren hatten. Sie war über den Ozean gekommen und hatte die Adressen vernichtet. Viele Jahre und das weite Meer lagen zwischen jener ersten Hälfte ihres Lebens und der Gegenwart. Die Stadt hatte sie alle verschlungen, und doch überkam Djuna jedesmal, wenn sie durch das Foyer ging, diese ängstliche Spannung. Sie fürchtete die Rückkehr der Vergangenheit. Sie saßen dort im Foyer und warteten, warteten auf einen winzigen Spalt, auf einen Weg zurück in Djunas Leben, warteten darauf, sich ihr von neuem präsentieren zu können. Sie hatten ihre Namen an der Rezeption hinterlassen. So viele Namen.

Sie warteten darauf, eingelassen zu werden. Sie wollten nach oben kommen und sich in ihr Leben drängen. Djuna verstand nicht, warum ihr diese Vorstellung so unerträglich erschien. Ihre Rückkehr war nicht gefährlich, solange sie zu Besuch kamen, in einem Sessel saßen und redeten. Doch vielleicht würden sie wie das Meer vorwärtsstürmen und sie in den Sog zurückliegender Dunkelheit reißen? Sie hatte sie zusammen mit dem zerbrochenen Spielzeug weggeworfen, aber jetzt saßen sie dort und drohten, sie zurückzuholen. Sie kommen aus einer langsameren Welt und blicken mit Glasaugen auf Djuna, die auf jener anderen Ebene lebt, wo ein schnellerer Rhythmus herrscht, und sie greifen mit toten Armen nach ihr. Sie will ihnen in den Fahrstühlen, die wie große und schnelle Vögel der Veränderung und des Wechsels auf und ab fliegen, entkommen. Sie eilen zwischen vielen Träumen, vielen Menschen, zwischen großen Geheimnissen und fieberhaften Aktivitäten hin und her. Ihre Fühler sind wie die Fühler der Erde, die auf ihre Rückkehr warten, dorthin, woher sie kamen. Konnte Flucht eine Illusion sein? Das fürchtete sie, wenn sie die Doppelgänger der Menschen sah, die früher ihre Welt bevölkerten.

Sie ließ sich die Haare waschen. Es war so schön wie Weinen. Das Wasser rinnt sanft wie warmer Regen durch die Wurzeln des Lebens und spült alles davon, man fällt in den Rhythmus zurück. Sie ließ ihre Haare waschen und spürte den einfachen Fluß des Lebens, der durch sie rann. Aus dem Foyer der wartenden Vergangenheit trat sie in die Kabine des Friseurs.

Djuna stand bald darauf wieder auf der Schwelle und kämpfte erneut gegen ihre Furcht, das Foyer zu durchqueren. In dem riesigen Hotel entstand plötzlich eine außergewöhnliche Stille. Sie konnte nicht sagen, ob diese Stille in ihr lag. Einen Augenblick lang verlangsamten sich alle Bewegungen, dann drang ein dumpfes, gewaltiges Geräusch von draußen herein, ein schweres, dumpfes Geräusch ohne Echo. Djuna spürte den Schock in ihrem Körper. Der Schock durchlief das ganze Hotel. Schweigen und Panik teilten sich mit, wurden in unglaublicher Geschwindigkeit von allen erfaßt, und es schien, als wisse jeder sofort und ohne Worte, was geschehen war. Eine Frau hatte sich aus einem Fenster gestürzt und war auf das Dach der Garage gefallen. Sie hatte sich aus dem fünfundzwanzigsten Stockwerk gestürzt. Natürlich war sie tot, tot. Sie trug ein fünf Monate altes Kind in sich. Am Morgen hatte sie unter falschem Namen ein Zimmer im Hotel genommen und war fünf Stunden lang in dem Zimmer geblieben, ohne es zu verlassen. Dann hatte sie sich mit dem Kind im Leib aus dem Fenster gestürzt. Das Geräusch, das dumpfe Geräusch beim Aufprall des schweren Körpers, hallte noch immer in dem Gebäude und in den Menschen nach, die dieses Bild weitergaben. Djuna sah die Frau blutig und zerschmettert vor sich. Der Aufprall. Fallen, fallen, ganz schnell wieder zurück auf die Erde fallen. So fallen Vögel, wenn sie in der Luft sterben. War sie in der Luft gestorben? Wann war sie gestorben? Ein hoher Aufstieg, um aus größerer Höhe zu fallen, um mit Sicherheit tot zu sein. Einsamkeit. Fünf Stunden lang in einem Zimmer mit dem Kind, das nicht antworten konnte, wenn sie Fragen stellte, wenn sie zweifelte, wenn sie sich fürchtete ...

Die Radios wurden wieder eingeschaltet, die Menschen bewegten sich wieder schnell und wie gewohnt. Eine Sekunde lang hatte das Schweigen alle erfaßt, dann schlossen sie ihre Augen und bewegten sich schneller hinauf und hinunter. Man muß sich betäuben, man muß sich bewegen. Bewegen.

Djuna saß im Zimmer der *Stimme*. Der kleine Mann, den nie jemand sah, stand am Fenster.

»Sehen Sie«, sagte er, »sie laufen Schlittschuh im Park. Es ist Sonntag. Die Kapelle spielt. Ich könnte zu der Musik durch den Schnee gehen. Das ist Glück. Wenn mir das Glück begegnete, erkannte ich es nicht, fühlte seine Gegenwart nicht. Es war zu einfach. Ich wußte nicht, daß es mir begegnet war. Ich weiß es erst jetzt, seit ich hier in meinem Stuhl sitze und Geständnisse anhöre. Mein Körper ist verkrampft. Ich möchte tun, was sie tun, aber ich darf höchstens beobachten. Ich bin dazu verdammt, durch ein offenes Schlüsselloch jede intime Szene ihres Lebens zu sehen, aber ich stehe draußen. Manchmal möchte ich einbezogen werden, auch ich möchte begehrt, besessen und gequält werden.«

Djuna antwortete: »Sie können nicht plötzlich aufhören, ihnen die Beichte abzunehmen. Sie können nicht aufhören. Eine Frau beging Selbstmord, hier, unter Ihrem Fenster. Das Geräusch, das Sie hörten, war der Aufprall ihres Körpers. Sie war schwanger, und sie war allein. Deshalb nahm sie sich das Leben.«

»Ich höre ihnen allen zu. Sie kommen und kommen. Zuerst dachte ich, nur einige von ihnen seien krank. Ich wußte nicht, daß sie alle krank sind und vor Geheimnissen bersten. Ich wußte nicht, daß des Kommens kein Ende sein würde. Sind sie je durch das Foyer gegangen? Ich habe das Gefühl, daß alle dort unten darauf warten, daß ihnen jemand die Beichte abnimmt. Jeder von ihnen hat mehr zu sagen, als ich Zeit habe zuzuhören. Ich könnte hier sitzen, bis ich sterbe, und selbst dann wird es noch Frauen geben, die sich im selben Stockwerk aus dem Fenster stürzen, in dem ich lebe.«

Lilith wartete auf den Dampfer, der ihren Bruder aus Indien zurückbringen sollte. Sie beobachtete die Menschen, die über die Gangway kamen. Sie fürchtete, ihn vielleicht nicht wiederzuerkennen. Als er von zu Hause wegging, war er noch ein Junge gewesen, ein Junge, geschützt von einem Panzer aus Härte und Verstellung, ein Junge, der sich entschlossen gegen das Eindringen anderer, gegen Gefühle, gegen Weichheit und gegen sich selbst zur Wehr setzen wollte, ein Junge, der zwischen gewaltigen, brutalen Handlungen und den Weinkrämpfen eines Mädchens schwankte. Würde sie die zusammengepreßten Lippen, die eisblauen Augen und die Pose der Gleichgültigkeit wiedererkennen, die knappen Worte, die inneren Spannungen und deren plötzliches Abbrechen? Ein Junge im Panzer der Härte. Unberührbar. Manchmal argwöhnte sie, daß er sich weigere, ihre Gegenwart in sich anzuerkennen. Vielleicht war er es, der dort so steif in seinen Kleidern vorüberging? Nein. So viele Menschen, so viele Taschen, Koffer, so viel Durcheinander, Begrüßungen, und dann kam niemand mehr über die Gangway. Lilith sprach einen der Stewards an: »Kennen Sie Eric Pellan? Können Sie mir sagen, ob er krank ist? Ich kann ihn nicht finden.«

Der Steward versprach, nachzusehen. Lilith stellte sich vor, daß Eric krank in seiner Koje lag. Sie wartete. Sie litt bereits wieder, wie sie gelitten hatte, wenn er als kleines Kind in Schwierigkeiten war. Der Steward kam zurück: »Ich habe ihn gefunden«, berichtete er, »er ist nicht krank, aber mit seinen Papieren ist etwas nicht in Ordnung, und darum kann er das Schiff erst morgen früh verlassen. Er bittet Sie, an Bord zu kommen.«

Die Augen beobachteten sie hinter Brillengläsern. Wortlos standen sie sich gegenüber. Es entstand eine Pause, als wollten die Körper unter dem Schock des Wiedersehens zerbrechen. Dann lächelte er flüchtig, und die Worte durchbrachen die Barriere von fünfzehn Jahren.

»Du siehst elegant aus«, sagte er. »Bist du noch immer so rechthaberisch wie früher? Erinnerst du dich daran, wie du dich für mich schlagen wolltest? Du hast mich nie meine eigenen Kämpfe mit den Jungen austragen lassen, sondern kamst mit deinem Schirm und hast sie verprügelt. Sie lachten mich aus, weil meine Schwester für mich kämpfte. Ich mußte weit weggehen, um von dir loszukommen. Du siehst elegant aus. Für wen kämpfst du jetzt? Wem hilfst du heute beim Überqueren der Straße? Für wen hältst du den Verkehr an und beschimpfst die Fahrer? Du siehst elegant aus. Sehr elegant. Viel eleganter als früher, aber jetzt kannst du mich nicht mehr bevormunden.«

Alle Passagiere hatten das Schiff verlassen, nur ein paar Männer der Besatzung und der Zahlmeister waren geblieben. Der Zahlmeister saß hinter seinem vergitterten Fenster, addierte Ziffern und schrieb Namen auf lange Listen aus grünem Papier. Ein paar Männer reinigten die Kabinen und Decks. Sie hatten die Vorhänge zugezogen und die Stühle, Sofas und Klaviere abgedeckt. Die Böden wurden gewachst, die Matratzen gewendet, die Decken gefaltet und die Lichter ausgeschaltet. Die riesigen Salons und Gesellschaftsräume wirkten gespenstisch. Unzählige Reihen Stühle streckten ihre Arme ins Leere. Das Schiff schien in der Erde verankert zu sein, so unbeweglich lag es. Raum um Raum ohne Staub und ohne Lichter. Trauerstimmung. Die Spiegel reflektierten nur einen Bruder und eine Schwester, die durch das riesige Schiff gingen, durch ein Labyrinth von Korridoren, die mit Linoleum ausgelegt waren. Bruder und Schwester gingen an Türen vorüber, die sich in eine Million leerer Kabinen öffneten. Die Kojen zeigten wie Skelette Federn und kastenförmige Rahmen. Schweigen ... Der plötzliche Schatten eines Matrosen, der die Messingknöpfe polierte. Bruder und Schwester gingen durch eine Stadt der Kabinen. In der Küche keine Gerüche; kein Rollen, kein Schlingern oder Knarren von Holz. Ein zur Ruhe gekommenes Gerippe. Keine Musik in den Salons, kein blitzendes Silber, das in den Speisesälen klirrt. Eine Ruhepause für Möbel, Fenster und Lichter. Eine Totenwache verhängter Sessel. Eine verlassene Bühne. Kein Zeichen der Menschen, die vorübergegangen waren. Sauber.

Bruder und Schwester sind gestrandet, da ihnen nicht erlaubt wurde, an Land zu gehen. Sie gingen auf einer Grenze, die weder auf See- noch auf Landkarten eingezeichnet war. Grenzen der Erinnerung. Der Anker gräbt sich tief in den sandigen Morast der Erinnerung. Hier sitzen sie, in diesem Seeungeheuer mit seinen furchtlosen, leeren Fenstern, seinen leeren Decks und leeren Salons. Musiker und Matrosen sind gegangen. Sie sitzen jenseits von Erde und Meer vor einem Bankett der Erinnerungen. Das Schiff war die Welt ihrer Kindheit, erfüllt von unzerstörbaren Spielen. Er hatte seine Kindheit mit nach Indien genommen, hatte sie in fremde Farben getaucht, in exotischer Musik gebadet, in namenlosen Fiebern verbrannt, mit unbekanntem Räucherwerk erstickt, mit neuen Lieben erwürgt, in Opiumdelirien verloren und auf mohammedanischen Friedhöfen begraben. Sie hatte sich in Elfenbein verwandelt und war zu einem Edelstein in seiner Brust geworden. Je mehr es ihn preßte, je stärker der Druck wurde, desto größere Reinheit und Beständigkeit gewann er. In seiner Brust saß ein Diamant.

Bruder und Schwester wanderten durch das Skelett dieses gigantischen Schiffs, das ihn davongetragen und mit dem Diamanten in der Brust zurückgebracht hatte. Sie badeten in der Säure der Vergangenheit und legten ungebleichte Knochen und den Diamanten bloß.

Ihre erste imaginäre Reise mit Stühlen, Tischen und alten Kleidern war die längste Reise ihres Lebens. Das Schiff, das sie bei ihrer Geburt gemeinsam betraten, hatte sich nie bewegt. Sie waren für immer darin gefangen, ohne Passagiere und ohne Landeerlaubnis. Alle anderen Kabinen blieben leer. Sie waren für immer dazu verdammt, im unbeweglichen Meer ihrer Phantasien zu kreuzen. Man hatte sie an den Strand der Vergangenheit gefesselt, ihnen verboten, an Land zu gehen, und der Rost hatte sich tief in den Anker gefressen.

Ein neuer Tag der Beichte. Lilith liegt auf der Couch und spricht. Lilith lauscht der *Stimme* mit einem Gefühl von Feindseligkeit. Lilith hofft, die *Stimme* werde etwas Dogmatisches sagen, eine Banalität oder eine grobe Verallgemeinerung aussprechen. Sie wünscht es. Er soll es tun, denn wenn er es tut, ist auch er nur ein Mann, der ihr keinen Halt geben kann. Dann muß sie auch in Zukunft ihr Ich und ihr Leben allein besiegen. Sie war auf ihre Unabhängigkeit stolz. Sie wartet darauf, daß die *Stimme* etwas Gedankenloses sagt, worüber sie lachen kann.

Sie sprachen über Mischa. Die *Stimme* sagte, Mischa verehre sie leidenschaftlich. Für ihn sei sie die Mutter, die Schwester, die unerreichbare Frau. Er wolle sie erobern, um seine Männlichkeit unter Beweis zu stellen. Lilith gestand, daß sie Mischa anfangs geliebt hatte, daß sich aber, als sie seine Schwäche spürte, sein Bedürfnis, bei Frauen Schutz zu suchen, ihr Verlangen in ein Gefühl verwandelte, ihn beschützen zu müssen. Sie wollte ihm die Illusion nicht nehmen, aber sie fürchtete, sie nicht bis zum Ende aufrechterhalten zu können. Sie bat die *Stimme,* Mischa die Wahrheit, die ihn verletzen würde, zu ersparen. Er solle ihm sagen, daß sie leicht verrückt sei, und damit ihr verändertes Verhalten erklären. Er könne ihr alle Schuld geben, und Mischa würde sich vielleicht über die Entdeckung freuen, daß es noch andere normale Menschen auf der Welt gab. Die *Stimme* billigte den Vorschlag. Er fragte Lilith, ob sie nicht darunter leide, wenn andere Menschen glaubten, sie sei nicht normal. Nach kurzem Zögern antwortete sie: »Nein, ich leide nicht darunter. Es gefällt mir, verwirrend, rätselhaft und unverständlich auf andere zu wirken. Ich weiß, ich bewahre mein wirkliches Ich als Geheimnis.«

Die *Stimme* lachte ein wenig über diese Antwort.

»Ich sehe, Sie brauchen keine Hilfe. Sie sind zufrieden, stark und sehr wohl in der Lage, Ihr Leben zu meistern.« Lilith begann bei seinen Worten zu zittern. Sie fühlte, wie sie ihre Fassung verlor, weil ihre äußere Haltung zusammenfiel. Sie wurde sich ihrer Schwäche deutlich bewußt und fühlte, daß sie auf einen anderen Menschen angewiesen war. Sie sagte nichts, aber die *Stimme* verstand und fuhr fort: »Sie haben sich Mischa gegenüber wunderbar verhalten. Nur wenige Frauen würden so handeln. Normalerweise betrachten Frauen die Männer als Feinde und sind glücklich, wenn es ihnen gelingt, sie zu demütigen oder zu vernichten.«

»Ich kann Mischa nicht wehtun. Jedesmal, wenn ich ihn sehe, erinnere ich mich an die Geschichte seiner ersten sexuellen Neugier, die er mir erzählte. Seine Mutter hatte ihn dabei überrascht, daß er nachdenklich sein Geschlecht in der Hand wog. Sie schlug ihn mit der Peitsche und sperrte ihn in sein Zimmer ein. Zuerst weinte er hysterisch, dann beruhigte er sich, tauchte einen Finger in die Tränen und schrieb an die Wand: ›Böser Junge‹. Er wartete darauf, daß die Worte verschwinden würden, aber sie schienen wie Flecken an der Wand zu haften, und ihn überfiel die maßlose Angst, sie würden nie trocknen und die ganze Stadt erfahre von seinem Tun.«

Es gefiel Lilith, wie die Fragen der *Stimme* von allen Seiten auf sie einstürmten. Er saß hinter ihr, und sie konnte ohne Scham über alles sprechen. Aber sie spürte, daß sie ihn auch nicht durch den kleinsten falschen Ton täuschen konnte, denn er achtete auf jedes Zögern, auf jedes Schwanken in ihrer Stimme, auf jede ihrer Gesten und besonders auf ihr *Verstummen.* Jedes Verstummen brachte ihn auf eine neue Spur. Ja, er war der Jäger geheimer Gedanken. Sie erreichten einen toten Punkt. Sie konnte nur wiederholen: »Ich weiß nicht. Ich erinnere mich nicht. Ich glaube nicht.« Aber die Wahrheit wurde durch die Empfindung, die seine Worte in ihr hervorriefen, offenbar. Wenn etwas sie verletzt hatte, und er rührte daran, warnten sie ihre erregten Gefühle: *Hier ist die Stelle.* Er enthüllte ihre inneren Kämpfe. »Ich sehe mich immer zu klein oder zu groß. An einem Tag erwache ich und fühle mich klein, am nächsten Tag berste ich vor Kraft und glaube, ich könnte die ganze Welt beherrschen.«

Seine Worte schienen Treibsand aufzuwirbeln. Sie wurde sich des sandigen Untergrundes ihres Lebens bewußt, der völligen Unsicherheit und Wurzellosigkeit. Er sagte, vielleicht sei sie gar keine Freundin des Mannes, aber sie erinnerte sich an Tage, an denen sie die Männer gehaßt hatte. Er sprach über ihre Unnachgiebigkeit und ihre Furcht – die Furcht, verletzt zu werden. Warum? Sie wußte es nicht. Wie konnte der Mann sie verletzen? Er hatte sie bereits verletzt.

»Als Kind nahm ich wahr, daß mein Vater völlig ungebunden lebte. Er band sich nicht an meine Mutter, nicht an uns und nicht an die Frauen, die er liebte. Er war an nichts und an niemanden gebunden. Er verließ, vergaß, verwarf, betrog.«

Bei dieser einfachen Feststellung empfand Lilith eine panische Furcht. Sie wandte ihren Kopf, um die *Stimme* zu sehen, und sagte: »Ich kann nicht weiter.«

»Sie müssen weiter.«

»Das erste, was ich wahrnahm, war ein Vater, der der Mutter entfloh. Er rannte vor uns davon, verließ das Haus, lief allem davon. Ich sah meine Mutter, die verstümmelt zurückblieb wie jemand, der einen Arm verloren hat. Ich mußte mit ansehen, wie unser Haus verkauft und der Haushalt aufgelöst wurde. Es war wie eine Flut, alles wurde davongetragen. Die merkwürdige, geheimnisvolle Atmosphäre, in der wir als Kinder lebten, unsere Spiele, die wie eine Verzauberung waren, aus der wir uns nie befreiten – nichts war je wieder, wie es einmal gewesen war. Ich sah, wie die Möbel draußen im Garten versteigert wurden. Ich erlebte, daß mein Vater uns verließ. Er schickte Postkarten aus aller Welt. Die Welt schien grenzenlos zu sein, und er war überall, nur nicht dort, wo er uns gelassen hatte. Er entriß uns nicht nur den Vater, sondern auch den Glauben an das Wunderbare. Mit seinem Abschied fiel die Tür zur Welt unserer Kindheit ins Schloß.«

»Jeder Abschied, alle Umwälzungen ließ in Ihnen den Haß auf Veränderung entstehen. An Ihrem Zorn und Ihrem Schmerz setzten Sie sich als Mittelpunkt und lehnten es ab, sich zu bewegen. Sie beschlossen, Ihr Ich zum festen Kern zu machen. Sie akzeptierten äußere Wechsel, aber Sie kämpften dagegen, indem Sie ein statisches Verhaltensmuster entwickelten. Sie wollten sich nicht bewegen. Alles um Sie herum konnte sich verändern, aber Sie lehnten es aus Angst vor Schmerz und Verlust ab, sich zu bewegen. Aus Furcht vor einem zweiten Verlassenwerden, einer zweiten Wunde wollten Sie die Insel sein, der erste Mittelpunkt. Darum haben Sie sich niemals wieder hingegeben, darum sind Sie kalt.«

Bei seinen Worten überfiel Lilith große Angst. Sie konnte nicht sagen, ob die *Stimme* recht hatte oder nicht, aber sie konnte spüren, daß die Worte an ein schmerzhaftes Geheimnis rührten. Es schien, als würde der feste, unnachgiebige, granitene Kern in ihr berührt und als stellte sich heraus, daß er nicht aus Granit war, sondern Nerven, Empfindungen und Erinnerungen besaß. Sie erinnerte sich an ihre Reaktion, als sie hörte, daß Steine einen Herzschlag besitzen, eine Art schwachen Pulsschlag, der erst jetzt von Wissenschaftlern entdeckt worden war. Sie hatte ärgerlich ausgerufen: »Wie schrecklich! Nichts auf dieser Welt ist ohne Empfindung. Ich habe das befürchtet. Darum behandle ich alle Dinge so vorsichtig. Die Vorstellung, daß selbst ein Stein fühlt!« Und nun drang die *Stimme* in diesen geheimnisvollen Schmerz ein, legte die Verwundbarkeit und Angst in ihr bloß. Die Furcht war unermeßlich.

Lilith sagte: »Jetzt hasse ich Sie. Sie haben mir den schwachen Schutz genommen, den ich besaß, die dünne Decke, die ich über alles gelegt hatte. Ich fühle mich gedemütigt, weil ich mich so bloßgestellt habe, ich, die so selten etwas gesteht!«

»Und warum gestehen Sie nichts?«

»*Ich* bin es, der man Geständnisse macht, die Menschen gestehen *mir* ihre Zweifel und Ängste. Ich fürchte mich, meine Schwäche zu zeigen. Warum? Ich glaube, dann weniger geliebt zu werden.«

»Lieben Sie die Menschen, die ihre Schwächen zeigen?«

»Ja, sogar mehr: Ich fühle mich ihnen sehr nahe. Ich fühle menschlich, und ich liebe sie.«

»Glauben Sie nicht, andere könnten Ihnen gegenüber ebenso empfinden?«

»Ich glaube, mir ist eine andere Rolle zugeteilt – eine nichtmenschliche. Ich weiß nicht, warum.«

»Der Vater enttäuschte Sie, und darum wollen Sie sich nicht auf andere verlassen. Sie ziehen es vor, daß man sich auf Sie verläßt.«

Lilith trat aus dem Haus. Sie spürte den Tag viel sanfter auf ihrer Haut. Der Schnee schmolz. Sie fühlte, daß sie den Tag näher an sich herankommen ließ, daß sie ihm gestattete, sie zu berühren. Hatte sie früher den Tag als einen Fremden betrachtet? Jetzt spürte sie den Tag am ganzen Körper, empfand zum ersten Mal seine sinnliche Berührung. Jetzt war sie wie Djuna, die alles mit ihrer Haut aufnahm, mit ihren Fingerspitzen, den Haaren, den

Fußsohlen. Djuna glich einer Pflanze. Jedesmal, wenn Lilith Djuna sah, spürte sie dieses merkwürdige, unablässige, vibrierende Leben von Pflanzen und Wasser, eine Würde, eine gleichbleibende Bewegung und ein Echo, die sie umgaben.

Bis heute hatte Lilith sich dies nicht vorstellen können. Sie atmete mit dem Tag, bewegte sich in Harmonie mit dem Himmel und ihrem Verstand. Sie glitt dahin wie Wasser, sie floß und erwachte für das Leben, das sie umgab. Sie öffnete sich wie die Nacht. Was war geschehen? Die *Stimme* hatte sie gefragt: »Lieben Sie die Menschen nicht, die sich Ihnen anvertrauen? Lieben Sie ihre Blindheit nicht, ihre Fehler, ihre Schwächen? Ergreift Sie nicht menschliches Mitgefühl, wenn sie Ihnen ihre ›Verbrechen‹ gestehen? Spüren Sie nicht das Verlangen, ihnen zu helfen, alles mit ihnen zu teilen, was geschieht?«

»Ja, ja«, rief Lilith, »und *Sie* ... Warum handeln Sie ... Aber wenn ich, Lilith, mich anlehnen würde, dann hätten die anderen keine Stütze mehr. Wenn ich menschlich würde, wohin könnten die anderen sich wenden? Zur *Stimme.* Noch mehr würden kommen. Wenn ich einmal keine Stärke zeige, was wird dann aus ihnen?« Er fragte, was mit mir geschehen würde. »Ich glaube, ich mache mir wenig Sorgen um mich. Ich habe das Gefühl, für andere Menschen verantwortlich zu sein.« Die *Stimme* wurde erstaunlich unruhig, als ich ihn fragte, ob er glaube, daß gewisse Menschen vom Schicksal dazu ausersehen seien, nicht Mensch zu sein. Ich mußte an etwas gerührt haben, das ihn bewegte. Ich werde ihn zum Sprechen bringen. Ich werde ihn fragen.

Aber die *Stimme* beantwortete ihre Fragen nicht. Die *Stimme* ließ sich nicht davon abbringen, sie weiter über ihre Ehe zu befragen.

Der Mann, den Lilith geheiratet hatte, war eigentlich unkompliziert. Er hatte sie nicht gewinnen, ihren Widerstand nicht brechen können. Jede Nacht wiederholte sich die Flucht. Aus einem starken Widerwillen gegen sein Begehren blieb ihm die Tür verschlossen. Sie zeigte ihm ihre Krallen, ihr unbändiges Haar und ihre Abneigung gegenüber Sexuellem. Schließlich sprachen sie eines Tages sachlich darüber. Sie fragte ihn: »Wie ist es? Sag es mir.«

Er wußte keine Antwort und machte daher eine Zeichnung. Die Zeichnung erfüllte sie mit Abscheu und erschreckte sie noch mehr. Danach durfte er sie auch nicht mehr küssen. Schließlich überredete er sie dazu, das Hymen von einem Arzt entfernen zu lassen. Ihr gefiel die Vorstellung, daß es ein Messer sein würde, das als erstes in sie drang.

»Danach versuchte ich, als Frau zu empfinden. Es war schrecklich. Es kam mir vor, als habe mich das Messer für alle Zeiten geschlossen und nicht geöffnet, als habe es mich für immer frigide gemacht. Manchmal spürte ich eine starke Erregung, Wärme, Begehren. Ich stürzte mich ohne große Gefühle in Abenteuer. Sie blieben mir alle fremd. Ich wollte sie nie wieder erleben. Glauben Sie, daß sie damals meine Gefühle getötet haben? Ich kann diesen Zustand nicht mehr ertragen. Mich läßt das Gefühl nicht los, kurz vor einem Ereignis zu stehen, das nie eintritt. Meine Nerven warten auf einen Höhepunkt, ich bin voller Spannung und Erwartung. Es ist ein so quälender Zustand, daß ich beginne, mich nach einer Katastrophe zu sehnen, die dieses Warten beendet. Ich wünsche, daß alles Unheil und alle Tragödien auf einmal geschehen. Ich will Szenen, Streit, Tränen, möchte vernichtet werden, möchte Menschen verletzen. Ich bin ruhelos. Ich kann nirgends längere Zeit bleiben. Ich kann nicht sitzen und kann nicht schlafen. Ich habe immer das Gefühl, eine Erlösung aus diesem Zustand des Wartens finden zu müssen, einen Augenblick, in dem alles in Trümmer fällt, bevor ich Ruhe und Schlaf finden kann. Es ist, als warte der Tod auf mich, als verfolge und beobachte er mich. Die ganze Welt versetzt mich in Erregung. Ich liebe die Menschen in den Straßen. Musik erregt mich wie eine Liebkosung. In mir lodert Verlangen, und ich muß warten. Ich fühle, wie der Sturm sich nähert. Ich empfinde Angst, aber alles bleibt unverändert, träge, ohne Durchbruch, ohne Blitz. Etwas in mir will brechen und explodieren. Statt dessen muß ich mich damit zufriedengeben, dem Leben anderer zum Durchbruch zu verhelfen. Unablässig verführe ich andere, verzaubere, feßle ich sie und wünsche dabei, sie würden es mit mir tun. Ich möchte mich so gerne fesseln lassen. Alle gehorchen mir, aber keiner findet den Schlüssel zu meinem Wesen. Ich genieße es, ihre Emotionen zu spüren, genieße es, wenn ihre Herzen schneller schlagen, ihre Augen flackern, ihre Lippen zittern. Es ist wie Nahrung. Ihre Gefühle faszinieren mich. Ich bin wie eine Jägerin, die nicht töten will, aber die Wunde spüren möchte. Was erwarte ich? Im Verlangen anderer gefangen zu sein und mich darin treiben zu lassen. Zu brennen. Aber ich werde stets enttäuscht. Niemand kann von mir Besitz ergreifen. Es scheint, als umkreisten sie mich alle blind. Ich glühe aus mir selbst, aber dann erkenne ich, daß der Strom an mir vorbeifließt. Ich scheine eine Art Idol zu sein. Ich träume immer dasselbe: Ich stehe aufrecht und regungslos. Ich bin mit Schmuck übersät und trage kostbare Gewänder. Ich trage eine Krone. Glauben Sie, ich werde je eine Frau werden? Ich möchte in Stücke zerschlagen werden, und doch weiß ich, daß ich alles tue, um meine Unerreichbarkeit zu erhalten. Ich trage seltsame Kleider, die auf die Menschen befremdlich wirken. Und dann hasse ich sie dafür, daß sie mich nicht erreichen können. Ich weiß, ich kreiere eine Legende. Es ist schwer zu erklären, aber ich fühle, daß ich von sehr weit herkomme. Im Schlaf weiß ich, daß vieles geschehen ist. Ich erinnere mich nicht an alles, aber beim Erwachen ist alles *fern.* Darum erkenne ich in den Menschen manchmal nicht meine eigene Rasse, wenn ich ein Zimmer betrete. Es stimmt, sie sehen mich an und bemerken meine abweisende Persönlichkeit. Ich spreche mit ihnen und wähle dabei die entlegensten Themen, Themen, die vom Alltag am weitesten entfernt sind. Ich fühle mich dazu gedrängt, während ich gleichzeitig Wärme und Einfachheit suche. Ich fühle mich einsam. Manchmal werden sie von dem wilden Verlangen gepackt, mir Gewalt anzutun, nach mir zu greifen, aber es ist wie das Verlangen nach einem tabuisierten Objekt, einem heiligen Tempel, einer unberührbaren Person. Es ist das Verlangen nach dem Unberührbaren. Und ich, die Frau im Innern, empfinde dies alles. Ich weiß, ich habe dieses Wesen geschaffen, und ich stehe außerhalb von ihm. Ich klage, denn sie beten eine Art Idol an und greifen nicht mit einfachen, warmen Händen nach mir. Sie berühren mich nicht. Es ist, als stünde ich mit dem Verlangen und dem Ruf nach Einfachheit neben dieser Figur, aber gleichzeitig zwingt mich eine Art Furcht, weiterzuspielen. Sie sind der einzige Mensch, dem ich mich nahe fühle. Sie und Djuna sind die einzigen, die nicht meinen Schatten lieben.«

»Aber das ist Ihr eigenes Werk. Wir sind einfach Menschen, die nicht von Ihrer Erscheinung verzaubert und gefesselt werden. Wir verlieren uns nicht in dem Labyrinth, mit dem Sie sich umgeben. Sie verbergen sich, und dann weinen Sie, wenn die Menschen sich in den äußeren Bereichen Ihres Lebens verlieren. Sie verschließen die Tür vor allen, die sich Ihnen nähern wollen, dieselbe Tür, die Sie vor Ihrem Ehemann verschlossen haben.«

Er sprach nur diese einfachen Worte, und doch verließ Lilith ihn mit dem Gefühl großer Wärme, das sie an Liebe erinnerte. Sie verliebte sich in die *Stimme.* Sie wußte, er war der geschickte Detektiv, der diese Entdeckungen in ihrem Innern machte, der sie veranlaßte, auszusprechen, was sie verletzte. Er liebte das Spiel, ihre kompliziertesten Gedankengänge aufzuspüren. Sie konnte diese Geständnisse erst nach vielen Umwegen machen. Auf unerklärliche Weise schien er von ihr Besitz ergriffen zu haben. Er verfügte über eine wortlose, subtile Macht. Es waren nicht seine Worte, es war etwas, das ihn umgab. Er konfrontierte sie mit ihrem eigenen Ich, dem nackten Ich, dem wahren Ich, dem Ich des Anfangs. Er zerbrach die Deformationen, eine nach der anderen, und die zugelegten Verkleidungen ihrer Persönlichkeit. Es war wie eine Rückkehr zum ursprünglichen Ich, eine Rückkehr zum Anfang, wo alles rein ist. Durch Fragen und eindringliches Forschen brachte er sie zum Anfang zurück. Sie erzählte ihm alles, was sie über ihren Vater wußte, und endete mit den Worten: »Ich brauche den Vater nicht mehr.«

Die *Stimme* sagte: »Ich bin nicht völlig überzeugt, daß das kleine Mädchen in Ihnen oder sein Bedürfnis nach seinem Vater je starb. Was bin ich für Sie?«

»Heute nacht träumte ich, Sie seien sehr groß und überragten alles. Sie trugen mich in Ihren Armen, und ich wußte, daß mir kein Leid geschehen konnte. Seit ich täglich mit Ihnen spreche, sind meine Ängste verschwunden.

Aber inzwischen weiß ich, daß Sie nicht glücklich sind. Ich denke auch daran, wie Sie mit den Seelen der Menschen spielen. Es muß Ihnen ein Gefühl großer Macht geben, zu erleben, wie sich die Menschen vor Ihnen entblößen.«

»Macht, ja... Macht. Aber der Mensch in mir wird dabei unablässig getötet. Ich darf keine Schwächen zeigen. Es ist richtig, ich könnte mit dem Bedürfnis der Menschen nach Liebe und Verständnis spielen. Sobald sie mir ihre Geheimnisse offenbaren, sind sie in meiner Macht. Aber ich möchte, daß sie mich kennenlernen, und das wollen sie nicht. Selbst wenn sie mich liebten, richtete sich diese Liebe nicht auf mich. Ich bleibe anonym. Mir ist nur erlaubt, das Spektakel zu betrachten; daran teilnehmen darf ich nie. Wenn ich in das Leben eines Menschen trete, bleibe ich das Orakel oder der Seher. Sie sind der erste Mensch, der mir eine Frage stellt, die mich persönlich betrifft.«

Die Menschen, die zu ihm kamen, suchten Stärke. Sie sahen seine Größe, seine Festigkeit und seine Weisheit. Seine ungewöhnlichen Worte wirkten, als zerreiße er ihre Ketten. Einfache Worte. Er verteidigte sie, unterstützte sie, setzte sie in Bewegung. In ihm wohnte eine apokalyptische Stärke, etwas, das über Verwirrung und Chaos stand. Er war ein Mensch, der nicht wie sie aus schwankenden Stimmungen, zersplitterten Fragmenten, Veränderungen und Widersprüchen bestand. Er war ein Alchimist, dem es gelang, den Schmerz zu verwandeln, der Sphinx, der alle Fragen beantwortete, der Eine, vor dem man wieder klein werden konnte, der Eine, bei dem man Zuflucht fand. Er besänftigte sie, führte sie aus dem quälenden Bereich heraus, in dem sie gefangen waren, brachte sie dorthin, wo sie besser leben, besser atmen, besser lieben und in Harmonie mit sich leben konnten. Er versöhnte sie mit der Welt. Er besiegte die Dämonen und Geister, die sie verfolgten. Aber wenn sie auf den Menschen blicken, der in einer Rüstung unpersönlicher Sätze lebt, entdecken sie, daß er kleiner und älter als in ihrer Vorstellung ist. Ein kleiner Mann erhebt sich, seine Schultern sind gebeugt, er schüttelt die Starre von seinen Gliedern, löst die Verkrampfung des aufmerksamen

Echos und erweckt das Blut wieder zum Leben, das während der hellseherischen Trance geschlafen hatte. Er schüttelt die ihm auferlegte Rolle ab.

In den Träumen der Menschen erschien er als Gott oder als Dämon, immer als ein höheres Wesen. Wenn die Beichte zu Ende war, stand er nicht länger über ihnen.

Lilith sagte: »Ich erahne hinter dem Analytiker den wirklichen Menschen. Aus allem, was Sie sagen, spricht Ihr Ich. Kein anderer könnte den Menschen so gut helfen. Sie folgen keinem System. Sie verströmen Ihre eigene Güte, Ihr eigenes Mitgefühl. Ich bin sicher, nicht alle finden die gleichen Worte, denselben Ton. Ein Zauber umgibt Sie.«

»Ich bin nur ein Symbol.«

»Sie sind mehr als ein Symbol. Ich weiß andere, persönliche Dinge über Sie. Ich habe Sie beobachtet. Sie lieben das Absolute. Ihre Leidenschaft ist es, das Wesentliche aufzuspüren.«

»Das ist alles wahr.«

»Sie haben eine Gabe, zu leben, die Sie nie nutzen.«

»Es war mir nie erlaubt. Ich wurde nicht um meiner selbst willen geliebt, sondern wegen meines Verständnisses, wegen der Stärke, die ich weitergab. Die Liebe war nur scheinbar und falsch.«

»Ich könnte zu Ihnen sagen, was Sie zu mir gesagt haben: Enthüllten Sie Ihr wahres Ich? Bestanden Sie nicht darauf, die Maske des Analytikers zu tragen? Wurden Sie nicht zu einer unpersönlichen *Stimme*? Fällt Ihnen auf, daß Sie sitzen, während wir sprechen? Sie bewegen sich niemals, sitzen immer in Ihrem Sessel. Ich weiß nichts über Sie. Ich kann natürlich nur von meiner Vorstellung ausgehen. Ich wünsche … Ich werde Sie etwas sehr Schwieriges fragen. Stellen Sie sich vor, nur ein einziges Mal, daß Sie hier auf der Couch liegen und ich in Ihrem Stuhl sitze – so – und jetzt bin ich Sie, und Sie sind ich. Was haben Sie heute nacht geträumt?« Sie lachte, während sie ihn dazu veranlaßte, die Rollen zu tauschen. Er wirkte unsicher und verwirrt.

»Was beunruhigt Sie?« fragte sie. »Was fürchten Sie zu enthüllen? Sagen Sie mir, was auszusprechen Ihnen am schwersten fällt.«

»Nicht Ihnen, Sie brauchen mich noch, und solange Sie mich brauchen, muß ich ein Geheimnis für Sie bleiben.«

»Ich brauche Sie nicht mehr.«

»Doch. Selbst was Sie jetzt tun, tun Sie nur, weil Sie einen Sieg über mich erringen müssen. Ich habe Sie dazu gebracht, zu gestehen, jetzt wollen Sie mich dazu bringen, zu gestehen. Sobald Sie jemandem begegnen, der den Schlüssel zu Ihnen in seinen Händen hält, wollen Sie die Rollen tauschen. Sie können nicht ertragen, durchschaut oder beherrscht zu werden.«

»Falsch, völlig falsch«, rief Lilith heftig, »ich habe es nur deshalb getan, weil Sie mich als Mensch interessieren, weil ich über diesen Mann nachdenke, den wir alle in Anspruch nehmen und den niemand wirklich kennt.«

»Wir werden sehen, wer recht hat«, sagte die *Stimme,* aber sie klang nicht so sicher, als wenn er im Gegenlicht saß.

Die *Stimme* spricht zu Djuna:

»Glauben Sie, Lilith liebt mich? Wenn Lilith mich liebt, gebe ich alles auf und beginne ein neues Leben. Ich möchte die Analyse aufgeben, ich werde sonst verrückt. Wissen Sie, was in den letzten vier Tagen geschehen ist? Alles, woran ich gerade dachte, wurde zum zentralen Thema, und die Leute, die kamen, sprachen nur über dieses Thema. Es begann mit einem Eifersuchtstraum. Ich war entsetzlich eifersüchtig, ich weiß nicht mehr, auf wen. Ich erwachte mit einem Gefühl von Haß und Zorn, als wolle mir jemand die Frau nehmen, die ich liebe. Vielleicht war ich auf Lilith eifersüchtig, ich weiß es nicht. Aber ich erwachte voll Eifersucht. Und dann kamen die Patienten, einer nach dem anderen. Mir blieb keine Zeit, an meinen Traum zu denken. *Aber alle sprachen von Eifersucht.* Zuerst eine Frau, die auf die frühere Frau ihres Ehemanns, die bereits tot ist, eifersüchtig war. Es handelte sich um ihre Schwester. Der Mann hatte sie nach dem Tod der Schwester geheiratet, aber er liebte die Tote noch immer. Als er sie zum ersten Mal nahm, rief er den Namen der Schwester. Er suchte die Ähnlichkeiten. Er liebte es, wenn sie deren Farben trug. Die Frau litt sehr, denn sie liebte ihn. Er lebte eingehüllt in die Vergangenheit wie in einem Traum. Er nahm sie in einer Art Trance, ohne sie wirklich zu nehmen. Sie war so verzweifelt, daß nur noch ein Gedanke sie beherrschte: Sie mußte seine Liebe zur toten Schwester auslöschen, die für ihn nicht tot war. Sie wußte, daß er sehr eifersüchtig sein konnte. Sie verführte seine besten Freunde und gab sich ihnen hin, aber immer so, daß er davon erfuhr. Er begann zu leiden. Allmählich drang sie in sein Bewußtsein. Er bemerkte, daß sie von anderen Männern geliebt wurde. Seine Eifersucht ließ sie in ihm lebendiger werden. Unter Schmerz und Zorn erwachten seine Gefühle für sie. Er bemerkte ihre Gegenwart, ihre Nähe und ihr verführerisches Wesen. Er schwankte zwischen Träumen und Leiden. Er lebte mit dem schmerzlichen Bewußtsein ihres sinnlichen Lebens. Sie ließ nicht zu, daß er sie berührte. Schließlich konnte er die Qual nicht mehr ertragen, seine Leidenschaft für sie erwachte, und er nahm sie mit Gewalt. In diesem Ausbruch der Gefühle versank die Vergangenheit wie ein undeutlicher Traum. Er sah nun in ihr die Frau, er sah ihre Hingabe, ihre sinnlichen Reize, ihr Leben in der Gegenwart. Das war die erste Geschichte, die ich an diesem Morgen hörte. Mich hatte rasende Eifersucht auf Lilith ergriffen, und jeder, der kam, schien von Eifersucht besessen zu sein. Ich fühlte meine Eifersucht in ihnen, und das vergrößerte und steigerte sie. Ich fragte mich: Welche Gefühle bringt Lilith mir entgegen? Warum ist sie für mich so lebendig geworden, und warum hasse ich ihr Verhalten? Die Welt schien von Eifersucht erfüllt zu sein, und sie war ansteckend. Eifersucht lag hinter allem. Für mich war jeder Mensch eifersüchtig – entweder in der Vergangenheit, in der Gegenwart oder in der Zukunft. Ein Mann sprach ununterbrochen von Szenen, die nicht wirklich stattfanden, die er nur erdachte. Er liegt stundenlang da und stellt sich in allen Einzelheiten die Untreue seiner Frau vor, bis er schließlich beinahe verrückt wird und daran glaubt. Seine Eifersucht war teuflisch, erstickend, blind, ohne Ansatzpunkt und ohne Realität, die ihr hätte Nahrung geben können. Er lebte in einem Zustand ewigen Zweifels. Am Ende des Tages war ich völlig erschlagen. Es schien, als erwecke jedes meiner Gefühle in den anderen dieselben Gefühle. Ich rief nur Gefühle wach, die besser ruhen sollten. Ich verstärkte die Wahrnehmung des Schmerzes und zerschlug alle Verteidigungen dagegen. – Ja, ich weiß, es sind keine echten Verteidigungsmittel, aber sie sind zumindest ebenso gut wie ein Stein auf dem Grab. Sie vermitteln die Illusion, daß der Tote nicht zurückkehren kann. Aber ich lasse noch nicht einmal den Grabstein an seinem Platz. Ich nehme ihnen das Symbol des Begräbnisses. Und das ist noch nicht alles. Am nächsten Tag erwachte ich voll Furcht und mit einer Art Angst, einer namenlosen Angst, einer Art Zweifel an allem. Ich zweifelte an der ganzen Welt, vor allem aber an Lilith. Ich fürchtete mich davor, zu wissen, wirklich zu wissen, was sie empfand. Ich hätte mein Leben darum gegeben, meine Klarsicht zu verlieren. Und den ganzen Tag, den ganzen Tag lang sprachen die Seelenkrüppel von Angst. Ich stellte ihnen Fragen, die ich nie zuvor gestellt hatte. *Beschreiben Sie, was Sie am meisten fürchten.* Sie enthüllten so viele Ängste. Aber während ich sie fragte, stellte ich mir dieselben Fragen und weckte meine eigenen Ängste. Angst. Das Leben der ganzen Welt beruht auf Angst. Selbst hinter der Eifersucht des Vortages lag Angst. Die Angst vor dem Alleinsein, die Angst, verlassen zu werden, die Angst vor dem Leben, die Angst, in eine Tragödie verstrickt zu werden, die Angst vor dem Tier in uns, die Angst vor dem eigenen Haß, die Angst, ein Verbrechen zu begehen, die Angst vor Krebs, vor Syphilis und Hunger. Ich fragte mich: Welche Angst in mir brachte dies alles zum Vorschein? Es war, als öffnete ich Gräber. Es war *ansteckend.* Djuna, ich sage Ihnen ... Heute weiß ich nicht, ob es Heilung oder eine ansteckende Krankheit ist. Ich entdecke nur, daß wir alle gleich sind. Meine Patienten wollen verzweifelt, daß ich nicht bin, wie sie sind.«

Nachdem Djuna Lilith verlassen hatte, ging sie langsam durch die Stadt. Es war ein milder Tag, und der Schnee schmolz unter ihren Füßen. Sie liebte alle, sie liebte die ganze Stadt. Sie erinnerte sich an die Strähnen unbändiger Haare in Liliths Nacken und glaubte sich im Innern von Lilith; sie glaubte, mit dem kalten Feuer, das Lilith verzehrte, zu brennen. Wieder hörte sie ihre Stimme, beladen mit geheimer Qual, eine Stimme, naß von Tränen, eine Stimme, die aus einem Mund kam, der zum Lachen geschaffen schien, einem großen, lachenden Mund, gierig und animalisch.

Sie spürte die Ruhelosigkeit der *Stimme*, die – gefesselt an Geständnisse, versteckt hinter der Anonymität des Sehers – den ganzen Tag im Sessel saß und zuhörte. Er sehnte sich danach, eine aktive, persönliche Rolle im Leben der Menschen zu spielen, das sich unablässig vor seinen Augen entrollte. So nah, alles war so nah. Sie spürte die vielen Schritte der anderen, die neben ihr gingen. Sie klangen nicht wie ein Marsch, sondern wie eine Symphonie. Im Klang der Füße auf dem Pflaster hörte sie den ganzen Aufprall und das Zusammenstoßen der Menschen mit Menschen. Es hallte in ihr wieder. Alle hallten sie in ihr wider. Sie lächelte, wenn sie daran dachte, daß sie eine riesige Spieluhr war. Die Gleichung von Musik und Leben war nicht nur ein Bild. Es bestand eine deutliche Beziehung zwischen dem Resonanzkörper der Instrumente, dem menschlichen Körper und liebkosenden Händen. Plötzlich wurde Djuna von einer unerträglichen Erregung erfaßt. Alle Lieben nahmen zur gleichen Zeit von ihr Besitz, die mütterliche, die väterliche, die sinnliche, die mystische Liebe. So viel Lieben! Was war sie? Die Liebhaberin der Welt? Sie war liebestoll in Erinnerung an jede Berührung, an jeden Geschmack, an jede Zärtlichkeit und jedes Wort. Und während der Kommunion, einer Kommunion mit geschlossenen Augen, dem Geschmack der Hostie auf der Zunge, dem Dröhnen in ihren Ohren, einem unaufhörlich wehenden Samum, der in ihr brannte, fühlte sie wieder den Schmerz der Trennung. Wenn Menschen ihr so nahe kamen, daß ihr Atem sich vermengte und vermischte, wußte Djuna: Sie war gefangen.

Am Morgen war ihr Körper rein und kühl wie der einer Statue gewesen. Er bewegte sich in Harmonie mit seiner Form, stand in einsamer Höhe wie die Turmspitze einer Kathedrale, war leicht und frei, durcheilte die Zeit so mühelos wie der Wind, spürte weder Türen noch Mauern und auch keinen Zorn. In ihm lag die Ruhe der Tiefen, der Regionen, die von Stürmen nicht erfaßt werden. Er war ein schlafender Berg, in seinem Innern brannte kein Feuer. Er lag, wie er sich selbst zur Ruhe gelegt hatte, bewegte sich in Übereinstimmung mit seinem Rhythmus, seinem gleichmäßigen Gang.

Es war der Moment des Schweigens. Der Tag, der in kristallener Klarheit begonnen hatte, verschwamm durch das Aufsteigen des Blutes, das durch die Zellen floß. Wie der Saft in den Bäumen, strömte das Blut durch den Körper. Antike Vasen mit Wein gefüllt.

Djuna blieb stehen. Alles war ihr zu nahe gekommen, zu nahe. Die Zellen waren von der glühenden Invasion überschwemmt. Der volle runde Mond leuchtete hypnotisierend. Sein starrer Blick, der das Blut in seinen Kreislauf zwang, brach alle Tabus, die den Körper aufrechthielten. Der Mond kreiste jetzt in demselben Rhythmus in ihrem Körper. Djuna verlor ihr Gesicht und ihren Namen. Sie war durch verschlungene rote Fäden aus Blut an den Mond gefesselt. Sie bewegte sich in einem riesigen Raum, getrieben von einem mächtigen Rhythmus, und die kleine Frau in ihr war verloren. Der Mond umhüllte und öffnete sie für die absolute Nacht, die keine Morgendämmerung kennt.

Bevor der Sturm losbrach, erfaßte sie eine gespannte Erwartung, und Angst stellte sich ein. Die Bäume fürchteten sich, der Himmel war atemlos, die Luft dünn und die Erde ausgedörrt.

Ihr Herz war jetzt kein Herz mehr, sondern eine Trommel, die ununterbrochen dröhnte. Die Haut ihres Körpers war wie ein Trommelfell gespannt. Ihre Haare waren elektrische Drähte, die Funken sprühten, waren an den Blitz gebunden, ihr Herz war eine Trommel, ihre Haut war die Schale einer Frucht, die Kälte und Wärme ausgesetzt ist.

Das Blut stieg höher, und die kleine Welt der Frau versank darin. Ein roter Vorhang senkte sich über ihre Augen und ertränkte das Mitleid. Ihre Zunge schlug wie eine Peitsche, die Stimme wirbelte wie der Samum, ihre Hände zerrissen alles, zerschnitten die Bande zu Mann, Vater, Sohn, Liebhaber, Bruder. Ihr Körper bebte in trommelndem Fieber, im Delirium. Djuna sah sich allein mit ihrem Sturm im Dschungel. Sie ging allein durch den

Wald ihres Deliriums. Wild und blind erhob sich die Begierde. Die menschlichen Augen waren geschlossen, in ihr keuchte der Sturm. Der Mond lächelte, und ihr Zorn schien so riesig wie der Raum, der sie umgab. Eine grenzenlose Wut. Die Wut eines zu lange gereizten Tieres. Und als das Blut aufwallte, brachen alle zurückgehaltenen Worte, die ganze aufgestaute Hingabe aus ihr hervor. Sie vertraute niemandem, als sie ihren Durst allein im Dschungel der Begierde löschte. Ihre Nägel waren lang und zerrissen alles, was sie besänftigt hatte. Der Sturm des Bluts rief einen Wolkenbruch des Gelächters hervor, der Blitz erschlug die Liebe, zerbrach alle Fesseln und ertränkte das Mitleid. Djuna war eins mit dem Mond. Sie stieß Hände aus Wurzeln in den Sturm, während ihr Herz in der Orgie des Mondsturms wie eine Trommel schlug.

Lilith spricht zu der *Stimme*. Lilith wird von Kopfschmerzen gequält.

»Mein Vater hatte diese Kopfschmerzen, und er wurde wahnsinnig. Glauben sie, ich werde auch wahnsinnig? Ich träumte, daß ich in Narkose liege, und erwache voll panischer Angst. Der Wahnsinn meines Vaters begann mit Kopfschmerzen. Allmählich verlor er sein Gedächtnis. Ich dachte: Vielleicht ist mein Vater nicht wahnsinnig, vielleicht hatte er einen Traum. Dieser Traum ist in sein Leben getreten und hat sich darin eingenistet. Der Traum ist sein Leben. Worin bestand dieser Traum? Konnte ich ihn verstehen? Vielleicht würde er nicht wahnsinnig werden, wenn ich den Traum erleben, ihn mit ihm teilen, seine Welt betreten und dort bleiben konnte. Vielleicht würde er dann nicht wahnsinnig. Ich glaube, Wahnsinn entsteht durch Einsamkeit. Man wird wahnsinnig, wenn man etwas sieht, das kein anderer sieht. Vor dem Wahnsinn liegt ein Moment, in dem der Mensch das Band noch nicht durchschnitten hat, und in diesem Augenblick kann ihn jemand zurückhalten. Sie tun das jeden Tag. Es gab den Traum des Mannes, der Blumen aß, um den Krieg zu verhindern! Man sperrte ihn ein … nur weil er das Symbol nicht mehr als Symbol erkannte, sondern darin lebte. Doch wenn man versteht, gibt es keinen Wahnsinn. Ich wollte die Phantasien meines Vaters kennenlernen, aber er verschloß sich in ihnen. Ich entdeckte dies erst, als es zu spät war.«

In der Nacht konnte Lilith nicht schlafen. Verwirrt und ruhelos lag sie im Bett. Lilith, die das Absolute nur in Bruchstücken, in der Vielzahl entdeckte, erinnerte sich an den Nachdruck der *Stimme* und an seinen erhobenen Finger, als er sagte: »Sehen Sie? Sehen Sie? Das ist es. Sie leben im Mythos.« Sie lebte im Mythos, und sie hatte sich darin verloren. Sie schwamm stets in einer Welt, die viel größer war als die anderer Menschen. Sie schwamm in der Welt der Träume. Immer wieder wurde sie auf der diabolischen Jagd nach dem Absoluten, das nicht ruhig und gelassen dahintreibt, das nur durch größte Wachsamkeit erbeutet werden kann, von einem wirbelnden Sog erfaßt. Lilith ist stets auf der Flucht. Sie fürchtet den Schlaf, aus Angst, die Begegnung mit dem Absoluten zu versäumen. Ihr Verlangen kommt nicht zum Ausbruch. Die Zündschnur brennt, die kleinen Flammen züngeln mit dionysischer Freude, die kleinen Flammen umzüngeln das Herz aus Dynamit, ohne es zu berühren. Sie nehmen ihr den Atem, die Nerven richten sich mit erhobenen Köpfen, gestreckten Hälsen, durstigen Augen und gespitzten Ohren auf. Die kleinen Nerven warten auf den Orgasmus, der das Blut wie ein Narkotikum durch sie hindurchschießen lassen und ihnen den Schlaf bringen wird.

Die schlaflose Lilith blickt in die gelben Gesichter an der Bar. Sie sieht die Gesichter künftiger Verbrecher und Drogensüchtiger, die ihr mit Messer und Gift eine Art Schlaf bringen, eine Pause, eine Rast auf ihrer Jagd nach dem flüchtigen Absoluten. Lilith sehnt sich nach dem Verbrechen, der Droge, dem Tod und der Befreiung. Aber die Nerven sind noch immer wach. Sie warten auf die Pause, auf Schlaf oder Tod. Sie warten auf die Explosion des Dynamits, auf das Zerbersten der Vergangenheit, warten auf das Unfaßbare. Brennen alle wilden Feuer mit hundert Flammen in allen Richtungen, gab es je eine runde Flamme mit einer Zunge? Warum brach diese Gewalt sich nicht in einer Quecksilberexplosion Bahn, die durch die Adern schoß, warum, warum nur tobte sie wie ein wirbelnder Taifun durch die Straßen, um die Monster einzukreisen, ihre Absichten zu ergründen, ihre Perversitäten zu erahnen, um in den Schaum der Lust zu gleiten, in die seltsamsten und bizarrsten Begierden? Jener Mann mit dem kleinen Mädchen – warum waren seine Augen, sein Mund so feucht? Warum wirkten ihre Augen so müde? Warum war ihr Kleid so kurz, ihr Blick so unstet? Warum war dieser junge Mann so blaß? Der Schaum von Veronal lag auf seinen Lippen. Warum wartete die Frau unter der Laterne mit der Hand im Muff? Die Gewalt, die in Lilith nicht zum Ausbruch kam, war ein Gift. Es schwappte in die Straßen, ergoß sich in die Abflüsse. Sie wollte zerrissen und verschlungen werden, aber sie begegnete nur Flügeln, Augen, die sich zum Himmel hoben, und Flammen, die sich in die mystische blaue Flamme der Konvents und Krankenhäuser verwandelten.

Das Samenkorn in Lilith zersprang nicht. Der Körper verließ die Erde, von einem Nervenstrang nach oben gezogen, und verstreute seinen Blütenstaub im Raum, denn das Mädchen trug ein zu leichtes Gewand, ein Gewand, das ein sanftes Wehen hervorrief und das sie über die Erde erhob. Bald waren Liliths Schritte unhörbar, ihr Blut verwandelte sich in Quecksilber, das so blau war wie die Nachtlampen in Fluren der Häuser, in denen Menschen weinen.

Lilith kam stürmisch in Djunas Zimmer. Sie warf ihre kleine Schlangenledertasche auf das Bett, ihren wallenden Schal auf den Schreibtisch, ihre Handschuhe auf das Bücherregal und stieß fieberhaft und leidenschaftlich hervor: »Ich bin dabei, mich in die *Stimme* zu verlieben. Ich weiß, er ist ein Detektiv der Seele, und an dem Tag, an dem er mich gefangennimmt, werde ich ihn lieben.«

»Er ist eine Fata Morgana«, antwortete Djuna.

Sie wußte, daß Lilith einer anderen Fata Morgana nachjagte: Sie liebte die *Stimme* wegen der Worte, die er zu ihr sprach. Die *Stimme* drang bis zu den Wurzeln ihres Wesens.

»Ein mystisches Trugbild«, wiederholte Djuna, »eine Fata Morgana. Weißt du, was mit einer Frau geschieht, die einer Fata Morgana nachjagt? Was mit ihr geschieht, wenn sie sich auf eine Affäre mit einer Fata Morgana einläßt?«

»Was kann ihr geschehen? Es ist Poesie.«

»Es mag Poesie sein, Lilith, aber die Natur lehnt sich dagegen auf. Irgendwann einmal rebelliert der Körper, denn diese Liebe ist nicht real.«

»Aber nur in seiner Gegenwart fühle ich mich wirklich und natürlich.«

»Tritt aber nicht näher an ihn heran. Wenn du ihm noch näher kommst, wirst du deine Rettung verhindern. Aber ... du bist zu liebenswert. Er wird dich nicht gehen lassen ohne den Versuch, dich zu halten. Ich habe das erlebt. Ich verlor den Vater in ihm – ich wollte es so. Ich führte ihn als Mann in Versuchung, aber als er Mann wurde und mich begehrte, war ich wütend auf ihn, als sei alles nur eine Probe gewesen, als wollte ich den Retter in ihm auf die Probe stellen. Und er ist kein Retter. Auch er versucht, sich selbst zu retten. Ich liebe es, ihn aus der Fassung zu bringen. Als er zum Mann wurde und mich begehrte, reagierte ich zornig. Seine Liebe schien zu beweisen, daß auch er nur ein Mensch ist.«

»Die Welt ist klein, Djuna. Wenn es wahr ist, was du sagst, ist sie sehr klein. Ich werde darin ersticken. Er kann nicht nur Mensch sein. Er muß etwas anderes sein, etwas größeres. Er besitzt magische Kräfte.«

Lilith umarmte Djuna mit großer Zärtlichkeit. Sie lagen zusammen in der Dunkelheit und sprachen miteinander. Nur das Sanfte, nur die Sanftheit und die Wärme einer Frau spüren, das Gewicht ihres Arms, die Biegung ihres Nackens, und nur ihr Atmen, ihr Sprechen und ihr Lachen in der Dunkelheit hören. Hier liegen und vielleicht wünschen, einen Augenblick lang ein Mann zu sein, denn eine Frau weiß, daß es nur einen Weg gibt, eine Frau zu besitzen: Nur der Mann kann die Frau besitzen.

»Versuche deine Augen zu schließen, und du wirst eine andere Welt sehen, in der die Nacht unermeßlich ist, Lilith.«

»Ich erinnere mich nie an die Nacht. Warum finde ich keinen Mann, der mich fühlen läßt, was ich bei dir empfinde? Du bist so warm, bist immer da, wo auch ich bin.

Wir bewegen uns im selben Augenblick aufeinander zu. Du bist nie zu spät oder zu langsam oder zu gleichgültig. Du besitzt die Gabe der Gesten. Wenn ich mich fürchte, mich verloren und einsam fühle, hast du die Gabe, mir zu sagen, wonach ich mich sehne. Nach unserem Zusammensein schreibst du mir Briefe, und das ist gut, denn ich muß fühlen können, was wir gesprochen haben, muß in der Lage sein, die Worte zu berühren. Djuna, das ist das einzige, woran ich glaube, alles andere sind Schemen. Wie eine Tänzerin sagst du alles mit deinem Körper. Dein ganzer Körper spricht, deine Hände, dein Gang. Ich glaube an dich.«

»Lilith, nichts von all dem ist Liebe. Wir sind ein und dieselbe Frau. Es gibt immer wieder einen Moment, in dem die Konturen, die Unterschiede zwischen Frauen verschwinden und wir eine Welt betreten, in der alle Gefühle, deine und meine, scheinbar derselben Quelle entströmen. Wir geben unsere individuelle Identität auf. Was dir geschieht, geschieht auch mir. Wenn ich dir zuhöre, muß ich nicht eine Welt betreten, die sich von meiner unterscheidet. Es ist eine Art Kommunion.«

»Und die anderen lachen inzwischen, verspotten uns und geben uns alle möglichen Namen.«

Welche Sanftheit kann es zwischen Frauen geben: wundervoll, schweigen wie Zwillinge, sich umwenden und die Rinnsale der Schatten zwischen den Brüsten beobachten, sich auf dem Daunenbett ausstrecken, über dem eigenen Körper liegen und einschlafen – es ist wie eine Nacht, die man im Wald verbringt. Das wunderbare Schweigen der Gedanken von Frauen, ihre Geheimnisse, das Mysterium der Nacht. Frauen werden zu Luft, zu Sonne, Wasser und Pflanzen. Die Wurzeln spüren, die in der Erde ruhen, die Füße fest verankert in der Kühle, umgeben von dem braunen Drängen. Sie drücken sich fest gegen die weiche Wand der Erde. Wenn du dich gegen den anderen Körper preßt, fühlst du die Freude der Wurzeln, die gepreßt und gehalten werden, die in die braune Erde gebettet sind. Nur die Samen der Freude regen sich sanft in einem Genuß, der sie wie weiche Wellen umspült. Die Sonne schmiegt sich überschwenglich an den Körper. Geheimnis und Kühle liegen zwischen den vier Wänden des Körpers. Liliths Rücken, diese weiche, klingende Wand aus Fleisch; das Leben treibt in den Wellen des Schweigens dahin und ist von der Gegenwart, die man berühren kann, umschlossen. Es gibt kein Fallen in den Raum, keine Jagd, keine Furcht, keine Suche, kein Verlangen, kein Drehen in dieser festen Mauer aus zartem Fleisch. Eine Berührung der zarten Locken ist eine Berührung von weichem Moos, und der Hunger wird gestillt. Die Hand hält eine Haarlocke, eine vollständige kleine Welt ruht in der Handfläche. Du hast die Dissonanzen der Straße hinter dir gelassen, die vereinzelten harten Fragmente, die ohne Beine, Arme oder Köpfe daherkommen, die immer verstümmelt sind, und hast das riesige Gewölbe einer Orgelmelodie betreten. Djuna liegt auf der Nabe des Rades. Lilith ist warm und nah. Die Erde dreht sich zur Melodie des Runden, des Wohlklingenden. Sie verwandelt sich in eine weiche, runde Vollkommenheit. Die Speichen drehen sich schnell und sind in diesem Augenblick unsichtbar, nur die Trunkenheit der Drehung bleibt im Bewußtsein. An anderen Tagen verlangsamt sich das Rad, und man gerät in die Speichen. Man fällt dazwischen, sie zerschneiden und zerstückeln dich. Du bist gefangen. Der Rhythmus ist gebrochen. Du baumelst. Du wirst verstümmelt.

»Ich habe nie bemerkt«, sagte Lilith zu der *Stimme*, »daß die Sonne in dieses Zimmer scheint. Ich hatte immer den Eindruck, dies sei wegen der Geheimnisse ein dunkles Zimmer.«

»Vielleicht tragen Sie jetzt keine Geheimnisse mehr in sich.«

»Ich weiß nicht. Ihr Verständnis hat mich vor Qual und Verwirrung bewahrt. Ich fühle mich von Ihnen abhängig. Sie haben den Weitblick. Ich gehe verloren. Sie lehren, Sie sind menschlich, zartfühlend und beschützend. Glauben Sie wirklich, daß eine Frau in der Lage ist, ihren Weg allein zu finden, ganz allein?«

»In der Welt der Gefühle ja, aber nicht in der Welt der Analyse.«

»Meine Abhängigkeit von Ihren Interpretationen beunruhigt mich nicht.«

»Kennen Sie die Bedeutung Ihres Namens? Lilith ist die unvermählte Frau, die Frau, die nie wirklich mit einem Mann verheiratet sein kann. Sie ist die eine, die der Mann niemals völlig besitzen kann. Erinnern Sie sich? Lilith wurde vor Eva erschaffen und war aus rotem Lehm geformt, nicht aus menschlicher Substanz. Sie konnte verführen und bezaubern, aber sie konnte nicht mit dem Mann verschmelzen und eins mit ihm werden. Sie war nicht aus derselben Substanz.«

»Glauben Sie, ich bin wie die erste Lilith?« fragte sie, ohne ihn dabei anzusehen.

»Ich weiß es nicht. Die Art, in der Sie über Abhängigkeit sprechen, zeugt nicht von Liebe, nur von der Liebe zum Vater, dem Symbol Gottes. Sie suchen einen Vater...«

In seinen Augen las sie das grenzenlose Flehen des Mannes, der in dem Seher gefangen war und der nach dem Leben in ihr rief. In dem Moment, als jede Zelle ihres Körpers sich dem Begehren des Mannes verschloß, sah sie deutlich ein Bild vor sich, wie Menschen in der Wüste eine Fata Morgana erscheint. Es war eine Gestalt, die alle Menschen überragte, eine Art Heiland, ein Mann, der Gott am nächsten stand. Sie konnte sein menschliches Gesicht nicht erkennen, sondern sah nur den ungeheuren Hunger in seinen Augen. Sie empfand eine Art Ehrfurcht, die ihr vertraut war, denn jedesmal, wenn sie vor der Opferung ihres Ichs stand, vor der Forderung eines anderen, einem Hunger, einem Flehen, einer Not, fühlte sie diese Freude, die der Freude eines Gefangenen glich, der erlebt, daß die Gitter seines Gefängnisses plötzlich zerbrechen. Die Vision trat an die Stelle aller sinnlichen Wahrnehmungen. Es schien, als seien alle Mauern, alle Begrenzungen, alle persönlichen Wünsche transzendiert. Es handelte sich nicht um eine Ekstase des Körpers, sondern um den plötzlichen Bruch mit ihm, um die Befreiung und um das Hinaustreten in einen neuen Bereich. Mit dem Verlassen des Körpers stellte sich die Freude wie ein transzendenter Flug ein, der die Ketten des Bewußtseins sprengte. Das Verlassen des Körpers brachte ihr eine Trunkenheit, das Fieber der Großzügigkeit und die Freude der Selbstvergessenheit. Sie war ein freudiges Opfer, ein Opfer der Unvollkommenheiten des Universums, und einen Augenblick lang lag es in ihrer Macht, sie zu beheben und zu ändern. Einen Augenblick lang lag es in ihrer Macht, alle Geschenke zu machen, die vor langer Zeit in den Märchen verhießen wurde. Der Mangel an Glaube und der Mangel an Liebe verhindern in den meisten Fällen, daß die Märchen Wirklichkeit werden. In einem solchen Augenblick erscheint das menschliche Leben als eine winzige, unwirkliche Stadt, in der es zuviel Grenzen und zu viele Gesetze gibt. Geben ist der einzige Flug in den Raum, der den Menschen gestattet ist.

Während die *Stimme* sprach, die nicht länger der Seher war, sah sie einen mythologischen Krebs mit dunkler Schale, das tiefliegende Leid des Affen, das Alter der Schildkröte, die Zärtlichkeit des Känguruhs und die bereitwillige Demut des Hundes.

Sie erkannte die Häßlichkeit der Baumwurzeln, der Erde und jenes erschreckende, dunkle, stumme Wissen von Tieren, denn obwohl die *Stimme* am besten sah, was in anderen vorging, wußte er über sich selbst am wenigsten. Er stand sich zu nah. Er konnte zwar die Mythen und Träume der Menschen deuten, aber nicht seine eigene Seele. Er wußte nicht, daß er den Mann in sich verleugnete. Er bat darum, zum Mann gemacht zu werden. Der Mann war im Weisen begraben worden, war gealtert und verwelkt, ohne sein irdisches Leben erfüllt zu haben. Seine Augen baten um ein Leben auf der Erde. Aber sie suchte einen Vater, keinen Liebhaber.

Er sagte: »Mit Ihnen entfernt man sich so weit von der Realität, daß es notwendig ist, eine Rückfahrkarte zu kaufen.«

Ernsthaft gefiel er ihr besser, als wenn er lachte. Er konnte nicht richtig lachen. Seine Späße waren Possen des Geistes, sein Humor paradoxerweise die Umkehr der Ideen. Er hatte nicht gelernt, was sie wußte: Nicht nach dem Duft der Blüten zu greifen, nicht den Tau zu berühren, nicht alle Vorhänge beiseite zu ziehen. Erregung und Atem aufsteigen und vergehen zu lassen. Das Parfum der Stunden, das nur in völligem Schweigen destilliert werden kann, das schwere Parfum der Mysterien, das keine menschliche Berührung erträgt. Die Reibung der Worte erzeugte nur Schmerz und Trennung. Er hatte nicht gelernt, zu formulieren, ohne zu zerstören, ohne zu verderben und ohne verwelken zu lassen. Scheu vor den Sinnen.

Sein Verständnis war unbegrenzt wie das Meer, aber Lilith schwamm allein auf diesem Meer. Er war überall und unermeßlich, aber er war kein Mann, denn sein Verständnis endete, wo das Leben der Stille und des Mysteriums begann.

Jetzt ging er im Tageslicht an Liliths Seite. Die Kleider hingen an seinem Körper wie an einem hölzernen Kreuz. Sie bekleideten ihn nicht, gaben ihm keine Körperlichkeit. Seine kleinen Hände vollführten abrupte Gesten, als seien sie Knochen. Kleider nehmen die Form des Menschen an, die Form seiner Gesten, sie tragen den Stempel seines Charakters, seiner Gewohnheiten, seiner Stimmungen. Der Hut enthüllt Freundlichkeit, Toleranz, Fröhlichkeit oder Großzügigkeit. Jede Linie, jedes Fältchen, jede Falte spricht von seiner Zärtlichkeit oder Grobheit, seiner Sinnlichkeit oder seinem asketischen Wesen.

Ihm paßten die Kleider nicht; sie wurden nie ein Teil von ihm, waren nie von seinem Körper geformt, von seinen Stimmungen geprägt worden. Nichts, was Männer trugen, schien für ihn gefertigt zu sein. Die Schneider hatten nicht für seinen Körper gearbeitet, und sein Körper war nicht für Kleidung geschaffen. Sein Hut saß steif und verbindungslos auf dem Kopf, schien zu groß oder zu klein zu sein. Entweder waren seine Hüte förmlich, dann wirkte das Gesicht darunter zu unkonventionell, oder sie waren zu salopp, zu lustig, dann wirkte sein Gesicht zu ernst und zu schwer. Kein einziges seiner Kleidungsstücke paßte. Der Körper wurde verleugnet: Er schmiegte sich nicht in die Kleider, vertraute sich ihnen nicht an. Über seinem Körper lag ein Hauch von Negation. Er verkörperte die Idee, und diese stand jeder natürlichen Geste im Weg, hoch aufgerichtet versperrte sie seinem Rhythmus den Weg. Er war im Körper gestorben und nicht wiedererweckt worden. Melancholie und Eifersucht lasteten schwer auf ihm. Das Leben des Geistes hatte seinen Körper zu früh altern lassen. Es war ein trauriger Körper, den die Idee tyrannisierte, streckte und vierteilte. Konzepte verschlangen ihn. Gleichgültig wie klar oder göttlich die Seele – der Körper war dunkel, traurig und vertrocknet wie mumifiziertes Fleisch, das vom Reich der Freude und des Vertrauens in das der Gedanken verbannt worden war.

Wenn sie vom Theater oder vom Tanzen kamen und vor ihrer Haustür anlangten, entstand stets eine Pause. Die *Stimme* sagte: »Komm mit zu mir, wir wollen uns noch ein wenig unterhalten. Ich kann den Gedanken nicht ertragen, dich dem Schlaf zu überlassen.«

Wenn sie dies ablehnte, fand sie am nächsten Tag ein paar Zeilen unter ihrer Tür: »Du gehörst der Nacht. Ich muß dich der Nacht, deinem Geheimnis überlassen.« Sie lächelte. Ihr Geheimnis war so einfach, aber er konnte es nicht erraten.

Am folgenden Tag schrieb er ihr einen langen Brief, an dem ein winziger Frosch hing, und schob ihn unter ihrer Tür durch. »In diesen Frosch«, schrieb er, »habe ich mich verwandelt, um Einlaß durch die verschlossene Tür zu finden.«

Dieser winzige Frosch, den sie in ihrer geöffneten Hand hielt, ähnelte ihm so sehr, daß sie zu weinen begann. Ja, dieser Frosch kam zu ihr wie im Märchen. Und wie im Märchen mußte sie ihrem Glauben und ihrem inneren Bild von ihm treu bleiben. Sie mußte an das glauben, was im Froschkörper verborgen lag, mußte vorgeben, nicht zu bemerken, daß die *Stimme* verzaubert geboren worden war, um ihre Liebe auf die Probe zu stellen. Wenn sie ihrem Bild treublieb, konnte der Bann gebrochen werden und die Metamorphose stattfinden.

Sie saß auf dem Boden, den Brief in ihrem Schoß, den Frosch in der Hand, und weinte über seine Häßlichkeit und Unterwürfigkeit und über den Glauben, den sie sich bewahren mußte.

Sie stellte ihm Fragen über seine Kindheit. Er unterbrach mitten in einer Geschichte und weinte: »Niemand hat je Fragen über mein Leben gestellt. Fünfundzwanzig Jahre lang habe ich den Geständnissen anderer Menschen zugehört, und niemand hat sich je nach mir umgewendet, hat Fragen gestellt, hat mich sprechen lassen. Kein Mensch hat je versucht, meine Stimmungen oder Bedürfnisse zu erraten. Lilith, es gab Zeiten, in denen ich gern jemandem gebeichtet hätte. Ich war pausenlos in Anspruch genommen. Weißt du, wovor ich mich am meisten fürchte? Als Vater, als Arzt geliebt zu werden. Ich werde immer nur in dieser Eigenschaft geliebt.«

Sie wendete sein eigenes Rezept auf ihn an. Wenn er sich beklagte, daß sie ihn alleinließ, gab sie ihm geheimnisvolle Erklärungen: »Die Realität des Lebens verursacht die Tragödie. Ich ziehe den Traum vor.« Ritterlich mußte die *Stimme* einräumen, daß auch er den Traum vorzog. Die Erklärungen beglückten ihn und lenkten ihn ab. Es blieb ihr erspart, zu sagen: »Ich möchte nicht, daß du mir zu nahe kommst, denn ich liebe dich nicht.«

Ihm gingen psychologische Interpretationen über alles. Einmal entdeckte er, daß sie ihn belogen hatte (er glaubte, sie vom Lügen geheilt zu haben), und sagte: »Das Problem muß ich alleine lösen. Mach dir keine Sorgen. Was bedeutet unser persönliches Leben, wenn die ganze vom Menschen geschaffene Welt auf dem Spiel steht.«

Ihre einzige Freude war, völlig verstanden, gerechtfertigt und in allem freigesprochen zu werden. Die Beziehung zu ihm war jedoch davon ausgenommen. Er fragte sie stets, was sie getan hatte. Die *Stimme* stürzte sich mit Vehemenz auf alles, was sie ihm erzählte, selbst wenn es sich um den trivialen Kauf eines Armreifs handelte. Er erhob das Ereignis in den Rang einer vollkommenen, verwirrenden, symbolischen Handlung, machte es zum Teil einer Legende. Das unbedeutende Ereignis genügte ihm, um eine Legende zu bilden und zu vervollständigen. Der Armreif gewann eine Bedeutung – alles gewann eine Bedeutung. Jede Handlung enthüllte mit immer größerer Klarheit den göttlichen Plan, nach dem sie lebte und den allein die *Stimme* in seinem ganzen Ausmaß kannte. Jetzt konnte er sehen. Immer und immer wieder wiederholte er: »Siehst du? Siehst du?« In Lilith entstand das Gefühl, Ungewöhnliches getan zu haben. Wenn sie ein Geschäft betrat und einen Armreif kaufte, geschah dies nicht, weil ihr, wie sie glaubte, seine Farbe oder seine Form gefiel oder weil sie Schmuck liebte. Die *Stimme* erklärte ihr, daß sie in diesem Augenblick das ganze Drama weiblicher Versklavung und Abhängigkeit verkörpere. In ihrem obskuren kleinen Theater des Unbewußten kam es durch den Kauf eines Armreifs zur Lösung des Knotens eines Dramas, das in ihrem Alltag ein unaufhörliches Echo hinterließ. Der Wunsch nach einem Armreif zeugte von ihrem Verlangen, sich an jemanden zu binden, und enthüllte den Wunsch, sich zu unterwerfen. »Siehst du? Siehst du?« Nicht nur die Bedeutung des Armreifs oder des köstlichen Augenblicks vor dem Schaufenster wurden (als ein Akt voller Implikationen und Nachwirkungen) vergrößert und ins grelle Licht gehoben, sondern alles, was sie in dieser Woche getan hatte, schien aufzublühen wie eine riesige Kamelienblüte in einem Gewächshaus, deren Gedeihen vom ersten Atemzug an mit mühsamer Arbeit erzwungen worden war.

Während die *Stimme* jedem unwichtigen Ereignis in ihrem Leben nachspürte, um Beziehungen, die Fatalität und die Wichtigkeit der Verbindungsglieder und die schicksalsträchtige Bedeutung aufzudecken, fühlte sie sich wie eine Schauspielerin, die nie gewußt hatte, wie bewegend sie spielte. Sie fühlte sich wie ein Schöpfer, der im dunklen Laboratorium der Seele ein Leben geschaffen hatte, das eine Legende war. Aber erst heute konnte sie diese Legende in einem riesigen Buch lesen. Dieser kleine Mann, der rücksichtslos jedes Ereignis dechiffrierte, der immer wieder über das Wunder staunte, das bisher kein Wunder zu sein schien, war Teil dieser Legende. Sie ging und kaufte sich einen Armreif. Für die *Stimme* war das so rätselhaft wie für einen Alchimisten, in dessen Küche sich das Blei zu Gold verwandelt hatte. Sie überzog die Erde mit einem Netz flüchtiger und spontaner Handlungen, aus denen die *Stimme* Bedeutung und göttliche Intention herauslas, sie wegen ihrer Menschlichkeit liebte oder wegen ihrer Einzigartigkeit fürchtete. Seine Anbetung fand im reichen Blühen dieser Handlungen immer neue Nahrung.

Gelegentlich revoltierte er gegen ihre Unnahbarkeit, aber sie verstand es sehr geschickt, die Situation subtil zu erklären: Sie lehne die Realität ab, sie fürchte die Realität. In Wahrheit sei sie eine Flamme, und niemand könne eine Flamme besitzen. Sie überschritt alle Grenzen, verwirrte alle Probleme, verschmolz alle klaren Entscheidungen,

Konturen, Realitäten zu einer traumhaften Substanz. Sie bezauberte und hypnotisierte ihn mit Erfindungen und Kreationen, damit er seine Umklammerung wieder lokkerte und kosmisch blieb. Sie ließ ihn die Realität ihrer Gegenwart vergessen.

Er wußte nicht, daß sie gleichzeitig ihr Vertrauen in alle Analysen verlor, weil sie erkannte, wie leicht sie manipuliert werden konnten, um die Wahrheit zu verschleiern. Sie begann, das Illusionäre aller männlichen Analysen zu durchschauen, und verließ sich nur noch auf ihre Gefühle. Die Mythologie lieferte ihr täglich einen neuen Vorwand, um sich seinem Verlangen nach ihr zu entziehen. Sie erklärte, daß sie Zeit brauche. Sie müsse erst ganz sie selbst werden und ohne ihn leben können. Sie warte darauf, daß sie ihn als Arzt nicht mehr in Anspruch nehmen müsse, daß Mann und Arzt sich in ihrer Vorstellung trennten und nie wieder vermischten. Er akzeptierte das.

Sie entdeckte, daß er kein Mann, sondern ein Kind war, wenn er seine Arztrolle ablegte. Er weinte wie ein Kind, er wütete, ihn erfüllten Ängste, er war besitzergreifend, er klagte und jammerte über sich und über sein Leben. Im Leben erfüllte ihn verzweifelter Hunger und Unbeholfenheit. Er klammerte sich an das Leben, ohne es zu genießen. Der Mensch, der sich hinter dem Arzt versteckte, war gehemmt, kindlich und hysterisch. Sobald er nicht mehr Lehrer und Führer war, verlor er Stärke und Geschicklichkeit, war er desorientiert, chaotisch und blind. Sobald er seine Rolle ablegte, brach er in sich zusammen. Lilith sah sich einem Kind gegenüber, das klagte, bedauerte, ungeduldig, reizbar und einsam war. Er schrieb unbeholfene Liebesbriefe mit Tintenklecksen. Er rannte schwitzend und nervös durch die Straßen, um sich mit ihr zu treffen. Der Mann, der ihre Haare wusch, weckte seine Eifersucht. Das Kind, das sie in ihm zum Vorschein brachte, glich dem Kind in den Menschen, die sich ihm anvertrauten, den Unzufriedenen, Klagenden, Weinerlichen und Schwächlichen. Weder Liliths Illusionen noch ihren Träumen war es gelungen, das Wunder zu vollbringen. Er blieb, was er gewesen war: EINE STIMME.

Bewußtsein schmerzt. Beziehungen schmerzen. Das Leben schmerzt. Aber fließen, dahintreiben, in Träumen leben schmerzt nicht. Ihre Augen schlossen sich. Sie trieb, trieb dahin. Trunkenheit. Nicht das *Hotel Chaotica* mit seinen vielen Zimmern, sondern sie, Djuna, die auf ihrem Bett lag, türmte alle Schichten und alle Dinge, die sie noch nicht war, in sich auf.

Als ich den Traum betrat, stand ich auf einer Bühne. Die Lichter, die sie beleuchteten, wechselten wie Scheinwerfer Farbe und Intensität. Die leidenschaftlichen Szenen spielten im Lichtkegel des Scheinwerfers und waren von einem dicken Vorhang aus Schwärze umschlossen. Die Szenen wurden von Zwischenspielen zerschnitten, unterbrochen oder beendet. Die mise en scène *war stilisiert, und nur Dinge mit einer Bedeutung wurden gezeigt. In vielen Fällen war ich gleichzeitig Opfer und Beobachter.*

Der Traum stieg empor wie ein Turm ohne Ende. Er verlor sich im Unendlichen, oder seine Stufen wanden sich in die Tiefe und verloren sich im Innern der Erde. Als mich die Wellen seiner kreisenden Bewegung erfaßten, drehte ich mich in einer Spirale, und diese Spirale war ein Labyrinth. Es gab kein Deckengewölbe und keinen Boden, keine Mauern und keine Rückkehr, doch Themen wiederholten sich mit unglaublicher Regelmäßigkeit.

Über den Mauern des Traums lag schimmernde Seide. Die Umrisse des Labyrinths hüllten sich in Schweigen, aber die Stufen des Traums entstanden durch eine Reihe von Explosionen, in denen alle verurteilten Fragmente meines Ichs in ein rätselhaftes und stürmisches Leben ausbrachen. Die schwere, mütterliche Sorge der Nacht beobachtete aufmerksam ihre Entfaltung.

Auf der ersten Ebene der Spirale lag das Bewußtsein. Durch den Vorhang der Wimpern konnte ich noch immer das Tageslicht sehen, konnte ich noch immer die Risse in der Welt erkennen. Dies war das Zwischenstadium, wo die Gedanken in die blitzenden Strahlen des Lichts gebettet sind. Es war der Ort, an dem die Bilder sorgsam gefiltert und getrennt werden, wo ihre Silhouetten sich vor dem All erheben. Es war der Ort, wo Schritte keine Spur hinterlassen, wo das Lachen ohne Echo bleibt, wo aber

Hunger und große Furcht herrschen. Es war der Ort, wo die Segel der Tagträume sich blähen, auch wenn kein Wind weht.

Die Pflanzen verbargen nicht länger ihr Atmen und ihre Klagen. Der Sand verbarg nicht mehr sein Verlangen, zu umhüllen und zu ersticken. Das Meer zeigte sein wahres Gesicht, sein unersättliches Verlangen, zu verschlingen. Die Erde enthüllte gähnend ihre Höhlen, die Nebel verströmten ihre Gifte. Der Traum barg Gefahren wie der afrikanische Dschungel. Er war voller Tiere, denn im Traum blieben alle Tiere, die der Mensch getötet, ausgestopft und gefangen hatte, am Leben. Die Gesichter verspotteten den Wunsch nach Identifikation, nach Personifizierung: Sie veränderten ihre Züge und zerfielen vor meinen Augen.

Zeit existierte nicht: Ereignisse gingen, ohne eine Spur zu hinterlassen, vorüber, ohne einen Fußabdruck, ohne ein Echo. Sie ließen RAUM. *Selbst eine bevölkerte Straße zog sich senkrecht zwischen zwei Abgründen dahin, als gehöre sie auf einen Planeten ohne Schwerkraft.*

Der Traum wirkte als Filter. Nie wurde die ganze Welt gleichzeitig zugelassen. Er war eine Bühne, die den Fragmenten gehörte, und viele Stücke hingen in Fetzen herab.

Am oberen Ende der Spirale fühlte ich mich passiv, eingebunden wie eine Mumie. Beim Hinabsteigen lockerten sich die Bänder.

Der Verlust der Erinnerung glich dem Verlust einer Kette. Mit dem Fließen stellte sich große Leichtigkeit ein. Ohne Erinnerung war ich unglaublich leicht, dunstig, flüssig. Die Erinnerung war die Dichte, die ich nur im Traum übersteigen konnte.

Ich war nicht verloren, ich hatte nur meine Vergangenheit verloren. Sand rann durch das Stundenglas, das sich niemals drehte. Rinnen.

Als der Traum verwundet auf eine Seite fiel und das Tageslicht auf die andere, erschien durch den Spalt der wirkliche Tod. Der Spalt Tageslicht, der durch die Vorhänge drang, der Riß zwischen Tag und Nacht, war der tödliche Augenblick, denn er mordete den Traum. Die Seele verlor ihre Kraft, zu atmen, verlor ihre Ausdehnung.

Nächte, in denen ich den Traum erwartete, wie man das Schiff erwartet, das einen weit davontragen soll. Aber der Alptraum tauchte auf, und ich wußte, daß ich etwas zu sühnen hatte. Der Alptraum war der Botschafter der Schuld. Der Alptraum brachte mir alles Leid, das ich während des Tages abgewiesen, vermieden oder anderen zugefügt hatte.

Jetzt war es nicht mehr Traum, aber auch nicht mehr Tag. Es war der Augenblick, in dem man mit einer Million Augen und einem Mund, der alles gesagt hat und nun mit Stummheit geschlagen ist, wach liegt. Dieser Ort befindet sich in solcher Höhe, daß der Atem stillsteht und die Vorahnung beginnt.

Es herrschte das Zwielicht von Quecksilber. Hier widerfuhr mir alles. Der Tag war nur eine Skizze. Durch Erinnerung verdichten sich am Tag alle Gesten. Nur im Traum ließ sich der Geliebte völlig besitzen, nur im Traum gab es Ekstase ohne Tod. Das Leben begann erst hinter dem Vorhang geschlossener Wimpern.

Die Frau, die aufrecht durch den Tag ging, und die Frau, die in der Nacht atmete, ging und schwamm, waren zwei Wesen. Die Frau des Tages war wie die Turmspitze einer Kathedrale, und die Öffnung zu ihrem Wesen blieb ein Geheimnis. Sie war unerreichbar wie die Spitze eines labyrinthischen Schneckenhauses.

Aber die Nacht brachte Offenheit.

Der Körper des Tages, der aus starren Knochen besteht, starr vor Ängsten und Dissonanzen, widersetzte sich der Hingabe. In der Nacht veränderte er Substanz, Form und Textur. Die Nacht brachte Verflüssigung. In der Nacht floß durch das Mark der Knochen nicht nur Blut, das sich mit anderem Blut vermischen konnte, sondern Quecksilber, das sich schnell, todbringend und unkontrollierbar in allen Richtungen ausbreitet. Es floß und rann zu den Sternpunkten, veränderte mit jedem Atemzug der Begierde seine Gestalt; es floß und verteilte sich, ohne sich zu trennen.

Die Nacht brachte RAUM. *Keine übervölkerte Stadt. Der Traum war nie übervölkert. Er brach sich im Prisma der Kreation. Der Druck der Zeit verschwand. Freude dauerte länger, und Leiden verkürzte sich. Alle Gefühle vergrößerten sich zu einer Sekunde. Gefühl ordnete und setzte die Zeit fest. Angst war unsterblich, Zorn unmittelbar und verheerend. Jedes Objekt in der unsterblichen Landschaft erschien auf der Bühne von Raum umgeben, gesiebt und in mineralisches Glühen gehüllt.*

Der Raum glich einer riesigen Stille, in der das Schwert der Gedanken nicht existierte, keine spaltenden Kommentare, kein Faden, der jemals zerschnitten wurde. Ich wanderte zwischen Symbolen und Schweigen.

Ich hörte auf, Frau zu sein. Die geheimen, winzigen Poren des Wesens begannen das Leben der Pflanzen und Blüten zu atmen. Als Mensch schlief ich ein und erwachte mit der nervösen Empfindsamkeit eines Blattes, dem Flossenwissen der Fische, mit der Härte der Korallen, den schwefligen Augen eines Edelsteins. Ich erwachte mit Augen, die an langen Armen saßen, die sich schwebend in alle Richtungen ausbreiteten. Ich erwachte mit Augen an den Sohlen meiner Füße. Ich erwachte in Strähnen von Engelhaar und besaß Lungen aus Laich, die mich wie ein Kokon umhüllten.

Die Nacht brachte vielfältiges Atmen und neue Zellen, die wie Waben von merkwürdigen Aktivitäten erfüllt waren. Sie füllten und leerten sich mit weißen Wogen und roten Strömen, mit Echos und Fiebern. Zellen, Bienenwaben der Gefühle, überflutet mit neuen Formen des Lebens, die die Konturen des Körpers auflösten. Alle Formen verwischten sich, und die liegende Frau verwandelte sich langsam in ein stürmisches Meer, das Reichtümer an seiner Brust trug, oder sie wurde zur Erde und trank durch viele durstige Spalten, trank den Regen.

Die Nacht brachte das Schiff. Dieses Schiff, das ich mit meiner ganzen Kraft schob, weil es nicht schwimmen konnte, fuhr über das Land. Es war eine schreckliche Qual, es durch die Straßen zu schieben. Es konnte den Weg zum Meer nicht finden. Es mußte durch die Straßen der Stadt geschoben werden. Es streifte die Mauern der Häuser, und ich schob es gegen den Widerstand der Erde. So viele Nächte lang, gegen Hindernisse aus Schlamm, Sümpfen und Gartenwegen, durch die sich das Schiff mit unendlichen Mühen hindurcharbeitete.

Ich schlief nicht tief. Die Nacht glich einem tiefschwar-

zen seidenen Vorhang, durch den ein feiner Streifen Tageslicht drang. Ich fühlte das Herannahen des Traums, doch solange der Streifen Tageslicht nicht verschwand, glitten Worte um mich. Sie waren scharf. Sie schnitten wie Messer in die Gefühle. Sie trennten. Sie brannten schmerzhaft. Sie legten die Haut bloß. Sie enthüllten und töteten die Gefühle. Wenn Worte den Traum durchschnitten, die Gefühle durchschnitten, durchschnitten sie den Puls, und das Pulsieren erstarb. Der Streifen Tageslicht war Stahl.

Das Schiff durchquerte die Stadt und konnte das Meer nicht finden, das es durch die Reise seines Lebens trug. Das Licht schnitt in die Knochen, mit knochigen Worten, die nicht mitteilen oder ihre Substanz verändern konnten, damit sich die Kommunion vollzog.

Am Tag folgte ich Schritt für Schritt dem Traum. Ich fühlte mich verloren und verwirrt, wenn der Tag nicht sein genaues Ebenbild brachte. Ich spürte den Zwang, den verlorenen Geschmack und die Farben wiederzufinden, die Person, den Augenblick, den Ort zurückzuerobern. Gelang mir das, so wurde mir sofort der fehlende Teil des Traums bewußt. Das fehlende Fragment war unwiederbringlich verloren, und doch fühlte ich während des Tages seine Anwesenheit, während des Tages, der von einer beklemmenden gelben Aura der Unvollständigkeit umgeben war.

Wenn es mir gelang, das fehlende Fragment des Traums im Verlauf des Tages wiederzufinden, konnte ich vielleicht das ganze Gewebe wiederherstellen. Ich suchte ein Fenster, das ich im Traum gesehen hatte. In der Dunkelheit ging ich durch die Stadt, suchte das Fenster und fand es. Es war das Fenster eines Hauses, das sich auf zwei Straßen öffnete. Im Traum war es das Fenster von Marcel Prousts Haus. Es war das Fenster eines Hauses, in dem ich gelebt hatte, aber ich konnte mich nicht daran erinnern, wann. Ich war sicher, das Gefühl zu kennen, an diesem Fenster zu stehen und auf die beiden Straßen hinabzublicken, die sich wie gespreizte Beine öffneten. Ich war aber auch sicher, schon oft dort gestanden und gezögert zu haben, mich für eine der beiden Straßen zu entscheiden. Mein Weg teilte sich immer wieder. Die ganze Ord-

nung meines Lebens zerbrach immer wieder in zwei Teile. Ich konnte mich nie entscheiden. Ich folgte den Straßen, bis der Schmerz, gevierteilt zu werden, sich in Ekstase verwandelte und die beiden Straßen in dem Punkt absoluten Leidens zusammenliefen. Das Drama bestand darin, daß dieses Fenster sich auf den doppelten Aspekt des Lebens, auf sein Doppelgesicht, öffnete. Das Drama kreiste um das Fenster, das ich im Traum gesehen hatte. Es war das Fenster von Prousts Haus, in dem er lebte, als er das Buch ohne Ende schrieb. In dieses Buch wurde alles aufgenommen, es folgte dem Labyrinth der Erinnerungen. Als Antwort auf diesen Traum hatte ich beschlossen, dem Traum ohne Erinnerungen nachzujagen, und doch ließ ich ein Netz der Erinnerungen zurück, das unerbittlich seine Fäden wob und mein Gehen und Träumen behinderte.

Nur während ich dem Traum folgte, war ich frei, doch hing an einem bestimmten Punkt das Gewebe meines Lebens wie ein ausgefranstes Tuch herab, und die Straßen der Träume verloren sich im Dunkel.

Manchmal, wenn ich in ein Zimmer trat, in dem sich viele Menschen befanden, die ich im Traum nie gesehen hatte, wußte ich augenblicklich: Dies war nicht der Ort. *Der Drang zur Flucht war unwiderstehlich.*

Als ich den Ort fand, saß ich ganz still und zufrieden. Ich erinnerte mich an den Traum und versuchte die verlorenen Teile wiederzufinden. Ich hielt meinen Traum gefangen. Dann schien es mir, als schlügen alle Uhren der Welt gleichzeitig die Stunde des Wunders, wie die Uhren um Mitternacht die Metamorphosen einläuten. Sie schlugen nicht die Zeit. Sie schlugen das Einholen, das Einholen des Traums. Der Traum eilte immer voraus. Ihn einzuholen, einen Augenblick lang in Übereinstimmung mit ihm zu leben, das war das Wunder. Das Leben auf der Bühne und das Leben der Legende vereinigten sich mit dem Tageslicht, und aus dieser Hochzeit erhoben sich funkelnd die großen Vögel der Göttlichkeit, die ewigen Momente.

Nachwort

Das erste Jahrzehnt von Anaïs Nins Weg als englischsprachiger Autorin im Paris der dreißiger Jahre war alles andere als aufsehenerregend. Ihre knappe, leidenschaftliche Würdigung D. H. Lawrences, der kurz vorher verspottet und vergessen in Frankreich gestorben war, hatte Edward Titus 1930 in einer Auflage von 550 Exemplaren im Verlag seiner Buchhandlung in der Rue Delambre veröffentlicht. Vier Jahre später brachte die Siana Press (Umkehrung von Anaïs), die in der Villa Seurat beheimatet war, in der zu jener Zeit auch Henry Miller wohnte, in einer Auflage von 249 Exemplaren Anaïs Nins Prosagedicht ›House of Incest‹ heraus. Wiederum ein Jahr später veröffentlichte ›The Booster‹, die Zeitschrift des Amerikanischen Klubs in Paris, in französischer Sprache ›Le Merle Blanc‹, die kleine Studie über einen Wahnsinnigen, der vor einer Gruppe von Medizinstudenten vom Arzt befragt wird. 1937 und 1938 erschienen in kleineren Zeitschriften auf Englisch einige Prosastücke sowie Ausschnitte aus einem längeren Werk: ›Das Labyrinth‹ (›The Labyrinth‹, ursprünglich ›The Paper Womb‹ überschrieben) erschien wieder in ›The Booster‹, ›Ragtime‹ in ›Seven‹ und ›Geburt‹ (›Birth‹) in ›Twice a Year‹. Schließlich wurde im Juni 1939 das längere Prosastück ›Eiszeit‹ (›Winter of Artifice‹) unter dem Signet der Obelisk Press, Paris, veröffentlicht, doch fiel die blau eingebundene, limitierte Auflage, die Anaïs Nin »Nancy und Larry« (Durrell) gewidmet hatte, den Wirren des drohenden Krieges zum Opfer.

Obwohl dieser Zeitraum, wie wir aus Anaïs Nins Tagebüchern wissen, zahlreiche Phasen der Entmutigung und Depressionen umfaßte, war er vielleicht der fruchtbarste und formendste Abschnitt in ihrer Entwicklung als Schriftstellerin und bildete das Fundament für einen Großteil ihrer veröffentlichten Poesie. Jene Jahre schufen den Vorrat an Porträts, Ereignissen und Beobachtungen, von dem sie später zehrte, formten ihren flüssigen Prosastil, der aus dem ungehemmten Schreibfluß ihres Tagebuchs erwachsen war. Die Substanz und der Stil des Tagebuchs erzeugten die Grundlagen ihrer bewußten Bemühungen um eine neue literarische Form.

Der Ausbruch des Zweiten Weltkriegs zwang Anaïs Nin, Frankreich zu verlassen. Zum zweiten Mal innerhalb von fünfundzwanzig Jahren sah sie sich einem »Exil« in Amerika konfrontiert, der ungewissen Zukunft in einem Land, das sich Künstlern gegenüber nie als übermäßig gastfreundlich erwiesen hatte. Und wiederum bot das Tagebuch ihr Zuflucht, das sie 1914 mit elf Jahren zu führen begonnen hatte, um mit dem schrecklichen Gefühl des Verlusts bei der Trennung vom Vater fertig zu werden.

»Ich verbrachte den Tag damit, Briefe und Horoskope durchzusehen, und schrieb die Geschichte von Moricand, weil ich ihn verlieren werde«, notierte sie im September 1939. Ein paar Seiten später fügte sie hinzu: »Wir alle wissen, daß wir von einer Lebensform Abschied nahmen, die es nicht mehr geben wird, von Freunden, die wir vielleicht nie wieder sehen werden. Dies ist das Ende unseres romantischen Lebens.« Das Tagebuch bot nun stärker als je zuvor die Möglichkeit, zu bewahren, was verloren war.

Nach Amerika zurückgekehrt, war es Anaïs Nin nicht länger möglich, ihr Schreiben auf die Blätter des privaten Tagebuchs zu beschränken. Als Schriftstellerin, von der bereits Werke veröffentlicht waren und die von ihren literarischen Freunden ermutigt wurde, und zweifelsohne auch unter starkem innerem Zwang, Teile ihres verborgenen Schatzes mit der Welt zu teilen, mußte sie an die Öffentlichkeit treten, um ihre künstlerische Persönlichkeit zu etablieren. Stück für Stück wurden Teile des Materials, das ursprünglich in ihren umfangreichen Notizbüchern festgehalten war, zur Veröffentlichung umgearbeitet. Die Freunde und die Umstände des romantischen Lebens in Europa, das vom wachsenden Chaos des Weltkrieges verschlungen wurde, erstanden zu Beginn der vierziger Jahre in neuen Kristallisationen aus dem auch damals noch geheimgehaltenen Tagebuch. Acht dieser Prosastücke wurden, 1944 in der Erstausgabe von ›Under a Glass Bell‹ (›Unter einer Glasglocke‹) vereint, gedruckt auf Anaïs Nins eigener Handpresse in Greenwich Village. Die Ausgabe, die 1948 ein New Yorker Verleger herausbrachte, wurde um fünf Erzählungen erweitert. Auf dieser Edition beruht das vorliegende Buch. 1942 erschien in den USA die Erzählung ›Winter of Artifice‹ (›Eiszeit‹); die deutsche Übersetzung folgt in der umgearbeiteten Ausgabe von 1948.

Als die vorliegenden Erzählungen, die denen eines Ernest Hemingway oder Scott Fitzgerald so gar nicht ähnlich sind, erstmals erschienen, verwirrten sie viele amerikanische Leser und Kritiker. Anaïs Nins lebenslange und wichtigste Beschäftigung mit dem Geheimnis ihres Tagebuchs sowie ihr überaus stark entwickeltes Gefühl für Diskretion hatten sie offensichtlich veranlaßt, Teile des vorliegenden Materials zu ändern und zu camouflieren, wodurch Unstimmigkeiten entstanden sowie gelegentlich unerklärliche Übergänge und Überleitungen. Auf Leser, die konventionelle Strukturen, abgerundete Charaktere und Erzählungen mit einem überzeugenden Schluß gewohnt waren, mußte dieser »surrealistische« und »poetische« Ansatz ziemlich irritierend wirken, was zweifellos zur geringen Einschätzung, zu Mißverständnissen und Fehlinterpretationen des Werks beitrug, die Anaïs Nin fühlte und sehr scharfsinnig in ihrem Tagebuch reflektierte. Als 1968 in England eine Neuausgabe von ›Under a Glass Bell‹ herauskam, fühlte sie sich daher veranlaßt, in einer kurzen Einleitung zu schreiben: »Diese Erzählungen unterwerfen sich keiner Form, bedienen sich der Poesie in reiner Form. Ich glaube, daß eine gegenwärtige Beurteilung ihren Intentionen vielleicht näherkommen kann. Auch durch meine Tagebücher erscheint diese Prosa in einem neuen Licht. Sie umfassen die Zeit, in der diese Erzählungen entstanden sind; in ihnen beschreibe ich ungefiltert und authentisch Figuren, die den Geschichten zugrunde liegen. Die Tagebücher liefern den Schlüssel zu den fiktiven Personen und belegen die Realität dessen, was einst als reine Phantasie angesehen werden konnte. Eine solche Verschmelzung von Illusion und Realität – oder Illusion als Schlüssel zur Realität – ist ein zeitgemäßes Thema. Einige der Geschichten erzählen von Menschen, die berühmt wurden und unser gegenwärtiges Leben beeinflussen. Heute wird man sie besser verstehen können.«

Die ersten drei Tagebuchbände von Anaïs Nin, welche die Jahre 1931–1934, 1934–1939 sowie 1939–1944 umfassen, verschaffen dem aufmerksamen Leser in der Tat einen Einblick in die Hintergründe, die Entstehung und in die Bemühungen um die Form der Erzählungen, die in dem vorliegenden Band vereint sind. Sie ermöglichen es, Jean Carteret, Hans Reichel, Conrad Moricand, Antonin Artaud, Gonzalo und Helba sowie das »mausgraue« Dienstmädchen Albertine mit den Personen der Fiktion in Verbindung zu bringen. Wir stoßen auf die historische Tatsache des Besuchs König Georgs IV. von England in Paris (die ursprüngliche Fassung von ›Hausboot‹ war überschrieben: ›Ich werde dem König von England nie vergeben‹), wir können in allen Einzelheiten die »wirklichen« Erlebnisse nachvollziehen, die der Versöhnung mit dem Vater in ›Eiszeit‹ und die der Erzählung ›Geburt‹ zugrunde liegen, die psychoanalytischen Erfahrungen im New Yorker »Hotel Chaotica«, die in ›Die Stimme‹ eingeflossen sind. Am wichtigsten dürfte die Entdeckung sein, daß Reflexion stärker als Erfindungsgabe die Quelle für den überwiegenden Teil von Anaïs Nins Kunst ist. Die Linie der Erzählung, ihre Struktur sozusagen, stammt aus der äußeren Umgebung, und Anaïs Nin interpretiert (wie in den Jahren ihrer Tätigkeit als Psychoanalytikerin) das Material, prüft es auf seinen psychologischen und poetischen Symbolismus hin. Die Erzählung ›Hausboot‹ schildert nicht nur eine Spanne von Anaïs Nins Alltagsleben auf der Seine, sondern vermittelt auch symbolhaft ihre eigene innere Situation: das Leben auf dem Wasser, mit der stabilen Welt der Kais von Paris nur durch eine schmale Laufplanke verbunden, die nach Belieben eingezogen werden kann – all das offenbart ganz deutlich eine Existenz, die ebenso andersartig wie unsicher ist. Die Menschen der unmittelbaren Nachbarschaft sind Clochards, Prostituierte, unkonventionelle Leute (insofern Künstlern ähnlich?), Unbeständige, Treibende, Träumer – Symbole psychologischen Andersseins. In anderen Lebensphasen kann Anaïs Nin aus der geordneten Welt von Louceviennes oder von den Menschen der

›Glasglocke‹ in das Nachtleben von Henry Millers Cafés streben und im Morgendämmern unversehrt zu ihrer Familie zurückkehren. Oder sie zieht sich in ihr Tagebuch zurück, in den »papiernen Schoß«.

Ebenso wie Anaïs Nins Eintragungen im Tagebuch fast immer die Höhen einer emotionalen Begegnung widerspiegeln, streben die vorliegenden Prosastücke (in diesem Zusammenhang möchte ich nicht von »Erzählungen« sprechen) nach hoher Dichte des emotionalen Aufeinanderprallens. Entsprechend den Menschen, die aus den Tagebuchseiten entschwinden, wenn dieser emotionale Funke nicht mehr zündet, verschwinden oft auch die Personen in Anaïs Nins Prosa auf dem Höhepunkt des emotionalen Kontakts. Mit einem Mal wird das auf ihnen liegende Scheinwerferlicht ausgeschaltet, und der Leser hat nur noch den intensiven Eindruck auf der Retina seiner Gefühlswelt, wie er nach einem plötzlichen Auslöschen der Lichter bleibt: Der Schnappschuß der ›Maus‹, die in der Falle ihrer Schwangerschaft sitzt. Wir werden nie erfahren, was mit ihr geschah, diese Prosa hat kein festgelegtes Ende, ebenso wie das Tagebuch nie einen Abschluß hatte.

Die Umwandlung von Tagebuchreflexionen in künstlerisch geformte Fiktion war oft langwierig und mühevoll. Das Porträt Conrad Moricands, das Anaïs Nin im September 1939 im Tagebuch festhielt, wurde erst im Winter 1942 zum ›Mohikaner‹. Viele dieser Prosastücke hatten einen langen Reifungsprozeß. Eine der am besten bekannten Erzählungen des vorliegenden Bandes, ›Je suis le plus malade des surréalistes‹ (ursprünglich ganz einfach ›Pierre‹ betitelt), begann im September 1940 in New York Form anzunehmen, ein Jahr, nachdem Anaïs Nin nach Amerika zurückgekehrt war: »Auf dem Washington Square setzte ich mich auf eine Bank und schrieb Artauds Geschichte nieder, eine Zusammensetzung aus Tagebuchfragmenten und erfundenen Gesprächen.« Ihre Vorstellungskraft konnte jedoch nicht die emotionale Wirklichkeit von dem einsetzenden Wahnsinn Artauds heraufbeschwören, und die Erzählung blieb unvollendet. Eines Tages las Anaïs Nin jedoch erneut die ursprüngliche Tagebuchnotiz, die ihren Besuch (zusammen mit ihrem Freund Jean Carteret) in der Klinik auf der Ile St. Louis festhält, wo sie Zeugen der Befragung eines Wahnsinnigen wurden (zuerst beschrieben in ›Le Merle Blanc‹ und veröffentlicht in ›The Booster‹). Der Schizophrene sprach »in derselben Weise, wie meinem Gefühl nach Artaud sprechen würde. Es schien zu passen wie die andere Hälfte eines Puzzles. Ich beendete die Erzählung, indem ich die beiden Charaktere miteinander verschmolz.« Dies rief sie sich später wieder in Erinnerung, als sie einige der Briefe las, die sie von Artaud aus der Irrenanstalt bekommen hatte: »Sie bestätigten meine Intuition. Ihr Ton war genauso wie der im zweiten Teil der Erzählung.« Die Erzählung wurde 1941 veröffentlicht. Im Oktober 1943 notierte Anaïs Nin in ihrem Tagebuch: »Es ist die wahre Geschichte eines der besten surrealistischen Dichter.«

Um die Entstehung einer anderen Erzählung, ›Ragtime‹, zu erklären, erläuterte Anaïs Nin 1963 in Kalifornien den Studenten eines Seminars für Schriftstellerei: »Zuerst präsentiere ich die ganz gewöhnliche realistische Oberfläche. Ich berichte wahrheitsgetreu, was ich gesehen habe. An diesem Punkt endet jedoch dokumentarisches Schreiben, und es beginnt die Poesie. Die weggeworfenen Gegenstände deuten eine Beziehung zur Vergangenheit an, zu dem, was wir sammeln, wegwerfen, verlieren ... Überreste symbolisieren ferner einen gebrochenen, unvollständigen Blick über unser Leben, auf die seltenen Lichtblicke der Erfüllung, auf die Schwierigkeit, Ganzheit zu erlangen. Die Dinge im Sack des Lumpensammlers wurden weggeworfen, um in die Zukunft gelangen zu können.«

Vor nunmehr sechsundzwanzig Jahren schrieb Anaïs Nin angesichts der Ablehnung ihrer Kritiker und des Unverständnisses einiger ihrer Leser eher verteidigend: »Um verstanden zu werden, müssen meine Erzählungen in ihrer Zeit und ihrer besonderen Beleuchtung gesehen werden.« Liest man die Prosastücke heute, so ist es sicherlich eine große Hilfe, daß man durch die veröffentlichten Tagebücher einen Schlüssel zu ihrem Ursprung, ihrem Zusammenhang und ihrer Entwicklung besitzt. Allerdings würde Anaïs Nin heute wohl auch zustimmen, daß es letztlich nicht wirklich darauf ankommt, welche Menschen die Vorbilder für die Figuren der Erzählungen waren, ob wir nun diesen Vorfall oder jene Person als Modell für eine bestimmte Erzählung erkennen können oder ob wir uns überhaupt mit der Frage nach »Faktum« oder »Fiktion«, »Realität« oder »Poesie« befassen. Der Quell all dessen, das Tagebuch, ist seinerseits bereits Quintessenz, Filtrat, Schöpfung und weit entfernt von der Realität seines Ursprungs. Gerade der Akt, das Leben durch eine sehr persönliche Linse zu betrachten und zu beschreiben, verändert den Umriß der Erscheinungen, wählt aus, arrangiert, unterschlägt und interpretiert. Die Prosa in ›Unter einer Glasglocke‹ und ›Eiszeit‹ erfüllt, ohne Rücksicht auf ihre Herkunft und indem sie eine äußerliche Begebenheit mit der Gefühlslandschaft verschmilzt, das, was Anaïs Nin einmal als Aufgabe der Dichtung bezeichnete: eine »lyrische Erfahrung des Lebens« zu schöpfen.

New York, im März 1979 Gunther Stuhlmann

Spion im Haus der Liebe

Giorgio Manganelli:
Amore
dtv 10966

Anaïs Nin:
Leitern ins Feuer
dtv 10986

Anaïs Nin:
Ein Spion im Haus
der Liebe
dtv 10174

Joyce Carol Oates:
Jene
dtv 1747

Anaïs Nin:
Die Tagebücher
der Anaïs Nin 1–4
dtv 759, 858, 981,
10569
Haus des Inzests
Zweisprachige
Ausgabe
dtv 10757
Labyrinth des
Minotaurus
dtv 10927

Joyce Carol Oates:
Grenzüberschreitungen
dtv 1643
Lieben, verlieren, lieben
dtv 10032
Ein Garten
irdischer Freuden
dtv 10394
Bellefleur
dtv 10473
Im Dickicht der
Kindheit
dtv 10626
Engel des Lichts
dtv 10741
Unheilige Liebe
dtv 10840

Angelika Schrobsdorff:
Die Herren
dtv 10894

dtv

Doris Lessing im dtv

Foto: Isolde Ohlbaum

Martha Quest

Die Geschichte der Martha Quest, die vor dem engen Leben auf einer Farm in Südrhodesien in die Stadt flieht. dtv/Klett-Cotta 10446

Eine richtige Ehe

Unzufrieden mit ihrer Ehe sucht Martha nach neuen Wegen, um aus der Kolonialgesellschaft auszubrechen. dtv/Klett-Cotta 10612

Sturmzeichen

Martha Quest als Mitglied einer kommunistischen Gruppe in der rhodesischen Provinzstadt gegen Ende des Zweiten Weltkriegs. dtv/Klett-Cotta 10784

Landumschlossen

Nach dem Krieg sucht Martha in einer Welt, in der es keine Normen mehr gibt, für sich und die Gesellschaft Lösungen. dtv/Klett-Cotta 10876

Die viertorige Stadt

Martha Quest geht als Sekretärin und Geliebte eines Schriftstellers nach London und erlebt dort die politischen Wirren der fünfziger und sechziger Jahre. dtv/Klett-Cotta 11075

Kinder der Gewalt
Romanzyklus
Kassettenausgabe der fünf oben genannten Bände
dtv/Klett-Cotta 59004 (Sept. '89)

Vergnügen · Erzählungen
dtv/Klett-Cotta 10327

Wie ich endlich mein Herz verlor
Erzählungen
dtv/Klett-Cotta 10504

Zwischen Männern · Erzählungen
dtv/Klett-Cotta 10649

Nebenerträge eines ehrbaren Berufes · Erzählungen
dtv/Klett-Cotta 10796

Die Höhe bekommt uns nicht
Erzählungen
dtv/Klett-Cotta 11031

Ein nicht abgeschickter Liebesbrief · Erzählungen
dtv/Klett-Cotta 25015 (großdruck)

Die andere Frau

Eine auf den ersten Blick klassische Dreiecksgeschichte, die bei Doris Lessing jedoch einen ungewöhnlichen Ausgang findet.
dtv/Klett-Cotta 2598 (großdruck)

Joyce Carol Oates im dtv

Grenzüberschreitungen

Zart und kühl, bitter und scharf analysierend, erzählt die Autorin in fünfzehn Kurzgeschichten von der alltäglichen Liebe, dem alltäglichen Haß und ihren lautlosen Katastrophen.
dtv 1643

Jene

Die weißen Slumbewohner in den Armenvierteln des reichen Amerika, die sich nicht artikulieren können, sind die Helden dieses Romans. Die Geschichte einer Familie, aber auch die Geschichte Amerikas.
dtv 1747

Lieben, verlieren, lieben

Von ganz »normalen« Menschen erzählt die Autorin, vor allem von Frauen, von Hausfrauen, Ehefrauen, Müttern und Geliebten. »Alle Erzählungen variieren die paar Grunderfahrungen vom zwar sehnsüchtig erwarteten, aber nie erreichten Glück auf der Erde ...«
(Gabriele Wohmann)
dtv 10032

Ein Garten irdischer Freuden

Ein Mädchen will ihren ärmlichen Verhältnissen entfliehen. Sie tut es – nichts anderes bleibt ihr übrig – mit Hilfe von Männern.
dtv 10394

Bellefleur

Der Osten der USA ist der Schauplatz dieser phantastischen Familiensaga. Aus dem Leben der Menschen des Hauses Bellefleur wird ein amerikansicher Mythos.
dtv 10473

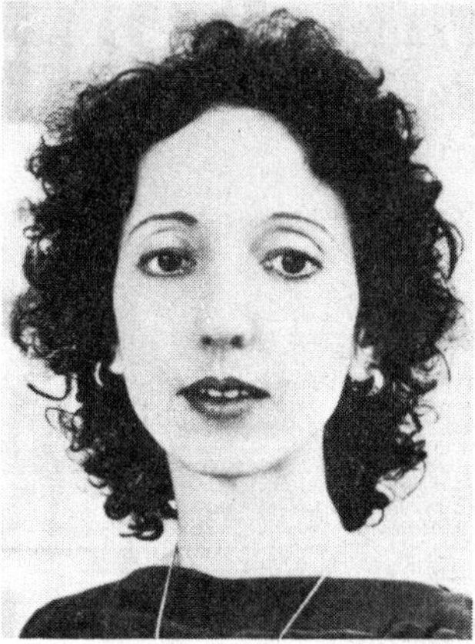

Foto: Isolde Ohlbaum

Im Dickicht der Kindheit

In einem Provinznest lebt die starke, in ihrer Sinnlichkeit autonome Arlene mit ihrer jungen Tochter Laney, deren Schönheit und Wildheit der vierzigjährige Aussteiger Kasch verfällt.
dtv 10626

Engel des Lichts

Die Geschichte einer alten Familie in Washington, die zwischen Politik und Verbrechen aufgerieben wird. Ein mit meisterhafter psychologischer Genauigkeit entworfenes Szenarium des emotionalen und sexuellen Verrats.
dtv 10741

Unheilige Liebe

Auf dem Campus einer exklusiven Privatuniversität spielen die Mitglieder des Lehrkörpers eine »Akademische Komödie des Schreckens«. Sie lieben sich, sie hassen sich, aber keines dieser Gefühle hält vor.
dtv 10840